dtv

»Seine dramatischen Partituren, in denen das zusammenklingt, was nicht zusammengehört, bilden zusammen eine einzige große klingende Komödie der deutschen Chaos-Gesellschaft. Je wirrer, abstruser, ungeheuerlicher, abseitiger aber diese Gesellschaft ihr Chaos beschwätzt, desto realistischer scheint sie von Strauß besungen. Ihre Basis aber ist die Pfütze über der dünnen Erdkruste, durch die man tief hinunterfallen oder umgekehrt: durch die tief Inneres, wie Lava Fließendes und wuchtend Sprühendes die dünne Erdoberfläche zersprengen kann. Diese Büchnersche Schreckens- und Wunderpfütze gehört ebenfalls ganz und gar zu Botho Strauß.« (Gerhard Stadelmaier in der ›Frankfurter Allgemeinen Zeitung‹)
Der vorliegende Band versammelt Theaterstücke aus den Jahren 2001 bis 2005.

Botho Strauß, am 2. Dezember 1944 in Naumburg/Saale geboren, war zunächst Redakteur und Theaterkritiker, später dramaturgischer Mitarbeiter an der Schaubühne am Halleschen Ufer. Lebt in Berlin.

Botho Strauß
Theaterstücke
IV

Deutscher Taschenbuch Verlag

Mit einer Szenographie für die Bände I–IV
von Friederike Biron

Ungekürzte Ausgabe
November 2006
Deutscher Taschenbuch Verlag GmbH & Co. KG,
München
www.dtv.de
Lizenzausgabe mit Genehmigung des Carl Hanser Verlags

Umschlagkonzept: Balk & Brumshagen
Umschlagfoto: Szene aus ›Die eine und die andere‹
(Ruth Walz, Berlin)
Satz: Satz für Satz. Barbara Reischmann, Leutkirch
Druck und Bindung: Friedrich Pustet, Regensburg
Gedruckt auf säurefreiem, chlorfrei gebleichtem Papier
Printed in Germany
ISBN-13: 978-3-423-13517-7
ISBN-10: 3-423-13517-4

Inhalt

Der Narr und seine Frau heute abend in *Pancomedia*

Die Lesung

Sylvia Kessel setzt sich an einen kleinen Tisch mit Leselampe und einem Glas Wasser. Sie schlägt ihr Buch auf.

SYLVIA KESSEL Ich lese das dritte Kapitel aus meinem unveröffentlichten Roman »Rapunzelzopf oder Vom Ende der Greisen-Republik«.

In Hebeckers Sanitärgroßhandel am Erlanger Platz war Mildred Körner unentbehrlicher als der Chef. Seit achtundzwanzig Jahren war sie *seine* Sekretärin, die rechte Hand, alle Aufträge und Bestellungen gingen über ihren Tisch, oft genug traf sie geschäftliche Entscheidungen auf eigene Faust, traf sie mit Umsicht und Geschick, stets zum Vorteil der Firma. Noch immer trug sie die mädchenhafte Ponyfrisur, wenngleich darunter die Falten, die Rillen und Rinnen, die gerötete und gedunsene Haut das Gesicht einer verbrauchten und anfälligen Frau gezeichnet hatten. Nicht nur der Griff zur Flasche, auch die stille Gewalt, mit der sie den Griff an jedem zweiten Abend zu unterdrücken suchte, erschöpften sie, hinzu kamen allergische Empfindlichkeiten, die sie früher nicht gekannt hatte, und schließlich der Kummer mit dem Sohn, Jan-Henning, einunddreißig – einunddreißig Jahre war er im letzten Frühjahr geworden! Ihr Leben für den Sohn, ihre Arbeit, ihre Verzichte und Ängste, alles hatte sich immer um den Sohn gedreht, was kam dabei heraus, was konnte nur dabei herauskommen? Ein Flop, ein Jammerfall.

Männer, das ging ihr früh daneben, nur der Sohn, hervorgegangen aus einer Dreiwochenliaison mit einem Galeristen, drei Wochen Ausgelassenheit, drei Wochen waren extravagant in diesem langen Arbeitsleben, ein Feuerwerk der Illusionen, drei Wochen Hochzeit mit einem völlig introvertierten Mann, drei Wochen und ein Kind fürs ganze Leben ... Von jemandem, der ihr nicht ein einziges Mal in die Augen gesehen hatte. Dennoch war sie bisweilen überrascht über ihre Zufriedenheit, trotz der entstellten Haut, des zerlaufenden Gesichts, ganz zufrieden, bis auf den Sohn, nun ja, der taumelt noch, der fängt sich eines Tages, so dachte sie an manchem Feierabend, die schweren Beine auf den gepolsterten Hocker gestreckt, die Hüfte plump und nie mehr schmerzfrei. Vielleicht hätte sie sich weniger beschwerlich empfunden, wenn sie in solchen Ausruhstunden nicht immer demselben Trug erlegen wäre, als sei es gestern erst gewesen, daß sie ganz unbesorgt und schlank und leicht dahergekommen war. Wie eine süße grausame Entrückung geschah es, und sie fühlte die Biegsamkeit und Spannung ihres jungen Leibs, sogar den damals makellosen Teint berührten ihre Fingerspitzen und auch ihre langen, schnellen Beine ... Diese Woge eines Tagtraums, die sie erhob und ganz umfing, warf sie dann um so schroffer zurück in die Lebensfremde, und es war ihr, als müsse sie den ganzen mühevollen Weg, der doch schon hinter ihr lag, noch einmal gehen. Kniefällig, ratlos, unbeholfen. Das ganze schwere Leben noch einmal von vorn.

ZACHARIAS WERNER *als Zwischenrufer im Publikum* Wie geht man denn kniefällig, bitte sehr?

SYLVIA KESSEL *liest nach kurzem Stocken weiter* Noch einmal von vorn. Und diesmal sehr viel früher ermüdet als beim ersten Mal. Im wesentlichen die Irrtümer des ersten Wegs wiederholend. Denn niemanden hat je seine Freiheit, hat je das Recht, seine freie Wahl zu treffen, davor bewahrt, auf seinem Weg zwanghaft immer wieder dem Irrtum, dem Scheitern und dem Schmerz zu begegnen. Nichts anderes gibt es unter der Herrschaft der Zeit als Irrtum, Scheitern und Schmerz.

ZACHARIAS WERNER Und die Sonne, Frau Kessel? Und die Chrysanthemen? Und die türkischen Dampfbäder? Gibt es die etwa nicht?

SYLVIA KESSEL Möchten Sie, daß ich Ihnen zuliebe ein paar Einschränkungen mache?

ZACHARIAS WERNER Geben Sie eine ehrliche Antwort!

SYLVIA KESSEL Ich glaube, ich habe versucht, von ein paar absoluten Dingen zu sprechen. Wünschen Sie, daß ich sie um einige Kleinigkeiten ergänze? Was sollte ich noch hinzufügen?

ZACHARIAS WERNER Tun Sie nicht so absolut. Dann bin ich weniger relativ.

SYLVIA KESSEL Darf ich jetzt weiterlesen?

Gegen zehn Uhr wie an jedem Freitagabend betrat Mildred

die Bar am Silberstreif, in der ihre Freundin Juliane seit einem halben Jahr als Schankfrau aushalf. Mildred kam vom Einkaufen, sie trug eine prall gefüllte Einkaufstüte aus umweltfreundlichem dünnen Packpapier vor dem Bauch, hielt sie fest umarmt und suchte, erschöpft, aufgelöst, nach einem Platz, wo sie ihre Fracht abstellen konnte. Im selben Augenblick erhob sich ein angetrunkener Greis mit Panamahut von seinem Barhocker, beugte sich über den Tresen, O-beinig, mit wackligen Knien, verdrehten Füßen, stand schief auf dem Barhockerring und versuchte die Schankfrau zu küssen, als sie gerade sein Glas wieder füllen wollte. Juliane drehte ihr Kinn aus dem Atem des Greises und mußte scharf von der Seite peilen, um den Cognac nicht zu verschütten.

ZACHARIAS WERNER Gut gesehen. Gut gesagt.

SYLVIA KESSEL »Ich habe keine Kiwis bekommen«, murmelte Mildred bleich vor Entsetzen: sie hatte sie schlicht vergessen. Und sie empfing, wie erwartet, von Juliane einen tödlich abschätzigen Blick. »Ich hab's vergessen«, setzte sie nach. »Oder ich hab keine bekommen. Mein Gott, ich weiß es nicht mehr. Ist das so wichtig? Du siehst doch, ich bin vollbepackt bis oben hin. Soll ich etwa mit der Tüte vorm Bauch noch mal losrennen und mir irgendwo Kiwis reinstopfen lassen?«

»Ja«, antwortete Juliane kurz und gnadenlos. Es genügte ein weiterer eiskalter Blick, und Mildred gehorchte. Sie, die Erschöpfte, zog wieder los, ohne zu protestieren, ohne den leisesten Fluch auf den Lippen.

Rezeption (I)

Empfangshalle im Hotel Confidence.

EMPFANGSCHEF *nimmt den Telefonhörer ab* Hotel Confidence. Philipp Rinacher. Herzlich willkommen. Was kann ich für Sie tun? ... Halt die Klappe ... Laß mich in Frieden ... Ruf mich nicht auf dieser line an ... Jochen ... Nicht auf dieser line ... Hast du mich verstanden? ... Jochen ... Nein ... Vielleicht ... *ein zweites Telefon surrt* Nicht auf dieser line ... Wieso? ... Das kannst du tun. Meinetwegen ... Aber nicht auf dieser line ... Du ... Shut up.

Ruhezone mit Couchgarnitur.
Ein Ehepaar, sie auf dem Ledersofa, hinter ihr stehend der Mann, ihre ausgestreckte Hand haltend.
Etwas entfernt in einem Fauteuil der Leser, der über Brillen- und Buchrand hinweg die beiden beobachtet.

HERR SCHILL Ich mache dir einen Vorschlag. Du wartest noch eine knappe Stunde im Hotel.

EMPFANGSCHEF Herr Schill?

HERR SCHILL *wehrt den Rufer mit der Hand ab* Dann nimmst du dir ein Taxi. Narbonnerstraße achtundvierzig. Du läßt mich aus der Sitzung rufen, wir essen etwas zusammen –

FRAU SCHILL Geh bitte.

HERR SCHILL Mach mir doch kein schlechtes Gewissen.

FRAU SCHILL *plötzlich im seitlichen Ausfall zum Leser*
Sie lesen ja gar nicht. Sie blinzeln über den Buchrand wie ein Privatdetektiv.

DER LESER Darf ich Ihnen etwas verraten? Ich bin der privateste aller Privatdetektive ...

HERR SCHILL Morgen sind wir wieder in Mailand.
Du liebst Mailand.

FRAU SCHILL Ich liebe Mailand.

HERR SCHILL Mach mir doch kein schlechtes Gewissen.

FRAU SCHILL Geh bitte.
Er küßt ihre Hand, verschwindet rasch. Nach einer Pause ...

DER LESER Sehen Sie: da spielen wir tödliche Umgarnung, Mann und Frau, und ahnen gar nicht, daß sich der Blick des Zuschauers bereits auf unsere Schuhsohlen heftet. Unser ganzes Drama, meine Verehrte, läuft letzten Endes auf einen Werbeclip für das passende Schuhwerk hinaus, das sich jedem empfiehlt, der in aussichtsloser Lage gutbesohlt davonkommen möchte.

An die Rezeption ist der Verkaufsleiter getreten.

FRAU SCHILL Ich werde von Lounge zu Lounge rund um die Welt immer aufs gleiche Sofa gesetzt. Das hat mit dem, wovon die Menschheit träumt, nicht viel zu tun. Es erinnert eher an Möbelrücken. Es gibt Tische, die schweben, und es gibt Tische, die rückt man hin und her. Mehr ist zu mir als Hauptfigur in meinem Drama nicht zu sagen.

DER VERKAUFSLEITER Ich hatte hier bei Ihnen vor einem knappen halben Jahr eine Präsentation.

DER EMPFANGSCHEF Ich habe Sie akustisch nicht verstanden.

DER VERKAUFSLEITER Ich hatte hier vor einem halben Jahr eine Präsentation. Ich führte einen Wasserenthärter vor. Ein Entkalkungsgerät.

DER EMPFANGSCHEF O Gott.

DER VERKAUFSLEITER Ich hatte achtundsiebzig Vertreter vor mir, keiner glaubte an das Gerät. Es muß in Salon neun gewesen sein. Oder sieben?

Heute gibt's die Firma nicht mehr. Diese Dinger funktionieren oft nicht so, wie sie funktionieren sollten. Manchmal funktionieren sie, manchmal funktionieren sie überhaupt nicht. Für mich war's letzten Endes ein bombastischer Fehlschlag. Aber in Salon sieben, da hab ich die Burschen gekriegt, da standen sie zum Schluß wie ein Mann hinter dem Gerät. Was gibt's da heute abend?

DER EMPFANGSCHEF In der Sieben ... lassen Sie mich nachsehen ... heute abend ... Eine Dichterlesung.

DER VERKAUFSLEITER Dichterlesung. Sieh an. So geht das weiter. Fortbildung für alle. Die eine Hälfte der Menschheit besucht Kurse, die andere hält Kurse ab. Man versteht das ja, die Sucht, hinter die Dinge zu kommen –

EIN GAST *tritt hinzu* Zimmer hundertsiebzehn bitte.

DER VERKAUFSLEITER Unser Leben wird ja immer nüchterner,

immer maschineller, immer liebloser, aber wie's innerlich weitergeht –

DER GAST Unsinn.

DER VERKAUFSLEITER Aber ja, man lebt immer gröber, immer schneller.

DER GAST Stimmt doch gar nicht.

DER VERKAUFSLEITER Stimmt nicht? Von wegen.
Das Leben äußerlich läuft immer schneller ab.

DER GAST Wie kommen Sie darauf?

DER VERKAUFSLEITER Ohne Sinn für das Woher, ohne Sinn für das Wohin: das sind wir.

DER GAST Moment! Wie bitte? Langsam. Nun halten Sie aber an sich.

DER VERKAUFSLEITER Habe ich was Falsches gesagt? Warum greifen Sie mich an?

DER GAST *läßt den Zimmerschlüssel in der Hand hüpfen* Bei mir zu Hause ist es so: ich packe mal wieder die Koffer. Sie, meine Frau, packt ihr neues Versandhauspaket aus. Sie bekommt jeden Tag eins. Manchmal zwei. Sie müßten unser Bücherregal sehen: eine Bibliothek von Versandhauskatalogen.

DER EMPFANGSCHEF Wenn das erst mal einreißt.

DER GAST Sag ich doch. Es darf gar nicht erst losgehen. Es darf gar nicht erst einreißen. Wenn das erst mal einreißt, dann halten Sie's nicht mehr auf.

In der Garderobe

ZACHARIAS WERNER *in der Tür* Darf ich?

SYLVIA KESSEL Warum haben Sie gestört?

ZACHARIAS WERNER Ich störe?

SYLVIA KESSEL Warum haben Sie meine Lesung gestört? Ich mußte mich wehren. Ich wehre mich aber nicht. Kommen Sie rein, Sie verwachsenes Männlein. Machen Sie die Tür hinter sich zu. Sie sind ein Arschloch. Das sind Sie. Ein Klappstuhl von Mensch. Das sind Sie.

ZACHARIAS WERNER Ich leide unter einem Syndrom. Inmitten einer bestimmten Menge von stummen Menschen muß ich etwas sagen. Ich fühle mich unwiderstehlich gezwungen, einen Zwischenruf abzugeben.

SYLVIA KESSEL Gehen Sie zum Arzt. Besuchen Sie keine öffentlichen Lesungen. Quatschen Sie anderswo auch dazwischen?

ZACHARIAS WERNER Ja. Ein Defekt. Ich muß laut werden. Ich muß irgendeinen Laut von mir geben, wenn ich im Publikum sitze. Es war nicht bös gemeint.

SYLVIA KESSEL Ich gehe auch noch darauf ein. Ich laß mich ein auf Sie. Mir fehlen die Worte. Ich komme aus dem Rhythmus. Ich lese wie Röschen. Sie haben mir den ganzen Abend verhagelt.

ZACHARIAS WERNER Der große Strauß auf Ihrem Tisch, lassen Sie mich raten, Dieffenbach oder Albert Brigg.

SYLVIA KESSEL Brigg.

ZACHARIAS WERNER Hm. Er war übrigens nicht auf Ihrer Lesung. Und selber liest der Großverleger nichts. Er kauft nur ein. Der Reihe nach.

SYLVIA KESSEL Was geht Sie das an?

ZACHARIAS WERNER Haben Sie schon tiefer in den Strauß geblickt? Ich meine: reingefaßt? Da liegt bestimmt noch ein Osterei versteckt.

SYLVIA KESSEL Wie sieht er aus? Sie kennen ihn.

ZACHARIAS WERNER Brigg? Wie sieht er aus.

SYLVIA KESSEL Am Telefon hat er eine verdammt kitzlige Stimme. *Sie holt einen Umschlag mit Scheck aus dem Blumenstrauß.*

ZACHARIAS WERNER Wie sieht er aus. Wie ein Kamel, das sich erfolgreich durch ein Nadelöhr gezwängt hat.

SYLVIA KESSEL Fünftausend Euro! Ein Scheck! Ich sink ins Bodenlose …

ZACHARIAS WERNER Es haben schon dickere Ostereier in Briggs Sträußen gesteckt.

SYLVIA KESSEL Ich kann's gebrauchen. Ich kann es weiß der Kuckuck gut gebrauchen. Lieber ein Scheck vom Konzernchef, der sich entschuldigen läßt, als Zwischenrufe vom bucklicht Männlein aus der vierten Reihe! Ich geh auch noch drauf ein, versuch charmant zu sein. Warum soll denn einer nicht kniefällig gehen?!

ZACHARIAS WERNER Ich dachte nur: vielleicht nicht an dieser Stelle. Und dann dachte ich: besser überhaupt nicht. Auf den Knien meines Herzens: Kleist. Kein Knie kommt mehr an dem Bild vorbei.

SYLVIA KESSEL Sie sind ein Rumpelstilzuchtmeister!

ZACHARIAS WERNER Ich bin doch weder ein Zwerg noch ein Krüppel.

SYLVIA KESSEL Ein Zwangszwischenrufer ist in meinen Augen ein Zwerg der krüppligsten Sorte.

ZACHARIAS WERNER Briggs Strauß kann ich natürlich nicht überbieten. Ich habe Ihnen dafür ein paar duftende Maiglöckchen mitgebracht. Ganz durchsichtig übrigens. Darin versteckt sich nur meine verrückte Verehrung für Ihre Literatur.

SYLVIA KESSEL Ich bin gerührt. Sie verstehen zu trösten, Beckmesser.

ZACHARIAS WERNER Ich bin der Zacharias Werner.

SYLVIA KESSEL Wer? Wie? Wer?

ZACHARIAS WERNER Lachen Sie nicht. Sie wollen nicht behaupten, Sie wüßten, wer das war?

SYLVIA KESSEL Hej!

ZACHARIAS WERNER Der vom »24. Februar«?

SYLVIA KESSEL Schicksalsdrama, Schillerabklatsch, Anfang neunzehntes Jahrhundert, der sind Sie?

ZACHARIAS WERNER Sie sind eben in allem eine Ausnahme.
Ich heiße so, weil mein Vater, ein nicht ganz ungebildeter Amtsarzt namens Werner, sich einen literarischen Scherz mit einem wehrlosen Neugeborenen erlaubte.

Sylvia Kessel Zacharias Werner.

Zacharias Werner Sylvia Kessel, schenken Sie mir einen Augenblick Geduld, bevor Sie zum Signieren gehen.
Ich bin ein kleiner Einmannverlag.
Er schnallt seinen Rucksack ab.
Ich bringe nur gute und wichtige Bücher.
Ich habe sie alle bei mir.
Er breitet den Inhalt seines Rucksacks auf dem Boden aus.
Sehen Sie: Walter Pater, »Imaginäre Porträts«. Seit Jahrzehnten nirgends zu kriegen auf deutsch. Nur bei mir. Jacques Lacarrière, »Die Gottestrunkenen«. Über Wüsten-, Baum- und Grottenheilige in der Thebais. Kriegen Sie nur bei mir. Eleonore Murfolk, irische Katholikin. Steht turmhoch über allem, was man hierzulande zur Frauenliteratur zählt. Mit Ausnahme von Sylvia Kessel. Ich renne mir seit Jahren die Hacken ab für diese Frau, aber sehen Sie: irische Katholikin, IRA-Sympathisantin, 25 Jahre alt, ein dünner Erzählungsband, Joyce-Niveau: damit machen Sie heute keinen Stich.
Ich habe sie entdeckt, ich. Und Albert Brigg, dieser seifige Tycoon, kauft mir ihren ersten Roman für hunderttausend Euro weg. Das tut weh. Glauben Sie mir.
Wenn er nicht schon eine zerquetschte Fresse hätte, würde ich ihm eine besorgen. Bei mir gibt's nur gute Bücher. Hier mein heimlicher Bestseller: unveröffentlichte Briefe von C. G. Jung.

Sylvia Kessel Wieviel?

Zacharias Werner Siebenhundertzehn. Real verkaufte.

Sylvia Kessel Das wären bei Brigg wahrscheinlich zwei- bis dreitausend geworden.

Zacharias Werner Nie im Leben.

Sylvia Kessel Wenig Literatur in Ihrem Programm. Nicht ein Roman.

Zacharias Werner Machen Sie den Anfang.

Sylvia Kessel Ha! Das muß ich meinem Agenten erzählen!

Zacharias Werner Sie hatten doch Erfolg mit Ihrem ersten Buch. Wieviel?

Sylvia Kessel »Ecksteine« liegen im Hardcover bei fünfunddreißigtausend.

Zacharias Werner Mit dem neuen wird's etwas schwieriger.

Sylvia Kessel Sie werden sich wundern. Ich zerschlage die Legende vom schwachen zweiten Buch. Ich stell die Regel auf den Kopf.

Zacharias Werner Nicht, wenn Sie zu Albert Brigg gehen.

Sylvia Kessel Ich gehe jeweils zum Meistbietenden.

Zacharias Werner Das würde ich I h n e n nicht empfehlen. Ihre Bücher sind dann über viele Verlage verteilt und niemand wird sich später um Ihr Werk kümmern.
Brauchen Sie denn unbedingt Geld?

Sylvia Kessel Noch arbeite ich halbtags in einem Fahrradladen. Aber die Zeit wird mir knapp.

Zacharias Werner Ich werde dafür sorgen, daß Sie in Ruhe an Ihrem Buch arbeiten können. Die großen Verlagshäuser kümmern sich nur um das Gutverkäufliche. Ein, zwei Bücher bringen sie groß heraus, für das dritte – Sie haben Feinde unterdessen, Sie gefallen nicht mehr, man greift Sie an – finden Sie die Anzeige im Herbstkatalog schon auf den letzten Seiten. Ich bin nur ein kleiner Einmannverlag. In dem da *weist auf die Bücher, sammelt sie wieder ein* steckt bereits eine Anleihe auf meine Lebensversicherung, eine großzügige Spende meiner ersten Frau und selbstverständlich der Verzicht auf alle persönlichen Einkünfte. Ich selber lebe von Nebenherarbeit wie Sie. Eines aber kann ich aufrichtig versprechen: Sie sind m e i n e Autorin. Ich werde mich mit ganzer Kraft für Ihr Werk einsetzen. Die Kunsthistoriker und Psychologen, die ich sonst verlege, bedürfen keiner weiteren Unterstützung. Ich besitze den tiefsten Glauben an Ihre Dichtung. Ich werde ihr dienen, sobald Sie es mir erlauben.

Rezeption (II)

Von links kommen Besucher der Dichterlesung, bleiben am Bücherstand stehen, an dem die Autorin später signieren wird, oder sie begeben sich nach rechts zur Rezeption und zum Hotelausgang.

EIN ÄLTERER MANN Eine so kleine Frau, eine so unbedarfte Person, und schreibt ein so brillantes Buch. Fast ein junges Mädchen noch und schreibt ein Buch, in dem fast alles vorkommt, was uns heute auf den Nägeln brennt. Die ganze große Gegenwart! Ein einziges Inferno!

SEINE FRAU Ich finde nur, sie hat nicht das beste Kapitel vorgelesen. Ich kenne ja ihr erstes Buch. Ich sage dir, die zieht noch ganz andere Saiten auf. Du wirst dich wundern.

EIN ÄLTERER MANN Ich kaufe zwei Exemplare zum Signieren.
Diese jungen Leute sind fabelhaft. Könner.
Glänzende Begabungen. Hochbegabte sind sie.

EIN ANDERER BESUCHER Ein Autor muß seinen Leser dort abholen, wo er steht. Oder sitzt.
Ich habe das Gefühl, Sylvia Kessel hat mich schnöde sitzenlassen.

SEINE BEGLEITERIN Ich habe eine Scheißwut auf sie. Ich könnte ihr ins Gesicht schreien. Ich lese sie und ich hasse sie.

In einem Pulk von nach rechts abgehenden Besuchern tanzt, einen Bären nachahmend, ein junger Mann.

BUNTER JUNGE Hi, Philipp! Schatz ...!

DER EMPFANGSCHEF *leise* Jochen ... O Gott ...

BUNTER JUNGE Hallo, Liebling. Wie läuft's denn? Ich weiß, ich weiß: alles läuft wie am Schnürchen. Wie am Schnürchen. Aber so ein feines kleines Schnürchen kann sich schnell zum dicken Strick verdrehen, an dem ein bunter Junge leblos baumelt. Ach ach ach. Wie kam er nur, wie kam er nur? Wie kam der Braunbär in den Kassenraum?!
Er geht mit den anderen nach rechts ab.

Ein Skeptiker Kein Mensch ist letztlich aus einem Guß. Nehmen Sie mich zum Beispiel. Ich bin Skeptiker. Beruflich. Privat. Durch und durch. Aber Sie – Sie könnten mit e i n e m Kuß wie auf Knopfdruck den Skeptiker zum Einfaltspinsel machen.

Die Begleiterin Das bringt das Leben so mit sich.

Ein Skeptiker Nicht jedes. Nicht überall und unbedingt.

Die Unruhige Ich möchte mich umziehen, Bruder. Sofort. Auf der Stelle.

Der Bruder Hast du etwas zum Wechseln dabei?

Die Unruhige Frag die Brünette dort. Die trägt in etwa meine Größe. Ich reiß mir sonst das Kleid vom Leib. Ich ersticke. Schnell. Hilf mir.

Der Bruder *geht zur Brünetten* Entschuldigen Sie, meine Schwester … Es ist ein Notfall. Meiner Schwester schwebt vor – sehen Sie, sie trägt ein sehr teures, schönes Kleid, aber sie fühlt sich nicht wohl darin. Könnten Sie sich entschließen, die Kleider mit ihr zu tauschen?

Die Brünette Was mir am Leib hängt, kann sie gerne haben. Wenn ich bekomme, was Ihre Schwester trägt, hab ich die Nase vorn.

Der Bruder Sie brauchen es ihr nicht zurückzugeben.

Die Brünette *zur Unruhigen* Gehen wir?

Die Unruhige O das ist lieb. Ich danke Ihnen.

Die Schar der Besucher gruppiert sich um den Signiertisch.

Ein Besucher *zu seinem Freund* Achtung! Heike mit ihren Sachen … Selbstgemachter Schmuck, selbst präsentiert und selbst auf den Rohling gebrannt. Die Blonde ist es, die bei halber Drehung des Oberkörpers mit beiden Händen zur Hängetasche greift – wie kann ein Mensch so schräg an sich herabsehen! – und aus der Tasche ihr flaches Video lüpft, die komplette Kollektion. Da! Sie schiebt die Scheibe heimlich in die Jackentaschen von Männern, die harmlos herumstehen. Sie schiebt die Scheibe unter die Servietten ihrer Tischnachbarn. Schiebt sie zwischen die Zeitungsseiten im Frühstücksraum, durch die Türschlitze der Hotelzimmer. Ah, wie das gleitet! Wie geschmeidig sie's gleiten läßt! Wie andere stehlen, so steckt sie zu!

Heike spricht mit dem Empfangschef.

DER EMPFANGSCHEF Unser Chef vom Design läßt Sie schön grüßen. Ich soll Ihnen ausrichten: leider hat er gegenwärtig Einkaufssperre ... *Er sieht sich unruhig um.* Heute morgen erhielten wir die erste Bombendrohung in diesem Jahr.

HEIKE Ich halte Sie nicht länger auf. *Schiebt ihm die CD zu.* Ich bin sicher, Sie werden begeistert sein. Meine Kollektion darf in Ihren Vitrinen nicht fehlen.

DER EMPFANGSCHEF Kümmern Sie sich um meine Bombendrohung, ich kümmere mich um Ihren Schmuck. Ich habe einen Haufen Probleme, verstehen Sie. Das ist hier ein Scheißladen. Ein Scheißladen ist das Ganze hier.

Ein livrierter Junge ist höflich an Heikes Seite getreten und flüstert ihr etwas zu. Die vordere Zone mit dem Leser und Frau Schill wird hell.

DER LESER Und plötzlich wird es mäuschenstill. Nur ein kleines Flüstern ist noch zu hören. Das ist der artige Boy, der dich diskret beiseite nimmt, gerade wenn du einen Gipfel deiner Entschlossenheit, deiner Geschäftigkeit, deiner Selbstdarstellung erreicht hast. Er flüstert dir eine kurze grausame Nachricht ins Ohr. Worauf du auf der Stelle abbrichst, deine Haltung änderst, die Serviette neben den Teller legst oder den Haarreif vom Kopf nimmst, dich langsam erhebst, ein wenig verbeugst zu deinem Begleiter, um kurz darauf dem kleinen Saaldiener ohne jedes Widerstreben zu folgen.

FRAU SCHILL Die Blonde und der Boy in schwarzem Dress?

DER LESER Nun, sie wird noch einmal um Aufschub betteln.

Auftritt von Sylvia Kessel mit ihren Blumensträußen.

Die Vorauswahl

Eine Art Vorraum oder Flur der Confidence-Veranstaltungs AG, im Hintergrund Bürotüren. Links vorn Zacharias Werner an einem kleinen Tisch mit Notizbuch und Namenslisten. In der Mitte der behelfsmäßige Aufbau eines Küchenregals über einer Küchenplatte. Alle Borde des Regals leer, nur auf dem obersten steht am Rand ein Glas mit Wasser. Auftritt der Bewerberinnen von rechts, sobald Zacharias Werner von seinem Tisch ein Signal, elektronischer Musikfetzen, auslöst.

DIE ERSTE BEWERBERIN Tach.
ZACHARIAS WERNER *betrachtet sie aufmerksam* Guten Tag.
DIE ERSTE BEWERBERIN Und?
ZACHARIAS WERNER Heben Sie das Glas dort oben mit der rechten Hand an und holen Sie es langsam herunter.
DIE ERSTE BEWERBERIN Ich bin Linkshänderin.
ZACHARIAS WERNER Mit der rechten, bitte.
Die erste Bewerberin stützt sich mit der linken Hand auf die Küchenplatte, reckt sich, langt nach oben.
ZACHARIAS WERNER Einen Moment so bleiben, bitte.
DIE ERSTE BEWERBERIN Ich habe das Glas aber schon.
ZACHARIAS WERNER Bleiben Sie so.
Er macht sich Notizen, in denen er die Gestalt der sich reckenden Frau festhält.
Danke. Lassen Sie das Glas oben stehen.
Das war's schon. Sie bekommen Nachricht von uns.

Melodie. Die zweite Bewerberin tritt auf.

DIE ZWEITE BEWERBERIN Worum geht's?
ZACHARIAS WERNER Sie stellen sich vor die Tischplatte. Andersherum. Mit dem Rücken zum Betrachter. Sie beugen sich vor, sie drücken den Unterleib gegen die Kante der Tischplatte, sie langen hinauf, Sie heben das Glas Wasser vom obersten Bord.
DIE ZWEITE BEWERBERIN Das ist alles? Dann hab ich's geschafft?

ZACHARIAS WERNER Sie sind in die erste Vorauswahl gekommen. Dies hier ist die erste Vorauswahl, das wissen Sie?
DIE ZWEITE BEWERBERIN Schon gut.
ZACHARIAS WERNER Sie müssen sich so hinstellen, daß Sie mit dem Unterbauch die Platte berühren.
DIE ZWEITE BEWERBERIN Ach so. Ich dachte. Guddi.
ZACHARIAS WERNER Langen Sie aus, ohne sich zu verrenken.
Denken Sie an Ihre Figur.
Einen Moment so bleiben, bitte.
Er macht sich Notizen.
Danke. Das war's schon.
DIE ZWEITE BEWERBERIN Schon? Das war alles? Darauf war ich nicht vorbereitet. Ich dachte, Sie machen Fotos von mir.
ZACHARIAS WERNER Beim nächsten Mal, wenn Sie Glück haben. Ich bin hier nur die unterste Vorauswahl.
DIE ZWEITE BEWERBERIN Dafür hab ich zweieinhalb Stunden gewartet.

Geht ab. Melodie. Die dritte Bewerberin tritt auf.

DIE DRITTE BEWERBERIN Ich seh schon.
ZACHARIAS WERNER Heben Sie das Glas da oben –
DIE DRITTE BEWERBERIN Alles klar. Ich hab's im Blick.
ZACHARIAS WERNER Möglichst ohne das Wasser zu verschütten.
Langen Sie nach oben. Springen Sie nicht.
Denken Sie an Ihre Figur.
DIE DRITTE BEWERBERIN Ich fürchte, ich bin zu klein.
Ein Bord tiefer das Glas?
Dann schaff ich's leicht.
ZACHARIAS WERNER Leicht ist schlecht.
Sie sollen langen.
DIE DRITTE BEWERBERIN Ich bin diese extreme Zwischengröße.
Wird wohl nichts.
Vielleicht versuch ich's mal auf Zehenspitzen.
Sieht nicht aus, wie?
ZACHARIAS WERNER Tut mir leid.
DIE DRITTE BEWERBERIN Na dann, ein andermal.

Geht ab. Melodie. Die nächste tritt auf.

ZACHARIAS WERNER Ziehen Sie sich bitte nicht aus.
DIE VIERTE BEWERBERIN Nicht? Ich dachte.
Wenigstens die Strümpfe.
ZACHARIAS WERNER Die Strümpfe auch nicht.
Langen Sie nach dem Glas dort oben.
Strecken Sie sich aus, ohne sich zu verrenken.
Denken Sie an Ihre Figur.
DIE VIERTE BEWERBERIN Kein Thema.
ZACHARIAS WERNER Bleiben Sie so.
Danke. Ich hab's gesehen.
Sie bekommen eine Nachricht.

Die vierte Bewerberin geht ab. Melodie. Die nächste.

DIE FÜNFTE BEWERBERIN Guten Tag. Ich bin die Ina Schmölling-Knecht. Dreiundzwanzig Jahre alt, gelernte Kauffrau. Was kann ich für Sie tun?
ZACHARIAS WERNER Sie langen bitte mit dem rechten Arm nach dem Glas dort oben. Sie drücken dabei Ihren Unterleib fest gegen die Küchenplatte. Sie heben das Glas an, möglichst ohne etwas zu verschütten.
DIE FÜNFTE BEWERBERIN Und dann?
ZACHARIAS WERNER Das ist alles.
DIE FÜNFTE BEWERBERIN Wann fange ich an?
ZACHARIAS WERNER Sie könnten es schon hinter sich haben.
DIE FÜNFTE BEWERBERIN Ich brauch leider immer etwas länger. Ich muß mir die Situation erst vor Augen führen.
ZACHARIAS WERNER Vielleicht kommen Sie zu dem Ergebnis, daß Sie besser Ihre Lederjacke ausziehen. Sie könnte Sie daran hindern, den Arm ganz auszustrecken.
DIE FÜNFTE BEWERBERIN Geht auch so.
Nee. Doch nicht.
Komm gar nicht bis ran.
Legt die Jacke ab.
Aber was ist, wenn ich letztlich überhaupt nicht bis ran komme?
ZACHARIAS WERNER Das sieht mir nicht so aus bei Ihnen.
DIE FÜNFTE BEWERBERIN Ich hab 'ne leichte Versteifung in der oberen Wirbelsäule. Das ist der Punkt.

ZACHARIAS WERNER Ich denke, Sie schaffen es.

DIE FÜNFTE BEWERBERIN *versucht es erneut* Also ... runterschmeißen ... das ginge grad noch ...

ZACHARIAS WERNER Nicht runterschmeißen!

DIE FÜNFTE BEWERBERIN Ich schaff's nicht.

ZACHARIAS WERNER Bleiben Sie so.

DIE FÜNFTE BEWERBERIN Sehen Sie?
Der rechte Schultermuskel zieht nicht mit.
Da ist noch Reserve drin.

ZACHARIAS WERNER Danke. Es genügt.
Es kommt nicht mehr drauf an.

DIE FÜNFTE BEWERBERIN War nicht mein Tag heute. Ich renn ja viel herum. Probier 'ne Menge aus. Stell mich hier mal vor, bewerb mich dort. Ich renne wie ein Wiesel. Mach ich eigentlich ganz gern. Ich interessier mich für Situationen. Ständig was Neues. Macht mir Spaß. Auch wenn ich schon von vorneherein weiß, daß ich keine Chance habe. Ich glaube, das heißeste Thema überhaupt ist die Autosuggestion. Die Selbsttäuschung. Und vor allem Umrißvergrößerung. Wie beim Pfau. Ich pump mich jedesmal auf, so'n Ballon, wenn ich irgendwo ins Abwimmelbüro reinkomme, man brauchte mir nur einen Pikser zu geben, und die heiße Luft zischt ab. Macht aber keiner. Ich kann nicht mal eine einzige Fremdsprache perfekt. Trotzdem. Dabeisein hält frisch. Ich weiß nicht mal, wohin das Schiff hier abdreht bei Ihnen. Worum ging's eigentlich?

ZACHARIAS WERNER Ich bin hier nur die unterste Vorauswahl für das Confidence-Modelstudio.

DIE FÜNFTE BEWERBERIN Confidence heißt doch das Hotel hier?

ZACHARIAS WERNER Das Hotel gehört zur Confidence-Gruppe. Wir gehören zur Confidence-Veranstaltungs AG. Und dazu gehören wiederum verschiedenen Agenturen, Beautyshops, Fitneßstudios ...

DIE FÜNFTE BEWERBERIN Mein Vater, das ist ja der, der die Healthfoodkette in Deutschland aufgezogen hat – mein Vater hat immer zu mir gesagt: erstick bloß nicht an deinem Geld. Mach was. Nimm irgendeinen Job, arbeite, steck dein Geld in echte Kulturwerte. Mach dir einen guten Namen mit dem vielen Geld. Unterstütz begabte Maler, freie Gruppen, Tanztheater.

Zacharias Werner Mit anderen Worten … Kulturwerte … wenn ich Sie richtig verstehe –

Die fünfte Bewerberin Es ist für mich verdammt heikel, die richtigen Leute zu treffen.

Zacharias Werner Ich glaube fast: das ist Ihnen soeben passiert!

Im Hintergrund öffnet sich eine der Bürotüren.

Ich könnte Ihnen behilflich sein … Ina.
Ich kann jetzt nicht darüber sprechen. Warten Sie!
Sie bekommen sehr bald Nachricht von mir. Sehr bald.
Ich melde mich. Spätestens nächste Woche.

Er steht auf, hilft ihr in die Lederjacke.

Die fünfte Bewerberin Na dann. Schönen Tag noch.

Eine Angestellte *den Boden absuchend, zu Zacharias Werner* Ist dir schon mal aufgefallen, was bei uns alles auf dem Boden liegenbleibt? Ich weiß gar nicht, wann hier das letzte Mal richtig saubergemacht wurde in unseren Büros.

Zacharias Werner *ißt ein Pausenbrot* Ich komme so gut wie nie in eure Büros.

Eine Angestellte Also das mit den ständig wechselnden Reinigungsfirmen, das hat schon was Traumatisches.
Du siehst schlecht aus.
Geht's dir nicht gut?
Warst du das nicht, der mit dem aggressiven Hepatitisvirus?

Zacharias Werner Nein. Ich bin etwas erschöpft. Ich arbeite jetzt drei volle Tage in der Woche für die Agentur. Und daneben der Verlag.

Eine Angestellte Gerwins Sohn hat sich am Wochenende aufgehängt. Seine Frau hat ihn erst am Dienstag gefunden. Sie lebten ja getrennt. Das war letztlich der Grund für seinen Abgang. Überall liegen Büroklammern am Boden. Außerdem wurde ihm zum zweiten Mal der Führerschein entzogen. Hier hat heute nacht niemand geputzt. Ich schwör's dir, niemand. Er hat einen sechsseitigen Brief hinterlassen, alles pinglig geregelt. Haarklein beschrieben, wie das neue Navigationssystem in seinem BMW funktioniert.

Zacharias Werner Gerwins Sohn? Es gab doch zwei Brüder. War das der, der einen immer am Kinn packte und zudrückte?

Oder der andere? Einer von den beiden hatte doch was Gewalttätiges an sich?

EINE ANGESTELLTE Heute früh kam die Nachricht: Gerwins Sohn hat sich erhängt. Ich fragte sofort: der Gefährliche? Ja, es war der Gefährliche von den beiden.

Zacharias Werner zurück hinter seinem Tisch. Melodie. Die nächste.

DIE SECHSTE BEWERBERIN *eine Verstörte; stellt ihren Katzenkorb auf die Küchenplatte* Ich heiße Rose und werde deinen Bauch eine Zeitlang bewohnen, um dann durch deine Eingeweide zu kriechen, denn ich muß mich vor den Sieben Herren verstecken, die mir nachstellen seit meiner Geburt. *Sie zieht ein endlos langes rotes Tuch aus ihrem Ärmel.*

ZACHARIAS WERNER Was machen Sie da?
Ich bitte Sie, ich bin selbst ein labiler Mensch …

DIE SECHSTE BEWERBERIN Ich muß die Luftgeister verjagen. Sie fangen wieder an, mich zu piesacken. Sie stehlen mir den Schuh. Sie reißen mir ein Stück aus dem Kleid. Ein Stück aus dem Haar. Ein Stück aus der Wange. Ein Stück aus der Hüfte. Wissen Sie, es sind die vielen Vögel über uns. Die vielen Vögel machen mich nervös. Ich kann sie nicht flattern hören, es regt mich auf. Es macht mich selbst so flatterhaft.

ZACHARIAS WERNER Kommen Sie, wir gehen einen Augenblick an die frische Luft.

DIE SECHSTE BEWERBERIN Draußen? Nicht nach draußen! Draußen werden die Wege enger, sobald ich aus dem Haus trete. Enger, wissen Sie, immer enger und schmaler. Die Häuser rücken aufeinander zu, die Mauern wollen mich zerquetschen. Der Daumen Gottes zerknatscht mich wie eine reife Beere. Und hier drinnen ist eigentlich alles so, wie man es vom Hörensagen kennt.

ZACHARIAS WERNER *zu den Angestellten, die in ihren Bürotüren stehen* Warum hilft mir denn niemand?

DIE SECHSTE BEWERBERIN Was wollt ihr? Ja, gafft mich nur an!
Ich bin so schön, wie man nur sein kann.
Ich bin schöner, als die Natur erlaubt!
Zwei Angestellte kommen, ergreifen sie und schleppen sie samt Katzenkorb hinaus.

DIE SECHSTE BEWERBERIN Zerschlagt den Sinn! Zerschlagt die Sehnsucht! Zerschlagt die Ideen! Pancomedia ... Pancomedia!

Melodie. Die nächste.

DIE SIEBTE BEWERBERIN *zeigt auf den Katalog der Modelagentur, der auf Zacharias Werners Tisch liegt*
Ich will da-rein.

ZACHARIAS WERNER Ins Album?

DIE SIEBTE BEWERBERIN Ja.

ZACHARIAS WERNER Ich treffe hier keine Entscheidungen.

DIE SIEBTE BEWERBERIN Sondern?

ZACHARIAS WERNER Ich mache mir Notizen.

DIE SIEBTE BEWERBERIN Und dann?

ZACHARIAS WERNER Ich gebe sie weiter.

DIE SIEBTE BEWERBERIN Was steht in Ihren Notizen?

ZACHARIAS WERNER Mein erster Eindruck.

DIE SIEBTE BEWERBERIN Von mir?

ZACHARIAS WERNER Auch von Ihnen.

DIE SIEBTE BEWERBERIN Was hatten Sie denn für 'n Eindruck?

ZACHARIAS WERNER Das ist meine Sache.

DIE SIEBTE BEWERBERIN Nicht ganz. Ich sagte doch: ich will darein.

ZACHARIAS WERNER Das wollen sie alle.

DIE SIEBTE BEWERBERIN Ich bin nicht wie alle.

ZACHARIAS WERNER Gut. Notier ich mir. Ist nicht wie alle.

DIE SIEBTE BEWERBERIN Machen Sie keine Witze. Es ist mir Ernst.

ZACHARIAS WERNER Drohen Sie mir?

DIE SIEBTE BEWERBERIN Im Gegenteil. Ich hab mir was überlegt. Ich brächte es fertig, einen noch besseren Eindruck auf Sie zu machen.

ZACHARIAS WERNER Ich brauche nur den ersten. Aber ich notier mir, was Sie gesagt haben.

DIE SIEBTE BEWERBERIN Nein. Schreiben Sie nicht alles auf, was ich sage. Sie wollen mich reinlegen. Gehört doch nicht mehr zum ersten Eindruck, was ich jetzt von mir gebe, oder?

ZACHARIAS WERNER Ich werd's irgendwie zusammenfassen.

DIE SIEBTE BEWERBERIN Glauben Sie mir: ich komme da rein.

ZACHARIAS WERNER Ins Album? Oder ins Studio, zur Probeaufnahme?

DIE SIEBTE BEWERBERIN Das wäre nicht das erste Mal, daß ich mein Ziel erreiche. Mein erster Eindruck kann nicht so schlecht gewesen sein. Nicht so schlecht wie das Geseire, das wir danach abgelassen haben. Sie haben mich provoziert. Sie haben mich ausgehebelt. Sie haben mich angemobbt …! O Scheiße, ich mach's nur schlimmer. Entschuldigen Sie, ich reit mich immer tiefer rein … Helfen Sie mir doch! *Zacharias Werner geht zu ihr, führt sie nach rechts zum Ausgang.* Ich hab nichts gesagt, nein? Versprichst du mir das? Kein Wort hab ich gesagt … Vergiß alles! Ich stell mich noch mal hinten an. Ich bin ganz sicher, ich hab mich noch immer auf meinen ersten Eindruck verlassen können.

Melodie. Nächste.

DIE ACHTE BEWERBERIN Abonde Weyer. Ich bin eine mittelgroße, dunkelblonde, nicht ganz … nicht ganz füllige Mittzwanzigerin, Stier-Frau … tja, was noch?

ZACHARIAS WERNER Ich seh's. Ich sehe Sie doch.

DIE ACHTE BEWERBERIN Ich weiß. Aber Sie erinnern sich besser an mich, wenn ich's auch noch über Audio bringe.

ZACHARIAS WERNER Sie stellen sich bitte vor das Regal, beugen sich über die Küchenplatte und versuchen mit der rechten Hand das Glas vom obersten Bord zu heben.

DIE ACHTE BEWERBERIN Nur heben? Anheben?

ZACHARIAS WERNER Zuerst langen Sie aus.

DIE ACHTE BEWERBERIN So?

ZACHARIAS WERNER Nach oben. Zum Glas.

DIE ACHTE BEWERBERIN So?

ZACHARIAS WERNER Bitte nicht fragen. Tun.

DIE ACHTE BEWERBERIN *langt nach dem Glas* Ich komm mir irgendwie komisch vor. Ich hab kein gutes Gefühl. Ich weiß nicht, wollt ihr mich verscheißern, oder was habt ihr mit mir vor?

ZACHARIAS WERNER Bei dir stimmt alles, Abonde. Alles stimmt. Bleib so. Du mußt nur den Mund halten. Danke. Das war's. Du bekommst sicher bald Nachricht von uns.

Die achte Bewerberin geht ab. Melodie. Die nächste.

DIE NEUNTE BEWERBERIN Guten Tag. Mein Name ist Eva Maria Brandstätter.

ZACHARIAS WERNER Effie!

DIE NEUNTE BEWERBERIN Ich dachte, du säßest längst im Knast. Du hast doch sicher nicht nur mich bestohlen. Wieviel Honorar hast du inzwischen deinen Autoren unterschlagen? Fünfzig-, achtzigtausend? Und die Schulden bei den Frauen? Mindestens noch mal das Doppelte. Ich dachte, die hätten längst mit dir abgerechnet? Statt dessen lutschst du lasch an deinem Bleistift und schaust dir Weiberärsche an.

ZACHARIAS WERNER Nicht hier, Effie, ich bitte dich!

DIE NEUNTE BEWERBERIN Paß auf, mein Lieber: mich hast du noch lange nicht hinter dir. Dich finde ich immer wieder. Eines Tages wirst du deine Schulden begleichen. Ich steh dir im Weg, wo du's am wenigsten erwartest. Und irgendwann kommst du von selber angekrochen. Du wirst mich um Verzeihung bitten. Du wirst darum betteln, daß alles wieder wird, wie's mal war. Wahrscheinlich bildest du dir ein, du brauchtest nur bei mir ins Bett zu steigen, um deine Schulden abzubauen. Du wirst mit mir ins Bett wollen, nehm ich an. Aber täusch dich nicht. Ich werde dich bluten lassen, ausbluten, bis ich mein Geld zurückhabe auf Heller und Pfennig.

ZACHARIAS WERNER Wir können uns doch in Ruhe darüber verständigen, ein andermal.

DIE NEUNTE BEWERBERIN Mit Zins und Zinseszins, das schwör ich dir!

ZACHARIAS WERNER Nicht so laut. Wenn ich den Job hier verliere, kann ich dir gar nichts zurückzahlen. Ich tu doch nichts anderes. Ich arbeite, bis ich umfalle, nur damit ich dir dein Geld zurückzahlen kann.

DIE NEUNTE BEWERBERIN Dann komm. Komm mit mir. Jetzt gleich. Komm mit – und alles ist geregelt.

ZACHARIAS WERNER Das geht nicht, Effie. Ich muß arbeiten. Es ist die gerechte Strafe. Ich habe einen Roman im Herbst. Ich habe die große Nummer gezogen. Das Buch wird einschlagen wie eine Bombe. Es bringt Geld. Mehr als genug. Ich weiß, wovon ich rede. Dieses Buch wird unsere Goldgrube!

Die neunte Bewerberin Eigentlich bist du nur ein schäbiger kleiner Betrüger. Ein Schöngeist, ein Schwärmer, ein Kulturapostel – aber im Kern bist du schlecht. Schlecht und verdorben.

Sie wendet sich ab; an der Tür dreht sie sich noch einmal um.

Das wird der letzte Aufschub sein, den ich dir gewähre.

Die neunte Bewerberin ab. Melodie. Die nächste.

Die zehnte Bewerberin *die Professionelle* Hi.

Zacharias Werner Guten Morgen.

Die zehnte Bewerberin Sind das hier die Confidence-Studios?

Zacharias Werner Nein. Ja. Die Confidence-Vorauswahl.

Die zehnte Bewerberin *läßt mit einem Griff ihr Kleid fallen.*

Zacharias Werner Es ist nicht nötig ...

Die zehnte Bewerberin Aber ich b i n nackt.

Zacharias Werner Ich bin auch nackt. Das tragen wir alle mit uns herum.

Ziehen Sie sich bitte wieder an.

Die zehnte Bewerberin Ich stell mich doch nicht in Klamotten hierhin. In Kleidern mach ich grundsätzlich nichts.

Das sieht einfach nicht aus bei mir.

Zacharias Werner Ich bin nicht der Fotograf. Ich habe nur eine schriftliche Beurteilung abzugeben. Ich bin der Protokollant des ersten Eindrucks. Danach tritt die Assistentenriege des Fotografen zusammen und trifft aus meiner Vorauswahl eine etwas engere Wahl. Die ausgewählten Frauen werden zur zweiten Vorauswahl bestellt. Dann erst tritt der erste Fotograf auf den Plan. Er trifft aus der Vorauswahl der Assistenten die nächstengere Wahl. Die engere Wahl wird dann dem Cheffotografen vorgelegt. Wo er den Finger drauf setzt, das sehen sich die Werbeleute, die Investoren an. Investoren und Cheffotografen wählen zum Schluß zwei Mädchen aus dem letzten Rest, die dann zu Probeaufnahmen bestellt werden. Dabei wird die eine rausgefiltert, die dann unter Umständen wirklich ins Album kommt. Und die steht dann genau da, wo Sie jetzt stehen, und langt nach dem Glas auf dem obersten Bord. So geht das. Und so wird das immer gehen.

Die zehnte Bewerberin *steigt in ihr Kleid* Ich sage Ihnen was: ich bin Profi. Ich lange nach diesem Glas. Aber ich lange erst nach diesem Glas da oben, wenn ich als letzte hier stehe. Und ich stehe mit Sicherheit als letzte hier. Soviel zu mir.

Zacharias Werner Wie soll das gehen? Wenn Sie nicht ein erstes Mal nach oben langen und das Glas anheben, dann können Sie unmöglich als letzte hier nach oben langen. Da liegt die Logik begraben.

Die zehnte Bewerberin Denken Sie an meine Worte. Sie werden mich wiedersehen.

Die Namen

Auf einer Power Point-Projektion im Hintergrund rollt ein Block weiblicher Namen ab, von denen sprunghaft jeweils einer mit blinkendem Cursor hervorgehoben und kurz darauf gelöscht wird. Im Vordergrund auf einem Klappstuhl sitzt Heike, die unruhig auf das Blinken ihres Namens wartet. Mal plötzlich, mal zögernd sich erhebt, hinter sich die Sitzfläche festhält oder hochspringen läßt, zwei Schritte vorläuft, stoppt, halblaut liest, umkehrt, sich wieder setzt, vorgebeugt und gespannt abwartet, wieder aufspringt etc. Der Bewegungsablauf gleicht dem Verhalten eines Trainers am Rande des Fußballspiels.
Heike, eine Person, die mehr oder weniger unbeteiligt durch die Szenen zieht, mal eine Beigesellte, mal eine Vorübergehende, eine Immerwiederauftauchende, ein Motiv.

Im Fahrradladen

Sylvia Kessel in Top und Shorts, Streifen von Schmieröl auf der nackten Haut, hebt Fahrradgestelle in die Hängung, montiert Räder, gibt aus einem Schlauch Preßluft in die Reifen, setzt Ketten und Gangschaltung ein. Redet, ohne ihre Arbeit zu unterbrechen. Manchmal faßt sie mit beiden Händen in die Speichen und senkt den Kopf zwischen die ausgestreckten Arme.
Ihr Kompagnon und Freund sitzt im Hintergrund auf einer Kiste, schweigt, hebt ab und an die Schultern und läßt sie wieder sinken.

Sylvia Kessel Du mußtest mir also die Wahrheit sagen? War das nötig? Das ist sie also, die ganze beschissene Wahrheit. Ich habe dich machen lassen. Ich habe dich viel zu lange machen lassen. Das ist der Dank, das ist die Quittung, damit hatte ich zu rechnen. Ich sage nichts, was dich verletzen könnte. Ich sage nichts Sentimentales. Du brauchst nicht darauf zu lauern. Ich komme am Ende besser weg. Verlaß dich drauf. Ich arbeite gern hier. Das ist inzwischen mein Laden wie es dein Laden ist. Aber ich kann aufhören. Morgen schon. Was willst du? Es ist nicht mein ganzes Leben, das hier. Ich habe mein Buch fertig. Jetzt, ausgerechnet jetzt, wo mein Buch fertig ist, mußt du mir »die Wahrheit« sagen.
Na gut. Laß mich mit dem Buch allein. Ich laß dich allein mit deinem Laden. Sie kann ja nichts. Sie arbeitet nicht. Sie wird dir nicht helfen. Ich kenne diese Sorte Mädchen. Du wirst sehen, sie ist zu nichts zu gebrauchen. Mach dir keine Illusionen. Auch nicht in dem Punkt, über den ich nicht spreche mit dir. Nie gesprochen habe.
Weil es das Beste war, was wir miteinander hatten und worüber man besser nicht spricht. Aber wenn du glaubst, jetzt kommt es erst für dich, mit ihr, jetzt geht's erst richtig los, dann sage ich dir, du wirst dich wundern. Ich weiß genau, was kommen wird. Ich kenne den Typ. Die machen nichts wirklich gut. Du merkst es nicht, noch nicht, weil du jetzt bei der ersten Luftnummer schon denkst, mein Gott, besser als alles, was ich

kenne. Ich habe auch jemanden getroffen. Jemand, der sich um mein Buch kümmern will. Er sagt, er will was machen aus mir. Aber ich bin doch schon was, oder?

Verhandlungssache

In der weiträumigen Halle des Hotels Confidence, die mit wenigen gläsernen Vierkantsäulen im Art-deco-Stil gegliedert ist. Diese Säulen zeigen in der Umbaupause Lichtspiele, Menschen scheinen darin schattenhaft auf- und abzusteigen, und sie dienen auch zu verdeckten Auf- und Abtritten. Letztlich sind alle Szenen in und aus der Lounge-Situation zu entwickeln.

Zacharias Werner und die Papierfabrikantin gehen in der Halle auf und ab.

DIE PAPIERFABRIKANTIN Wir sind uns geschäftlich mehrmals sehr nahe gekommen, ohne je den letzten Schritt zu vollziehen. Finden Sie das nicht ein wenig ermüdend?

ZACHARIAS WERNER Das letzte Mal war ich bei Ihnen im Holsteinischen zu Besuch. Ich erinnere mich an unseren Gang am Meer. Auf der Krone eines Deichs unabsehbar geradeaus.

DIE PAPIERFABRIKANTIN Sie erinnern sich: plötzlich zog an mir das Meer, die Ebbe zerrte, ein Sturm kam auf und rüttelte an mir. An Ihnen nicht. Kein Halm, kein Zweiglein rührte sich, nur eng um mich, da loderte ein Wind und zog das Meer.

ZACHARIAS WERNER Sie fielen hin, Sie lagen auf dem Rücken. Ich warf mich über Sie, quer über Ihren Leib lag ich gestreckt. Allmählich wurden Sie dann ruhiger.

DIE PAPIERFABRIKANTIN Allmählich beruhigte sich die Raserei der Luft, die mich allein gepackt und niedergeworfen hatte. Das Meer war längst davon, der Sturm vergangen, und ich stand auf, ich dankte Ihnen und dachte: was für ein starker und gewissenhafter Mann, dem kannst du dich geschäftlich anvertrauen.

ZACHARIAS WERNER Und ich dachte: das war wohl nicht mehr und nicht weniger als ein epileptischer Anfall, den die Frau da hatte. Sei auf der Hut! Du hast es mit einer Epileptikerin zu tun. Es sah mir ganz so aus, als seien Sie einer inneren Schwäche erlegen.

DIE PAPIERFABRIKANTIN Schwäche? Ich bin nicht schwach. Sturm und Meer allerdings sind etwas stärker als ich.

Zacharias Werner Es gab ja keinen Sturm im engeren Sinn.

Die Papierfabrikantin I c h stand doch mittendrin!

Zacharias Werner Ich bin früher auch gereist, Verehrteste. Ich stand noch nie an einer Küste, wo das Meer den Menschen vom Land gezogen hätte. Und sowieso gibt's nirgends auf der Welt ein Wetter nur für e i n e n Menschen. Weder Sturm noch Hagel oder Sonnenschein.

Die Papierfabrikantin Sie selber haben mich zurückgerissen. Sie selber haben mit dem Element gerungen. Sie haben seine Macht am eigenen Leib gespürt. Sind Sie nicht mehr interessiert an meinem Angebot?

Zacharias Werner Mehr als neunundvierzig Prozent gebe ich nicht ab. Das bin ich meinen Autoren schuldig. Im übrigen, wenn ich das sagen darf, Ihr wertes Angebot ist nahezu identisch mit drei, vier anderen, ganz konkreten, die ich bereits ablehnen mußte.

Die Papierfabrikantin Aber mich – mich haben Sie aus dem Sturm gezogen!

Zacharias Werner Ich half Ihnen lediglich wieder auf die Beine, wie das ein Mann zu tun pflegt, wenn eine Dame hinfliegt.

Die Papierfabrikantin Hinfliegt? Ist das das richtige Wort? Überlegen Sie doch einmal, weshalb das Meer, der Sturm mich haben wollten? Und keine Gelegenheit auslassen, mich von der Erde zu verschleppen?

Zacharias Werner Was gibt's da zu überlegen? Ich glaub nicht dran.

Die Papierfabrikantin Sie haben übermenschliche Kräfte in Ihren Armen, Herr Werner. Doch Ihr Vorstellungsraum ist enger als ein Kaninchenstall. Ein Unternehmer wollen Sie sein? Ein Zöllner sind Sie! Bevor Sie sich neue Märkte erschließen, erschließen Sie sich erst mal neue Vorstellungsräume! … Wie unvereinbar gehen wir auseinander! Die Elemente haben Sie gespürt und räumen mir nicht den geringsten Vorzug ein! Wie traurig und wie schade.

Die Papierfabrikantin wendet sich ab, sinkt leicht zusammen, hält sich an einer Couchlehne, bis zwei Kellner kommen und sie beiseite führen. Sie bleibt an einer Säule angelehnt stehen.

Zacharias Werner *ruft die Kellner* Meine Herren … Darf ich Sie fragen: die Dame, der Sie eben behilflich waren – Sie kennen sie?

Erster Kellner Oh, wir kennen sie recht gut.

Zweiter Kellner Wir beide kennen sie sogar sehr gut. Zusammen kennen wir sie begreiflicherweise besser als jeder allein.

Erster Kellner Immer, wenn sie in der Stadt ist, kommt sie zum Abendessen ins Confidence.

Zweiter Kellner Man sagt, Frau Annelehn Quitzow dirigiert inzwischen ein kleines Imperium von zweiundzwanzig Betrieben der Papier- und Verlagsbranche in ganz Norddeutschland.

Erster Kellner Allerdings handelt es sich meist um kleine, um nicht zu sagen sehr kleine Unternehmen. Sie druckt praktisch die gesamte Vereins- und Verbandsliteratur im norddeutschen Raum.

Zacharias Werner Haben Sie schon einmal einen ähnlichen Schwächeanfall bei ihr erlebt?

Zweiter Kellner Fast nach jedem Geschäftsessen. Fast ausnahmslos.

Erster Kellner Es liegt aber keineswegs an der mangelnden Qualität unserer Küche.

Zacharias Werner Sondern? Woran liegt es denn?

Die beiden Kellner sprechen Zacharias Werner an, indem sie etwa dreißig Zentimeter über seine Stirn blicken, als ob sein Gesicht wie ein Ballon an die Decke stiege.

Zweiter Kellner An ihrer Einmaligkeit!

Zacharias Werner *greift unsicher an die Stirn* Was zum Teufel ist das Einmalige an ihr?

Erster Kellner Sie ist ein Wesen.

Zweiter Kellner Ein Wesen, ein bestimmtes Wesen.

Erster Kellner Oder ein unbestimmtes, wenn Sie so wollen.

Zweiter Kellner Insofern, als sie sich nicht lange mit einem normalen Menschen befassen kann, ohne von Sinnen zu kommen. Ohnmächtig zu werden.

Zacharias Werner Sie ist also krank. Ich dachte mir's.

Erster Kellner Krank? Glaubst du?

Zweiter Kellner Nein. Sie krankt am Normalmenschen. So könnte man vielleicht sagen.

ZACHARIAS WERNER Sprechen wir offen miteinander. Würden Sie persönlich, wenn die Gelegenheit bestünde, mit diesem Wesen, wie Sie es nennen, eine weitreichende geschäftliche Verbindung eingehen?

ERSTER KELLNER Wir würden keine Sekunde zögern.

ZACHARIAS WERNER Keine Sekunde?

ZWEITER KELLNER Nein. Aber wir sind, weil Vater und Sohn, die schlechtesten Ratgeber in geschäftlichen Dingen. Da sollten Sie zwei völlig voneinander unabhängige Kerle fragen.

ZACHARIAS WERNER Ich danke Ihnen für Ihre freimütigen Auskünfte. Wenn ich es richtig sehe, hufe ich vor einer historischen Schwelle zurück. Der Handel wird heute von Kräften bestimmt, die mir völlig fremd sind...

Die beiden Kellner heben ihre Köpfe immer höher und nicken Zacharias Werner zu.

Ich bin mit meinem bescheidenen Unternehmerlatein am Ende. Im Grunde sind es drei Defizite, die kein Geschäftsmann auf sich vereinen sollte, ich aber leider Gottes auf mir vereine. Erstens: ich schätze die Lage falsch ein. Zweitens: meine Witterung versagt. Drittens: ich verliere sämtliche Anhaltspunkte. Diese Frau – korrekt: dieses Wesen verkörpert etwas abrupt Neues im modernen Wirtschaftsleben. Dieses Wesen, kein Zweifel, wurde angesichts meiner inneren Unbeweglichkeit ohnmächtig. Seit wann bin ich denn ein stinknormaler Mensch?

Zweite Frage: gelange ich dennoch über mich hinaus? Wenn ja, wie? Mein Gott, ein Wesen, ein geschäftlich-übergeschäftliches, das gar nicht stundenlang verhandeln kann, zähe Verhandlungen nicht führen, weder tarocken noch nachtarocken kann, sondern nach zwanzig Minuten apart in Ohnmacht sinkt – das gibt den neuen Taktschlag vor für alle Branchen. Man muß in Zukunft noch früher auf alles gefaßt sein!

Mitternachtsgesellschaft

Eine hübsche Bedienung, Saaltochter mit Kraushaarperücke, Spitzenschürze auf schwarzem Minirock, balanciert ein Tablett mit Gläsern, die Flüssigkeiten in den verschiedensten Farben enthalten.
Sie nähert sich Zacharias Werner, der in Abendgarderobe verloren auf nackter Bühne steht.

SAALTOCHTER Guten Abend. Herzlich willkommen.
Wählen Sie. Jedes Glas ein Zaubertrank.
Jedes Glas ein Treffer. Niete ausgeschlossen.

ZACHARIAS WERNER Es wäre gut, wenn Sie mir behilflich wären, den Anschluß an die übrige Gesellschaft zu finden.
Wo sind die anderen?

SAALTOCHTER Ja, warten Sie ... wo sind die anderen? Die Gesellschaft hat sich anscheinend verzogen. Aber wohin? Wo habe ich den Pulk zuletzt gesehen? Es war so ein wabbliger quengliger Pulk, zusammengepfercht, ununterscheidbar, ein brauner, roter, violetter, ockergrüner Klumpen, klebriger Klumpen von Männern und Frauen und Zwischendingern, uralte Häute, weiße, verschwitzte, verschmutzte, fettige und schartige, wo war das bloß? Sehen Sie: die Gläser stehen fest. Sie wanken nicht. Aber die Getränke wanken.

ZACHARIAS WERNER Das berührt mich nicht.

SAALTOCHTER Das berührt Sie nicht?
Hej. Wer krabbelt da an meinem Bauch?
Sie holt ein kleines häutiges Monster aus ihrer Schürzentasche, öffnet die Bluse und setzt es an ihre rechte Brust.
Mein kleiner Schützling. Eufritz. Stammt aus eigenem Abfall. Ein Fötenpüppchen von mir und meinem Friedrich Immerseel. Es ist zwei Uhr früh. Eufritz verlangt nach der Brust. Entschuldigen Sie ... Nicht so wild, mein Kleiner. Du tust mir weh. *Zu Zacharias Werner* Machen wir weiter kein Aufheben davon.

ZACHARIAS WERNER Bedienen Sie mich.

SAALTOCHTER Hej! Bedienen? Was meinen Sie?

Aus ihrer Perücke steigen blaue Staubwolken und bilden einen Nimbus um ihren Kopf.

ZACHARIAS WERNER Gut. Sie verstehen mich. Ich wollte nur sichergehen, daß ich Ihnen verständlich bin. Ich lege keinen Wert auf Bedienung. Ich nehme den kleinen Schlenker zurück.

SAALTOCHTER Also wenn ich richtig gehört habe, klang das wie Anmache. Ich könnte Sie wegen Belästigung des Personals rauswerfen lassen.

ZACHARIAS WERNER Von wem? Von wem denn hier?

SAALTOCHTER Die Herrschaften sind bestimmt nicht weit …

ZACHARIAS WERNER Es ist kein Wunder, daß ich mir eine Entgleisung leiste. Ich kann mit einer Saaltochter nicht die Gespräche führen, auf die ich innerlich vorbereitet bin. Hier, sehen Sie, ich habe eine Einladung zur Mitternachtsgesellschaft. Ich habe den brennenden Wunsch, mich zu unterhalten. Wo sind die anderen?

SAALTOCHTER Die Herrschaften? Denken Sie einmal darüber nach. Denken Sie! Klar, schnell, hartnäckig. Sie werden sehen: Sie sind gar nicht in der Lage, über die anderen nachzudenken. Sie stehen komplett ohne Umgebung da. Außer mir. Außer mir stehen Sie allein auf weiter Flur. Und da mobben Sie mich. Ausgerechnet den einzigen Menschen weit und breit, Ihr Servierfräulein.

ZACHARIAS WERNER Ich möchte mich jetzt unterhalten. Ich bin hierhergekommen in der Hoffnung, die ein oder andere geschäftliche Verbindung zu knüpfen. Aber auch sonst gäbe es manches zu sagen.

SAALTOCHTER Sagen Sie's mir. Ich bin dazu da.
Wo drückt denn der Schuh?

ZACHARIAS WERNER Ich unterhalte mich nicht mit Ihnen.

SAALTOCHTER Warum nicht?

ZACHARIAS WERNER Sie legen jedes Wort auf die Goldwaage und wägen es so lange, bis es zweideutig wird.

SAALTOCHTER *reißt sich die Perücke vom Kopf, das kleine Biest von der Brust und steckt beides in die Schürzentasche* Was haben Sie eigentlich vor mit mir? Was bilden Sie sich ein? Was soll das werden? Sie bringen mich dazu, hier mit eingeschränkter Berufskleidung herumzulaufen. Nur weil ich denke, ich hab wohl nicht richtig gehört, nicht alles ganz richtig verstanden mit der Zusse auf dem Kopf. Ich hab den Mann wohl nicht ganz richtig verstanden, wie?

ZACHARIAS WERNER Sie sind ein gescheites, impulsives, furchtbares Mädchen. Sie hören mir einmal gut zu. Ich weiß jetzt, daß Sie in Wirklichkeit kahlköpfig sind. Es hat mich überrascht. Es beschäftigt mich. Aber es haut mich nicht um. Verstehen Sie? Wir finden jetzt beide ganz behutsam, Schritt für Schritt, zum Ausgangspunkt unserer Unterhaltung zurück.

SAALTOCHTER Na, das hört sich schon besser an: Unterhaltung.

ZACHARIAS WERNER Ich suche Unterhaltung. Ich brauche Unterhaltung. Aber ausschließlich aus geschäftlichen Gründen. Meinen ganzen Schwung verlier ich bei Ihnen. Mein Redestau fließt über, verpieselt, verpullert im Vorfeld.

SAALTOCHTER Hej, hej. Achtung!

ZACHARIAS WERNER Wo sind die anderen?! Ziehen Sie Ihre Perücke auf! Suchen Sie nach unserem Ausgangspunkt. Ich suche ihn. Sie suchen ihn. Rauf mit der Perücke!

SAALTOCHTER *kramt nach der Perücke, setzt sie wieder auf* Halten Sie Eufritz einen Augenblick.
Passen Sie auf! Er frißt sich fest.
Passen Sie auf. Der frißt sich durch bis auf Ihre Knochen.

ZACHARIAS WERNER Au! Du verdammtes Biest!
Er schmeißt es zu Boden. Eufritz frißt sich durch den Boden, verschwindet und hinterläßt einen grünen Dampf.

SAALTOCHTER Den haben Sie auf dem Gewissen.
Die Herrschaften hatten ihn so lieb.
Alle wollten ihn streicheln.

ZACHARIAS WERNER Wo sind sie denn? Wo sind sie?!

SAALTOCHTER Wen wollen Sie treffen? Zurück zum Ausgangspunkt. Sie haben den Willkommenstrunk noch nicht gewählt. Wen wollen Sie treffen? Die himbeerrote Brühe da, wenn Sie daran nippen, dann befinden Sie sich augenblicklich in einem Club von uralten Yachtbesitzern.

ZACHARIAS WERNER O nein.

SAALTOCHTER Oder das grasgrüne Glas. Da sind Sie urplötzlich Sektenmitglied bei den Kainiten. Lauter Satanskinder, die sich nicht zu erkennen geben, bis sie dann aus heiterem Himmel zuschlagen. Die Purpurlauge da, ein Schluck, und Sie dröhnen mit lauter Apothekern auf dem Pharmafest.

ZACHARIAS WERNER Ich bin zu einem Empfang der Mitternachtsgesellschaft eingeladen.

SAALTOCHTER Es ist ja schon weit nach Mitternacht.
Die Gesellschaft können Sie sich selber wählen.
Ich geh die Gläser jetzt im einzeln durch.
Marineblau. Ruderclub mit Damen.
Honiggelb. Uralte Bienenzüchter.
Ocker. Die unsterblichen Münzensammler.
Pink. Die Innung der Gefängniswärter.

ZACHARIAS WERNER Das weiße Glas, das klare?

SAALTOCHTER Das weiße Glas, das klare. Ja, da ändert sich nicht viel für Sie. Das weiße Glas bin ich. Die Umgebung bleibt die gleiche. Sie sprechen weiterhin mit mir. Nur intensiver.

Zacharias Werner nippt schnell an einem der Gläser.

Schade. Jetzt haben Sie am himmelblauen Glas genippt. Dann kommen – *sie setzt eine Brille auf, sieht auf einem Zettel nach* – dann kommen gleich die beiden Königinnen. Zwei vorzeitliche Zukunftswesen. Agrypnia, die schlaflose Staatslenkerin, Phintys, die ausgeglühte Dichterin.

Vorher kreuzt wie jedesmal die alte Schrumpelquitte auf. Madame Proserpina. Sie ließ sich Goldfäden in die Haut weben, damit ihr die Wangen nicht sinken. Der haarige Arm ihres Mannes liegt wie ein Fuchspelz um ihren Hals, damit sie unterwegs den kalten Hades nicht vergißt ...

Die Erscheinung der Proserpina, wie beschrieben, durchquert den Raum.

Die blauen Damen!

Sie haben Greise zu Begleitern, an denen sie lehnen, um die sie sich drehen und wie auf Möbel sich stützen. Und wenn sie voreinander fürstliche Posen einnehmen, dann dienen die knöchernen Männer zum Rahmen oder Gestell. Und wenn es böse wird und heftige Worte fliegen, dann müssen die Greise sich bücken, die Majestäten trommeln mit den Fäusten auf die mageren Rippen wie auf Holztische.

Saaltochter und Zacharias Werner in den Hintergrund, wo sie die Szene zwischen Agrypnia und Phintys beobachten.

AGRYPNIA Mehr als ich ahnte, frißt an mir der leere, ausgestorbene Palast. Der weite leere Garten, in den ich morgens schleiche – ich trete hinaus in meine Rosenschande. Und auch die kahle Kuhle, in der ich einsam schlafe und mich wälze, frißt an mir. Alle Leere will mich haben, mich, die ich kinderlos blieb und heimatlos in meinem Reich. Warum bleiben neue Kämpfe aus? Es tötet mich der innere Frieden dieses Staats. Mich verläßt das Bewußtsein nicht, daß hier alles längst vorbei ist, meine Herrschaft ein verlassener Traum, alle Mauern längst entvölkert, mein Loch verlandet. Und kein Nachfolger in Sicht. Aber ich! Ich war es doch, die den Krieg gegen die Greise gewann. Ich war es, die sie in Lager pferchen, deportieren und außer Landes schleppen ließ. Die ganze nutzlos faule Brut der über Hundertjährigen, die Parasiten, die uns kahlgefressen hätten. Spottsucht und Leichtgeist habe ich ausgeräuchert. Ist das zuwenig?

PHINTYS Deine Herrschaft versinkt in faulen Riten und Festen. Dein Reich oder schon der Gedanke an ein Reich sind nicht mehr als ein Latrinentrog, darin sich Blut und Sperma, Schweiß, Urin und Erbrochenes vermengen.

AGRYPNIA Die eine gibt die Feste, die andere reißt sie schnöde herunter.

Dir zu Ehren – d e i n e Dichtung hat das ganze Land gefeiert.

PHINTYS Unsinnige Ansprachen. Maßlose Ausgaben. Schwachsinnige Vergnügungen. Du weißt, was Menschenmengen mir bedeuten. Die Reichen unterstützt du, förderst, wendest zu, und immer dort, wo es sich jemand selber leisten kann. Bezahlst noch eigens den, der tanzen geht!

AGRYPNIA *zitiert einen Vers der Phintys*

»Verhangenes Gold, dem neuer Morgen sanft entrinnt« –

PHINTYS Du liest am Morgen deine Zukunft aus dem eigenen Kot. Du zauderst überall. Befiehlst die Milizen nicht. Mißtraust deinen Vertrauten. Nicht einmal deinen Hausmeister beherrschst du. Niemandem zeigst du Stärke. Du regierst schlecht, Agrypnia. Schlecht ist der Zustand der Gemeindekassen. Die Handwerker gehen außer Landes, weil sie dort mehr verdienen. Die Schiffsbauer arbeiten nur halbtags, denn sie haben nicht genügend gutes Holz. Die Geldeinnehmer verdienen am meisten, denn sie behalten das meiste für sich.

Schlecht schlecht schlecht. Die Soldaten plündern deine Garderoben und werfen deine Kleider ihren Huren zu. Das Volk pißt öffentlich auf deine seidenen Gewänder. Der Hafen verhöhnt dich, die Straßen spotten deiner.

AGRYPNIA Du übertreibst wie immer.
Was rätst du mir denn?
Rate mir doch wie früher!
Du schweigst.
Ist es meine Schuld, daß ich einem Mann nachfolgen mußte, der früh verstarb? War es mein Wille? Das Volk hat mich gezwungen. Du allein hast es mir verargt von Anfang an. Du hast dich gegen mich gestellt, als mir die Last am schwersten war. Doch niemals habe ich aufgehört, ein Zwiegespräch mit dir zu führen. Deinen unendlich schönen Versen habe ich Nacht für Nacht mit eigenen ungekünstelt geantwortet. Und aus dem selben Mund, der diesen reinsten Klang hervorbrachte, höre ich nun die schmutzigsten Vorwürfe, die gemeinste Verurteilung. Von anderen Staaten werde ich still gemieden, von der, die ich am liebsten habe, werde ich laut und derb geschmäht. Hab ich denn gar nichts von Wert und Ansehen geschaffen?
Ich höre wenig Beifall mehr. Anders als noch vor kurzem, als ich begann, uns von der Übermacht der Greise zu befreien, das Murrzeug fortzuschaffen, auszulöschen. Ich weiß, ich spiel noch immer mit den Steinen eines Fundaments. Nichts, was ich bis jetzt beschloß und durchgesetzt, kann man eigentlich begründen, setzen, bauen nennen. Du und ich. Macht und Wort. D i e Majestäten müssen einig sein, erst dann beginnt der lang ersehnte Aufstieg.

PHINTYS Man kann die Geräusche in den Straßen der Nacht nicht fein genug unterscheiden. Niemand weiß, wie weit die friedliche Menge reicht und wo die wilde Unmenge beginnt, die uns eines Tages vernichten wird.

AGRYPNIA Wir haben den Zyniker zum Orphiker bekehrt.
Wir haben das Unvordenkliche ausgesöhnt mit dem Geist unserer Tage.
Wir haben Seele und Klugheit wiedervereint.
Wir haben den Formlosen neue Gestalt verliehen.

PHINTYS Die neue Generation trüge besser die Maske der alten auf ihrem Gesicht – um die entsetzliche Kahlheit ihrer Augen zu verbergen.

Ein Greis, auf dessen gebeugten Rücken Phintys ihre Hände wie auf ein Rednerpult stützte, bricht zusammen.

AGRYPNIA Da! … Ein Greislein deportabel.
Ein Greis vom Schenkel bis zum Zagel.
Komm, Mädchen, bring ihn fort.
Er ist zu nichts mehr nütze.

Die Saaltochter kommt, der Greis umfaßt ihr rechtes Fußgelenk und wird von ihr über die Bühne geschleift.

Du solltest sie sehen, diese Sauger und Zehrer unserer Jugend, nachts in ihren Lagern, wenn sie der Länge nach am Boden liegen, über Treppen, Zimmer, Flure hin, und jeder umklammert das Fußgelenk des andern, denn sie wollen alle gemeinsam eine große warme Kette des Lebens bilden … Und wehe, einer läßt los im Traum, dann wachen alle auf und schrein Alarm! Vielleicht übt man Herrschaft mit Verrücktheit und Verdorbenheit besser aus als mit dem aufrichtigen Sinn für Reinigung und dem schrecklichen Mut, das Notwendige zu tun.

PHINTYS Epochen sterben an der eigenen Schwäche. Nur selten erhebt sich ein ehrlicher Zweikampf, solange alte und neue Kräfte noch gleich groß sind.

AGRYPNIA Ich verließ heute nacht die Bibliothek um zwei Uhr früh. Meine Gedanken kamen nicht los von deinen bitteren Liebesliedern, die ich seit Jahren immer wieder lese. Ich blieb schlaflos bis zum Morgen, die helle Zucht, die Anmut dieser Verse, die kindliche Einfachheit der Worte –

PHINTYS Schon gut.

AGRYPNIA Ich gab dir kürzlich auch ein Bündel eigner Verse mit. Was ich seit langem schreiben wollte, wozu ich früher viel zu viele Worte brauchte, jetzt, in diesen Gedichten, die ich dir gab, scheint mir zum ersten Mal die herbe Sparsamkeit erreicht. Ich legte sie in deine Hände. Es sind Verse nach Art deiner Verse. Um einzutreten »in den Schatten deines Munds«. Wie es in jener dritten Strophe heißt.

PHINTYS Die meisten Frauen, die mich einmal lasen, versuchen es mir nachzutun. Du regierst am Tag, du dichtest in den Nächten. Du vergeudest Tag und Nacht.

AGRYPNIA Die Verse?

PHINTYS Gewaltsam in den Erfindungen. Effektsüchtig. Kurzsichtig in der Moral. Im Vergleich zu der Geduld und Vorsicht, die ich auf jede Zeile verwende, bist du ein Schnellreimer auf dem Markt.

AGRYPNIA Ach? ... Und was soll ich nun sagen? Mir ist, als ob ich meine ganze Kraft brauchte, um diese einzige Kränkung zu verkraften. Lohnt das noch?

PHINTYS Du bist mit dem Herzen flach und nur mit dem Mund tiefschürfend gewesen.

AGRYPNIA Mir scheint, du bist von deiner eigenen Frechheit so begeistert, daß du die Gefahr nicht mehr erkennst, die ich noch immer für dich sein kann.

PHINTYS In einer Stadt, die ein großer Handelsplatz ist oder bald wieder sein wird, in einem Reich, in dem nur junge tüchtige Menschen leben, jagst du nach Dichterruhm, bist du begierig nach alten Religionen, schleifst du nächtelang an abgegriffenen Empfindungen, und doch stehen dir die Worte nur im Weg, und deine Verse sind von all deinen Ausscheidungen die dünnsten.

AGRYPNIA Du bist nur noch ein kleiner zornroter Glimmer von einer einstmals großen Flamme, von der nichts übrigblieb. Nehmt sie fest, Greise, fangt sie und peitscht sie aus.

PHINTYS *wird von den Greisen ergriffen* Wie bei allen anderen Regimen, die unsereinen ausschließen, berechnen wir nach den Geräuschen der Hornissen, die nachts an unser beleuchtetes Fenster stoßen, die schwankende Chance unseres Überlebens. Diese ekligen Schwärmer, die mich daran hindern, noch einmal aus dem Haus zu gehen und unter den Sternen in meinen Garten zu pissen!

AGRYPNIA Du Krüppelweib, das nichts von seinem Mißwuchs weiß!

PHINTYS So ein schönes Gespräch! Und welch böses Ende mußte es nehmen. Immer wieder, immerzu: deine verfluchte Ungeduld!

Lektorat

SYLVIA KESSEL *beiseite; wie aus einer späteren Erzählung* Wir saßen an einem sehr kleinen Tisch, überall lagen Manuskriptblätter verstreut, wir mußten das Geschick von Akrobaten aufwenden, um alle Unterlagen, Zettel, Notizen, alles was es zwischen uns zu besprechen gab, auszubreiten, wiederzufinden, bereitzuhalten und noch einmal durchzugehen. Blätter fielen zu Boden, flogen davon, versteckten sich, wurden falsch gegriffen, umsortiert, auf den Knien balanciert, unter dem Tisch abgelegt oder zwischen Oberschenkel und Stuhl geklemmt …

ZACHARIAS WERNER Sylvia Kessel! Ich habe mich so in Ihr Buch vertieft, daß für mich kein Weg mehr aus ihm herausführt. Ja, ich habe es a u s gelesen. Es ist leer. Ich habe es erschöpfend gelesen, ausgeschöpft, es ist in mir verschwunden. Sylvia! Wir müssen es gemeinsam wieder heraufholen, wiederherstellen, ihm seinen Platz in der Welt zurückgeben.
In meinem Zimmer gab es keine Leselampe. Ich las Ihr Buch unter einem leuchtenden Globus, den ich aus meiner Schulzeit aufbewahre. Welch ein kaltes blaues Licht fiel auf Ihr Buch! Und manchmal drehte ich die bunten krummen Länder, die Kontinente, die Wüsten und die Ozeane, und Ihr Buch stürzte, so war mir, wie ein abgerissener Himmelskörper in diese Welt!

SYLVIA KESSEL Inzwischen kam von Albert Brigg ein weiteres Angebot. Er zahlt jetzt runde fünfzigtausend. Nur fürs Manuskript. Fünfzigtausend Euro vor Honorar!

ZACHARIAS WERNER Fünfzigtausend. So. Dann hätte ich mir die Mühe sparen können. Brigg hat sicher die besseren Lektoren. Er kontrolliert überhaupt ein sehr weit verzweigtes Unternehmen. Man wird Ihr Buch dann auch in Tchibo-Läden kaufen können.

SYLVIA KESSEL Was haben Sie für einen Eindruck vom vierten Kapitel. Sagen Sie mir zuerst etwas zum vierten Kapitel.

ZACHARIAS WERNER Das vierte Kapitel? Ich will Ihnen zuerst etwas anderes sagen: Soweit ich sehe, sind Sie die erste und einzige, die es wagt, schonungslos vorauszuschauen in die Zukunft unserer Greisenrepublik. Dabei vermeiden Sie die platte Satire. Sie vermeiden sorgsam alles, was nur blitzt und spielt. So entsteht ein Teil, streng und sehr riskant, Beschreibung neuer Ordnung, unbekannter Rituale, pädagogische Provinz. Und es entsteht ein anderer: das Narrenschiff, überfüllt mit immerzu fressenden, sich kratzenden, in die Hose nässenden, vom Menschsein völlig abgekommenen Senioren-Lemuren. Hier scheint mir jede Episode auf einen Dante-Ton gestimmt. Ihre Phantasie ufert daher niemals aus. Der Anklang der »Commedia« –

SYLVIA KESSEL Sie erwähnten Ekklesin, das therapeutische Dorf, in dem die Menschen geringen handwerklichen Tätigkeiten nachgehen.

ZACHARIAS WERNER Und alte Lebensformen wiederfinden! Ja.

SYLVIA KESSEL Das ist doch das vierte Kapitel. Damit kämpf ich noch. Sagen Sie mir etwas dazu.

ZACHARIAS WERNER Es sind die zerklüfteten Ränder, die Schründe und Buckel Ihrer Erzählung, die mich interessieren. Ich verfolge die Verflechtung der Motive, das ganze Myzel …

SYLVIA KESSEL In der Nacht, wenn ich den Kopf im schlaffen Kissen hin und her schlage, beschleicht mich das Nichtige dieses Buchs. Ich röchle unter der Last, es nicht zu schaffen, was ich mir vorgenommen habe. Das Nichtige, verstehen Sie, es kriecht an mir empor, es würgt mich. Ich schreibe und schreibe und bin doch verflucht, die Schreiberin einer sich selbst tilgenden Zeile zu sein. Das Nichtige des Themas, das Nichtige des ganzen Buchs, das Nichtige jeder einzelnen Zeile!

ZACHARIAS WERNER Aber nein! Sie treten hervor mit diesem Werk. Klar und leuchtend. Mit der ganzen Kraft Ihrer Visionen. Mit der ganzen Kraft Ihrer beiden Begierden: der Begierde des Leibs und der Begierde des Bewußtseins. Es geht Ihnen ja, wie den Figuren in Ihrem Buch: auf dem tiefsten Punkt der Verzweiflung beginnt Ihr Herz zu hüpfen. In zwei Wochen habe ich das Geld zusammen. Mitte Juli beginne ich mit dem Druck. Ich kenne genügend einflußreiche Menschen, die mir wohlgesonnen sind. Einige zuverlässige Gönner habe ich immer auf meiner Seite. Ich brauche zunächst nicht mehr als fünfzigtausend. Genausoviel wie Brigg Ihnen als Kaufpreis bietet nur fürs Manuskript.

SYLVIA KESSEL Aber wovon wollen Sie die Werbung bezahlen, die Vertreter, die Anzeigen, die Präsentationen? Sie können sich nicht auf den Erfolg meines ersten Romans verlassen. Für den »Rapunzelzopf« muß man sich was Neues einfallen lassen.

ZACHARIAS WERNER Die Werbung bin ich. Ich kämpfe für Ihr Buch. Der Buchhandel hat seltsamerweise einen Narren gefressen an mir. Die *Edition 24* finden Sie in jedem Sortiment. Ich kann mich nicht beklagen. Außerdem werden wir sofort große Besprechungen bekommen. Größere als beim ersten Mal.

SYLVIA KESSEL Morgen gibt es Sie nicht mehr. Mein Buch liegt in den Ramschkästen.

ZACHARIAS WERNER Mich gibt es noch lange. Ich lebe am Rand des Zusammenbruchs. Am Rand der Armut. Am Rand des Irrsinns. Am Rand des Amoklaufs. Aber eben immer nur am Rand. Auch am Rande kommt man vorwärts. Was ist übrigens auf Seite zweiundfünfzig, fünfte Zeile: ein Paar, das sich »angstfrei« liebte? Ein bißchen Angst hat ja noch keinem Liebespaar geschadet.

SYLVIA KESSEL Ein Liebespaar? Es handelt sich um zwei bumsende Luftballons. Lesen Sie doch genauer. Seychellenbraune Haut und innen Luft.

ZACHARIAS WERNER Zwei Seiten weiter heißt es: »In der Nacht waren sie wieder das enthäutete Paar, Mann und Frau wie glühende Kohle.« Nun ja. Aber was sind die beiden nun, Sylvia? Angstfreie Luftballons oder glühende Kohle?

SYLVIA KESSEL Gut. Ich seh's mir noch mal an.

ZACHARIAS WERNER Seite sechzig, zweiter Absatz, dritte Zeile: »Die Schwäche seines Urteils, seines Händedrucks und seiner Kinder ...« Also: das ist mir zu gescheit.

SYLVIA KESSEL Finden Sie?

ZACHARIAS WERNER Seite einundsechzig, erster Absatz, einszweidreivierfünf ... sechste Zeile: »Ein Armvoll du.« *Sieht Sylvia Kessel fragend von unten herauf an.* Ein Armvoll du?

SYLVIA KESSEL Warum nicht? Was haben Sie dagegen? Ich lasse mich nicht aus meiner Sprache vertreiben.

ZACHARIAS WERNER Wie Sie meinen. Ich frag nur nach. Seite einundsechzig, letzte Zeile ...

Sylvia Kessel Sind Sie wirklich der Mann, der sich um mich kümmern sollte?

Zacharias Werner Gehen Sie zu Albert Brigg. Da sind Sie auf der sicheren Seite. Jedenfalls auf der bequemeren. Seite einundsechzig ...

Sylvia Kessel Entschuldigen Sie. Sie helfen mir ja. Es geht sehr gut mit Ihnen. Ich bitte Sie: nehmen wir uns Zeit. Nehmen wir uns viel, viel Zeit.

Handzettelverteiler

In der Hotelhalle. Alfredo und Vittorio, zwei Varietékomiker mit zerknautschten Travellerhüten, sitzen auf kleinen Stühlen vor zwei Säulen. Konstantin, ein zehnjähriger Junge, sieht ihnen zu.

Alfredo Sag mal, wie heißt du eigentlich, Vittorio?
Vittorio Alfredo, was soll der Unsinn?
Du sagst ja selbst, wie ich heiße: Vittorio.
Alfredo Ich für meinen Teil heiße jedenfalls nicht Alfredo.
Vittorio Mag sein. Das ist deine Sache.
Deshalb heiße ich noch lange nicht nicht Vittorio.
Alfredo Siehst du. So einer ist er nun.
So geht's immer zu. In etwa. Zwischen uns.
Vittorio So läuft das ab. In etwa. Bei uns im Alten Varieté.
Konstantin Gibt's bei euch auch nackte Frauen?
Vittorio Gibt es, gibt es, mein Junge. Aber ohne Beine.
Ohne Arme. Ohne Brüste.
Alfredo Das Alte Varieté ist natürlich eine ganz neue Erfindung. In alten Zeiten hieß es das Neue Varieté. Erst in neuen Zeiten nennt man es das Alte Varieté.
Vittorio Bei uns kannst du sehen, zum Beispiel, wie drei Soldaten, die ihre Baskenmütze schwingen, auf einem Laufband über die Bühne fahren. Dieses Laufband läuft einmal rund um die Erde, und es geht mitten durch unsere Bühne. Deshalb ziehen auf unserem Theater Menschen aus aller Herren Länder vorbei. Ganz erstaunliche Kreaturen!
Konstantin Spielt mir etwas vor.
Ich möchte noch eine kleine Kostprobe umsonst.
Alfredo Später, mein Junge. Da kommen Leute.
Wir müssen unsere Reklamezettel verteilen.
Mach du das mal, Vittorio.

Sylvia Kessel kommt mit ihrem Manuskript; in aufgeräumter, verliebter Laune spielt sie mit Vittorio, der ihr einen Handzettel geben will.

Sylvia Kessel *sich Vittorio immer von neuem zuwendend*
Tut mir leid. Ich hab schon was vor.
Danke sehr. Ich bekomme schon.
Ich bin versprochen. Geben Sie sich keine Mühe.
Hören Sie. Ich bin in festen Händen.
Ich bin nicht ganz so frei, wie ich Ihnen vielleicht erscheine.
Ich finde, Sie sollten mich einmal genauer ansehen.
Das sieht man doch auf den ersten Blick: ich habe alles, was ich brauche.
Tut mir leid. Vielleicht ein andermal.
Mich hat's gerade eben furchtbar erwischt.
Ich faß es selbst noch nicht. Vor drei Stunden sah alles noch ganz anders aus.

Vittorio Was sagst du dazu?
Ein komisches Talent.
Alfredo Die könnten wir gebrauchen.
Besser als unsere träge Nadja. Viel besser.
Konstantin *ruft hinter der Säule* Vittorio! Alfredo! Spielt ihr?
Vittorio Spielen wir?
Alfredo Spielst du etwa, Vittorio?
Stößt ihn von rückwärts gegen die Schulter.
Hej! Spiel nicht! Ach, was für eine Freude, dich endlich wiederzusehen, du rostiges altes Scharnier! Weißt du, was mir von dir am besten in Erinnerung blieb, mein treuer Freund? Daß du, ohne mit der Wimper zu zucken, viele, viele kleine Tiere töten konntest. Immerzu. Wo du gingst und standst. Alles, was da kreucht und fleucht, hast du sorgfältig zermalmt. Unbegreiflich für einen Kriechtierfreund wie mich. Ohrenkneifer, Spinnen, Käfer, Schnecken, alles totgetreten.
Vittorio Aus Versehen.
Alfredo Wieviel Regenwürmer hast du auf dem Gewissen in deinem Leben? Wie viele Laubfrösche? Hekatomben. Unfaßlich deine Gewalttätigkeit hinsichtlich der kriechenden Kreatur. Warum töten? Dir stellte sich die Frage gar nicht. Du tötetest. Du erschlugst. Du zertratst. Was für ein Leben?! Deins. Ehrfurcht auch vor der niedrigen Kreatur. Dir unbekannt. Du hast dir deinen Weg gebahnt durch Hekatomben von Käfern und Kneifern. Den Weg wohin? Tja. Wohin. Und

selbst? Nie was Niedriges gewesen, nie Wurm, nie Kriechtier selbst?

VITTORIO Doch, doch.

ALFREDO Dir stellte sich die Frage gar nicht!

Sie gehen langsam ab, Konstantin hinterher.

VITTORIO Ich muß töten. Ich weiß, ich schade mir selbst im Kampf gegen die Kleintierwelt. Aber ich kann's nicht ändern. Ich muß.

ALFREDO Was? Du tötest immer noch?

VITTORIO Eher mehr als weniger.

Kulturwerte

Zacharias Werner und Ina Schmölling-Knecht, etwas entfernt voneinander, an zwei hohen Imbißtischen, trinken Kaffee aus Pappbechern.

ZACHARIAS WERNER Ich habe Ihnen bei der Vorauswahl die beste Empfehlung geschrieben.

INA Mal sehen, wie's weitergeht.

ZACHARIAS WERNER Haben Sie mir nicht erzählt, Ihr Vater hätte diese Dritte-Welt-Läden aufgezogen?

INA Müsliläden. Healthfoodkette.
Sie merken sich alles. Sie haben bestimmt ein Computergedächtnis.

ZACHARIAS WERNER Ich habe ein fatales Gedächtnis für Kleinigkeiten. Ich merke mir alles, was Menschen so nebenbei erwähnen. Ihr Vater hat Ihnen nämlich empfohlen, Ihr Geld in Kulturwerte zu stecken. So etwas merk ich mir.

INA Jedenfalls hat er gesagt, ich soll dafür sorgen, daß ich später mal auf meinen Namen stolz sein kann. Meine Mutter hockt immer noch unterm Poncho und kräht, daß er sie verlassen hat. Dabei ist er bloß gestorben. Mit neunundfünfzig. Am Schluß war er ein total haltloser Mensch. Ein ausgeblasenes Ei. Ihr Köpfchen möcht ich haben. Sie sollten mal in unser Schloß in der Oberpfalz kommen. Da könnten Sie eine Schule des Denkens aufmachen. Meine Schwester und ich wollen im Schloß etwas aufziehen, das wie ein nachhaltiges Kulturfest funktioniert. Sie sehen mich an, als hätte ich eine protzdicke Dummheit gesagt. Ich bin etwas fahrig, merken Sie das? Wahrscheinlich denken Sie jetzt – was denken Sie gerade?

ZACHARIAS WERNER Ich denke, daß Sie ein Glücksfall sind. Für mich. Für die Oberpfalz. Für –

INA Ich möchte in meinem Leben später auf einen guten Namen zurückschauen. Ich wünschte, Sie würden meinen Freund kennenlernen. Der stünde jetzt hier und würde keinen Ton sagen. Den Mund nicht zukriegen vor Staunen. Aber später auf der Bettkante, dann blubbert es nur so aus ihm heraus. Ein krasser Denker im Grunde, bloß immer erst hinterher. Aber was heißt das schon? Vielleicht ist in dem ganzen Geblubber irgendwo ein Goldkörnchen versteckt oder eine geheime Botschaft und irgendwann fang ich sie ab und versteh, was er meint. *Sie nimmt ihre Sachen zusammen und wendet sich zum Gehen.*

ZACHARIAS WERNER Ich würde Sie gern wiedersehen.

INA Warum nicht gleich?

ZACHARIAS WERNER Jetzt gleich?

INA Ich will Sie nicht überreden. Aber es gibt an so einem trüben Tag nichts Besseres. Wir kennen uns noch nicht. Ich denk mal, zum Warmwerden gibt's nichts Besseres.

ZACHARIAS WERNER Sie haben recht. Gibt's nichts Besseres. Gehen wir nebenan zur Rezeption. Ich habe dummerweise meine Kreditkarte nicht dabei.

INA Ich habe genug dabei. Aber ich möchte nicht bezahlen. Ich hätte da Hemmungen.

ZACHARIAS WERNER Warten Sie. Ich werde das regeln. Ich kenne die Damen beim Empfang. Jennifer und Jodie! So heißen unsere deutschen Mädels in der Schaltzentrale!

Im Hintergrund taucht die Rezeption mit Jennifer und Jodie auf.

ZACHARIAS WERNER Jodie!

JODIE Zacharias! Einen schönen guten Tag. Wie geht es Ihnen? Was kann ich für Sie tun?

ZACHARIAS WERNER Passen Sie auf, Jennifer, meine Frau ist schwanger –

JENNIFER Ihre Frau?

ZACHARIAS WERNER Ja natürlich. M e i n e Frau. Wer sonst? Sie sollte sich einen Augenblick hinlegen. Haben Sie nicht irgendwo ein kleines Ruhekissen für uns? Eine Liege oder Couch – nur für eine halbe Stunde.

JODIE Aber ja. Sie dürfen es sich gern in der Kammer des Nachtportiers bequem machen. Kein Thema. Gleich rechts neben dem Büro. Soll ich einen Arzt rufen?

ZACHARIAS WERNER Danke nein. Es geht so. Alles in Ordnung.

Zacharias Werner und Ina hinter der Rezeption ab. Jennifer und Jodie unterhalten sich, ohne dabei den Blick vom PC-Bildschirm zu wenden.

JENNIFER Ich hatte in letzter Zeit manchmal das Bedürfnis, mit dir essen zu gehen, mit dir schwimmen zu gehen, einfach mit dir zu sein, Jodie. Du hast mir nicht ein einziges Mal signalisiert, daß dir an meiner Begleitung etwas liegt, Jodie. Wir sind doch keine Schulmädchen mehr, Jodie, wir sind beide verheiratet, Jodie, beide haben wir Männer, die Probleme haben in ihrem Beruf, Jodie, ich hätte dich manchmal dringend gebraucht, Jodie, einfach nur so. In letzter Zeit. Ich weiß ja, daß ich Roland nicht mehr helfen kann. Ich steh ihm sogar bei seiner Arbeit im Weg.

JODIE Zeig mir die Bilder von eurem Urlaub. Nun mach schon. Du willst doch nur auf deinen Urlaub zu sprechen kommen.

JENNIFER Ich will – was? Hör mal, Jodie, ich sage, du hast mir gefehlt, Jodie, ich mach ein paar exakte Angaben zu uns beiden, Jodie, ich hab die Bilder dabei, davon einmal ab, du glaubst doch nicht, das wär alles nur ein Vorwand gewesen, ich hatte dir was zu sagen, Jodie, ich mach den schüchternen Versuch, jetzt, nach dieser langen, langen schwierigen Zeit zwischen uns, Jodie, spring ich endlich über meinen Schatten und versuch dir offen ins Gewissen zu reden. Ich hab für dich mal Pferde stehlen wollen, Jodie, alles hätte ich für dich gestohlen, Jodie. Sei froh, daß das endgültig vorbei ist.

JODIE Jedesmal, wenn ich mit dir essen war, beim Italiener, beim Japaner, beim Mexikaner, jedesmal hatte ich das Gefühl, daß du dich erst mal von mir absetzen willst. Jedesmal in der ersten Viertelstunde miefst du mich an. Danach wird's etwas menschlicher.

Im Hintergrund Geräusche des sich liebenden Paars Zacharias Werner und Ina.

JENNIFER Was ist das? Was ist da hinter uns los, Jodie?

JODIE Die beiden machen es sich gemütlich.

JENNIFER Was tun sie? Was tun sie da, Jodie?
Ich kann hier nicht in Ruhe arbeiten.

Ich denke, der Frau ist übel.

Ich denke, die Frau ist schwanger.

JODIE Schwanger? Na. Dann läuft die Zeit verkehrt herum.

JENNIFER Ich habe in letzter Zeit versucht, dich mir abzugewöhnen. Du siehst besser aus als ich, Jodie, ja, laß mich, ich weiß, was ich sage. Du brauchst gar nicht deine scheintherapeutischen Sorgenfalten aufzusetzen. Du siehst besser aus als ich, du denkst besser, aber du verschätzt dich, Jodie. Du denkst zu schnell, Jodie. Ich kann's nicht mehr hören. Ich-kann-es-nicht-mehr-hören! Schmeiß sie raus, Jodie! Schmeiß sie endlich raus!

JODIE Weißt du, für mich ist das immer noch Musik in den Ohren. Du kannst dir denken, weshalb ich das sage?

JENNIFER Ja, ich verstehe dich, Jodie. Es tut mir leid.

JODIE Wenn ich mich daran erinnere, was für eine Kraft, was für eine Freude in mir steckt! Was man alles aus mir herausholen könnte, heute wie damals, aber wen interessiert das noch, das ist ja nicht s e i n e Sache ... Du kannst dir nicht vorstellen, was in mir steckt.

JENNIFER Doch, ich weiß es, Jodie. Aber warum muß mir das passieren? Ich möchte hier sofort aufhören, so schrecklich finde ich es, Jodie. Ich möchte dir am liebsten sagen, daß es sich nicht gehört, irgendwo auf der Welt zwei Leuten dabei zuzuhören. Es gehört sich nicht! Ich liebe meinen Mann, Jodie. Ich kann ihm letztlich nicht helfen, aber ich bin verliebt in ihn seit elf Jahren. Ich habe dir das nie gesagt, Jodie. Ich habe nie ein Wort darüber verloren. Eher schneide ich mir die Zunge ab – ich schneide sie mir wirklich ab, Jodie, wenn dies furchtbare Gebumse nicht sofort aufhört! Das ist das Schlimmste, was mir jetzt passieren kann!

JODIE Da lacht man doch drüber. Wir sind doch keine Tiere, die nicht lachen können. Wir lachen doch über so etwas, Jennifer. Weil es doch komisch ist, urkomisch, solang man nicht selber ackert.

JENNIFER Schmeiß sie raus! Schmeiß sie raus!

Sonst schmeiß ich dich raus. Ich schmeiß euch alle drei raus.

Ich schmeiß alles hin! Ich liebe Roland!

JODIE Hej, Kleine, ist ja gut. Gleich ist es vorbei.

Ready for descending. Die haben sich Zeit genommen.

JENNIFER Siehst du, Jodie, du bestimmst, wann ich aufhören soll.
Du bestimmst, wie ich mich benehmen soll.
JODIE Es ist gut, jetzt, Jennifer.
Wir haben es hinter uns, ja?
Es ist alles wieder in Ordnung.
JENNIFER Du hast es hinter dir, Jodie.
Du weißt das so scheißgenau.
Ich weiß das vielleicht glücklicherweise nicht so genau.

Zacharias Werner und Ina kommen zur Rezeption vor.

JODIE Fühlen Sie sich besser?
ZACHARIAS WERNER Danke euch. Vielen Dank.
INA Zeit für eine kleine Zwischenmahlzeit. Ich habe Durst wie 'ne Bergziege.
ZACHARIAS WERNER Sei so lieb und nimm ein Taxi zum »Schlumberger«. Ich muß noch einen Augenblick in der Halle bleiben. Nur eine kurze Besprechung. Ich komme in zwanzig Minuten nach.
Er begleitet sie nach rechts zum Ausgang.
Nachhaltig. Gut. Aber was heißt das? Das nachhaltigste Kulturgut aller Zeiten ist und bleibt das Buch. So gesehen, bietet dir selbst ein kleiner Verlag die geeignete Plattform für fortschrittliches Wirtschaften ...

Sylvia Kessel kommt von links, tritt zur Rezeption.

SYLVIA KESSEL Ich bin mit Herrn Zacharias Werner hier verabredet. Falls er auftaucht, sagen Sie ihm, ich warte vorne in der Bar.
JODIE Er ist gerade zum Taxistand.
JENNIFER Da geht er doch.
SYLVIA KESSEL Ja. Da geht jemand wie er.
Ich fürchte, er hat die falsche Frau neben sich.
JENNIFER Es ist seine Frau.
SYLVIA KESSEL Sehen Sie: Sie verstehe ich nicht. Sie verstehe ich grundsätzlich nicht.
Vielleicht liegt das an Ihrer schlabbrigen Aussprache.
Ich verstehe Sie nicht.
JODIE Bitte seien Sie ruhig.

Jennifer Siehst du. So etwas macht man nur mit mir, Jodie. So etwas darf man doch mit mir nicht machen ...!

Zacharias Werner *kommt vom Eingang zurück, bemerkt Sylvia Kessel, läuft auf sie zu.*
Ihr Buch ist gerettet!

Sylvia Kessel Ich habe mich nicht in Ihre Hände begeben, damit Sie, damit Sie, wie soll ich sagen, irgend etwas mit irgendeiner anderen anstellen.

Zacharias Werner Ihr Buch ist gerettet! Trennen Sie Haupt- und Nebensache. Ich tue alles für Ihr Buch. Das habe ich Ihnen versprochen. Alles.

Sylvia Kessel Es kotzt mich an, wenn ich mir vorstelle, was Sie unter »alles« verstehen.

Zacharias Werner Ina Schmölling-Knecht hat die Fahnen Ihres Romans gelesen.
Sie hat sie gelesen in einem Zug von vorne bis hinten. Ich konnte sie nicht daran hindern. Sie konnte einfach nicht aufhören. Ihr Buch hat sie umgehauen. Liebe Sylvia Kessel: wenn das kein Indikator ist. Ein einfaches schönes Wesen –

Sylvia Kessel Schön? Schön? Schön?!

Zacharias Werner Wesen! Wesen!
Ina Schmölling-Knecht hat mir eine Beteiligung von zwanzig Prozent an der *Edition 24* zugesagt. Fest zugesagt. Ihr Buch, allein Ihr Buch hat den Aussschlag gegeben. Glauben Sie mir, die Kleine ist stolz darauf, sich an einem Verlag beteiligen zu dürfen, der solche Bücher bringt. Extrem wichtige Bücher.

Sylvia Kessel Ich warte mit meinen korrigierten Fahnen auf Sie, ich warte und warte – und was sehe ich: Sie ziehen mit einer anderen ab!

Zacharias Werner Sie wissen: ich brauche rund fünfhunderttausend, um den Verlag in trockene Tücher zu kriegen. Mit Ina habe ich den ersten Pflock eingeschlagen. Einen sicheren, soliden Anfang gemacht. Alles übrige ist für uns beide vollkommen uninteressant.

Sylvia Kessel Sie wollen mir nicht im Ernst weismachen, daß Sie sogar geschäftlich auf diese kleine Luxusschlampe hereinfallen? Ich habe sie gesehen. Ich kenn den Typ.

Zacharias Werner Lassen Sie uns die Korrekturen durchgehen. Nächste Woche gebe ich die ersten viertausend Exemplare in Auftrag. Die Druckerei in Gernsheim steht schon Gewehr bei Fuß. Ich möchte – ich muß mit dem Buch in die erste Herbstauslieferung kommen. Wir werden ganz früh ganz vorne sein!

Alfredo und Vittorio

Flache Wand. Alfredo und Vittorio lehnen mit dem Rücken an.

ALFREDO Ist still hier, nicht?
Ist doch still, oder?
Ist es still oder nicht?
VITTORIO Tja. Still. Ist das noch still?
ALFREDO Du wirst immer magerer, Vittorio.
Es ist, als ob du dich vor mir in dich zurückzögst.
VITTORIO Das ist eigentlich nicht mein Ziel.
ALFREDO Das k a n n kein Ziel sein.
VITTORIO M e i n Ziel.
ALFREDO K e i n Ziel.
VITTORIO Du kennst eben die Menschen nicht.
ALFREDO Dafür kenne ich eine Menge Leute.
VITTORIO Was ist an den Leuten schon dran?
ALFREDO Sie sind Menschen wie alle anderen.
VITTORIO Ach, Menschen von heute. Sind doch alle nicht mehr ernst zu nehmen.
ALFREDO Das sagst du jetzt bei jeder Gelegenheit. Die Wettervorhersage. Ach, ist doch alles nicht mehr ernst zu nehmen. Der Börsenbericht. Ach, ist doch alles nicht mehr ernst zu nehmen. Das Klonen von Mensch und Tier. Ach, ist doch alles nicht mehr ernst zu nehmen. Was ist denn noch ernst zu nehmen? Der Tod?
VITTORIO Der Tod an sich ist auch nicht mehr ernst zu nehmen. Aber dann! Dann wird's ernst. Dann geht's erst richtig los.
ALFREDO Wir beide mögen uns nicht.
VITTORIO Nein. Das ist wahr.
ALFREDO Schade, daß ich es so offen ausgesprochen habe.
VITTORIO Ich bin auch nicht glücklich darüber.
ALFREDO Wenn wir nur wüßten, weshalb.
VITTORIO Es würde nichts ändern.
ALFREDO Vielleicht fänden wir einen Grund. Und könnten ihn mit vereinten Kräften beseitigen.

Vittorio Du und ich? Wie sollten wir uns auf einen Grund einigen?

Alfredo Auch mehrere Gründe sind nicht auszuschließen.

Vittorio Zum Beispiel? Auf Anhieb?

Alfredo Auf Anhieb! Du hast eine Art, mir zu antworten, die mich immer erschreckt hat. Deine Antwort schießt nur so aus dir heraus. Meine Worte klingen niemals in dir nach.

Vittorio Deine Worte klingen schlecht, oder sie klingen gar nicht.

Alfredo Siehst du. So eine Antwort wäre für mich schon Grund genug.

Vittorio Aber für mich doch nicht. Umgekehrt ist deine Art, mir zu antworten, für mich überhaupt kein Grund. Ich habe nichts daran auszusetzen. Außer daß du es bist, der mir antwortet.

Alfredo Das ist eben das Gefährliche an dir. Das Erschrekkende. Deine Voreingenommenheit.

Vittorio Nach zwanzig Jahren eines gegenseitigen Antwortens kann es keine Voreingenommenheit, sondern nur noch Eingenommenheit, kann es kein Vorurteil, sondern nur noch ein Urteil geben. Ich kann mir über dich jedes Urteil erlauben.

Alfredo Im Grunde genommen sagst du: an der Antwort von diesem Menschen habe ich eigentlich nichts auszusetzen. Aber weil sie von einem Neger, einem Schwulen, einem Chinesen, einem Eskimo kommt, mag ich diese Antwort nicht. Sie kommt eben von mir. Und das ist das Gefährliche an dir.

Vittorio Eine Antwort ist letztlich nur soviel wert wie derjenige, der antwortet. Davon bin ich nun mal nicht abzubringen.

Alfredo Schon gut. Für dich bin ich eine andere Rasse. Gib es zu.

Vittorio Das wäre nach zwanzig Jahren Antworten – und zwar Antworten, wie ich sie dir gab – ein dürftiges Geständnis.

Alfredo Zwanzig Jahre? Ja. Du hast zwanzig Jahre an deinem Vorurteil gefeilt. Sag doch nicht immer gleich etwas. Schöpf doch erst mal Atem. Atme einmal tief durch. Und dann gib deine einundzwanzigtausendundsiebenhundertzweiunddreißigste Antwort.

Vittorio Du sagst: ich hätte zwanzig Jahre lang am Monument eines Vorurteils gearbeitet. Gebosselt, gemeißelt, gehämmert und gefeilt. Ohne irgendein Ende abzusehen. Und ich sage dir: es sind ausschließlich die Vorurteile, die man gegenüber einem Menschen hegt – beachte das Wort: hegen! –, die den einen Menschen für den anderen interessant machen. Es hält den einen beim anderen, daß er täglich oder mindestens einmal in der Woche sein Vorurteil bestätigt findet. Das kann sogar zur Sucht werden. Wie gesagt, ich könnte mir jederzeit ein Urteil über dich bilden. Aber dann ist es auch aus zwischen uns.

ALFREDO Na, ganz so schnell wird es nicht gleich zu Ende sein.

VITTORIO Weil ich mein Vorurteil pflege. Weil ich es hege und pflege.

ALFREDO Tu, was du nicht lassen kannst. Ich jedenfalls habe alle meine Vorurteile, dich betreffend, seit Jahren schon in handfeste Urteile gewandelt. Und wir reden immer noch miteinander.

VITTORIO Aber du wunderst dich, daß wir uns nicht mögen.

ALFREDO Ich wundere mich? Ich wundere mich keineswegs. Ich hätte nicht davon sprechen sollen. Das ist alles. Ich bin deshalb noch kein Unmensch.

VITTORIO Ein Unmensch nicht.

ALFREDO Aber?

VITTORIO Jemand, den man nicht mag. Genauer gesagt: einer von beiden, die sich nicht mögen.

ALFREDO Es ist ja nicht so, daß es irgendwann dazu gekommen wäre. Daß es sich irgendwann herausgestellt hätte: pardauz, ich mag ihn nicht. Ich habe nirgendwann damit begonnen, dich nicht zu mögen.

VITTORIO Ich auch nicht. Wir sind uns eines Tages vor vielen, vielen Jahren zufällig begegnet, wir haben einander ins Auge gefaßt, ein paar Worte gewechselt, und pardauz: wir mochten uns nicht. Auf der Stelle. Gleichzeitig. Haargenau dieselbe Regung in jedem von uns.

ALFREDO Hast du eigentlich damals, zu dem gewissen Zeitpunkt, mir geantwortet, oder habe ich dir geantwortet?

VITTORIO Wir sind uns sofort einer dem anderen ins Wort gefallen. Das war ja der Grund.

ALFREDO War das der Grund? Sind wir nicht einer dem anderen ins Wort gefallen, weil wir uns nicht mochten?

VITTORIO Ich glaube, wir mochten uns nicht, lange bevor wir

uns begegnet sind. Ich glaube an eine höhere Kraft des Sich-nicht-Mögens. Eine Art magnetische Wolke, die zwei Männer aus den verschiedensten Daseinswinkeln hervorzieht und aufeinanderprallen läßt.

ALFREDO Und sie nicht wieder losläßt. Bis heute.

Wenn es so ist, dann brauchen wir uns über irgendwelche Gründe nicht zu unterhalten.

VITTORIO Du suchst nach Gründen. Ich pfeife auf sie.

ALFREDO Sich nicht mögen ist nicht das gleiche wie sich verlieben. Sich nicht mögen ist von Anfang an mit einer kritischen Einstellung verbunden. Man kann sich in den Falschen verlieben. Aber man kann immer sicher sein, daß man den Richtigen nicht mag.

Schwager Oswald

Eine ovale Speisetafel, an deren rechter Rundung Zacharias Werner und Schwager Oswald beieinandersitzen. In der linken Hälfte sitzt die schöne Emilie mit dem Rücken zum Publikum und ißt gemächlich vor sich hin.

SCHWAGER OSWALD Wieviel? Hunderttausend? Zweihundert? Was brauchst du? Zweihundertfünfzig?

ZACHARIAS WERNER Um den Verlag zu sanieren, um ihn wirklich auf solide Füße zu stellen, sind rund fünfhunderttausend erforderlich. Nur dann kann die *Edition* 24 bleiben, was sie ist: ein Kleinod unter lauter falschen Perlen.

SCHWAGER OSWALD Eine halbe Million?

ZACHARIAS WERNER Schwager Oswald, ich bettle nicht um milde Gaben. Ich biete dir eine echte Beteiligung. Ich gebe bis zu neunundvierzig Prozent ab. Du bekommst also etwas in die Hand, einen jungen dynamischen Verlag, in den du deine gestalterischen Fähigkeiten einbringen kannst. Es genügt, wenn du mit zweihundertfünfzig dabei bist.

SCHWAGER OSWALD Zacharias, machen wir uns nichts vor.
Ich bin kein Leser. Versteh mich nicht falsch. Ich brauche für ein schmales Buch von zweihundert Seiten fast ein halbes Jahr. Es fällt mir schwer. Die Buchstaben wollen nicht in meinen Kopf. Sie wecken keinerlei Vorstellung in mir.

ZACHARIAS WERNER Wann glaubst du, kann ich mit deiner Zusage rechnen? Ich bin leider etwas unter Druck geraten.

SCHWAGER OSWALD Zweihundertfünfzigtausend? Na, sagen wir, spätestens nächste Woche. Auch zweihundertfünfzigtausend lassen sich nicht so ohne weiteres aus dem Ärmel schütteln. Ich habe gerade mit der Verschlankung meiner holländischen Büros begonnen. Downsizing heißt ja auf gut deutsch: Betriebskosten sparen, aber gleichzeitig enorm in neue Technik investieren. Du kannst dir nicht vorstellen, wie ich unter deiner Schwester gelitten habe. Emilie, sei doch so lieb und geh kurz hinaus. Laß uns ein paar Minuten allein.
Emilie erhebt sich und geht hinaus.

Sie ist etwas für Männer, die gern ein Ausrufezeichen hinter sich machen. Oder Klammer auf Ausrufezeichen Klammer zu. Emilie ist ein sehr sehr leiser Mensch, Zacharias. Kerzengerade, aber ein verflucht leiser Mensch. Du kannst dir nicht vorstellen, wie ich unter deiner Schwester gelitten habe. Es ist bei mir zu einem unbändigen Aufstand der Sinne gekommen. Ich konnte sie nicht mehr ertragen. Ich war nicht länger bereit, das traurige Schicksal eines ausgelöffelten Joghurtbechers auf mich zu nehmen. Rechtzeitig, gerade noch rechtzeitig ist es bei mir zu einem unbändigen Aufstand der Sinne gekommen. Zehn Jahre, Zacharias, zehn grausame Jahre war ich ein Kanufahrer im Rinnstein. Jetzt geht's wieder die Wildbäche hinunter! Aber wie! Aber wie! Du weißt ja, die Seele sucht sich eine andere Gesellschaft als der Sex. Deine Schwester war eine anspruchsvolle Dame. Ein geistreiches Biest. Eine schmallippige Spötterin. Eine wahre Teufelszunge.

Er klingelt mit einer Tischglocke, Emilie kehrt an den Tisch zurück, ißt still weiter.

Geld verdient Geld. Kein Mensch kann heute mit seiner Büroarbeit soviel Geld verdienen, wie es das Geld für ihn tut. Kunst, Sport, Bildung, das Spirituelle, praktisch alles wird heute unter geldverdienerischem Gesichtspunkt gesehen. Es ist vollkommen zwecklos, einer solchen Bande von Geldverdienern den Ernst deutscher Schicksale – Kleist Hitler Hölderlin – nahezubringen. Ich gehöre selbst zu den Geldverdienern durch Geld. Ich bin Geschäftsmann für Geschäfte. Ich finanziere Finanzierungen.

ZACHARIAS WERNER Und es gibt nichts mehr, das dich für einen Augenblick fassungslos machen könnte? Kein Wort, keine Niederlage, kein anderer Mensch?

SCHWAGER OSWALD Nichts mehr. Seit der Trennung von deiner Schwester bin ich Herr über meine Skrupel und Sorgen. Ich bin die geläuterte Freude am Geld. Man redet ja heute ohne jede Hemmung darüber. Also darf ich es endlich offen aussprechen: m e i n Geld! Es ist das Herzstück meiner Lebenslust. Meiner Ungezwungenheit. Meines Selbstvertrauens. Ich will sagen: Mammon. Mammon ist gewissermaßen der letzte Aktivposten der mythischen Welt in unserem Klugscheißerdasein. Und Mammon, einzig Mammon weist uns den Weg zurück in Welt der Magie, zurück zum Mythos! Zu viele Worte gab es immer, doch nie waren sie wertloser als heute. Emilie, würdest du so lieb sein und dich einen Augenblick auf die Couch dort setzen.

Emilie hört auf zu essen, geht zur Couch, nimmt eine schöne Sitzhaltung ein, neigt ihren auf die Finger gestützten Kopf zur Seite.

Du gehst durch diese unerklärliche Frau hindurch, du dringst in sie ein, du gehst durch sie hindurch und betrittst eine andere Welt. Ein sexuelles Wunderland. Du selbst wirst immer kleiner, sie wird immer unergründlicher. Jede Frau ist nur ein Wegweiser zur nächsten. Unser schreckliches Familienlaster: der Charme. Mein Bruder, mein Vater, sie sind ja genauso. Die Miene spielen lassen, schöne Worte machen, das ist doch alles, was wir können. Im Vergleich zu anderen erfolgreichen Menschen können wir verdammt wenig, fast gar nichts.

Als junger Mensch habe ich alles übernommen, was mein Vater über die Bettkante gezogen hatte ... Emilie! Setz dich doch bitte wieder zu uns. Hitler, auf dem Obersalzberg, war immer von Frauen umgeben, lauter Frauen, die ihn immerzu mit »Mein Führer« anredeten. Stell dir vor, eine Frau sagt »Mein Führer« zu dir, auch ein mythischer impact. Hitler auf dem Obersalzberg hielt natürlich auch dort seine endlosen Monologe, aber er entspannte sich im kleinen Kreis, er zerlegte die ganze Welt in tausend Bagatellfälle. Eben wettert er gegen Gauleiter, die sich verkehrswidrig verhalten, und will ihnen den Führerschein entziehen, schon fällt ihm eine neuartige Herstellung von Kunsthonig ein. Darauf erzählt er eine Episode aus »King Kong«, ergeht sich in antisemitischen Ausfällen, lobt das Fabrikat seines Füllfederhalters, wirft Eva Braun eine Blume zu, erfindet den Volkswagen, weist auf den gegenüberliegenden Berg, in dem angeblich Kaiser Barbarossa haust, und verfällt abrupt in düsteres Schweigen. Die Damen wenden sich mit höflichen Reizfragen an ihn, versuchen den Kerl mit kleinen Reizfragen aufzuziehen wie eine Puppe, bis er wieder hochkommt und einen weiteren seiner gewaltigen Monologe ausströmt. So muß man das mal sehen. Ein Mensch, der von zu vielen Einfällen geplagt wird. Ein Erfinder-Drama. Wieviel brauchst du? Zweihundertfünfzigtausend. Ich muß es mir notieren. Aber was soll das? Schwarz, Weiß, Jude, Eskimo, Koreaner, Deutscher? Es gibt doch nur Männer und Frauen. Genauer gesagt: es gibt nur Mann und Frau.

ZACHARIAS WERNER Es gibt aber auch falsche Männer und Frauen. Es gibt zum Beispiel den Gabelstaplerfahrer, der im Goldflitterkleid am Arbeitsplatz erscheint.

SCHWAGER OSWALD *sieht Zacharias Werner ein wenig argwöhnisch an* Gibt es. Gibt es. Sicherlich.

Und es gibt natürlich den Fall, wo ein Mensch den anderen sexuell nicht mehr unvoreingenommen betrachtet. Du bist einmal in deinem Leben auf eine Koreanerin hereingefallen, eine Koreanerin hat dir eins versetzt. Dann wirst du in Zukunft jede Koreanerin auf den ersten Blick für betrügerisch halten. Jedenfalls auf den ersten Blick. Emilie! Lehn dich doch bitte für uns einmal dort an die Wand. Tu uns den Gefallen. Ich sehe es gerne, wenn du dich schön an die Wand lehnst. Mein Vater war schon nahe den Siebzigern, als er eines Tages auf einem Kongreß – mein Bruder und ich mußten ihn begleiten – irgendeine Barbara wiedertraf. Wir hatten den Eindruck, er hatte sein ganzes Leben lang auf diese Begegnung gewartet. Plötzlich hatte er diese Barbara im Arm, wirbelte mit ihr durch die Hotelhalle und bat uns, ein wenig im Hintergrund zu bleiben. Diese Frau wollte ich fff... seit meiner frühsten Jugend, sagte er. Aber nie war sie allein, nie war ich allein. Und jetzt, fast ein halbes Jahrhundert später, treffen wir uns wieder und stehen endlich allein voreinander. Wir beide sind nun ziemlich in die Jahre gekommen, aber stellt euch vor, ich will sie immer noch fff..., immer noch und auf der Stelle. Es darf doch mein Leben nicht vorübergehen, ohne daß ich es getan habe. Und dann hat er's getan. Es war vielleicht nicht ganz das, was er sich mit siebzehn darunter vorgestellt hatte. Aber darauf kam es nicht an, er hatte sich seinen Jugendtraum erfüllt, und jetzt erst hatte er das Gefühl, daß es genug sei. Das ist alles sehr traurig natürlich. Wir sind ziemlich armselige Kreaturen letzten Endes. Als man meinem Vater die Totenmaske abnahm, trug sie weibliche Züge, die man nie zuvor an ihm gesehen hatte. Er war das geworden, was er im Leben am meisten geliebt hatte. Er war eine Frau unter Frauen geworden.

Er nimmt einige Zierkiesel aus der Schale, die auf dem Tisch steht, und bewirft damit Emilie, ohne Wucht, beinah nachdenklich.

EMILIE *gibt nach jedem Treffer einen einzigen Schmerzenslaut von sich* Au. Au.

SCHWAGER OSWALD *zu Zacharias Werner* Mach mit. Na los.

Zacharias Werner greift zögernd nach den Steinen, wirft dann schlaff, so daß der Kiesel zu Emilies Füßen kullert.

SCHWAGER OSWALD Wirf so, daß du triffst.

Zacharias Werner hebt den Arm. Emilie dreht sich zu ihm um und sagt sehr ruhig und bestimmt ...

EMILIE Bitte, werfen Sie nicht nach mir.

ZACHARIAS WERNER *läßt den Arm sinken.*

Ich möchte nicht. Es steht mir nicht zu.

Er beginnt seine Bücher einzusammeln und in den Rucksack zu stecken.

Ich störe eure Ordnung. Ich passe nicht in eure Ordnung. Eine Ordnung, die ich nicht ganz durchschaue.

SCHWAGER OSWALD Es gibt keine Ordnung zwischen uns.
Keine Herrschaft. Keine sichere Stunde.
Wir sind allein. Ganz allein.
Das ist unsere einzige Liturgie.
Unser Reich ist ein Binnenreich.
Unsere Lüge ist eine Binnenlüge.
Der Wächter ist der Sklave der Bewachten.
Daß sie meine Gefangene ist, ist nichts.
Daß ich ihr Wächter bin, ist alles.
Na gut. Hören wir auf. Lassen wir den Unsinn.
Emilie, setz dich wieder zu uns. Es ist mir lieber, wenn du in der Nähe bist.
Zu Zacharias Werner
Ich gebe dir in der nächsten Woche Bescheid.
Hundertfünfzigtausend.

ZACHARIAS WERNER Zweihundertfünfzig. Wenn du ein Viertel der Anteile erwirbst.

SCHWAGER OSWALD Zweihundertfünfzigtausend. Ich habe es mir irgendwo notiert.
Nächste Woche. Wenn alles gutgeht. Verstehst du?

ZACHARIAS WERNER Ja. Ich verstehe.

Schwager Oswald Von mir sagen die Kollegen: was für ein feiner, empfindsamer Mensch.
Nein. Ich bin nicht fein. Ich bin nicht empfindsam. Ich bin genau so ein ungehobelter Klotz wie alle anderen. Weshalb täuschen sich die Leute immer in mir?

Zacharias Werner Du bist ein feiner, du bist ein empfindsamer Mensch, Schwager Oswald.
Du täuschst dich in dir.

Schwager Oswald Nein, nein. Die anderen täuschen sich.
Du, mit deinen Büchern, müßtest es eigentlich wissen: wieviel feiner, wieviel empfindsamer sich ein Mensch verhalten könnte.

Zacharias Werner Nun gut. Man könnte der Auffassung sein, Gott habe der menschlichen Natur generell den letzten Feinschliff versagt.

Schwager Oswald Gut. Sicherlich. Wenn du darauf hinauswillst. Obwohl wir uns auch wiederum nicht zu schämen brauchen, oder? Vielleicht gehe ich heute abend noch aus. Vielleicht lade ich ein paar Freunde zu Tisch. Es könnte mich auf andere Gedanken bringen. Wenn nur alles gutgeht.

Die Skrjabin-Schwestern

Ein Flügel auf leerer Bühne. Anja und Zacharias Werner.

ANJA Skrjabin – und was dann? Eine höhere harmonische Auflösung gibt es nicht. Eine höhere Gratwanderung hat niemals stattgefunden.

ZACHARIAS WERNER Aber es ist doch, soviel ich weiß, auch nach Skrjabin noch eine Menge interessanter Musik komponiert worden.

ANJA Die ganze Musikgeschichte seit Skrjabin ist ein einziges musikalisches Davonlaufen vor Skrjabin.

ZACHARIAS WERNER Und Sie spielen ihn jeden Tag?

ANJA Ich spiele ihn seit langem nicht mehr. Meine Schwester spielt ihn jeden Tag. Ich höre zu. Ich kann gar nicht aufstehen oder ins Bett gehen, ohne etwas von ihm zu hören. Das Prélude op. 74, Nr. 2 habe ich bestimmt schon tausendvierhundertmal gehört in meinem Leben.

ZACHARIAS WERNER Sie sind noch sehr jung, Anja, und doch sind Sie eine so freundliche Frau. Es ist eine alte, fast vergessene Freundlichkeit, die Sie ausstrahlen und die es heute nirgends mehr gibt. Ich kenne die hastigen, die ehrgeizigen, die kalten und die gierigen Frauen. S i e sind ganz anders. Ich komme einfach von Ihrem Wesen nicht los. Mir ist, als ob ich Sie in einer Novelle von Gottfried Keller getroffen hätte. Wie soll ich es beschreiben?

ANJA Ich kann Ihnen nicht antworten.

ZACHARIAS WERNER Sie lieben die Musik. Und ich bin ganz unmusikalisch. Ich habe keine Ahnung von Skrjabin. Wie sollte das gehen zwischen uns?

ANJA Sie meinen: wenn in meiner Nähe jemand lebte, der nichts von Musik versteht?

ZACHARIAS WERNER Sie lachen.

ANJA Ich würde Sie bald langweilen. Ich sitze drei Stunden neben meiner Schwester und höre ihr beim Üben zu. Und danach lege ich eine Platte nach der anderen auf. Und gerade, wenn Sie sich ein bißchen ausruhen wollen, würde ich eine neue Platte auflegen. Und Sie? Sie würden so tun, als hörten Sie zu. Mir zuliebe. Und darüber würde ich mich ärgern.

ZACHARIAS WERNER Das ist eine traurige Aussicht. Die Musik stünde wie eine Mauer zwischen uns. Aber ich kann ja lesen. Sie und Ihre Schwester haben ein hinreißendes Buch über Skrjabin geschrieben.

ANJA Finden Sie?

ZACHARIAS WERNER Es ist das tiefste und leidenschaftlichste Buch über Musik, das ich kenne. Ich bin sicher, es ragt turmhoch über die gesamte Musikliteratur der letzten Jahrzehnte hinaus.

ANJA Ich soll Ihnen von meiner Schwester sagen: wir sind nicht daran interessiert, Ihren Verlag zu erwerben. Wir sind nur daran interessiert, daß unser Buch erscheint.

ZACHARIAS WERNER Ich bringe es im nächsten Frühjahr. Es führt kein Weg daran vorbei. Ich verspreche es Ihnen.

ANJA Meine Schwester meint, es paßt nämlich sehr gut in Ihr Verlagsprogramm. Sie haben vor Jahr und Tag eine Modigliani-Biographie und später die Chopin-Kommentare von Pogorzelski gebracht. Wir haben schon mit anderen Verlagen verhandelt. Aber sie bestehen alle auf unerträglichen Kürzungen.

ZACHARIAS WERNER Ich bringe es so wie es ist! Eher schneide ich mir die Fingerkuppen ab, als daß ich eine Zeile kürze. In meinen Augen handelt es sich um ein Meisterwerk. Es muß nur bald erscheinen. Ich zittre schon vor Vergnügen, die Fachwelt wird auf die Barrikaden gehen. Das Buch wird dicke Schwaden von akademischem Staub aufwirbeln, die Mandarine werden Zeter und Mordio schreien. Das einzige, was ich wirklich brauche, sind hunderttausend Mark, um den Verlag fit zu halten für den Start im Frühjahr.

ANJA Ich habe mit meiner Schwester darüber gesprochen. Sie ist einverstanden. Wir strecken Ihnen die Summe vor, damit unser Buch sorgfältig vorbereitet werden kann.

ZACHARIAS WERNER Das beruhigt mich. Es beruhigt mich außerordentlich. Selbstverständlich werden wir eine vertragliche Vereinbarung treffen in dem Sinne, daß Ihre Einlage mit dem Erlös aus dem Buchverkauf –

ANJA Schon gut. Daran soll es nicht scheitern. Wir werden uns schon einig.

ZACHARIAS WERNER Haben Sie und Ihre Schwester jemals darüber nachgedacht, vielleicht hätten Sie Lust, eine kleine Reihe von Komponistenporträts bei mir herauszugeben?

ANJA Wir dienen nur einem Herrn. Skrjabin.
Da kommt meine Schwester.
Beate und der Komponist Elmar Kitz erscheinen.

BEATE *zu Zacharias Werner* Ich kenne Sie sehr gut. Ich hatte bis vor kurzem einen Agenten, der mir oft von Ihnen erzählte. Ich glaube, er war einmal Kompagnon in Ihrem Verlag.

ZACHARIAS WERNER Guten Tag. Franz Schuster? Meinen Sie den?

BEATE Ein rühriger Mann. Ein zuverlässiger Mann. Leider gab es irgendwann Geschmacksdifferenzen zwischen uns.

ZACHARIAS WERNER Genauso war es bei mir. Ich mußte mich schließlich von ihm trennen und habe ihn ausbezahlt.

BEATE Wohl nicht im vollen Umfang, wenn ich ihn richtig verstanden habe.

ZACHARIAS WERNER So gut wie. Bis auf einen unbedeutenden Restbetrag.

ANJA Bitte, Beate, stell ihn endlich vor. Laß ihn doch nicht so lange herumstehen.

BEATE Ja, dann gibt's hier noch unseren musikalischen Spätling, Elmar Kitz. Ein nicht mehr ganz so vielversprechender Komponist. Anja und ich teilen uns diesen Kraftmenschen.
Wir haben uns gesagt: einer für jede von uns, das wird uns zuviel, das muß nicht sein. Aber finden Sie mal jemanden, der bereit ist, sich für keine von uns beiden zu entscheiden!

ANJA Elmar ist jemand, über den es sich leicht spotten und lästern läßt. Aber was für ein feinfühliger Mann, sobald er hinter seinem Computer sitzt und komponiert! Die Menschen ziehen ihn an den Ohren. Er aber lacht, er lächelt immer. Stimmt allen zu, ist immer einverstanden.

BEATE Ich klammerte mich an diesen Mann zum Vierhändigspielen. Ich muß diesen Mann ertragen, nur weil ich ihn vierhändig brauche. Ich hafte an seiner Seite, verliere dabei die natürliche Bodenhaftung. Doch leider, ich schwebe nicht. Ich dachte anfangs, ich schwebe, aber ich klebe.

ANJA Hör mal, Elmar, du hast doch versprochen, einen kleinen Walzer für deine beiden Bräute zu schreiben?

ELMAR KITZ Ha! Einen Walzer? Wißt ihr: das kann ich leider nicht. Ein Walzer ist rund. Meine Musik trägt auf jeder Note einen Dreispitz.

BEATE Aber doch hoffentlich: ohne etwas vom scheußlichen »Dreispitz« zu haben?

ELMAR KITZ Gott behüte, de Falla, Gott bewahre!
Walzer, das bin nicht ich. Da steck ich nicht drin.

ANJA Er hat einmal vollkommen tatenlos mitten im Orchester gesessen. Es war bei einem Konzert der Bamberger Sinfoniker. In der Pause trug er einen Stuhl aufs Podium. Er mischte sich unter die Musiker und ging mit ihnen auf die Bühne. Dann saß er beim Poème de l'Extase vollkommen tatenlos mitten im Orchester.

ELMAR KITZ Mir fällt die Musik jetzt manchmal sehr schwer.

BEATE Nicht wirklich! Immerhin hast du drei große Sinfonien hinter dir.

ELMAR KITZ Hinter mir? Über mir. Sie poltern jede Nacht auf mich nieder. Und jeden Tag schreib ich sie um. Das ist mein Tagwerk: korrigieren! Alles noch einmal überprüfen aus der Sicht des heutigen Tags. Und nachts kracht's wieder über mir zusammen. Und ich zittere vor der Sicht des nächsten Tags.

ANJA *flüstert Zacharias Werner zu* Er ist der Mittler, verstehen Sie. Der Mittler zwischen *sie zeigt nach oben* ihm und uns. Als junger Mensch ging er einmal im Kempinski durch die Halle, wo zufällig Karajan im Gespräch mit Henry Kissinger saß. Er trat auf Karajan zu und sagte: Ich bin Skrjabin. Warum grüßen Sie mich nicht? Aber Karajan ließ sofort die Polizei rufen.

BEATE Ich bitte um Ruhe. Es ist zwei Uhr mittags.
Laßt einen Augenblick Stille einkehren.
Sie versenkt sich.
Ich spreche vom Anfang und von immerdar.
Ich spreche vom Weltliebesbrand, vom Mysterium des Lichts und vom Ende aller Zeit.
Ich spreche vom Akt der Ekstase, der einer neuen Rasse der Luziden das Leben gibt.
Ich spreche vom Opfer des Prometheus, bei dem die Menschheit ihren Anteil am Feuer zurückgibt und dafür eine von Gottheit durchtränkte Natur erhält.

Die Welt wird ihrem Schöpfer zurückgegeben.
Ich bin nichts und nichts ist außer mir.
Ich bin nichts und doch alles.

ANJA Ich will Neues, Niedagewesenes.
Ich will leben. Ich bin das Vibrieren des Lebens,
ich bin das Verlangen, ich bin der Traum.
O mein strahlendes Universum, mein Erwachen,
mein Spiel, mein Aufblühen, mein Verschwinden,
launischer Strom unbekannter Empfindungen,
ich will etwas Neues, Starkes, Zärtliches, neue
Wonnen, neue Martern, neues Spiel.
Bis ich mich verliere, bis ich mich verzehre.
Ich bin die Feuersbrunst, ich bin das Chaos.

ELMAR KITZ Die Worte des Meisters sind unmißverständlich. Die Berge sind der versteinerte Aufschwung wütender Liebe. Die Musik ist der vorbereitende Akt, acte préalable, Akt der Vermählung, Akt der leidenschaftlichen Zärtlichkeit des auserwählten Paars. Ich bin der Kristall, der reine Kristall, in dem Musik in allen ihren Farben funkelt.

ANJA *nach dem Gebet wie entschuldigend zu Zacharias Werner* Der Meister war zu der Zeit noch sehr jung. Weltliebesbrand! Der Kommunismus wollte ja im Prinzip nichts anderes.

BEATE Kommunismus? Welcher Kommunismus?

ANJA Du selbst hast mich auf die Parallele aufmerksam gemacht. Weltrevolution – Weltliebesbrand. Menschheitsfeier! Die zeitliche Nähe! Allein die zeitliche Nähe!

BEATE Wenn man dich hört, sieht man förmlich Skrjabin und Lenin Arm in Arm beim Sturm aufs Winterpalais.

ANJA Das nicht gerade.

BEATE Ach? Das nicht? Was dann, A n n e g r e t?

ANJA Du weißt doch genau, was ich meine. Wir haben so oft darüber gesprochen.

BEATE Und Herr Zacharias Werner? Willst du es ihm vielleicht erklären?

ZACHARIAS WERNER Das muß ja ein Ungeheuer gewesen sein. Skrjabin. Ein Himmelsstürmer. Ein Epochenstürzer. Ein Nietzsche der Musik!

BEATE Aber bitte: mit umgekehrtem Vorzeichen!

ZACHARIAS WERNER Ich muß mich unbedingt tiefer hineinhören in seine Sachen. Leider bin ich in meiner musikalischen Bildung nicht weit fortgeschritten. Wenn überhaupt etwas, so hat mir aus der baltischen Region bis heute die melancholische Majestät eines Jean Sibelius am meisten zugesagt.

BEATE Me-lancho-lische Majestät? ... Si-be-lius?

Bitte, bring Herrn Werner zur Tür, Anja. In unserem Haus wurde dieser Name ohne Abscheu ausgesprochen. Das war der berühmte kleine Schritt zu weit, auf den der sichere Sturz in den Abgrund folgt.

Sie wendet sich ab. Anja und Elmar Kitz fassen Zacharias Werner rechts und links beim Arm und führen ihn hinaus.

ZACHARIAS WERNER *zu Elmar Kitz* Es wird für Sie als Komponisten auch nicht leicht sein, mit der Braut Skrjabins verheiratet zu sein.

ELMAR KITZ Ich bin ja nicht mit ihr verheiratet.
Oder nicht allein mit ihr.
Ich schenke mich beiden Schwestern.
Ich tu's gern und mir tut's gut.

ANJA Es schmerzt mich, daß es so schnell so schiefging.

ZACHARIAS WERNER Lassen Sie nur. Das bringe ich leicht wieder ins Gerade. Sagen Sie ihr: den Sibelius nehm ich anstandslos zurück. Was soll's? Ich versteh ja nichts von Musik. Aber Ihr Buch erscheint bei mir im Frühjahr.

Der Liftboy

Hotelhalle nachts. Sylvia Kessel in einem Lederfauteuil. Sie weckt mit schrillender Zunge den Nachtportier, der hinter der Rezeption in seiner Kammer schläft. Schließlich hervorkommt, schlaftrunken auf den großen Wecker schlägt, der gar nicht geläutet hat.

SYLVIA KESSEL Hej! Chef! ... Drrrr! ... Drrr!
Cola! Nüsse! Musik!
Ich trug damals das schwarze Kostüm, das mir eine Freundin geliehen hatte. Ich trat vom Bankschalter zurück, ich zählte die brandneuen Scheine, druckfrische blaue Hunderter. Ein Mann beugte sich zu mir und flüsterte mir in den Nacken: »Viel Glück mit Ihrem neuen Geld« ... D u warst es! Ich knöpfte vor deinen Augen meine Bluse auf, ich schob die Scheine gut verteilt in die Schalen meines BHs. Dabei beobachtete ich dein erstauntes Gesicht. Ich sah dein ungläubiges Lächeln ... Ungläubig? Wieso ungläubig?
Blickt hinter sich, der Nachtportier ist wieder verschwunden.
Hej! Chef! ... Drrr ... Drrr ...
Der Nachtportier erscheint wieder, gleicher Vorgang. Dann gibt er dem Hausdetektiv ein Zeichen.
Ich weiß, ich weiß. Ich bin die Frau, die niemand leiden kann. Ich mache mich überall unbeliebt. Ich werde sehr schnell ausfallend in Gesellschaft. Ich stehe dann wie unter Zwang – ein Zustand der inneren Erhitzung. Ich kann mich nicht zurückhalten. Die deplazierten Bemerkungen sprudeln nur so aus mir heraus. Meine besondere Vorliebe gilt den In-dis-kretionen.

DER HAUSDETEKTIV *tritt zu ihr* Und ich bin die Königin der Nacht, Madame. Darf ich Sie bitten, jetzt endlich Ruhe zu geben.

SYLVIA KESSEL *klammert sich sofort an ihn, angstvoll* Ich bitte Sie, mich zum Schweigen zu bringen.

DER HAUSDETEKTIV Kommen Sie. Ich bringe Sie auf Ihr Zimmer.

Sylvia Kessel Wollen Sie mich bitte zur Ruhe bringen? Ich wohne nicht hier. Ich warte hier auf meinen Verleger.

Der Hausdetektiv Mitten in der Nacht? Ich denke, Sie haben genug getrunken.

Sylvia Kessel Ich habe nicht getrunken. Eine halbe Mne-mo-sil habe ich genommen. Mne-mo-sil eins versetzt dich zurück an einen beliebigen Tag zwischen deinem dreizehnten und siebzehnten Lebensjahr. Mne-mo-sil zwei versetzt dich zurück an einen beliebigen Tag zwischen deinem achten und dreizehnten Jahr. Mne-mo-sil drei –

Der Hausdetektiv Ich verstehe. Kommen Sie. Ich begleite Sie zum Taxistand.

Sylvia Kessel Früher mußte man sich mühsam erinnern. Heute schmeißt du eine Pille ein und bist rundum dort, wo du am liebsten für immer geblieben wärst. Mnemosil drei – na gut. Gehen wir. Der Hurenbock kommt ja nicht. »Zacharias Werner«. Wenn ich das schon höre. Ach, mein lieber Zaches …

Beide ab. Gregor und Konstantin, Vater und Sohn, kommen von links mit zwei Koffern.

Gregor Du bleibst auf deinem Zimmer, bis deine Mutter kommt. Du gehst mit ihr zum Mittagessen. Dann gehst du wieder auf dein Zimmer. Du läßt dich von niemandem ansprechen. Du verläßt das Hotel nicht. Ich bin in zwei Tagen zurück.

Konstantin Ja, Vater.

Gregor Konstantin, hör mal zu, mein Junge. Wer hat das gesagt? Wer hat gesagt: Ich weiß durch das Gesetz, wie ich mit Gott dran bin und muß alle Zeit sorgen, Gott komme mit einer Keule hinter mir und schlage mich an den Kopf. Na? Wer hat das gesagt?

Konstantin Ich weiß es nicht, Vater.

Gregor Du weißt es nicht? Nie, nie weißt du es. Denn ich muß alle Zeit sorgen, Gott komme mit einer Keule hinter mir und schlage mich an den Kopf. Na, wer könnte es gesagt haben?

Konstantin Ich weiß es nicht, Vater.

Gregor Luther natürlich, du Nuschel. Und wer hat das gesagt?

Wer hat gesagt: Deshalb haben wir zwei Ohren und nur einen Mund: damit wir mehr hören und weniger reden?

Konstantin Zenon von Elea.

Gregor Das stimmt. Sehr richtig. Soll es gesagt haben.

Konstantin Der Überlieferung nach.

Gregor Denn?

Konstantin Nichts Schriftliches.

Gregor Sehr gut, mein Junge. Wir leben stürzend. Umstürzend, hochhinabstürzend, grundstürzend. Wir tun einen Sturz unser Lebtag. Nichts als stürzen können wir. Verstehst du mich?

Konstantin Ja, Vater. Es geht nicht aufwärts, sondern geradewegs in die Tiefe.

Gregor Sehr gut, mein Junge. Es geht nicht vorwärts, es geht nicht geradeaus, nicht aufwärts. Aufstieg, Fortschritt: falsch! Saussturz. Nieder, Nacht, ab in die Tiefe. In die ewige Finsternis. Bis auf ein geringes Atemglühen. Verstehst du mich?

Konstantin Ja, Vater. Dies ist eine Vision.

Gregor Sehr gut, mein Junge.

Sie gehen nach rechts ab. Ihnen begegnet ein Hotelgast, der an der Rezeption den Nachtportier herausklingelt. Vor ihm rekapituliert er den folgenden Einwort-Dialog mit seiner Frau oder Geliebten, indem er bei jedem Personenwechsel mit zusammengeschlagenen Hacken von rechts nach links springt, mit halber Drehung um die eigene Achse. Auf der linken Seite zeigt sich eine schlanke, kurzhaarige Blondine im Kostüm des Liftboys. Kakaobraune Jacke mit Goldknöpfen. Flache Kappe schräg auf dem Kopf. Tritt hervor und schaut, ob von der Rezeption jemand zum Aufzug kommt.

Ein Hotelgast Ich: Liebste. Sie: Frosch. Ich: Engel. Sie: Drecksack. Ich: meine Sünde. Sie: Pott! … Wie schlecht man überall behandelt wird.

Der Liftboy *neben dem Hotelgast* Und Sie? Sind Sie nicht einfach zu gutmütig?

Ein Hotelgast Ich? Ich weiß nicht … Glauben Sie? Bin ich nicht gemein genug? Gute Frage. Ich dächte, ich hätte auch meine Ecken und Kanten. *Zum Nachtportier* Die Nummer zweihundertsiebenunddreißig bitte. Ich bin so ein mittelgroßer, dunkelblonder, nicht ganz, nicht mehr ganz vollhaariger Brillenträger ... ja ... was noch? Selbstbeschreibung, sagt sie. Beschreib dich selbst, und du weißt, wer du bist.

Der Liftboy mit Hotelgast zum Aufzug nach links ab. Der Hausdetektiv hinter dem Liftboy her. Kommt zurück. Zum Nachtportier.

DER HAUSDETEKTIV Seit wann gibt es bei uns im Confidence einen Liftboy?
NACHTPORTIER *gähnt* Weiß nicht.
DER HAUSDETEKTIV Ich kenne sie. Ich weiß genau, wer sie ist.

Der Liftboy kommt zurück. Eine alte Frau ist an die Rezeption getreten, läßt sich ihren Schlüssel geben. Der Liftboy kümmert sich um sie, so daß der Hausdetektiv nicht an ihn herankommt.

DER LIFTBOY In welchen Stock darf ich Sie bringen?
EINE ALTE FRAU Ich brauche keinen Liftboy. Ich habe kein Trinkgeld bei mir.
DER LIFTBOY Ich fahre Sie. Sie sehen ja mit Ihren schwachen Augen die Etagenanzeige nicht.
Sie gehen nach links zum Aufzug.
EINE ALTE FRAU Ich seh nicht mehr viel. Ich komme so spät noch von meinem Mann aus dem Krankenhaus.
DER LIFTBOY Erzählen Sie, erzählen Sie.
EINE ALTE FRAU Da gibt's nicht mehr viel zu erzählen. Er ist gestern noch einmal operiert worden. Wußten Sie, daß die Tumore zu riechen beginnen? Am Ende stinken sie so, daß selbst die lieben Verwandten Reißaus nehmen.
DER LIFTBOY Tja. Am Ende da kommt einiges zusammen.
Signalton des Aufzugs.
DER HAUSDETEKTIV Leider zu spät. Aber gleich erwisch ich sie. Sie arbeitet doch bei uns in der Küche.
Signalton des Aufzugs. Der Liftboy kommt wieder in die Halle.
Sie arbeiten doch bei uns in der Küche!
DER LIFTBOY Ich arbeite bei uns nicht in der Küche.
Ich arbeite bei uns in der Buchhaltung.
DER HAUSDETEKTIV Aha. Dann kenne ich Sie von dort.

Der Liftboy Ja. Ich bin die zweite Buchhalterin. Wenn Sie reinkommen, linker Hand, gleich hinter der ersten die zweite, das bin ich.

Der Hausdetektiv Haben Sie eine Befugnis, den Aufzug zu begleiten? Das Hotel beschäftigt keine Aufzugbegleitung. Stellen Sie sich vor, es passiert Ihnen etwas. Aufzug stockt. Plötzliche Rauchentwicklung. Erstickungsanfall. Randalierender Gast. Keine Kasse zahlt. Es gibt keine Liftboystelle im Confidence. Der Ärger mit dem Arbeitsamt.

Der Liftboy Ich mach's ja ordentlich. Kein Grund zu klagen. Ich muß das manchmal tun. Nachts.

Der Hausdetektiv Sie hören auf damit.

Der Liftboy Ich mach's doch ordentlich. Die Leute sind mit mir zufrieden.

Der Hausdetektiv Ziehen Sie die Livree aus.

Der Liftboy Nur heute noch.

Der Hausdetektiv Ich verliere meinen Job, ich!

Der Liftboy Sie brauchen nur zu sagen: ich wußte nicht, daß es keinen Liftboy mehr gibt. In so einem riesigen Hotel. Ich muß das manchmal machen. Schon mit fünfzehn hab ich es manchmal machen müssen.

Der Hausdetektiv Auch damals gab es schon keine Liftboys mehr. Wie alt bist du?

Der Liftboy Zweiundzwanzig.

Der Hausdetektiv Das ist ein Tick.

Der Liftboy Ja. Das ist ein Tick.

Der Hausdetektiv Wenn das jemand erfährt.

Der Liftboy Morgen ist alles vorbei.

Ein später Gast tritt zu den beiden. Der Hausdetektiv wendet sich ab.

Der Liftboy In welche Etage darf ich Sie bringen?

Ein später Gast Sie sind doch kein Liftboy?

Der Liftboy Was denn sonst?

Ein später Gast Na gut. Fahren wir.

Der Liftboy Moment. Ich glaube, da kommt noch jemand.

Ein später Gast Sie wollen mir doch nicht zumuten, hier zu warten, bis der Aufzug voll ist?

Der Liftboy Nein. Sie haben recht. Fahren wir.

Ein später Gast Ich muß in die oberste Etage.

Der Liftboy In den sechzehnten Stock?

Ein später Gast Ich sag Ihnen gleich, daß ich im Aufzug nicht derselbe bin wie zu ebner Erde.

Der Liftboy Das geht uns allen so.

Ein später Gast Sie werden mir behilflich sein müssen.

Der Liftboy Wobei?

Ein später Gast Ich bekomme es mit der Angst, sobald es nach oben geht. Es könnte sein, daß ich Sie bitte, mir beizustehen.

Der Liftboy Beistehen? Wie soll das aussehen?

Ein später Gast Sie verstehen mich doch?

Der Liftboy Offen gestanden, ich mach das hier aus einem Kindertraum heraus. Ich bin gar kein echter Liftboy.

Ein später Gast Das sehe ich.

Der Liftboy Das Hotel verfügt über keine Liftboystelle. Die bringen mich vors Arbeitsgericht, wenn ich irgend etwas anstelle.

Ein später Gast Wir beide sind allein. Es sieht uns niemand.

Der Liftboy Wenn jemand dazusteigt?

Ein später Gast Wir lassen niemanden zusteigen.

Der Liftboy Warum erzählen Sie mir das alles vorher? Jetzt weiß ich doch haarklein, was gleich passiert.

Ein später Gast Ich erzähle es nur, um mir selbst ein wenig die Angst ... vor dem Fahrstuhl zu vertreiben.

Der Liftboy Und mir welche einzujagen, wie? Also ich zähl Ihnen mal auf, was mir schlimmstenfalls schon passiert ist im Fahrstuhl. Einer versucht mich zu küssen. Einer macht sich die Hose auf. Einer faßt mir unter die Livrée. Einer drückt mir sein Bein wohin. Das ist es im großen und ganzen. Zu mehr ist auch die Zeit zu kurz. Es ist unschön, sehr unschön, aber es macht mir den Traum vom Liftboy nicht kaputt.

Ein später Gast Aber ich – ich habe Angst! Ich brauche jemand, der mit mir spricht während der Fahrt.

Der Liftboy Das haben wir jetzt praktisch schon hinter uns.

Ein später Gast Also lassen Sie mich die Wahrheit sagen: Sie müssen mich bei der Hand nehmen. Das ist alles. Meine Hand festhalten.

Der Liftboy Das ist bekannt. Dann habe ich Ihre Hand in der

Sekunde anderswo. Ich kann damit umgehen, schön ist es nicht, aber den Traum vom Liftboy macht es mir nicht kaputt.

EIN SPÄTER GAST Wenn Sie immerzu sagen: so ist es eben, unschön, aber es macht mir nichts aus, das macht mich kleiner als ich bin. Sie könnten sich auch ein wenig fürchten vor mir. Das macht mich größer als ich bin. Ich hätte weniger Angst.

DER LIFTBOY Tu ich nicht. Hab ich mich oft gefragt. Aber ich fürchte mich einfach nicht.

Das Kind Konstantin kommt durch die Halle.

DER LIFTBOY Wo willst du denn hin? So spät. Welcher Stock?

KONSTANTIN Weiß nicht.

DER LIFTBOY Welche Zimmernummer?

KONSTANTIN Vergessen.

DER LIFTBOY Zum wem gehörst du?

KONSTANTIN Mein Vater ist für zwei Tage verreist.

DER LIFTBOY Du wohnst doch nicht ganz allein in diesem riesigen Hotel.

KONSTANTIN Doch. Bis meine Mutter kommt. Morgen zum Mittagessen.

DER LIFTBOY Dann gehst du jetzt zur Rezeption und fragst, welches Zimmer dein Vater hatte.

KONSTANTIN Da ist niemand.

DER LIFTBOY Da ist niemand im Augenblick, stimmt. Paß auf, ich fahre dich einmal hoch und runter. Wenn du die Etagenzahlen siehst, fällt dir vielleicht das richtige Stockwerk ein.

KONSTANTIN Es fällt mir bestimmt ein.

DER LIFTBOY *zu dem späten Gast*
Entschuldigen Sie mich einen Augenblick.

EIN SPÄTER GAST Sie spannen mich auf die Folter.

Der Liftboy mit Konstantin ab. Klingelton des Aufzugs. Von rechts kommt Sylvia Kessel mit Zeitungen unter dem Arm. Setzt sich in einen Sessel der Lounge. Signalton des Aufzugs. Konstantin und der Liftboy kommen zurück in die Halle.

DER LIFTBOY Du bist sicher, es war der sechste Stock?

KONSTANTIN Ja, ich bin sicher.

DER LIFTBOY Jetzt mußt du die Zahlen sehen an den Schlüsselfächern. Du gehst an den Fächern entlang und erkennst deine

Zimmernummer. *Zu dem späten Gast* Gedulden Sie sich noch einen Augenblick?

EIN SPÄTER GAST Sie spannen mich auf die Folter.

Ein zweiter später Gast kommt in die Halle, geht auf den Liftboy zu.

ZWEITER SPÄTER GAST Ich hatte heute bereits das Vergnügen ...

DER LIFTBOY Sie? Nein. Sie fahre ich nie wieder. Sie wissen nicht, was sich gehört.

ZWEITER SPÄTER GAST Ich bitte vielmals um Entschuldigung. Ich hatte vorhin nicht das angemessene Trinkgeld dabei. Ich bin nur gekommen, um meine Schuld bei Ihnen zu begleichen.
Steckt ihr Geldscheine in die Hand.
Leben Sie wohl.

KONSTANTIN Da ist er! Dreihundertundeins! Das ist er!

ZWEITER SPÄTER GAST Ich glaube nicht, daß ich irgendwo auf der Welt jemals wieder Aufzug fahren werde, ohne an Sie zu denken. Es war mir ein Bedürfnis, Ihnen dies noch zu sagen.
Er geht nach rechts ab. Der Liftboy und Konstantin gehen zum Aufzug.

DER LIFTBOY So. Hier ist dein Schlüssel. Ich bringe dich auf dein Zimmer.

EIN SPÄTER GAST *geht zu Sylvia Kessel* Also, entschuldigen Sie, wenn ich mich irre. Ich sehe Sie die ganze Zeit von der Seite an. Sie sind doch die Sylvia Kessel?

SYLVIA KESSEL Ja.

EIN SPÄTER GAST Ich habe mal einen Kräutertee für Sie gekocht. Erinnern Sie sich? Bremerhaven. Buchhandlung Köster in der Nestorgasse. Das bin ich.

SYLVIA KESSEL Sie sind das! Ich war stockheiser. Sie haben mir einen Tee gekocht vor der Lesung. Richtig.

EIN SPÄTER GAST Fünfundsiebzig Leute waren gekommen! Ganz außerordentlich für das kleine Bremerhaven. Wann besuchen Sie uns wieder? Wir warten doch alle auf ein neues Buch von Ihnen!

SYLVIA KESSEL Ich hoffe, ich bin bald wieder in Bremerhaven. Wenn es nach mir ginge, noch in diesem Jahr.

EIN SPÄTER GAST Frau Kessel. Ich bin in einer Verlegenheit. Es ist mir peinlich. Aber ich muß endlich auf mein Zimmer. Es liegt ausgerechnet im obersten Stockwerk. Würden Sie so liebenswürdig sein, mich zu begleiten? Ich fürchte mich vor dem Aufzugfahren. Alleine schaffe ich's nicht.

SYLVIA KESSEL Aber gern. Ich bringe Sie auf Ihr Zimmer.
Wie geht denn Ihre Buchhandlung? Wir saßen damals in einem Gewölbekeller, wenn ich mich recht entsinne ...

EIN SPÄTER GAST Ja, in unserem Lager. Wir sind eine der wenigen Buchhandlungen, die sich noch ein größeres Lager leisten.
Zu dem Liftboy, der von links kommt und sich ihnen in den Weg stellt.

SYLVIA KESSEL Was wollen Sie?

DER LIFTBOY Ich hole hier die Gäste ab, die ängstlichen vor allem, und bringe sie sicher auf ihr Stockwerk.

SYLVIA KESSEL Sie? Sie sind gar kein Liftboy. Ich weiß doch Bescheid.

DER LIFTBOY Was denn sonst?
Sylvia Kessel und der späte Gast nach links ab. Signalton des Aufzugs.

DER LIFTBOY Wollen Sie alleine fahren?!
Halt! Warten Sie! ...
Hoffentlich bleiben Sie stecken.
Ein Desaster.
Ich hab einen Fehler gemacht.
Die Tussi kommt mir dazwischen.
Ich hab den Kerl falsch eingeschätzt.
Wie kommt der so schnell an eine Bekanntschaft?
Signalton des Aufzugs. Sylvia Kessel kommt von links in die Halle.

DER LIFTBOY *ihr scharf auf den Fersen* Das tust du nie wieder. Du Schramme!

SYLVIA KESSEL Nein. Niemals.

DER LIFTBOY Ich liebe Hotelgäste. Du weißt nicht, was es für mich bedeutet. Ich bin jedem behilflich. Ich lasse mir von dir das Geschäft nicht verkacken.

SYLVIA KESSEL Suchst du Streit?

DER LIFTBOY Ich begleite die Leute. Du läßt die Finger davon.

SYLVIA KESSEL *setzt sich* Die meisten fahren still und sprachlos mit dir in die Höhe?

Der Liftboy Die meisten ja.
Und er? Was hat er gemacht? Geklammert?
Er hatte irgendwas nötig.

Von rechts kommt Zacharias Werner. Während der folgenden Szene bleibt der Liftboy die ganze Zeit rückwärts an die Couch gelehnt neben Sylvia Kessel und versucht sich immer wieder ins Gespräch zu bringen.

Zacharias Werner Sylvia Kessel! Ich küsse Sie! Ich gratuliere. Ihr Buch springt an! Und wie es anspringt. Wenn es so weiter springt, haben wir Mühe nachzudrucken. Dreitausend vorüber! ...

Der Liftboy Die meisten sind brav. Die anderen sind die Ausnahme.

Zacharias Werner Gestern rief der alte Bösche an, vollkommen geklatscht: Das ist Weltliteratur, stammelte er. Sylvias neues Buch: Weltliteratur! Ich sagte: Moment, verehrter Meister. Sylvias neues Buch, das ist beste deutsche Prosa. Nicht mehr und nicht weniger. Deutsch, schon mal gehört? Ich hab mich natürlich etwas vorsichtiger ausgedrückt. Aber ich habe darauf bestanden, daß es ist, was es ist, Ihr schönes Buch.

Der Liftboy Aber man muß auch bei den Braven immer auf eine plötzliche Ausnahme gefaßt sein.

Sylvia Kessel Schweig, Süße. Einen Augenblick noch.

Der Liftboy Frauen wie du. Wild entschlossene.

Sylvia Kessel Es ist gut.

Zacharias Werner Sind Sie die Erwählte des Kritikers Friedrich, so sind Sie die Erwählte des Todes. Alles, was er lobt, geht unweigerlich zugrunde. Friedrich ist lähmendes Gift. Bösche ist belebendes Gift.

Sylvia Kessel Gibt es eine Lesereise? Ich würde gern auf Lesereise gehen.

Zacharias Werner Ich bereite sie gerade vor. Ich sortiere die vielen Anfragen. Jetzt habe ich wirklich alle Hände voll zu tun. Besser kann es mir nicht gehen. Hier, sehen Sie, das sind die Verkaufszahlen für die erste Woche. Ich küsse Sie.

Sylvia Kessel Warum tun Sie's eigentlich nicht?

Zacharias Werner *mit Pathos* Sylvia! Sie drucken nicht weiter in Gernsheim. Die haben uns ausgesetzt. Die Grossisten machen mir die Hölle heiß, und ich kann nicht liefern. Die Druckerei will Geld sehen, sonst druckt sie keinen Bogen mehr. Ich selbst bin gegenwärtig vollkommen ausgeblutet. Sämtliche Banker drehen sich auf dem Absatz rum, wenn ich die Kassenhalle betrete.

DER LIFTBOY Hat er dir was gegeben? Du hast doch Geld bekommen von ihm?

ZACHARIAS WERNER In diesem Buch steckt die Hälfte meiner Lebensversicherung, mein Rennrad sowie eine Beuys-Zeichnung meiner Schwester. Das alles habe ich aufgebracht, damit Ihr Buch überhaupt erscheinen konnte. Jetzt springt es an, und wir können nicht weiterdrucken.

DER LIFTBOY Für das, was du bei dem machen mußtest, hast du bestimmt zwei Hunderter bekommen.

SYLVIA KESSEL Ich habe ihm nur die Hand gehalten.

DER LIFTBOY Na danke. So sah der gerade aus.

ZACHARIAS WERNER Wenn Sie diese Zahlen, Sylvia, Ihrer Bank vorlegen, die Verkaufszahlen nur für die erste Woche, ich bin sicher, die blättern Ihnen geradeaus sechsundsechzigtausend hin, einen lächerlichen Bruchteil vom Gewinn, den dieser Titel uns bringen wird. Sechsundsechzigtausend und fünfhundertdreizehn D-Mark. Sonst drucken die nicht weiter. Ihr Buch ist erledigt, wenn wir jetzt nicht liefern können.

DER LIFTBOY Soweit mußte es einmal mit mir kommen. Ich fahr die Kinder, die Alten und Kranken, und der Hauptrenner des Abends geht mir durch die Lappen. Du kannst dich noch auf was gefaßt machen.

SYLVIA KESSEL Gedulde dich noch einen Augenblick.

ZACHARIAS WERNER Es scheint Sie nicht weiter zu beeindrukken, was ich über Ihr Buch berichte. Überrascht es Sie nicht?

SYLVIA KESSEL Doch.

DER LIFTBOY Zu spät. Genug für heute. Es kommt ja niemand mehr.

Sie rutscht von der Lehne, zieht die Kappe ab, knöpft Ihre Livree auf und verschwindet langsam im Hintergrund.

Laß dich hier nie wieder blicken.

ZACHARIAS WERNER Sie könnten mich wenigstens einmal ansehen. Sie sehen die ganze Zeit unter sich.

Sylvia Kessel Ich sehe weit tiefer als unter mich. Ich blicke in den Abgrund zwischen meinen beiden Fersen. Ich spiegle mich in einem schwarzen See tausend Meter unter meinen Füßen. Ich höre Ihrer Stimme an, was sie mir verschweigt.

Zacharias Werner Was zum Beispiel?

Sylvia Kessel Zum Beispiel ... na ja. Daß Sie sich wahrscheinlich erst in dem Moment in mich verliebt haben, als das Buch zu rennen anfing ...

Zacharias Werner Ich spiele nicht mit Ihnen. Ich kämpfe für Sie. Glauben Sie nicht, daß ich es manchmal leid bin, bei den ordinärsten sogenannten Entscheidungsträgern vorzusingen? Völlig gedankenlose Menschen zum Umdenken zu bewegen? Völlig Unbewegbare überhaupt ein wenig in Bewegung zu versetzen? Nämlich allenfalls in eine flüchtige Stimmung von Mitleid oder Nachgiebigkeit, so daß sie, nur um mich loszuwerden, immer den gleichen Satz benutzen: »Nun gut, in Gottes Namen, hier haben Sie meine partielle Zusage« ... Ja, die partielle Zusage. Die hab ich immer in der Tasche. Die trag ich immer mit nach Haus.

Sylvia Kessel Wir müssen alte Wäsche, Lumpen, Fetzen zu einem dicken Zopf verdrehen und uns langsam tausend Meter tief zu diesem stillen See herablassen.

Zacharias Werner Darf ich mich denn darauf verlassen, daß Sie die sechsundsechzigtausend bis Montag früh beschaffen?

Der Shuttle

VITTORIO Weißt du, Alfredo, wenn ich du wäre –

ALFREDO Bist du doch.

VITTORIO Na, dann kennst du ja das Gefühl: der Graben zwischen uns wird täglich tiefer.

ALFREDO Ich spüre sehr deutlich, daß die äußere Ruhe und die innere Dramatik zwischen uns zwei getrennte Welten sind.

VITTORIO Wenn ich du wäre, hätte ich mich längst nach einem anderen Partner umgesehen.

ALFREDO Was nützt mir das? Dann wäre der andere ein anderer und ich selbst wäre immer noch derselbe. Was hätte ich davon?

VITTORIO Stimmt. Wir beide müßten vollkommen andere Kerle sein. Dann würden wir uns auch besser von allen anderen abheben.

ALFREDO Ich glaube, das stimmt nicht. So war es früher einmal. Heute muß man genauso, und zwar hypergenauso sein wie alle anderen. Und darin, im Genausosein, muß man sie überbieten. Derselbe sein wie alle anderen, nur mit einem kleinen Kick mehr vom Selben. Darauf kommt's heute an.

VITTORIO Der Shuttle zwischen uns –

ALFREDO Zwischen uns gibt es keinen Shuttle.

VITTORIO Es gibt ihn. Er verkehrt zwischen deinem Gesamtwesen und meinem Gesamtwesen. Sonst wären wir nicht da, wo wir jetzt sind. Der Shuttle verkehrt aber nur dreimal täglich. Morgens beim Gutenmorgensagen. In der Mittagspause. Und abends beim Abschminken. Dreimal am Tag fließt so etwas wie menschliche Wärme zwischen uns. Die übrige Zeit schleichen wir umeinander herum wie um den heißen Brei. Wir fragen uns: Wer ist dieser andere eigentlich? Was will er letzten Endes von mir? Was hat das nun wieder zu bedeuten? Warum tut er so, als hätte er genug von mir? Fragen, die weder du noch ich beantworten können. Aber dann: der Shuttle. Dreimal täglich. Auf den kann man sich verlassen. Daran ändert sich nichts. Auch etwas, wovon andere nur träumen können.

Alfredo Es gibt diesen Shuttle nicht.

Vittorio Noch mal.

Alfredo Ich sage: diesen Shuttle gibt es nicht.

Vittorio Meinetwegen nenn es, wie du willst. Ich nenne es Shuttle.

Alfredo Zwischen dir und mir verkehrt nichts dreimal täglich, gar nichts.

Vittorio Das sagst du.

Alfredo Ja.

Vittorio Ich freue mich darüber, daß für mich dieser Shuttle existiert. Ich freue mich aber auch darüber, daß er für dich nicht existiert.

Alfredo Du hast mich nicht verstanden. Der Shuttle, so gesehen, existiert an sich nicht. Er existiert auch für dich nicht.

Vittorio Na, da kommt ja was zusammen.

Alfredo Das hättest du dir früher überlegen sollen.

Vittorio Ich sage dir, noch sechs, sieben qualvolle Minuten, und der Shuttle setzt sich wieder in Bewegung. Trotz allem.

Alfredo Trotz allem! Wenn du dich nur nicht übernimmst!

Vittorio Ich kenne uns beide eben ein bißchen besser als du.

Alfredo Aber ich kenne dich besser als du mich.

Vittorio Das sagst du nur, um mich einzuschüchtern.

Alfredo Du sitzt breit auf deinem Sessel. Du lehnst dich bequem zurück.

Vittorio Ich lehne? Sieht lehnen so aus? Ich sitze auf der äußersten Kante meines Sessels, bereit, jeden Augenblick wie aus allen Wolken zu fallen.

Alfredo Du fällst nie.

Vittorio Und in Pirmasens? Was war da?

Alfredo Bist du dort etwa vom Stuhl gefallen?

Vittorio Ich habe nicht behauptet, daß ich vom Stuhl gefallen sei.

Alfredo Weil dich eben nichts mehr umwirft, Vittorio.

Vittorio In Pirmasens bin ich immerhin aus allen Wolken gefallen.

Alfredo In Pirmasens, du Zeppelinfahrer, in Pirmasens habe ich dich ein einziges Mal drangekriegt. Ein einziges Mal hab ich dich richtig erwischt.

Vittorio Davon sitze ich noch heute auf der Stuhlkante, du

Meßglöckchen. Um besser vorbereitet zu sein, wenn du zu einem zweiten Pirmasens ausholst.

Alfredo Das werde ich nicht tun. Lehn dich nur zurück. Wie es deinem inneren Naturell entspricht. So dumm bin ich nicht, daß ich dir mit einem zweiten Pirmasens käme.

Vittorio Bei dir weiß man im Ernstfall nie. Besser gesagt: dir gegenüberzusitzen, heißt, ständig auf den Ernstfall gefaßt zu sein. Du könntest mir in jeder unbeobachteten Minute wieder eins auswischen. Und schlimmer als in Pirmasens.

Alfredo Könnte ich. Könnte ich. Aber nicht, wenn du so gefaßt darauf bist. Es trifft dich ja nichts, wenn du unentwegt auf alles gefaßt bist. Ich bin zum Beispiel sehr genau darüber im Bilde, daß du deine Frau betrügst. Aber aus dieser Ecke würde ich dir niemals einen Schlag versetzen. Ich weiß ja, du sitzt überhaupt nur so scharf auf der Quivivekante, um ja nichts zu versäumen, was mir eventuell versehentlich über deine kleine Geliebte, diesen kleinen Zacken-zuviel in jeder Beziehung, über die Lippen springen könnte. Aber verlaß dich darauf, aus dieser Ecke kommt nichts. Du kannst dich ruhig zurücklehnen. Dabei hat deine Frau gerade ein wunderschönes Waffeleisen für dich gekauft.

Vittorio Woher weißt du das, Alfredo?

Alfredo Ich habe sie angerufen, du Sohn einer Maus!

Vittorio Donnerwetter. Wäre ich nie drauf gekommen. Allein die Idee! Einfach zum Hörer greifen, anrufen, fertig. Also, das muß einem erst mal einfallen, du Schredderkopp.

Alfredo Du ißt so gerne Waffeln, sagt sie. Ich kaufe ihm gerade ein Waffeleisen. Ich selbst esse keine Waffeln. Aber er, ihm geht nichts drüber. So eine Frau hast du. Und was tust du, mir gegenüber? Du machst dich lustig über sie. Gerade ist sie unterwegs und kauft dir ein Waffeleisen. Ich sollte es dir nicht sagen, es sollte eine Überraschung für dich sein. Aber jetzt, wo deine Undankbarkeit so schroff zutage tritt, bin ich außerstande, mein Versprechen zu halten. Dir, dem nichts über Waffeln geht, mußte ich es sagen, auch wenn deine Frau mir jetzt vorwirft, ich hätte mein Wort gebrochen, falls du nämlich nicht die waschechte Überraschung zeigst, wenn du nach Hause kommst, und Dankbarkeit nur heuchelst, weil du ja das Gegenteil davon besitzt.

Vittorio Noch habe ich das Waffeleisen nicht. Noch glaub ich nicht dran. Rufst du meine Frau immer so aus heiterem Himmel an?

Alfredo Ich rufe deine Frau niemals aus heiterem Himmel an. Sondern immer nur dann, wenn sich düstere Wolken über uns zusammenballen. Wenn ich mich gezwungen sehe, mit ihr über dich zu reden.

Vittorio Es gibt also noch mehr Dinge zwischen dir und mir, als sie zwischen uns beiden zur Sprache kommen. Es wird also noch über mich mit jemand anderem gesprochen, und zwar mit meiner eigenen Frau. Dann kann ich hier lange auf dem Quivive sitzen und aufpassen wie die Schildwache, wenn du hinter meinem Rücken etwas sagst, das ich gar nicht mitkriegen kann und das mich dann eines Tages eiskalt im Nacken erwischt. Das ist nicht fair.

Alfredo Ich habe dir doch gesagt. Du kannst dich in Ruhe zurücklehnen. Diesmal komme ich aus einer ganzen anderen Ecke als damals in Pirmasens. Mach's dir bequem, Vittorio.

Pancomedia

Restaurant und Speisesaal im Hotel Confidence. Zwei angrenzende Tische, an denen Onkel Bernd und Kerstin sowie Ina Schmölling-Knecht (Rücken an Rücken mit Onkel Bernd) und Zacharias Werner sitzen.

KERSTIN Was suchst du bei den Frauen, Onkel Bernd?

ONKEL BERND Ich weiß es nicht. Vielleicht Verständnis. Ein bißchen Verständnis dafür, daß ich sie nicht mehr so liebe wie früher.

KERSTIN Aber du kannst mir heute, in jeder Nacht, vielleicht, immerzu, vielleicht ein Kind machen.

ONKEL BERND Ich habe aus Versehen an deinem Glas genippt. Hier, nimm ein neues.

KERSTIN Trink bitte weiter aus meinem. Ich bitte dich darum. Du kannst mich bestimmt sehr glücklich machen.

ONKEL BERND Weißt du, Kerstin, ich tropfe seit einiger Zeit wie ein rostiger Wasserhahn. Aber ich soll immer noch meinen Mann stehen, immer noch den Legestachel ausfahren. Man ist kaum noch Haut und Knochen. Man nimmt vorher seine Zähne aus dem Maul. Man mißt den Blutdruck. Und dann Augen zu und draufhalten.

KERSTIN Aber wer zwingt dich dazu?

ONKEL BERND Ich. Ich zwing's mir ab. Ich kämpfe – ich kämpfe um meinen Status als Durchschnittsmensch. Ich spreche im Grunde von den berüchtigten kommunizierenden Röhren. In mir steigt gerade soviel Saft wie in der Gesamtheit der Greise. Ich kann mich gar nicht dagegen wehren. Gäbe die Allgemeinheit Ruhe, so fände ich endlich auch die meine. Bis zum letzten Atemzug grient uns die Fratze des Sex entgegen. Überall um uns keucht und schleckt und sabbert es. Niemand nimmt mehr mit Anstand Abschied von seinem Geschlechtsleben. Sie wollen noch als Skelette aufeinandersteigen und es munter klappern lassen. Manchmal habe ich das Gefühl, als wären wir alle miteinander von Aristophanes erfunden. Lauter übertriebene Figuren. Angeber, Möchtegerns, Schwätzer und Bockwürste.

Sind wir nicht Gefangene eines endlosen, endlos albernen Satyrspiels? Keiner findet mehr raus aus der Komödie. Abtreten verboten! Keiner verläßt die Bühne! Man muß es übertreiben, wo man geht und steht. Immerzu das fahle alte Gesicht hinter einer geifernden Brunstmaske verbergen. Bis man umkippt. Bis die Schläuche platzen.

KERSTIN Aber ich bin doch bei dir.

ONKEL BERND Eben. Davon rede ich ja.

Am Nebentisch Ina Schmölling-Knecht und Zacharias Werner...

INA SCHMÖLLING-KNECHT Du bist mehr, viel mehr, als ich verdiene. Du bist großzügig, du bist hingebungsvoll. Du bist sehr klug. Du hast ein Bild von mir, das du liebst. Ich weiß, du liebst mich. Aber ganz tief in dir drin da gibt es keinen Sex.

ZACHARIAS WERNER Ach?

INA SCHMÖLLING-KNECHT Du bist nicht wirklich besessen davon. Überleg einmal, was dir wichtiger ist –

ZACHARIAS WERNER Ich bin nicht besessen davon? Ich dachte, ich wär's gewesen die ganze letzte Woche?

INA SCHMÖLLING-KNECHT Ja, mein Schatz, sicher. Laß uns nicht weiter davon sprechen. Du hast mich gehabt. Ich bin bei dir gewesen. Du konntest dir Himmel und Hölle mit mir vorstellen. Fast alles. Im Ansatz. Aber irgend etwas ganz tief in dir drin hat mich nie gefickt. Entschuldige das Wort.

ZACHARIAS WERNER Wenn du es benutzt, sagt es mir genug.

INA SCHMÖLLING-KNECHT Denk nicht weiter darüber nach. Ich habe eine winzige Stecknadel in diesem wunderschönen Heuhaufen unserer Begegnung gefunden und dich ein klein wenig gepikt. Ich hoffe, ich habe dich nicht wirklich verletzt. Ich hoffe, wir haben uns beiden keinen bleibenden Schaden zugefügt.

ZACHARIAS WERNER Ich kann nicht sagen, daß es mich kalt ließe. Es ist immer ein leichter Schock, wenn man in diesem Punkt kein übereinstimmendes Urteil erzielt. Vielleicht kommen wir später noch einmal darauf zurück. Versuchen wir uns mit etwas Geschäftlichem abzulenken. Ich habe hier einen ersten Vertragsentwurf ausgearbeitet, der Deine Hunderttausendmark-Beteiligung an der *Edition 24* im groben festlegt. Es läßt sich noch über alles reden ...

INA SCHMÖLLING-KNECHT Siehst du, jetzt ist uns das blödsinnigerweise mit dem Sex dazwischengekommen. Ich wollte vorhin sagen: überleg dir einmal, Hand auf's Herz, was ist dir lieber: eine Frau oder deine *Edition 24*?

ZACHARIAS WERNER Die Frage stellt sich doch gar nicht. Es ging ja gerade darum, dich und den Verlag auf dem Wege deiner Hunderttausendmark-Einlage unverbrüchlich miteinander zu verschmelzen. Eine Leidenschaftseinheit herzustellen zwischen uns dreien.

INA SCHMÖLLING-KNECHT Aber um so etwas miteinander zu verschmelzen, braucht es zuerst eine wahnsinnige Hitze zwischen zwei Menschen.

ZACHARIAS WERNER Soll das heißen: du ziehst dich zurück? Soll das heißen: du ziehst dein Angebot zurück?

INA SCHMÖLLING-KNECHT Ich habe ganz tief in dir drin diese wunderbare Keuschheit entdeckt. Es war ein seltsames Erlebnis.

ZACHARIAS WERNER Ich bin nicht keusch!

Ich habe ganz andere Vorstellungen von unseren Begegnungen. Für mich hat das alles ganz andere Dimensionen gehabt.

INA SCHMÖLLING-KNECHT Du kannst dir mit mir vorstellen, was du willst. Ich sage dir, es stört mich nicht.

ZACHARIAS WERNER Ich bin nicht keusch!

INA SCHMÖLLING-KNECHT Doch. Mit mir ja. Aber auch mit jeder anderen wäre es dasselbe. Da gibt es diesen geheimen Punkt ganz tief in dir, und der ist dir angeboren.

ZACHARIAS WERNER Ina, laß uns jetzt nur noch über die Verlagsfrage sprechen. Ich bin unter Druck. Ich muß das in diesen Tagen geregelt kriegen.

INA SCHMÖLLING-KNECHT Ich habe eine Gilde junger Maler kennengelernt, eine Gilde wie früher die Nabis, die Nazarener, die Präraffaeliten, drei Männer, zwei Frauen, die alle die gleichen Ideen haben, die ganz fest zusammenarbeiten, wahnsinnig begabte Leute, bei denen ich mich kurzfristig engagieren möchte ... Jetzt hab ich ihn. Den Schluckauf. Immer bei Weißwein. *Sie dreht sich zu dem Greis – Onkel Bernd – in ihrem Rücken um.* Entschuldigen Sie, würden Sie so liebenswürdig sein und mich in den nächsten Sekunden ganz unerwartet erschrecken? Ich leide unter einem bösartigen Schluckauf.

Zacharias Werner *ist plötzlich aufgestanden, stellt sich neben Kerstin* Ich bin nordirischer Republikaner. Kennen Sie den Roman »Peacelines« von Eleonore Murfolk? Sie tragen die Flagge meiner Heimat um Ihren Leib geschlungen? Ist das ein Abendkleid? Nein. Das ist eine Beleidigung für mein Land! Ziehen Sie Ihr Kleid aus!

Kerstin Was will er? Ist er verrückt?

Onkel Bernd Lassen Sie's gut sein, junger Mann. Stören Sie nicht.

Zacharias Werner Ziehen Sie das Kleid aus!
Sie sollen es ausziehen!
Kerstin steht auf und will Zacharias Werner ohrfeigen. Er reißt ihr die rechte Hälfte der Bekleidung (auch die Hälfte von BH und Slip) vom Leib, so daß sie vertikal in nackt und bekleidet geteilt ist. Er wirft die Kleidhälfte auf den Boden und rennt aus dem Speisesaal. Onkel Bernd steht auf, dreht sich um und beißt Ina Schmölling-Knecht in die Schulter.

Ina Schmölling-Knecht *springt auf* Au! ... Danke!

Onkel Bernd *setzt sich wieder* So. Mehr kann ich nicht tun. Ich bin alt, ich kann einem Verrückten nicht an die Gurgel.
Betrachtet die rechtshälftig nackte Kerstin.
Oh!

Kerstin Ja, »oh«. Du siehst einfach zu, wie dieser Bettnässer mir das Kleid vom Leib reißt. Es ist ein teures Teil von El Morakhan, einem Modemacher aus der libyschen Wüste. Heb mir doch wenigstens die andere Hälfte auf.

Onkel Bernd Ich habe seiner Frau in die Schulter gebissen.
Mehr kann ich nicht tun. Ich bin alt. Ich kann es nicht mit einem Verrückten aufnehmen.

Ina Schmölling-Knecht *wendet sich wieder zum Nebentisch* Danke nochmals. Es hat sofort geholfen.

Onkel Bernd *gibt Kerstin die Kleidhälfte* Wie schön du bist.

Kerstin *versucht sich vergeblich mit der losen Kleidhälfte zu bedecken* Ja, »schön«. Das solltest du alles erst später sehen. Na ja. Cheerio. Siehst du's eben schon jetzt.

Zacharias Werner *steht plötzlich wieder neben Ina Schmölling-Knecht* Kannst du mir bitte deinen plötzlichen Sinnesumschwung erklären?

Ina Schmölling-Knecht *über die Schulter, ohne ihn anzusehen* Ich erklär dir nichts. Du bist verrückt.

Lichtwechsel. Helle Totale, alle Tische besetzt. Verschnitt verschiedener Stimmen und Dialoge. Häufig werden sie Rücken an Rücken mit einer Person am Nebentisch geführt.
Manchmal streift Heike an einem Tisch vorbei, schiebt unauffällig ihre CD zwischen eine Serviette, setzt sich wieder und bleibt allein an ihrem Tisch.

Ein Holger In Deutschland stehen für circa achtzig Millionen zum Sitzen bereiter Menschen circa zwei Milliarden Stühle bereit. Für jeden einzelnen stehen mithin fünfundzwanzig Stühle bereit. Des Deutschen Weg ist also mit Stühlen gepflastert. Zwischen den einzelnen Stühlen – Frühstücksstuhl, Bürostuhl, Vereinsstuhl, Clubsessel, Barhocker et cetera – legt der Normaldeutsche am Tag nicht mehr als zweihundert Meter zurück. Zweihundert Meter im Durchschnitt am Tag zu Fuß! Von einem Stuhl zum anderen.

Begleiterin des Holger *zur Frau am Nebentisch* Holger blendet ein bißchen. Aber wer tut das nicht? Er hat ja was zu sagen, so ist es ja nicht. Vielleicht hört er sich am liebsten selber zu. Aber das stört mich nicht weiter. So sind die Menschen nun einmal. Jeder macht ein bißchen Reklame für sich. Klugheit schützt vor Dummheit nicht.

Ein Holger Bei den Maya war es nicht viel anders. Eine reife technische Kultur. Raffinierte Kommunikatiossysteme, Schrift, Urbanität. Das Ganze wollte auf eine kosmische Steigerung des Menschen hinaus. Und dann: Vernichtung, Auslöschung, absolutes Vergessen.

Die Frau vom Nebentisch Sie wissen wohl alles über die Mayas?

Ein Holger Alles nicht. Aber eine ganze Menge. Ich verfüge vermutlich über einen kleinen Vorsprung auf diesem Gebiet.

Die Frau vom Nebentisch Nehmen Sie mich noch auf in Ihren Kurs?

Ein Holger Kommt drauf an, welche Voraussetzungen Sie mitbringen?

Die Frau vom Nebentisch Schlechte Voraussetzungen. Sehen Sie sich meinen an. Lothar. Den würden doch alle Frauen für einen richtigen Kerl halten. Sie halten ihn doch für einen richtigen Kerl, oder? Lothar, du bist doch ein richtiger Kerl, oder?

Ein Lothar Das einzige Interesse, das sie an mir hat: daß ich kein Gramm zunehme.

Die Frau vom Nebentisch Du wirst an manchen Tagen unvermeidlich ein Gramm mehr, an anderen ein Gramm weniger wiegen.

Ein Lothar Ich muß mich digital – ich muß mich extrem fein auswiegen lassen. Kommt das berühmte Gramm hinzu, so trifft mich ein Schwall der verächtlichsten Bemerkungen.

Begleiterin des Holger Verbalinjurien!

Ein Lothar All mein Versagen von Kindesbeinen an wird mir ins Gedächtnis gerufen. Unter den ungeheuerlichsten Schmähungen, unter den einschneidendsten Vorhaltungen nehme ich zunächst das katastrophale Gramm wieder ab.

Die Frau vom Nebentisch Die digitale Waage zeigt es ungeschminkt.

Ein Lothar Schon bei flackerndem Ziffernstand ums Gramm nach unten hin, zeigt sie sich wie umgewandelt. Zärtlich und anschmiegsam wie ein prickelndes Mädchen. Eine Nacht lang fühl ich mich wohl mit ihr. Prompt nehm ich wieder zu. Am Morgen wird erneut gemessen. Sie liest die Ziffernfolge – und erbleicht. Das Gramm ist wieder da!

Die Frau vom Nebentisch Siehst du. Nur Verachtung hilft. Besser als jede Diät.

Ein Lothar Aber ich liebe dich durchgehend – nicht heute ein Gramm weniger und morgen eines mehr.

Die Frau vom Nebentisch Die Waage spricht eine andere Sprache. Es ist dir bei der Liebe eben wieder zu wohl gewesen. Versuch es endlich einmal ohne das verdammte Wohlsein. Es ist der einzige Grund, weshalb das dreckige Gramm zuviel jedesmal von neuem an dir überhängt!

Ein Lothar D u bist der einzige Grund für das höllische Gramm. Bitte sehr. Wenn schon konkret, dann hyperkonkret.

An einem anderen Tisch sitzen der Liebhaber und die Ehefrau voneinander abgewandt, fast Rücken an Rücken, der Ehemann ihnen gegenüber.

DER LIEBHABER Sag deiner Frau, ich fände sie abscheulich heute.

DIE FRAU Frag ihn, ob er mich noch tiefer kränken möchte.

DER LIEBHABER Sag ihr, es gäbe für mich nichts Schöneres als ihre Tränen.

DIE FRAU Sag ihm, es fiele mir nicht ein, seinetwegen betrübt zu sein.

DER MANN Könnt ihr euch nicht miteinander aussprechen? Es ist eine starke Belastung für mich.

DIE FRAU Das kommt davon, wenn man's nicht ertragen kann, verlassen zu werden. Schließt mich nicht aus! hast du gewimmert. Um eines bitte ich euch: schließt mich nicht aus. Jetzt bist du dabei. Wir sind zerstritten, und wir brauchen dich.

DER MANN Du bist eine wunderbare Frau. Du bist meine Frau. Du wirst doch mit diesem Burschen fertig werden. Das muß dir schon dein sportlicher Ehrgeiz gebieten, diesen Strohkopf ins Aus zu setzen.

DIE FRAU Mir fehlt noch der letzte Zugriff auf ihn. Ich habe ihn mir von allen Seiten angesehen. Ich habe ihn fest ins Auge gefaßt. Ich weiß, wie er funktioniert. Er macht mich fertig. Ich versuche ihn auszutricksen. Er stellt mich kalt. Ich trample auf seinen Phrasen herum. Er spuckt mir vor die Füße. Ich komm nicht ran an ihn. Er hat noch irgend etwas vor mit mir. Sobald ich weiß, was er eigentlich mit mir vorhat, hab ich den Zugriff, verstehst du, dann hab ich den sicheren Zugriff auf ihn.

DER LIEBHABER Tatsächlich ist deine Frau sehr schön. Aber souverän zu handeln, das versteht sie nicht. Früher hatte die schöne Frau von ihrem Aussehen was im Blut, die wußte doch von selbst, was sie tun mußte, um Siege zu sammeln und auszukosten. Deine Frau muß dafür Trainingsstunden nehmen. Sie braucht 'nen Führerschein, um ihre hübsche Figur zu lenken!

DIE FRAU Sag ihm, er liefe nicht ganz rund. Er hätt 'ne leichte Unwucht unterm Schädel.

DER LIEBHABER Hörst du? Worte einer klassischen Schönheit.

Der Mann Erinnert ihr euch an die Kathedrale von Santiago di Compostela, Puerta de las Platerias, diese anmutige Frauengestalt mit dem Schädel ihres Geliebten im Schoß, den ihr Gatte ihm abschlug und den sie nun täglich zweimal küssen muß, diesen verwesenden Schädel? Laßt uns noch einmal die Skulptur betrachten. Laßt uns noch einmal nach Santiago di Compostela wandern!

Heike *allein an ihrem Tisch, leise vor sich hin redend ...*
Ich bin aus einem Stück. Noch mal. Ich bin aus e i n e m Stück, das, wenn es zu Boden fällt, in tausend Stücke springt. Die meisten sind mit einer Naht geschweißt. Sie fallen immer in zwei Hälften auseinander. Die man mit etwas Glück auch wieder fügen kann.

Neben ihr erscheint ein transvestitischer Engel, kalkweiß geschminkt, finstere Augenbrauen, kurzes grau bestäubtes Haar, an der Wand lehnend, so daß die Flügel abknicken, das eine Bein angezogen, den Fuß auf die Wand gesetzt, atemlos rauchender grauer Engel-Transvestit, an der Wand seine Flügel zerdrükkend.

Engel Hör mal. Wenn du den Gilbert mit in die Wohnung nimmst.

Heike Warum nicht.

Engel Weil ich lebenslang Wohnrecht bei dir hab.

Heike Mir gehört die.

Engel Dir gehört dir gehört dir gehört. Alles. Ich gehör dir nicht.

Heike Laß mich doch in Ruh.

Engel Ich will da drin bleiben. Du lädst dir den Gilbert ein, nur um mich rauszukränken. Viel tiefer geht's nicht mehr.

Heike Gilbert macht doch weiter nichts.

Engel Mir reicht's. Mich rauskränken. Hast du mal hingeguckt? Blake? Was ich da mache? In der Show? William Blake. Da geht was nieder. Da geht auch auf dich was nieder, sobald du mal hinguckst. Da unten vom Bordsteinrand nach oben guckst. Ich kann meine Songs. Ich kann meinen Text. Mit mir machst du das nicht.

Heike Und ich stand auf, damals noch eine blühende Schönheit, stand auf. Trat aus der Muschel wie die schöne Galathée. Nackte Schönheit. Wackelte mit dem Hintern abgehend. Es gibt mich noch einmal unter mir. Es gibt mich noch einmal unter meinen Füßen. Mich gibt's nur noch einmal. Unter den Füßen kopfstehend. Spiegelbildlich kleb ich mir an den Fußsohlen. Könnte nie bei Null anfangen. Wäre immer schon doppelte Null. Null doppelt ist Hundert, die die Eins verlor. Kopflos Hundert ich. Miß Hundertprozent.

ENGEL Macht mir nichts aus.
Maacht mmmir niiichts aus.
Macht nichts mir nichts dir nichts.
Spitz mal mir wieder die Ohren.
Ich habe deine CDs in den Garderoben verteilt. Damit kommst du durch. Keine Angst. Ich komm auch durch. Du kommst durch. Er, sie kommen, wir kommen: ihr nicht!

An zwei anderen Tischen wiederum zwei Paare und eine Annäherung Rücken an Rücken.

ELKE Wir, Harald und ich, spüren ganz deutlich, daß Sie, Kattrin und Felix, uns nicht leiden mögen.

KATTRIN Kattrin und Felix sagen Ihnen, denn ich darf hier für uns beide sprechen, daß wir das Spiel noch nicht kennen, das Sie mit Ihrem Satz soeben eröffnet haben.

ELKE Sei es, wie es sei. Begeben wir uns in die Ausgangsposition. Was ist ein womanizer? Harald und ich glauben gehört zu haben, daß dieser Begriff zwischen Ihnen, Felix und Kattrin, strittig ist. Wir selber benutzen ihn nicht.

KATTRIN Der womanizer ist im Grunde ein Synonym für den erotischen Versager. Er ist ebenso lächerlich wie der pünktliche Pflichtbeischläfer. Jeder von beiden verkörpert in meinen Augen ein phallisches Phalloid. Eine männliche Ausstreckung nur um der Streckung willen.

HARALD Sie sind sehr intelligent.

KATTRIN Darauf war ich gefaßt. Ich könnte Ihnen jetzt erwidern, ja drohen: Das sagen Sie m i r nicht ein zweites Mal! Aber dazu ist es vielleicht noch zu früh.

HARALD Die Streckung. Nur um der Streckung willen. Aber das ist sehr intelligent. Welchen Unterschied sehen Sie zwischen dem phallischen Phallus und dem phallischen Phalloid?

ELKE Ich würde sagen, der Phallus weist über mich hinaus. Das Phalloid deutet plump auf eine begrenzte Fläche meines Körpers.

HARALD Elke, wie kommst du an solche Worte? Wo hast du das her?

FELIX Ist es also eine Frage des Winkels?

ELKE Eine Frage der Kraft. Eine Frage der Sehnsucht. Das Phalloid sucht die begrenzte Leere. Der Phallus die unbegrenzte Fülle.

HARALD Aber wieso redet sie auf einmal wie Sie?

FELIX Wohin zeigt er letzten Endes?

ELKE Er weist dir einen Weg aus dem Fleisch heraus.

KATTRIN In Wahrheit gibt es keinen Sex, der mehr als ein Vorspiel wäre. Alle Lust der Welt ist nur ein Vorspiel.

ELKE Vorspiel wozu?

FELIX Das wird der Mensch als solcher nie erfahren. Das Gattungswesen Mensch kommt übers ewige Vorspiel nicht hinaus.

ELKE Sisyphossex.

KATTRIN Davon später mehr.

HARALD Unter welchen Bedingungen tritt nun der Typ des womanizers in Erscheinung und kurz darauf in Kraft?

KATTRIN Der womanizer ist gleichsam ein Machtmensch, der mehr Geltungstrieb als Trieb besitzt.

ELKE Der womanizer ist ungeeignet für die leidenschaftlich-aussichtslose Liebesgeschichte.

KATTRIN Der womanizer und der Geldschneider sind zwei Sorten derselben Raffgier.

FELIX Der womanizer ist ein eiskalter Magnet. Er hat auf die Liebe für immer verzichtet.

Am Tisch von Ina Schmölling-Knecht ...

INA SCHMÖLLING-KNECHT *zum Nebentisch* In Prag kamen wir neulich zu spät zur Tombola der Tschechen. Die Herren saßen in ihren altkommunistischen Anzügen schweigend vor ihren Damen, und die drehten endlos den Aschenbecher zwischen zwei Fingern. Kaum hatten mein Freund und ich an unserem

Tisch Platz genommen, da begann jeder von uns sofort ein Gespräch mit seinem Nebentisch. Und siehe da, wir waren die Keimzelle einer saalweiten Unterhaltung, die sich munter nach allen Seiten hin entwickelte. An fast allen Tischen des großen Galafestes begannen die Tschechen sich zum Nebentisch zu beugen, die Damen nach links oder rechts, die Herren nach hinten, und jeder unterhielt sich mit jemandem am Nachbartisch. So waren am Ende alle miteinander ins Gespräch gekommen.

An einem anderen Tisch …

SIE *leise* Ich brauche eine Kloschüssel, in der ich meine Ausscheidungen sehen kann. Ich muß meine Ausscheidungen kontrollieren. Versteh es doch! In diesem Hotel gibt es keine Flachkloschüssel. Ich kann hier nicht länger bleiben. Ich sehe nichts von meinen Ausscheidungen.

ER Hör auf mit der Pillenfresserei.

SIE Ich fresse, was ich muß.

ER Bildest du dir ein.
Es ist eine Frage deiner zunehmenden Anfälligkeit.
Es ist eine Frage deiner zunehmenden Leblosigkeit.

Er und Sie am Nebentisch …

ER Eine Frau, die man nicht mehr liebt. Was ist das genau?

SIE Wovon sprichst du?

ER Ob du jetzt diese Frau bist, die man nicht mehr liebt?

SIE Versteh nicht.

ER Ob ich dich nicht mehr liebe, will ich wissen?

SIE Gute Frage. Aber wenn es so wäre, dann müßte sich die Erde dreimal schneller um sich selber drehen.

ER Tut sie's nicht?

SIE Ist dir schwindlig? Mir nicht.
Wenn du mir sagst: dort steht der Eiffelturm, obwohl wir nur in Goslar sind, dann steht für mich der Eiffelturm in Goslar. Weil du es mir gesagt hast.

ER Ich verstehe. Ich verstehe dich sehr gut.
Damit hat sich meine Frage erledigt.

Sie Es war aber eine gute Frage.
Unsere Liebe kannst du in den Dreck ziehen, du kannst sie mit Füßen treten, du kannst versuchen, sie in tausend Stücke zu zerreißen: sie geht nie kaputt.

Er Ich will dir etwas sagen: warum auch?

Sie Du kannst mich nicht einmal erschießen. Ich bin nicht zerreißbar. Nicht brennbar. Ich bin unzerstörbar.

An einem anderen Tisch zwei Männer...

Erster Mann Da kommt sie! Achtung! Sie kommt.
Sie sammelt für die Dritte Welt. Sie legt drei Maggiwürfel auf den Tisch und sagt: Ein kleiner Gruß für Sie aus dem guatemaltekischen Armenhaus! Später kommt sie wieder... sie kommt immer wieder. Ich leg ihr einen Hunderter hin. Sie küßt mich in den Nacken. Vor den Augen meiner Frau. Ich bin wirklich gespannt, was sie heute tut, wo ich mit dir hier sitze. Es wäre schön, sie zu haben – aber nur hinter dem Rücken meiner Frau. Sie setzt sich zu uns an den Tisch, sie legt mir die Hand aufs Knie, sie verführt mich vor den Augen meiner Frau. Sie kreuzt immer wieder auf. Ich laufe hinter ihr her, im Nu ist sie verschwunden. Weißt du, ich hätte gern ein Geheimnis vor meiner Frau. Das würde uns beiden weiterhelfen. Das schöne lange Mädchen bedeckt meinen Arm mit Küssen, meine Frau schaut weg, das Mädchen nimmt die Maggiwürfel, steckt sie in die Handtasche, verschwindet.

Zweiter Mann Sie fühlt sich in Sicherheit vor dir, solange deine Frau dabei ist.

Erster Mann Sie spielt mit der Sicherheit vor mir unter den Augen meiner Frau. Das ist es. Sie zögert die Sache qualvoll hinaus. Qualvoll für uns beide. Oder für uns drei. Oder ich weiß nicht für wen. Ich wünschte mir so sehr, sie würde irgendwo auf der Welt, wo meine Frau nicht ist und wo neben mir ein Platz frei wäre, aufkreuzen und sich neben mich setzen.

Das Dritte-Welt-Mädchen *kommt an den Tisch, legt die Maggiwürfel hin und sagt ihren Spruch. Geht weiter.*
Ein kleiner Gruß für Sie aus dem guatemaltekischen Armenhaus!

ERSTER MANN Hast du ihr wegsehendes Gesicht gesehen? Das gibt mir zu denken. Sie stand stumm an Leib und Seele vor mir. Du hast das Schweigen ihrer Sinne doch auch gespürt?

ZWEITER MANN Ja. Sie hat dich offenbar gar nicht wiedererkannt.

ERSTER MANN *kichert seltsam* Nicht wieder ... er ... kannt! Das wäre ... na, das wäre ja ein ganz neuer Trick!

Licht auf einen einzelnen Tisch. Sie nutzt ein geschäftliches Handygespräch ihres Mann, um mit jemandem zu flüstern, ebenfalls am Handy. Sie zur Seite gewendet, ein wenig vorgebeugt, er aufgerichtet, ein Arm greift über die Brust in den Winkel des anderen, der den kleinen Apparat ein wenig abgespreizt ans Ohr hält.

ER Fragen Sie doch bitte den Chef, ob er nicht selbst die Begrüßungsrede hält auf dem Innungstag. Ich stehe jedenfalls nicht zur Verfügung. Sagen Sie ihm, ich hätte an diesem Tag einen wichtigen Termin in Warschau. Ich sei gar nicht in der Stadt. War's das? Gut.

Er hört seiner Frau zu, bevor er kurz sagt

Ich bin heute nicht mehr zu erreichen. Danke.

SIE *telefoniert unterdessen* Zieh dich schön an. Ich freue mich sehr auf dich. Wenigstens sehe ich dich von fern. Nein, nicht das schulterfreie. Du kommst so, wie ich dich am liebsten sehe. Bis gleich.

Sie beendet das Gespräch, steckt das Gerät in ihre Handtasche.

ER Mit wem telefonierst du so intim?

SIE Intim? Es war Brigitte. Sie hatte vergessen, was sie später nachts im Kontrollraum zu tun hat.

ER Brigitte?

SIE Ja. Was glaubst du?

Sie ist seit gestern aus Rotterdam zurück und muß sich erst wieder zurechtfinden im Labor. Gehen wir?

ER Bleiben wir. Bleiben wir noch einen Moment.

SIE Wir kommen zu spät ...

ER Ich habe da etwas gehört ...

Mir scheint, es ist etwas passiert.

Es ist wirklich gerade etwas passiert, womit ich nie gerechnet hätte.

Du telefonierst in meiner Anwesenheit, damit ich's nicht glauben soll ... Ich kann's auch nicht glauben, daß du in meiner Gegenwart in diesem seltsamen Ton mit jemandem telefonierst.

SIE Seltsam? Mit Brigitte?

ER Mit i h r. Ja. Mit ihr.

Ich begreife noch nicht alles.

Ich hatte es eben schlagartig begriffen, aber jetzt vernebelt es sich wieder.

SIE I c h beunruhige d i c h?

ER Allerdings.

SIE Das überrascht mich.

ER Wie du sprichst. Wenn du dich sprechen hörtest.

SIE Brigitte war auf meiner Mailbox und fragte, was sie tun muß später im Nachtdienst, wenn sie neue Temperaturen eingeben –

ER Der Ton. Einen Ton habe ich gehört ...

Ein Ton sagt mehr als tausend Worte. Oder nachträgliche Worte. Ich habe etwas von dir gehört. Einen bestimmten Ton. Und plötzlich riß zwischen uns die Verbindung ab.

SIE Gehen wir nicht auf den Empfang?

Sie stehen beide auf.

Du tust, als sei's nur dieser einzige Augenblick gewesen.

ER Aber er ist es! Er ist es!

SIE Laß uns vernünftig darüber reden.

ER Ist es so?

SIE Ja.

ER Setzen wir uns.

SIE Ich sage schnell noch ab.

ER Du sagst ihr nichts mehr.

Nicht in meiner Gegenwart.

Du sprichst jetzt mit mir.

SIE Ja. Es ist nur so, ich muß ihr Bescheid sagen, daß ich nicht komme.

ER Sie kommt auch auf den Empfang?

Du wolltest sie sehen, dich mit ihr treffen – in meiner Gegenwart?

SIE Ich habe die ganze Zeit versucht, mir etwas anmerken zu lassen.
Ich hatte auch manchmal das Gefühl, du hättest längst Verdacht geschöpft.
Ich dachte, es bleibt vielleicht unausgesprochen, für immer, zwischen uns.

ER Für mich kommt das alles vollkommen überraschend.
Hätte ich eben diesen Ton nicht gehört –

SIE Ich glaube dir nicht. Du hast es die ganze Zeit gespürt.
Du hast ja auch meine Gespräche mit Rotterdam gehört.
Du belauschst mich seit Wochen.

ER Deshalb ist es so gekommen, Marthe, deshalb! Du hast fest mit meiner Unlauterkeit gerechnet. Die es nie gab.
Deshalb hat es mich in einem einzigen Augenblick kalt erwischt.
Du hast etwas gespürt, einen angeblichen Verdacht meinerseits, den es nie gab, vielleicht ein stillschweigendes Einverständnis, deshalb hast du dich letztlich so ... schamlos verhalten.

SIE Es ist genauso passiert, wie du es wolltest.
Mein Verhalten war perfekt abgestimmt auf dein Verhalten.
Es war vollkommen abhängig von deinem.

ER Aber was wollte ich denn? Ich ahnte ja nichts!
Was ist denn überhaupt passiert?
Kann ich das einmal erfahren?
Klipp und klar: was ist passiert?

SIE Seitdem du so sprichst, seitdem wir beide darüber sprechen, gibt es für mich nichts mehr, was klipp und klar wäre.

ER Seit wann? Wie oft? Wo triffst du dich mit ihr? Macht ihr alles oder macht ihr nicht alles? Behältst du den Ring am Finger? Hast du ihr was geschworen? Was weiß sie von mir? Wie ist sie? Hast du je an mich gedacht dabei? Geht's dir gut bei ihr? Kannst du mir bitte sagen, weshalb du trotzdem die ganze Zeit mit mir geschlafen hast? Gehört das zu deiner Verdachterregungskampagne?

SIE Laß mich schnell mit ihr telefonieren.
Bevor sie aus dem Haus geht.

ER Bitte, ruf sie an. Sag ihr aber, ich wüßte Bescheid.
Ich säße neben dir. Sag ihr auf jeden Fall, ich säße neben dir.

SIE Bist du verrückt?

Er Du sagst ihr als erstes, ich sei damit einverstanden, daß du mit ihr telefonierst.

Sie Ich sag ihr, ich komme nicht. Das ist alles.
Paß auf. Fang mir nicht so an. Ich habe keinerlei Schuldgefühle dir gegenüber.

Er Ruf sie an. Ich gehe raus.
Dann schlag ich dir etwas vor.
Ich habe dir einen kleinen Vorschlag zu machen.
Das ist alles. Laß das Grinsen. Das Grinsen auf deinem Gesicht ist das Grinsen der Verliererin.
Ich will nicht, daß du verlierst. Ich will, daß du etwas begreifst.

Sie Etwas begreife? Ich will nichts begreifen.
Wenn du mich armselig und häßlich findest, dann siehst du vorübergehend was Neues an mir. Vorübergehend!

Er Los! Ruf sie an!

Sie Stop! Es ist gut. Das war's.
Genug für heute. Ich liebe dich.

Er Ich glaube, du verwechselst mich.

Sie Glaubst du?
Ich rufe sie jetzt an.
Wir haben ja beide nichts zu verlieren.

Er Du und sie?

Sie Ja. Wir haben überhaupt nichts, nicht das geringste zu verlieren.

Er Um Himmels willen, bin ich erschrocken!
Ich dachte für einen Bruchteil der Sekunde, du meintest: du und ich, wir beide hätten nichts zu verlieren. Um Himmels willen.

Sie Ja. Um Himmels willen.

Die Buchfee erscheint auf einer hohen Leiter, alle Sprossen mit Büchern bedeckt, über einem Restauranttisch, an dem Sylvia Kessel mit dem Kopf auf einem aufgeschlagenen Buch ruht.

Die Buchfee Hast du die Lust verloren? Du drückst die Wange auf die Seiten, liest nicht mehr. Schon vorüber der Galopp der Wißbegierde? Oder träumst du dich tiefer rein in die Materie? Dein neues Buch hat noch immer keinen Titel. Du suchtest nach Begriffen aus der Welt der Mineralogie. Ich hab hier was gefunden, das wird dich interessieren. Einen alten Fotoband von einem Erzbergwerk im Böhmerwald. Er wird dir weiterhelfen.

SYLVIA KESSEL Kein Buch mehr! Nichts Altes mehr, ich bin allergisch gegen Staub. Du junges Zwitterding spannst deine Lebensfäden zwischen tausend, abertausend alten Büchern aus. Durch Milchstraßen von Schriften hüpft und flitzt dein zutragender Geist, findet und verbindet, entdeckt und vermengt, holt das Entfernte herbei, entfernt das allzu Naheliegende … Und doch, wie plump und schwer sind diese alten Schwarten! Wie düster das Gewölbe sämtlicher Verweise und Zusammenhänge! Buchfee, kleine, laß uns beide fliehen aus der ungesunden Milbenluft.

DIE BUCHFEE Ich gehöre nun mal dazu, ich bin ein Teil davon.

SYLVIA KESSEL Und doch verstehst du nicht ein einziges Buch.

DIE BUCHFEE Ich trag nur zu. Und du verstehst. Nur der Hinweis, nur der leichte Geist von einem Pfeil bin ich. Ich würde gerne mit dir fliehen. Doch käme ich lebendig nicht heraus aus dem gedanklichen Gefüge. Ich leb nicht ohne Plötzlichkeit und ohne mich, den in die Gedanken schießenden Querverweis, wär es auch selbst auf einmal leblos, das Gefüge.

SYLVIA KESSEL Du bist so hübsch, so biegsam und geschmeidig. Ich hätte gern mit dir mein Vergnügen.

DIE BUCHFEE Mir macht's mit dir auch so Vergnügen.

SYLVIA KESSEL Davon hab ich wenig. Du fütterst mich mit Indizes und Fußnoten. Du ermüdest mich mit unzähligen weiterführenden Literaturen, ohne in mir die erlösende Vorstellung vom einzig richtigen Titel zu erwecken.

DIE BUCHFEE Wenn du mit mir nicht mehr zufrieden bist, dann mach ich mich woanders nützlich. Es gibt genügend greise Forscher, denen ich die letzte, feinste Offenbarung war. Der entscheidende Hinweis, das passende letzte Glied der Kette, das wunderbar abrundende Teil. Ich bin der helle Fingerzeig und nicht der knollig knubblige Finger selbst.

SYLVIA KESSEL Der blöden Gescheitheit magst du nützlich sein. Lehrer und Wissenschaftler, Zyniker und Publizisten, erschlaffte Hunde, die selbst keine Spur mehr aufnehmen können, magst du zum Jagen tragen, aber in mir spannt sich der

Mensch zwischen Ariel und Hiob aus. Es sirrt wie ein dünnes Stahlseil kurz vorm Riß.

DIE BUCHFEE Ich sehe nach, ob ich zwischen Ariel und Hiob Brücken bauen kann.

SYLVIA KESSEL Sei still. Ich habe zuviel Kraft und kann sie nicht verbrauchen. Zuviel Leib und bring ihn nirgends unter. Ich habe zu großen Druck in meiner Hand, ich zerdrück die kleinen Dinge. Ich zerdrück den kleinen Lampenschalter hier, ich zerdrück die hohlen Gläser.

DIE BUCHFEE Eine großartige Frau. Aber ohne Wißbegierde. Ohne Entdeckungsdrang. Ich lege ihr die feinsten Netze aus, und sie verwickelt sich darin, bis es den Atem schnürt. Ich kann ihr gar nicht helfen. Wie schön wär jetzt ein wissensdurstiger Greis!

Der Kauf

Mittags. Wieder im Restaurant des Confidence. Einzelner Tisch mit Albert Brigg.
An einem anderen Tisch Konstantin und seine Mutter.

DIE MUTTER Wenn du Angst hattest, habe ich mich zu dir gelegt, bis du einschliefst.
KONSTANTIN Was ist das schon?
DIE MUTTER Ich bin mit dir ans Meer gefahren und wir sind in den Bergen gewandert.
KONSTANTIN Was ist das schon? Dir hat's gutgetan.
DIE MUTTER Ich habe dir viele Dinge geschenkt, die dir Freude bereiteten.
KONSTANTIN Was ist das schon?
DIE MUTTER Mag sein. Meine Zuwendung hat dich zu dem gemacht, der du heute bist. Jemand, der alles geringschätzt, was ich für ihn tat.
KONSTANTIN Was hast du für mich getan, das du nicht auch für dich getan hättest? Du hast niemals ein Opfer gebracht.
DIE MUTTER Ich habe dir viel Unangenehmes abgenommen, und es fiel mir nicht immer leicht.
KONSTANTIN Was ist das schon?

Auftritt Zacharias Werner, der zu Briggs Tisch kommt.

ZACHARIAS WERNER Welch seltene Gelegenheit! Der große Tycoon tafelt ganz allein im Confidence.
ALBERT BRIGG Ich grüße Sie, mein Freund.
Ich grüße den tapfersten, den klügsten, den unbestechlichsten Kollegen in dieser restlos verkommenen Branche.
Nehmen Sie Platz, Zacharias. Leisten Sie mir Gesellschaft.
ZACHARIAS WERNER Verehrter Herr Dr. Brigg, Sie werden es mir nicht verübeln, wenn dem allgemeinen Zustand des Buchhandels gegenwärtig nicht meine Hauptsorge gilt –
ALBERT BRIGG Herr Ober, bringen Sie uns bitte die Karte.
ZACHARIAS WERNER Nein, danke. Ich nehme Campari Soda.

Kellner ab. Bringt später das Getränk.
Ich bin hier leider nicht ganz absichtslos vorbeigekommen –

ALBERT BRIGG Wenn Sie wüßten, welche Verrücktheit ich mir geleistet habe! Raten Sie mal. Vor einer knappen halben Stunde – hier im Haus, Sie werden es nicht glauben: ich habe die Memoiren von Bill Cohen gekauft ... William Cohen, Ihnen ein Begriff? Ja-wohl, genau der! Kürzlich noch amtierender Verteidigungsminister der Vereinigten Staaten. Ich lernte ihn voriges Jahr bei Oliver Stone kennen. Inzwischen haben wir einen Menge Briefe gewechselt, übrigens ein ausgezeichneter Eliot-Kenner. Ich habe ihn ein paarmal begleitet, wenn er in Europa war. Ich kenne mich im Grunde in der römischen Geschichte besser aus als in der deutschen. Der Zerfall des Römischen Reichs ist unter anderem darauf zurückzuführen, daß die Armee nicht mehr überwiegend von römischen Befehlshabern gelenkt wurde. Bill, wie ist das heute? Und er macht mir klar: das einzige, was unsere Macht erhalten kann, die Macht der weißen Amerikaner, das werden unsere Elitekorps, das wird die Ordnungskraft unserer Sondereinheiten sein. Frauen bei der Elite? Gut. Aber nur für die Öffentlichkeit. Nur für die Political-Correctness-Front der Medien. Da sind sie immer dabei. Die combat units können keine Frauen gebrauchen. Also machen wir das schon in der Ausbildung klar. Wir fliegen in Westpoint über die Zwölftausend-Meter-Grenze und schmeißen die Frauen aus dem Flugzeug. Tausend Meter vor Bodenberührung dürfen sie den Fallschirm ziehen. Zwei von ihnen sind dabei ins Meer geklatscht. Die Frage des weiblichen Anteils bei den combat units war damit fürs erste geregelt. Scorsese, der mir damals die Koproduktion von »Last Temptation« anbot, hatte kurz darauf die Verbindung zu Benigni hergestellt, mit dem ich seither engstens befreundet bin, aber »Das Leben ist schön« wollte ich nicht mit ihm machen. KZ, nein. Ich wollte mich einfach an keinem KZ-Film beteiligen, obwohl ich mir denken konnte, daß Roberto keinen gewöhnlichen KZ-Film drehen würde ...

ZACHARIAS WERNER *beiseite* So geht das ohne Punkt und Komma durch die große Welt. Es tropfen die Namen, es klimpern die Verbindungen, und alles kommt mit lauter Stimme, die zuweilen in ein konvulsivisches Lachen ausbricht, das noch lauter, noch selbstsicherer und fürchterlicher klingt als seine Worte. Wie soll ich gegen diesen Primaten der Kulturkonversation meine zaghafte Stimme erheben? Für ihn bin ich nur ein trübes Tröpfchen im weltweiten Netz klangvoller Namen, ein Zungenschnalzer im großen Rauschen des Äthers. Gut, ich sage mir: Klappern gehört nun mal zum Handwerk. Zu welchem Handwerk? Das Klappern selbst ist bereits das komplette Handwerk, das dieser allgewaltige Verlagsgruppenchef beherrscht wie keiner sonst ... Ich bin längst auf Däumlingsgröße geschrumpft, bevor die eigentliche Verhandlung zwischen ihm und mir beginnt. Ich besitze keinerlei kritische Schranke mehr, die mich vor seinem Imponiergetrommel schützen könnte. Auf mich prasselt alles ungehindert-unterschwellig ein und verfehlt seine Wirkung nicht. Ich bemerke nicht einmal, daß es keineswegs Gammastrahlen seiner Macht sind, die mich zersetzen, sondern daß er lediglich kleine billige Styroporkügelchen auf mich abfeuert, lauter zerbröseltes Verpackungsmaterial –

Er wendet sich mit einem Ruck an Albert Brigg.

Albert Brigg! Einen Augenblick, bitte sehr. Nur einen kurzen Augenblick! Ich sitze hier, weil es mich nicht mehr gibt. Meine Buchhaltung und ich, wir haben nächtelang gerechnet und geschwitzt. Wir haben geschoben, getrickst und gedrückt. Es hat alles nichts geholfen. Die *Edition 24*, mein Verlag, der mein Leben war, wird den nächsten Monat nicht überstehen.

ALBERT BRIGG Jetzt kommen Sie angekrochen, Sie Narrenschelle. Jetzt, wo Sie den Karren gegen die Wand gefahren haben.

Das ist ärgerlich. Sehr ärgerlich. Seit Jahren verfolge ich Sie mit einem Angebot, das sich sehen lassen kann. Seit Jahren predige ich Ihnen: schütten Sie Ihr edles Destillat ab in meinen Großraumtank. Die Maschine läuft davon nicht besser, aber sie verträgt's. Jetzt, wo Sie die ganze Fuhre in den Graben gekippt haben, jetzt kommen Sie angekrochen. Ich kann Ihnen kein anständiges Angebot mehr machen ...

Ist dann ganz plötzlich gegangen, wie? Sie sind doch im Herbst noch erschienen.

ZACHARIAS WERNER Es ist natürlich nicht ganz so plötzlich gekommen. Aber schließlich doch: mit einem Schlag. Einem einzigen Fehlschlag. Ich hatte meine letzten Chips auf den neuen

Roman von Sylvia Kessel gesetzt. Ein mittelmäßiges Buch, preziös geschrieben, schlampig erzählt, ein typisches zweites Buch nach Erstlingserfolg. Aber ich dachte, es schlägt ein, es muß einschlagen wegen des Themas: Vergreisung der Gesellschaft. Von der man dauernd reden hört. Doch offenbar nichts lesen will. Noch nicht. Wir sind zu früh gekommen. Fünfhundert verkaufte Exemplare von dreitausend Startauflage.

ALBERT BRIGG Sylvia Kessel? »Ecksteine«. Großer erster Wurf. Sylvia Kessel, aparte Frau. Vermutlich One-Book-Author. Interessanter Fall. Trotzdem.

ZACHARIAS WERNER Stochern wir nicht weiter in der Wunde. Lassen wir sie ein für allemal in Frieden. Weit schlimmer ist: ich stand noch kurz vor einem ungeheuren Coup. Ich hatte eine sensationelle neue Skrjabin-Biographie aufgestöbert, die ich im kommenden Frühjahr bringen wollte –

ALBERT BRIGG Klappen Sie Ihr Schatzkästlein zu, lieber Meister, und bringen Sie, was noch zu retten ist, zu uns. Machen Sie sich's gemütlich in der zehnten Etage. Ich kann's mir gar nicht leisten, die Literatur aufzugeben. Ich bin damit aufgewachsen, ich stehe für neue deutsche Literatur. Auch im Ausland – wer wär ich dort ohne meine Literatur? Ich habe Ihnen immer gesagt: Ich übernehme Ihre Edition so, wie sie ist. Sie werden Programmleiter bei mir, ich stelle Ihnen den Stefan Bergmüller zur Seite, und Sie werden sehen, das wird unsere neue Ideenschmiede. Sie bringen von allem nur das Richtungweisende.

ZACHARIAS WERNER Ich bin geschlagen, Brigg ... aber noch nicht zerstört. Auch als Ihr Angestellter geh ich durch jedes Feuer – für meine Edition.

ALBERT BRIGG Bene navigavi cum naufragium fecissem. Brav hab ich den Kahn gesteuert, und doch erlitt ich Schiffbruch. So geht's nun mal, mein Freund. Machen wir uns nichts vor, die Branche ist total verkommen. Alles ist verkommen um uns herum. In uns drin. Die Literatur muß eine neue, nie dagewesene Dämonologie der Entartung entwerfen. Eine infernologische, eine luziferologische Vernunftsturzbeschreibung, das ist es, was unsere Literatur zu leisten hätte!

ZACHARIAS WERNER Es ist alles nicht so gekommen, wie es für mich hätte kommen sollen. Das ist das eigentlich Verkommene an der Sache.

Alfredo und Vittorio betreten das Restaurant. Setzen sich zögernd an einen Tisch, ins Gespräch vertieft, stehen ebenso zögernd wieder auf, setzen sich wieder etc. Unterdessen verschwinden Albert Brigg und Zacharias Werner.

ALFREDO Aber warum ist er plötzlich zu dir gekommen? Ihr hattet doch seit Jahren keinen Kontakt mehr.

VITTORIO Ich habe es nicht herausgefunden. Ich plauderte. Ich erzählte von meinen neuen Nachbarn, vom Urlaub in Irland, der Hochzeit meiner Nichte, der Vermeer-Ausstellung in London, dem Null-zu-null-Spiel zwischen United und Ajax, alles mögliche, das ihn kaum zu interessieren schien.

ALFREDO Weshalb? Weshalb? Zu mir hattest du auch schon mal den Kontakt verloren. Und kein Wort fiel zwischen uns, als wir uns wiedertrafen.

VITTORIO Ich weiß nicht, was mich antrieb, immer leichter, immer flüssiger zu erzählen, je weniger Interesse ich von seiner Seite bemerkte. Ich erzählte, um ihn zu langweilen. Ihn zu ärgern. Ihn irgendwie anzustinken. Frag mich nicht, weshalb. Ich weiß es nicht! Vielleicht sprach ich nur, um meine Verblüffung zu verbergen, um ihn nicht fragen zu müssen: Weshalb sitzt du auf einmal wieder hier? Weshalb bist du gekommen? Sollen wir wieder da anfangen, wo wir beim letzten Mal aufgehört haben? Willst du wieder mitmachen bei uns? Oder willst du wieder mitmachen und statt meiner mit Alfredo auftreten? Willst du das? Es schossen mir lauter Kernfragen durch den Kopf, während ich plauderte und ihn langweilte. Ich weiß noch, ich sprach über irgendwelche Wechselkurse, ich verfolge die Wechselkurse sehr genau, sie interessieren mich eben. Auch dort, wo ich gar nicht investiert bin. Indische Rupie gegen tansanianischen Shilling. Mexikanische Pesete gegen slowenischen Tolar. Da bin ich immer auf dem laufenden. Und ich sagte gerade: Es ist im übrigen nicht auszuschließen, daß sich das Englische Pfund bis zum Jahresende auf demselben Niveau befindet wie heute. Da sagte er, vollkommen unvermittelt: Aha! Ich verstehe. Das ist alles, was ich wissen wollte. Ich danke dir, mein Lieber. Stand auf und ging. Englisches Pfund. Jahresendstand. Aus. Was zum Teufel habe ich denn gesagt? Es hat ihn doch gar nicht interessiert! Aber irgend etwas muß ich gesagt haben, irgendeine Information muß ich ihm unterderhand geliefert haben, ohne es selbst zu bemerken. Irgend etwas, auf das er die ganze Zeit gelauert hatte. Ich versuche seit Tagen meine gesamte Plauderei zu rekonstruieren. Satz für Satz. Ich bekomme es einfach nicht heraus, was es war, das ihn vollkommen überzeugte. Zufriedenstellte. Aufstehen. Händeschütteln. Dankbarkeit.

ALFREDO Du hast ihm womöglich dein Wort gegeben?

VITTORIO Genauso schien es mir. Das Händeschütteln kam mir vor wie ein vertragschließendes Händeschütteln. Aber mein Wort in welcher Sache?

ALFREDO Das verblüfft mich jetzt. Das verblüfft mich wirklich. Du weißt nicht, in welcher Sache du ihm dein Wort gabst? Aber es liegt doch glasklar zutage! Irgend etwas muß dich innerlich davon ablenken, den einfachsten Tatbestand zu erkennen.

VITTORIO Dann sag's mir doch!

ALFREDO Wenn ich dir erzähle, was du dir selber verheimlichst, dann wirst du mich für infam und indiskret halten.

VITTORIO Na gut. Ich komme schon von selber drauf.

ALFREDO Du mußt. Es ist deine Sache. Du mußt sie dir selber in Erinnerung rufen.

VITTORIO Ganz was Furchtbares wird es ja nicht sein, was ich mit ihm abgemacht habe. Sonst würdest du vielleicht doch mit einer spitzen Anspielung überkommen in Richtung: Achtung! Vorsicht! Lebensgefahr! In diesem oder jenem Punkt. Heiß oder kalt.

ALFREDO Spätestens bei seinem nächsten Besuch wird es dir wie Schuppen von den Augen fallen. Dann weißt du Bescheid. Sofort. Über alles.

VITTORIO Du glaubst, er kommt wieder?

ALFREDO Nach dem, was ihr abgemacht habt, gar kein Zweifel.

VITTORIO Was denn nur, Himmelherrgott, was denn nur?!

ALFREDO Er kommt wieder. Natürlich kommt er wieder.

VITTORIO Kannst du dir vorstellen, daß mir jetzt schon graut vor diesem Besuch? Dieser Mensch hat eine Ausstrahlung, daß ich erstens sofort plaudern muß. Daß ich zweitens nicht alles mitbekomme, was ich sage. Daß ich drittens überhaupt nicht herausfinde, was er von mir will.

ALFREDO Es könnte eine bestimmte Wortfolge sein, eine ganz bestimmte Sequenz von Wörtern, die wie ein Code wirkt, und den knackt er. Er tastet deine gesamte Plauderei ab nur nach dieser einen verdammten Wortfolge. Und plötzlich unterläuft sie dir ... Halt, sagt ihm das, hier muß ich einhaken. Hier liegt sein Code begraben. Von hier aus kann ich mir den ganzen Kerl erschließen. Jetzt kann ich rein in den Kerl. Jetzt räum ich ihn aus.

VITTORIO Ich bin doch kein Panzerschrank!

ALFREDO Es könnte sogar eine völlig unscheinbare Wortfolge sein. Etwas wie: »im Grunde genommen ist es unbegreiflich, daß –« Klick und peng. Schon hat er dich. Nur mal als Beispiel. Hast du mich verstanden?

VITTORIO Ich verstehe dich sehr gut. Aber es beunruhigt mich sehr. Meinst du, ich sollte mir die komplett rekonstruierte Plauderei mit ihm noch einmal vornehmen und sie nach allen nur möglichen verdächtigen Sequenzen untersuchen? Aber selbst wenn ich die verdächtigste fände, stellt sich immer noch die Frage: Was verbirgt sich für ihn hinter einer für mich völlig belanglosen Wortfolge?

ALFREDO Ja, dann kommt der nächste Schritt.
Dann geht's erst richtig los.

Lichtwechsel. Zacharias Werner am selben Tisch wie vorher, doch im eleganten Anzug, auf dem Platz von Albert Brigg, ihm gegenüber Sylvia Kessel.

ZACHARIAS WERNER Ich gebe Ihnen heute das Manuskript Ihres neuen Romans zurück. Ich gehe davon aus, daß Sie unter gar keinen Umständen bei Albert Brigg erscheinen möchten.

SYLVIA KESSEL Brigg? Wieso denn Brigg?

ZACHARIAS WERNER Meine *Edition 24* läuft mit dem Frühjahrsprogramm in neuer Aufmachung an. Und unter neuem Firmenschild. Seit einem halben Jahr bin ich Programmleiter bei Brigg. Ich führe meine eigene Edition dort weiter wie bisher. Selbständig. Unabhängig.

SYLVIA KESSEL Sie haben sich kaufen lassen, Zacharias? Sie gehen zur Brigg-Gruppe, ohne mir ein Sterbenswörtchen zu sagen? Weiß man eigentlich noch, was das heißt: Verrat, Verräter? In diesem alten, uralten, abendmahlshaften Sinn? Sie sind ein schäbiger, niederträchtiger Verräter.

ZACHARIAS WERNER Es blieb mir keine andere Wahl.

SYLVIA KESSEL Die Käuflichkeit des Rigoristen! Das fehlt ja noch in meinem Buch! Und was haben Sie mir damals eingehämmert? Gehen Sie zu Brigg, und Sie finden Ihr Buch im Eduscholaden ... *Pocht auf das Manuskript.* Das ist unsere Geschichte, die ich da aufgeschrieben habe!

ZACHARIAS WERNER Es ist Ihre Geschichte von uns beiden. Es gibt Stellen, gegen die ich Einspruch erheben muß.

SYLVIA KESSEL Ist das alles, was Sie dazu zu sagen haben?

ZACHARIAS WERNER Es liest sich gut. Es ist geschickt erzählt. Vielleicht fehlt der letzte Sprung nach vorn.

SYLVIA KESSEL Es ist mein dritter Roman. Mit Abstand das beste Buch, das ich bisher geschrieben habe.

ZACHARIAS WERNER Finden Sie?

SYLVIA KESSEL Nein. Ich hab's nicht wirklich gepackt. Ich hab's nicht ganz geschafft. In Wirklichkeit sind Sie ein viel, viel schlechterer Charakter als im Buch. Ich habe mich bemüht, ich wollte es noch einmal schaffen, so wie früher Balzac oder Flaubert, einen Charakter schildern bis in die feinste Nuance. Un cœur perfide. Sie. Ein wirklich schlechter Mensch.

ZACHARIAS WERNER Wir hatten nie etwas miteinander. In Ihrem Buch haben wir was miteinander.

SYLVIA KESSEL Na und?

ZACHARIAS WERNER Es stand nie zwischen uns, daß wir nichts miteinander hatten.

SYLVIA KESSEL Das können Sie in diesem Fall vielleicht mir überlassen, ob wir etwas miteinander hatten oder nicht. Ich erzähle die Geschichte.

ZACHARIAS WERNER Ich bin gerührt. Sie nennen Ihren Helden Anton Wildgans. Ich heiße Zacharias Werner. Eine großartige Verfremdung.

SYLVIA KESSEL Ich hasse Sie.

ZACHARIAS WERNER Das hört sich schon besser an.

SYLVIA KESSEL Sie haben unseren Verlag verkauft!

ZACHARIAS WERNER Wenn Sie den Roman in der gegenwärtigen Fassung veröffentlichen, müßte ich daran denken, eine einstweilige Verfügung zu erwirken.

SYLVIA KESSEL Und Sie! Sie frage ich, wo meine Abrechnung bleibt für den »Rapunzelzopf«? Sie könnten mir die Prozente wenigstens pro forma ausweisen, wenn Sie das Geld schon unterschlagen.

ZACHARIAS WERNER Es wird in Kürze alles in Ihrem Sinn geregelt. Brigg interessiert sich für Sie. Nach wie vor. Er hat mich ausdrücklich beauftragt, Ihren »Rapunzelzopf« neu zu starten. Wir verfügen jetzt über weit effizientere Strategien, wir könnten für Ihr Buch einen ganz anderen Markt öffnen.

SYLVIA KESSEL Was gehört noch zu einem schlechten Charakter? Ich muß es wittern, mir notieren, solange Sie noch in der Nähe sind. Durchtriebenheit. Gewissenlose Anpassung. Rücksichtslosigkeit. Vorteilssucht. Falschspiel. Feigheit. Geiz. Unzuverlässigkeit. Notorischer Hang zum Verrat. Untreue. Mangel an Hilfsbereitschaft.

ZACHARIAS WERNER Als ich das Manuskript Ihres neuen Buchs las, habe ich mich gefragt, ob Ihre Methode noch zeitgemäß ist. Kann man heute noch ein einheitliches Charakterbild entwerfen? Gibt es d e n Charakter noch? Ich glaube nein. An einem Tag bin ich Zyniker und am nächsten ein Hymniker. Heute ein Frauenfeind und morgen ein Verführer. Ich meine: in einem Menschen wirbeln gewissermaßen Spurenelemente der gegensätzlichsten Eigenschaften chaosartig durcheinander, kleine und kleinste Wesensteilchen. Sie bauen vorübergehend und sehr schnell einen virtuellen Charakter auf und sehr schnell zerfällt er wieder.

SYLVIA KESSEL S i e sind und bleiben ein schlechter Charakter. Woraus immer er sich zusammensetzen mag, es kommt bei Ihnen am Ende immer etwas Schlechtes heraus. Das sind Sie. Und das bleiben Sie Ihr Leben lang. *Erhebt sich, will gehen.*

ZACHARIAS WERNER *hält sie zurück, sein Handy tönt* Einen Augenblick noch. Warten Sie!
Ja? Werner hier ... Stefan! Was gibt's?
Hört einen Moment, dann zutiefst verblüfft Nein ...?!

An einem anderen Tisch ... Greis und Greisin.

DIE FRAU Wolltest du mir nicht etwas sagen?
Ich hab's nicht richtig mitgekriegt.

Der Mann Ich kann mir ein Leben ohne dich nicht vorstellen. Gibst du den Schlüssel ab an der Rezeption?

Die Frau Nein. Ich schließe die Tür nicht ab. Ich würde es gern noch einmal von dir hören.

Der Mann Ich könnte mir ein Leben ohne dich nicht vorstellen. Hast du mich verstanden?

Die Frau Nein, mein Lieber. Ich auch nicht.

Der Mann Dann gib mir den Schlüssel. Ist auch nichts liegengeblieben auf unserem Zimmer? Hast du etwas vergessen? Ist irgend etwas passiert?

Die Frau Ich wüßte nicht. Ich dachte, du hättest mir etwas zu sagen, bevor wir das Hotel verlassen.

Der Mann Ich kann mir ein Leben ohne dich nicht vorstellen.

Die Frau Siehst du. Das kann doch nicht so schwer sein.

Der Mann Dann schließ du bitte die Koffer ab.

Die Frau Ich bin nicht sicher, ob ich mitkommen soll.

Der Mann Du solltest dich irgendwann entscheiden. Wir könnten sehr gut zusammen weiterreisen. Aber ich bin mir sicher, daß ich auch alleine weiterreise.

Die Frau Ich bin gern mit dir unterwegs.

Der Mann Siehst du. Ist das auch der richtige Schlüssel? Gib nicht den Kofferschlüssel ab an der Rezeption.

Die Frau Laß das meine Sorge sein.

Der Mann Ich kann mir ein Leben ohne dich nicht vorstellen.

Die Frau Ich kann mir manchmal ein ganz anderes Leben mit dir vorstellen.

Der Mann Das hast d u gesagt.

Die Frau Wer sonst? Von dir kommt ja nichts.

Wieder am Tisch von Zacharias Werner und Sylvia Kessel …

Zacharias Werner *beendet sein Handygespräch* So. Das war's schon. Donnerwetter. Ein Teufelsstück! Brigg ist über Nacht von der Tempestad-Gruppe geschluckt worden. Es gibt unseren guten alten Brigg nicht mehr. Daran hätte selbst ich nicht geglaubt. Den Brigg kann einer schlucken! Alle Achtung. Tempestad eben. Die Spanier fressen sich durch den Kontinent.

Sylvia Kessel Knöpf dir doch bitte die Jacke auf.

Zacharias Werner Die *Edition 24* hat es bei Brigg auf ganze fünf Monate gebracht. Es ist nicht mal zur ersten Frühjahrsauslieferung gekommen. Bergmüller sagt mir eben, er gäbe nicht die geringste Chance mehr für unser Schatzkästlein. Der fette Brigg wird schlank gemacht. Die Edition fliegt raus. Tolle Nummer. Alle Achtung.

Sylvia Kessel Knöpf dir doch bitte die Jacke auf.

Zacharias Werner Sylvia Kessel, Sie sitzen wieder vor einem freien Verleger. Ich bringe nur gute und wichtige Bücher. Wo sind sie denn? Ich hatte doch immer meinen Rucksack dabei. Seitdem ich diese Anzüge trage, vermiß ich die Last der Guten Bücher auf meinem Rücken. Ich darf mit einer Abfindung in Höhe einer halben Million Euro rechnen. Damit fang ich grundsolid von vorne an.

Sylvia Kessel Und wohin gehe ich mit meinem dritten Buch?

Zacharias Werner Ihr drittes Buch? Erscheint bei mir.
Ich wäre bereit. Ich hätte jetzt das Zeug dazu.
Diesmal bring ich es nach vorn. Wenn Sie bereit sind? Wir arbeiten es gründlich durch, und Sie werden sehen, es wird ein atemberaubend schönes Buch. So was schreibt Ihnen heute keiner nach.

Sylvia Kessel Aber daß wir etwas miteinander hatten, wird mir nicht rausgestrichen! Niemals.

Zacharias Werner Wir arbeiten daran. Ich freue mich darauf.

Sylvia Kessel Soll das heißen ... wir ziehen weiter?

Zacharias Werner Wir ziehen weiter, Sylvia. Dreißigtausend. Diesmal brechen wir den Bann. Dreißigtausend habe ich Ihnen hiermit fest versprochen.

Sylvia Kessel Lügen Sie nicht schon wieder. Schlafen Sie erst einmal mit mir.

Zacharias Werner Eins nach dem anderen. Ich bekomme meine Edition im Grunde topsaniert zurück. Alle Forderungen, Lasten etc. sind durch die Briggsche Schuldentilgungsanlage gegangen, sie haben sich erledigt. Ich bringe im nächsten Herbst als erstes dieses Wahnsinnsbuch über Skrjabin. Das heizt die Stimmung an. Der Herbst beginnt mit einer echten Sensation. Dann habe ich die Hand frei und kann für Ihr Buch einen absolut überzeugenden Start vorbereiten. Es gibt gegenwärtig eigentlich nichts Beunruhigendes mehr. Seltsames Gefühl. Kein Abgrund in Sicht.

Im Abgehen.

Ich glaube, Sylvia, unsere Geschichte wird nun eine richtige Erfolgsgeschichte.

SYLVIA KESSEL Und wenn nicht?

ZACHARIAS WERNER Dann erst recht.

Lounge

Hotelhalle nachts. Empfang unbesetzt. Im Raum verteilt sitzen, lehnen, strecken sich aus die Leserinnen. Die kritische Leserin, die Brille an der Halsschnur, den Bleistift in der Hand. Die essende Leserin, der der Fleischsalat vom Brötchen aufs Buch kleckert. Die wütende Leserin, die aufspringt, das Buch mehrmals auf die Sesselkante schlägt, sich entfernt, wieder zurückkommt zum Buch, sich aussöhnt mit ihm, weiterliest. Die immer wieder den Kopf schüttelnde, auflachende Leserin. Die sehr kurzsichtige Leserin, die eine Lupe benutzt. Die einschlafende Leserin, der das Buch immer wieder entgleitet. Die fröstelnde Leserin, die den Blusenkragen über dem Ausschnitt zusammenzieht. Die Leserin, die wie in Trance Seite für Seite aus dem Buch löst und zu Boden schweben läßt …

Sie und er kommen in Abendgarderobe von rechts, der Eingangsseite.

ER *stößt mit der Hand grob gegen ihre Schultern*
Du …
SIE Stoß mich nicht.
ER *schlägt ihr in den Nacken.*
SIE Schlag mich nicht.
ER *tritt ihr in die Waden*
SIE Tritt mich nicht.
ER *packt sie und will sie zu Boden werfen.*
SIE Wirf mich nicht.
Schlag mich nicht mehr.
ER *rüttelt sie* Du …
SIE Rüttle mich nicht.
ER *würgt sie.*
SIE Würg mich nicht.
ER *beugt sie nieder* Du …!
SIE Beug mich nicht.
ER *reißt an ihr.*
SIE Reiß nicht an mir.

DER LIFTBOY *tritt von links auf* Kommen Sie. Ich bringe Sie auf Ihr Zimmer.

Ein ähnliches Paar in Abendgarderobe kommt in die Halle gerannt, atemlos, jeder lehnt sich an eine Säule.

ER Darf ich – – –
SIE Mich verfolgt – – –
ER Seele – – – aus – – – dem – – – Leib – – – gerannt.
SIE Darf ich ... was?
ER Kann nicht – – – sprechen
SIE Außer – – – Atem – – –
ER Nacht – – –
SIE Gute – – – Nacht.
ER Nein! – – – Nacht – – – wir – – – zusammen
SIE Meinet-wegen.
Erst aus – – aus – – aus – – ruhen

Beide gehen heftig atmend nach links, werden vom Liftboy in Empfang genommen.
Die Leserinnen regen sich, verwandeln sich in eine Reisegruppe, die am frühen Morgen auf die Abfahrt eines Busses wartet. Man kramt im Gepäck. Stopft Zeitungspapier in feuchte Schuhe. Schält Apfelsinen. Legt Kassetten in den Walkman. Zieht einen Expander. Und immer wieder wird mit dem Handy telefoniert ...

EINE MIT HANDY Schatz! Ich bin's. Bitte verzeih, ich weiß, es ist mitten in der Nacht. Ich bin völlig fertig. Am Ende, ja. Ich mag jetzt nicht streiten, hörst du? Hör mir doch zu! Hör mir doch erst mal zu, bevor du anfängst zu belfern. Ja, ich wollte verreisen, aber das ist schiefgegangen. Ja, ich wollte dich nicht mehr sehen. Jetzt will ich dich aber wieder sehen. Wiedersehen. Ich kann nichts dafür. Die anderen sind schuld. Die ganze Chemie hat nicht gestimmt. Hör mich doch – Arschloch.
Sie wählt eine andere Nummer.
Mami? Entschuldige, ich hab dich geweckt. Ja, ich bin's, Nicole. Sag mal, kannst du mich für ein paar Tage aufnehmen? Nein ... Ja. Wir haben eine Reise abgebrochen. Ich habe die

Reise abgebrochen. Nein, Achim war nicht mit. Ja, es ist etwas geschehen. Nichts Schlimmes. Etwas, über das ich jetzt nicht sprechen kann ...

Die Frauen untereinander.

– Wer macht den Kassensturz?
– Es sind noch ein paar Dinge klarzustellen.
– Ich finde, da gibt's noch jede Menge Erklärungsbedarf.
– Andrea? Kennst du eigentlich eine Madeleine Obick?
– Hm.
– Ah, du kennst die. Interessant. Erzähl mal.
– Es ist so, wenn jetzt jemand käme und zu mir sagte: du kannst morgen bei mir anfangen, und wenn's bei der Stadtreinigung wäre, lieber in der Früh um drei Container kippen, als in einem solchen Schlamm versacken.
– Ich weiß nicht, warum muß immer wieder irgendwer darauf zu sprechen kommen. Genügt doch, daß es so ist, wie es ist.
– Steh doch auf. Lauf weg. Versuch's mal. Ich möchte wissen, warum das keiner von uns tut. Ehrlich.
– Keine ist weggegangen, als es hart auf hart ging. Keine von uns hat sich von allen anderen losgemacht. Nicht mal ich.
– Das ist eben das Virus, das uns befallen hat. Daß wir trotz allem nicht anders können.
– Ich habe rund fünfzehntausend Mark in diese Reise gesteckt.
– Das haben andere auch. Darauf kommt es jetzt nicht mehr an.
– Fünfzehntausend! ... Darauf kommt es nicht an? Siehst du: eine solche Einstellung ist bereits ein Grund für das totale Fiasko dieser Reise. Ich soll mich auf jemanden einstellen Tag und Nacht, der solche Töne spuckt.
– Ein Fiasko. Ein Desaster. Ein Höllentrip. Was nicht alles? Es war ein elendes Erlebnis für jeden von uns. Aber muß man denn ständig drin rumbohren?
– Wenn jetzt einer käme, ganz egal, wer ...
– Gerade du. Du würdest jetzt, wenn jemand käme, deinen faulen Arsch erheben?
– Das haben wir ja erlebt. Du hast ihn in ganz anderer Lage nicht hochgebracht.

– Gott nein, wie soll ich dir je wieder im Büro begegnen. Wenn ich dich bloß sehe, knall ich dir eine.
– *am Handy* Hallo, wie geht's? Nein. Ich bin schon auf der Heimreise. Ach, weißt du, es war einfach nur fürchterlich. Die reine Katastrophe. Warum soll ich dir was vormachen. Die Hölle war's. Ich hab dir auch nichts mitbringen können. Na gut ... schon gut. Schlaf weiter.
– So ist es doch: entweder ist eine Säuferin in der Gruppe. Oder so ein Erschlaffungsvirus greift um sich.
– Wir sind eben alle nicht mehr so widerstandsfähig, wie wir es vor fünf, sechs Jahren noch waren. Ihr jedenfalls haltet nicht mal die geringsten Belastungsproben aus. Ich allein –
– Du allein! Dich allein gab's ja gar nicht. Damit fängt die ganze Krankheit dieser Reise an. Ein unselbständiger Mensch, eine wie du, genügt, ein einziger unselbständiger Mensch macht alle anderen konfus. Kopfscheu.
– Das ist eine Behauptung, so aus der Luft gegriffen, so absurd ... genausogut könnte ich behaupten, eine einzige Frau mit diesem penetranten Buttersäuregeruch unter den Achseln –
– Du kannst Menschen nicht riechen, Heike. Frauen nicht riechen. Eine Menschenfeindin in so einer Gruppe ist noch schlimmer als eine Säuferin.
– Du hättest als erste abhauen müssen. Dann wär's vielleicht noch gegangen.
– Das hab ich doch schon mal gehört.
– Wer nicht? Das haben wir jede von jeder schon mal gehört. Und doch ist keine einzige von uns abgehauen. Keine einzige ist aufgebrochen und allein weitergereist. Nicht einmal ich.
– Wenn du bloß zu Hause geblieben wärst.
– Schon gut. Das gilt für jede von uns.
– Hätten wir nicht dauernd zu Hause angerufen, wären wir vielleicht besser miteinander ausgekommen.
– Ich habe so gut wie nie telefoniert und bin doch mit dir am allerwenigsten zurechtgekommen.
– Das hat vielleicht noch andere Gründe.
– Irgendeinen Schwanzgrund gibt's immer.
– Du imbezille alte Schramme! Das Sauwort will ich nicht gehört haben! Verstehst du mich? Noch einmal so ein Sauwort,

und ich ramm dir die Nagelschere in den Nacken. Es ist alles gutgegangen in d i e s e r Beziehung, alles anständig verlaufen. Keine Kerle. Keine Männergeschichten. Jetzt fang du nicht an, deine schmutzige Fantasie vor dich hin zu sabbern. Es ist alles hyperkorrekt verlaufen in d e r Beziehung. Daran hat's nicht gelegen. Es geht auch mal drei Wochen ohne. Jetzt fang du nicht mit diesen Sauwörtern an. Ich kann diesen Dreck einfach nicht hören. Ich schlag um mich. Ich schlag dir die Scheiße aus der Fresse!

– Da kommt jetzt langsam was raus.
– Du hältst die Klappe. Hau du endlich ab hier!
– Mich bringst du hier nicht weg. Geh du doch als erste. Versuch's mal.
– Das ist das Virus. Hast du gehört? Das Virus spricht.
– Kramen, kramen, kramen. Das ist auch alles, was dir einfällt.

Der Busfahrer erscheint zwischen den Säulen der Halle.

BUSFAHRER Der Kleintransporter nach Bad Oeynhausen – sind Sie das? Sie, meine Damen, Sie alle?

– Ich komme!
– Ich komme!
– Ich komme!

Außer Heike verlassen die Frauen die Lounge und schleppen ihr Gepäck zum Ausgang. Die Szene wird langsam hell. Jennifer und Jodie erscheinen an ihrem Arbeitsplatz. Computergeräusche. Überblendung zum Tag, die Halle belebt sich. Verschiedene Personen sprechen an der Rezeption vor oder gehen vorüber zum Aufzug.

JODIE Zweihundertsiebenunddreißig ausgecheckt.
JENNIFER Vierhunderteinundfünfzig möchte das Zimmer wechseln.
JODIE Hundertdreizehn – wie heißen die, Kitzomitij?
JENNIFER Die Jalousien auf dreihundertundeins sind defekt.
JODIE Fünfhundertzwanzig hat das Frühstück abbestellt.
JENNIFER Der Hausdetektiv hat sich krank gemeldet.
JODIE Die Technik auf dreihunderteins, bitte.

JENNIFER *nimmt den Telefonhörer ab.*
Hotel Confidence. Guten Tag.
Für den dreiundzwanzigsten bis zum siebenundzwanzigsten?
Einen Moment bitte.
Zu Jodie Geben wir Rabatt für Journalisten?
Jodie schüttelt den Kopf.
Hören Sie bitte?
Also, das geht in Ordnung. Das Einzelzimmer für dreihundertzwanzig Mark. Hundertfünfundsechzig Euro. Nein, wir geben zur Zeit keinen Nachlaß. Ja, ich warte.

EIN MANN *tritt vor die Rezeption* Entschuldigen Sie, ich möchte zur Lesung von Sylvia Kessel ...

JENNIFER *deckt den Hörer ab mit der Hand* Saal sieben. Gleich hinter dem Aufzug, der erste Gang rechts.

JODIE Roomservice für die drei vier eins.

JENNIFER *am Telefon* Ja, wenn Sie mir Ihre Faxnummer geben, die Buchungsbestätigung geht heute noch raus. Wir bedanken uns. Auf Wiedersehen.
Legt auf.
Ich mach jetzt vieles so wie du, Jodie. Irgend etwas geht von dir aus, Jodie, es fließt ganz sanft auf mich über. Bei mir zu Haus klingelt jetzt auch das Telefon neunmal, Jodie, bevor der Anrufbeantworter anspringt. Genau wie bei dir. Es hat sich mir irgendwie eingetaktet, Jodie, das längere Klingeln bei dir. Und eines Tages hab ich bei mir umgestellt, auch nicht gerade bewußt. Jetzt klingelt's bei mir genauso lang wie bei dir.

Gregor und sein Sohn Konstantin kommen zum Empfang

GREGOR Kürzlich war ich in einem Haus der Confidence-Kette in Hamburg. Da gab es einen Stromausfall im ganzen vierten Stock. Der Aufzug blieb stecken. Kein Gast konnte lesen oder Fernsehen schauen. Nichts rührte sich. Die ganze Nacht ohne Strom. Absolute Finsternis.

JENNIFER Das ist bei uns zum Glück noch nie passiert.

GREGOR Sehen Sie, und es war auch ein Confidence-Hotel.
Konstantin, mein Junge, geh hin und studier die Tafel dort.
Das ist der Veranstaltungswegweiser vom heutigen Tag.
Sieh nach und sag mir, wo wir hin müssen.

Konstantin Die Beschichtungstechniker Saal eins. Die Studiosus-Reiseleiter Saal vier. Die Gründungsversammlung der Bioenergetischen Fördervereinigung Saal fünf. Dichterlesung Sylvia Kessel Saal sieben. Die Vorauswahl der Fotomodelle Saal acht. Vorstandssitzung Bosch AG Saal drei. Die Görres-Gesellschaft Saal elf. Tarifverhandlung IG Chemie Saal zwei.

Gregor Na, mein Junge, und wo müssen wir hin?

Konstantin *nach längerem Zögern* Die Görres-Gesellschaft.

Gregor Sehr gut, mein Junge. Selbstverständlich zum alten Görres.

Beide nach links ab. Einzelne Gäste, die an der Rezeption fragen: »Zur Lesung von Sylvia Kessel, bitte?« Die beiden Rezeptionsassistentinnen antworten abwechselnd mit gleicher Höflichkeit: »Saal sieben. Gleich hinter dem Aufzug der erste Gang rechts.«

Schwager Oswald und die stille Emilie kommen vorbei.

Schwager Oswald Ich sehe gerade ... Emilie, sei doch so lieb und bleib einen Augenblick stehen. Da steckt ja noch Ohropax in deinem niedlichen Ohr. Darf ich es herauspulen? Hörst du mich jetzt? Ich liebe dich.

Beide nach links ab.
Die Skrjabin-Schwestern und Elmar Kitz, der Komponist, kommen vorbei.

Elmar Kitz Bevor wir uns der hohen Dichtung zuwenden, muß ich euch beiden, Beate und Anja, ein offenes Wort sagen. Ein Geständnis machen. Ich hatte vor ein paar Tagen eine Art Erweckungserlebnis. Es ist mit einem einzigen Namen verbunden. Ermanno Wolf-Ferrari. Ich habe meine Liebe zum Kitsch entdeckt. Ich kann nicht anders, ich muß es sagen. Im Kitsch liegt das wahre Gold verborgen. Man muß es nur heraufholen! Ganz tief unten liegt das wahre Gold.
Er bekommt von beiden Frauen eine Ohrfeige.
Ja, das nehme ich hin. Ich bekenne mich zum göttlichen Kitsch.

Der echte Liftboy, ganz in Schwarz, ein kleiner Handlanger des Todes, kommt zu Heike, die aus der Reisegruppe übrigblieb.

DER ECHTE LIFTBOY Wollen wir? Bist du bereit?
Ich begleite dich, wie verabredet.
HEIKE Schon?
DER ECHTE LIFTBOY Du selbst hattest den Zeitpunkt festgelegt. Du sagtest, du wärst bereit, bevor deine Schmerzen unerträglich werden.
HEIKE Die Schmerzen sind da. Sie plagen mich.
Doch unerträglich sind sie noch nicht.
DER ECHTE LIFTBOY Du sagtest: b e v o r sie unerträglich werden. Besser, du kommst jetzt mit. Ehe es zu spät ist.
Wenn du's nicht mehr aushältst, dann ist es zu spät.

Beide ab.
Zwei Männer gehen aneinander vorbei. Der Mann von links dreht sich nach dem Mann von rechts um und spricht in seinen Rücken.

DER MANN VON LINKS Warum müssen Sie mich so beleidigen?
DER MANN VON RECHTS Was habe ich Ihnen getan?
DER MANN VON LINKS Sie gehen achtlos an mir vorüber.
Es kränkt mich.
DER MANN VON RECHTS Gut. Dann bleibe ich einen Augenblick stehen.
DER MANN VON LINKS Danke.
DER MANN VON RECHTS Besser?
DER MANN VON LINKS O ja. Beim nächsten Mal grüßen wir uns vielleicht sogar.
DER MANN VON RECHTS Sagen Sie: Sie gehen doch bestimmt häufig an Menschen vorüber, oder?
DER MANN VON LINKS Ich beachte jeden. Er spricht zu mir in tausend Einzelheiten. Er spricht Bände. Auch ich zeige mich. Auch ich spreche Bände.
DER MANN VON RECHTS Passen Sie auf: auch ich bin im Prinzip sehr interessiert an übersinnlichen Informationssystemen, aber Sie müssen mir verzeihen –
DER MANN VON LINKS Übersinnlich ist nicht das richtige Wort. Es handelt sich um gewisse subsensitive impacts.

Der Mann von rechts Wie gesagt, ich bin prinzipiell brennend interesssiert an allen neuartigen Informationssystemen. Schreiben Sie mir, schicken Sie mir eine E-Mail, klären Sie mich auf. Nur lassen Sie mich jetzt gehen. Auch wenn ich Sie tatsächlich beleidigen sollte, so muß ich Ihnen doch sagen: ich habe einfach keine Lust, Sie anzusehen.

Der Mann von links Das kränkt mich nicht. Damit komme ich zurecht. Worte beeindrucken mich nicht. Ich habe inzwischen soviel Nachrichten von Ihnen empfangen, die eine ganz andere Sprache sprechen.

Der Mann von rechts Gut zu wissen. Einen schönen Tag noch.

Der Mann von links Vielleicht grüßen Sie mich das nächste Mal, wenn wir uns treffen.

Beide ab. Alfredo und Vittorio kommen von der Eingangsseite, bleiben gleichzeitig wie auf einer langen Wanderung vor der Veranstaltungstafel stehen.

Alfredo Na, wonach steht dir heute der Sinn, du kleines Rätsel?

Vittorio *liest vor* Handwerker, Dichter, Planungsbevollmächtigte, Familiendynamiker, Fotomodelle. Tja. Irgend etwas Zukunftsweisendes sollte es schon sein.

Alfredo Natürlich. Zukunftssüffige Platitüden willst du hören.

Vittorio Süffige Zukunftsplatitüden, wolltest du sagen? Der Wein ist süffig, nicht der Mensch, der ihn trinkt. Süffig ist nicht der Mensch, der Wein trinkt, sondern süffig ist der Wein selbst.

Alfredo Mit anderen Worten, der Wein säuft sich selbst?

Vittorio Nein. Der Wein säuft sich lediglich wie von selbst.

Alfredo *wischt mit dem Taschentuch über die Stirn* Wart's nur ab. Wenn wir da sind. Wenn wir erst da sind.

Vittorio Ja. Was dann?

Alfredo Wenn wir da sind, wenn wir erst da sind, dann wirst du sehen, wofür Myriaden von Schritten gut waren. Wenn wir erst da sind, dann hat das alles hier, du wirst schon sehen, dann hat sich die Mühe gelohnt, und all das hier, morgen, heute, gestern mit all dem Drum und Dran hat seinen blutigen, dreckigen, göttlichen Sinn gehabt.

VITTORIO Aber vielleicht sind wir längst da, und du bist genauso unerträglich, als wären wir noch lange nicht da.

ALFREDO Du und dein Gürtel.

VITTORIO Ja. Ich und mein Gürtel. Das kannst du wohl sagen.

ALFREDO Dein Gürtel schneidet dich noch einmal in zwei Teile.

VITTORIO Das genau wird er niemals tun. Er trennt an mir den Nordmenschen vom Südmenschen. Wie jeder Äquator.

Beide nach links ab. Für einen Augenblick nur Geräusche, Verrichtungen, Beschäftigungen. Vor allem von Jodie und Jennifer hinter dem Desk. Dann von links Zacharias Werner.

JENNIFER Zacharias! Hat denn die Lesung noch nicht angefangen?

ZACHARIAS WERNER Doch, sie liest schon. Ich kann nicht im Publikum sitzen. Ich bekomme Zustände. Wissen Sie, ich leide unter diesem Zwischenrufer-Syndrom. Ich muß mich immer zwanghaft bemerkbar machen, wenn ich unter den stillen Leuten sitze.

JODIE Ist die Lesung gut besucht?

ZACHARIAS WERNER Voll. Bis auf den letzten Platz. Wie viele Menschen gehen denn in Saal sieben? Dreihundert?

JODIE Nein. Höchstens hundert. Hundertzwanzig.

ZACHARIAS WERNER Hundertzwanzig? Da habe ich weit mehr gezählt. Aber gut. Es ist rappelvoll. Sagen wir hundertfünfzig. In der Regel kaufen davon dreißig Prozent nach der Lesung ein Buch. Macht fünfundvierzig verkaufte Exemplare am Abend. Morgen abend lesen wir in Leipzig. Dann Weimar, Kassel, Wiesbaden. Immer große Säle. Immer weit mehr als hundert, zweihundert Besucher. Ach, meine Lieben, es ist immer derselbe Flammenreif, durch den ich springen muß, wieder und wieder, in diesem Höllenzirkus.

JENNIFER Beruhigen Sie sich. In anderthalb Stunden haben Sie's hinter sich. In zwei Stunden ist alles vorbei. Sie sitzen fröhlich beisammen und trinken auf den Erfolg.

ZACHARIAS WERNER Ja, die Aufregung, das Lampenfieber, das

ist das eine. Aber der schrecklichste, gefährlichste Flammenreif ist und bleibt das Geld, das uns fehlt. Wenn sie rauskommt nachher, glücklich über ihren Erfolg, wenn sie ihre Bücher signiert hat und strahlend auf mich zukommt, jawohl, die Leute mögen mein Buch, Zacharias, es war mucksmäuschen still, ein großer Erfolg, dann muß ich ihr sagen: wenn Jennifer und Jodie nicht gewesen wären, dann hätten wir den Saal gar nicht bekommen. Denn wir hätten die Miete niemals bezahlen können. Und alles weitere, Leipzig Weimar Kassel Wiesbaden, das muß leider ausfallen. Ich habe nicht einmal das Geld, um die Reisekosten vorzustrecken. Die Veranstalter zahlen erst, wenn du gelesen hast, also kommen wir gar nicht erst hin. Die Reise kostet für uns beide rund dreitausend Mark. Und was haben wir? Nichts. Bleiben wir also zu Hause. Du kannst ja auch in der Straßenbahn vorlesen.

JODIE Nein. Das wird sie nicht tun. Sylvia Kessel gehört in die großen Säle. Überall soll sie aus ihrem Buch vorlesen. In vielen Städten. Vor vielen Menschen. In würdigem Rahmen. Sie ist eine wunderbare Schriftstellerin. Wir alle müssen sie unterstützen. Jennifer, du hast Gespartes. Du gibst zweitausend, ich gebe zweitausend. Dann haben Sie noch einen Tausender in Reserve.

Du schreibst jetzt einen Scheck, ich schreibe einen Scheck.

Die beiden holen die Scheckhefte aus ihren Handtaschen und füllen die Schecks aus.

Und wenn sie nachher rauskommt, nach dem Erfolg, dann können Sie ihr um den Hals fallen und sagen ihr: Morgen geht's weiter. Morgen geht's erst richtig los.

ZACHARIAS WERNER Ich kann das nicht annehmen, ihr Lieben. Beziehungsweise: es dauert, sagen wir, drei vier Wochen, das Buch springt an, wir ziehen es schnell hoch, es kommt auf die Bestsellerlisten, dann kriegen Sie Ihr Geld mit gutem Zins zurück.

JODIE Sie werden ihr niemals sagen, daß das Geld von uns ist. Für uns beide ist das eine Selbstverständlichkeit, über die man nicht spricht.

ZACHARIAS WERNER Ich werde kein Wort darüber verlieren. Mein Gott, bin ich froh, daß ich ihr die Enttäuschung ersparen kann. Es wird ab morgen alles wie geplant verlaufen. Die Lese-

reise findet statt. Nur ich weiß, wem wir das zu verdanken haben. Leben Sie wohl, Jennifer. Leben Sie wohl, Jodie.
Er geht nach rechts ab.

Jennifer Alles Gute für Sie!
Ein so grundanständiger Mensch.
Ein gerader Kerl.

Jodie Ja, er ist wirklich ein besonderer Mann.
Und wie er kämpft! Er kämpft, hält sich knapp über Wasser, er greift nach dem Strohhalm, er sinkt, er gurgelt, er taucht ab … und dann plötzlich steigt er ans Ufer, ist wieder da, schüttelt sich kräftig und fängt wieder von vorne an. Das müßte meiner können.

Jennifer Und meiner erst.
Telefon
Hotel Confidence?

Dunkel

Unerwartete Rückkehr

Für Luc Bondy

Voulant chanter, il élève une tour et perd sa voix.
Henri Michaux

Personenverzeichnis

Der Mann
Die Frau
Seine Freundin
Der andere Mann

I

Aussichtspunkt auf halber Berghöhe. Der Mann auf einer Bank sieht durch ein Fernglas ins Tal. Der andere Mann, kaum für eine größere Wanderung gekleidet, tritt auf die Plattform.

DER ANDERE MANN Entschuldigen Sie. Führt dieser Weg, der unbeschilderte, ebenfalls zum Rüdersberg?
Ist es vielleicht eine Abkürzung?

DER MANN Nehmen Sie ruhig den bequemen Weg. Er dauert kaum länger. Sie haben noch etwa zwanzig Minuten Aufstieg bis zur Berghütte.
Sehen Sie – *er reicht ihm das Fernglas* – sehen Sie dort unten das Chalet mit den Steinen auf dem Dach? Oberhalb des Sees, das mit dem kleinen Hofplatz?

DER ANDERE MANN Ja. Jetzt sehe ich es. Wohnen Sie dort?

DER MANN Wir wohnen immer noch am Stuttgarter Platz. Wissen Sie? Wir haben hier nur ein Ferienhaus gemietet. Sehen Sie die Frau dort unten, die gerade frische Wäsche auf die Leine hängt?

DER ANDERE MANN Ja.

DER MANN Erkennen Sie sie?

DER ANDERE MANN Nein.

DER MANN Sie hatten einmal eine Abtreibung mit ihr.
Der andere Mann läßt das Glas sinken.
Ich kenne Sie sehr gut. Ich habe Sie gleich erkannt.
Sie waren einmal mein Untergang.
Erinnern Sie sich an meine Frau? Ingrid? Das ist sie, dort unten.

DER ANDERE MANN Ingrid –? Helfen Sie mir. Geben Sie eine kleine Hilfestellung.

DER MANN Sie waren einmal mein Untergang. Aber ich, ich war einmal die größte Bedrohung Ihres Lebens. Davon wissen Sie nichts. Ich wollte Sie umbringen damals. Ingrid? Sie haben sie wirklich vergessen?

DER ANDERE MANN Nein. Ich glaube, ich weiß Bescheid. Es gab da eine kurze Geschichte mit einer Frau –

mit jemandem, die im Hintergrund, trotz allem, gut verheiratet war.

Der Mann Eben. Mit mir. Mit mir war sie verheiratet. Und ist es immer noch. Ingrid Thammer.

Der andere Mann Ingrid Thammer.

Der Mann Für Sie hatte sie ihren Mädchennamen wieder angenommen. Ich war damals für zwei Jahre stellvertretend Verwaltungsdirektor bei den Staatlichen Museen. Und Sie hatten gerade Ihre erste Galerie in der Reichsstraße eröffnet. Galerie Mittag.

Der andere Mann Das ist wirklich sehr lange her. Zwanzig Jahre, und länger. Was Sie erzählen, klingt wie aus einem anderen Leben. Ich hatte mich zwischenzeitlich aus dem Kunsthandel zurückgezogen. Ich war mir nicht mehr sicher, wofür ich mich einsetzen sollte. Ich verlor das Vertrauen in die neuere Szene. *Pause* Dann sind Sie also Herr Kuschke oder Herr Kauschke.

Der Mann Stefan Kauntzsch.

Ich nehme an, sie hat meinen Namen vor Ihnen bis zur Unkenntlichkeit, bis zur Lächerlichkeit verdreht. Sie hat sicher niemals »mein Mann« gesagt. Sondern vermutlich: Oh, dieser Herr Kusch! Oder: Ach, dieser Herr Knausch, er wird uns doch nicht stören!

Der andere Mann Das habe ich anders im Ohr. Für mich klang es sogar ein wenig zu zärtlich, ich wurde jedesmal eifersüchtig, wenn sie sagte: Ach, wenn mein lieber Herr Kauntzsch das wüßte …! Er leidet so viele Entbehrungen wegen mir. Wie gern hätte ich ihn jetzt an unserer Tafel dabei. Er könnte sich doch wenigstens einmal richtig satt essen mit uns. Diese Frau hatte einen guten und sensiblen Charakter.

Der Mann Satt essen, wissen Sie. Satt bin ich allemal geworden. Das hatte ich nicht nötig. Aber tafeln so wie Sie mit ihr, ständig über die Stränge schlagen, das gehörte nicht zu unserem Stil. Ich war ja nur ein einfacher Verwaltungsmensch.

Eine junge Frau – Seine Freundin – kommt aus dem Tal zur Aussichtsplattform und stellt einen Picknickkorb vor Dem Mann ab. Grüßt und öffnet ihn.

SEINE FREUNDIN Guten Morgen. Ich bringe eine kleine Stärkung. Es wird wieder sehr heiß heute.
Zum Mittagessen soll es nur ein Gazpacho und ein paar Salate geben. Bist du einverstanden?

DER MANN Sicher. Ist mir recht. Danke, mein Engel. Sehr lieb von dir.

Sie geht wieder abwärts zum Chalet.

DER ANDERE MANN Das war sie ... mein Gott! Das war doch Ingrid Thammer?

DER MANN *lacht*
Guter Mann! Ingrid! ... Sie vergessen die zwanzig Jahre seitdem, und mehr!

DER ANDERE MANN Mir war plötzlich, als sei ich ihr schon einmal begegnet!
Für mich war das Ingrid. Sie sah ich die ganze Zeit vor mir, als wir von Ingrid sprachen. Das ist doch merkwürdig. Sie und keine andere. Natürlich haben Sie recht. Sie ist ja selbst kaum älter als zwanzig.

DER MANN Das war Leonie. Eine kleine Freundin. Sie hat auch einen guten Appetit.
Aber Ingrid ißt nicht mit an der Tafel. Sie ißt nebenan in der Küche.

DER ANDERE MANN Ingrid? Sie lebt wieder mit Ihnen?

DER MANN Sie haben sie durch das Glas gesehen. Aber auf die Entfernung – nun ja.
Ich zahle es ihr heim. Zwei- und dreifach zahl ich's ihr heim. Alles, was sie mir damals angetan hat mit Ihnen. Sie bekommt es zurück. Zwei- und dreifach.

DER ANDERE MANN Das ist nicht fair. Das ist fürchterlich. Kleinlich und fürchterlich. Ich muß sie in Schutz nehmen – Ingrid Thammer!

DER MANN So wie ich mein Vergnügen daran habe, ist es durchaus nicht kleinlich, glauben Sie mir.

DER ANDERE MANN Rächen Sie sich gefälligst an mir!

DER MANN Sie sind ja nicht geblieben. Sie sind wieder abgezogen. Auf und davon. Aber sie ist geblieben. Sie ist zurückgekehrt. Und das bringt manche Enttäuschung mit sich. Es ist

alles etwas anders gekommen, als es damals in der Luft lag. Und jetzt schließt sich der Ring, Herr Clemens Wagner. Unwiderruflich.
Sieht wieder durch das Glas
Wie behend sie noch ist. Wie munter sie sich bewegt. Trotz allem, was auf ihr lastet. Trotz allem, was sie bedroht.
Reicht Dem anderen Mann das Glas
Ich kenne die Geschichte eines Mannes, der zum Othello wurde und seine Frau erwürgte zwanzig Jahre nach einer Affäre, die sie mit seinem besten Freund hatte. Und die er erst entdeckte, zufällig entdeckte, nachdem dieser Freund verstorben war.
Er konnte den Gedanken nicht ertragen, daß seine Frau, die er unendlich liebte, ihn zwanzig Jahre in dieser elenden Täuschung gefangengehalten hatte. Er konnte den Gedanken an seine Arglosigkeit nicht ertragen. Den Gedanken, daß sie ihn in seiner Arglosigkeit zwanzig Jahre lang still beobachtet, wenn nicht gar bemitleidet hatte. Sein Mangel an Argwohn brachte ihn nachträglich zur Raserei. Nicht die, die ihn einst betrogen hatte, wollte er töten, sondern jene einzige Zeugin seiner erbärmlichen Arglosigkeit. Aber in unserem Fall liegen die Dinge ganz anders. Ich wußte von Anfang an Bescheid. Und Sie waren nie mein Freund. Ich wußte es immer, sogar lange bevor es passierte, wußte ich Bescheid. Ich sah es dieser Frau an, schon in unseren glücklichsten Tagen, ich studierte diesen etwas zu frohen Schimmer in ihren Augen und wußte, daß sie fähig wäre, von heute auf morgen einem anderen nachzulaufen. Sich an ihn zu hängen. Sich ihm aufzudrängen. Und es zu erdulden, daß er ihr mit seiner flachen Hand ins Gesicht schlug. Sie zurückstieß, mißhandelte und erniedrigte. Ich sagte ihr Sie voraus. In unseren glücklichsten Tagen sagte ich ihr voraus, daß sie mich verraten werde. Daß sie eines Tages in den Armen eines anderen, den Ihren, nicht mehr begreifen werde, woher sie je ein Gefühl für mich, den zum Zeitpunkt meiner Voraussage allergeliebtesten Menschen, woher sie es je genommen habe! Nichts an ihrem Verhalten deutete auf Verrat. Und das war sein sicherstes Vorzeichen. Die Unbesonnenheit in ihrem Auge. Die Lebenslust. Ganz einfach die unstillbare Neugier und Lebenslust. Man

liebt in der Ehe nur eine Frau, die auch zum Ehebruch fähig ist. Die dazu imstande wäre. Die Liebe in der Ehe ist grundsätzlich die Liebe zu einer potentiellen Ehebrecherin. Eine Frau, die zu dir zurückkehrt, nach einer bitteren Erfahrung, nach einer Niederlage, eines Besseren belehrt über ihre eigene Natur, hat dieses erregende Flair, ihre natürliche Begabung zur Untreue für immer verloren. Sie wird nie wieder davonlaufen.

Aber ich bin jetzt wieder da, sagte sie. Ziemlich kleinlaut. Doch immer noch mit diesem fast frechen Schimmer im Auge. Ja, sagte ich. Jetzt bist du wieder da. Jetzt bist du nichts Unmögliches mehr. Verdammt! Ein Bündel Schiefgegangenes liegt mir zu Füßen. Und dafür dieser ungeheure Aufwand an Eifersucht, Verzweiflung, Sehnsucht, Schlaflosigkeit und Selbstmordabsichten, diese einzigartige Lebensverengung und Existenzgefährdung – all das für diese kleine Person, die auf einmal wieder da ist, diese verhältnismäßig kleine Person, wie dir nun scheinen will, weil sie eben: wieder da ist. Und dieser große Aufwand an Schmerzen, Höllenqualen, Todesräuschen – der soll auf einmal umsonst gewesen sein? Unmöglich!

DER ANDERE MANN Erlauben Sie, aber für mich hatte das alles eine ganz andere Bedeutung –

DER MANN Natürlich. Sie haben ja den Ehebruch mit ihr begangen. Sie waren der Gewinner. Ich der Verlierer.

DER ANDERE MANN Niemand sprach damals von Ehebruch. Das Wort kam uns gar nicht über die Lippen. Diese alten Wörter sind uns erst später wieder zugeflogen. Aus irgendeiner obskuren Vergangenheit. Nein, das war etwas Leichtes, Flüchtiges, Verspieltes damals, man hat das alles nicht so bitterernst genommen. Ich habe inzwischen gelernt, daß es fast ebensogut ist, etwas nicht zu haben wie etwas zu haben.

DER MANN Ja, jetzt können Sie verzichten. Jetzt können Sie sogar den großen Verzicht lehren. Nachdem Sie alles gehabt haben. Nachdem Sie es hinter sich haben. Sich reichlich bedient haben.

DER ANDERE MANN Ich habe gar nicht vom Verzichten gesprochen.

Ich hätte nie geahnt, daß ein Mensch so nachtragend sein kann.

Das ist auch etwas Ungesundes. Ein Komplex. Sie sind auf eine widernatürliche Weise nachtragend.

DER MANN Es kommt noch etwas anderes hinzu. Ich fand Ingrid am Morgen des zweiundzwanzigsten März neunzehnhundertneunundsiebzig ... es war übrigens ein wunderschöner Frühlingstag, ich war gerade auf dem Weg zur Arbeit, als mir eine innere Stimme sagte: Es ist ihr etwas zugestoßen! Du mußt ihr helfen. Sie ist in großer Gefahr. Ich hatte Ihrer beider Liebesnest, das kleine Apartment in der Motzstraße, längst ausspioniert und mir sogar einen Schlüssel besorgt. Ich wollte Sie ja erledigen, Clemens. Das dürfen Sie nicht vergessen. Es war meine feste Absicht, und ich hatte schon einen genauen Plan im Kopf, wie ich es anstellen würde. Aber an diesem Morgen, mein Gott, ich fand Ingrid am Boden liegend, in einen Teppich eingerollt. Bewußtlos. Ich ahnte, daß sie eine Gehirnblutung hatte. Sie kam sofort in die Gefäßchirurgie und wurde operiert. Aneurysma. Kleine Aderbucht, die platzte. Eine halbe Stunde später, und sie wäre gestorben. Sie litt seit längerem unter hohem Blutdruck. Diese harte Nacht mit Ihnen hätte sie sich gar nicht zumuten dürfen. So wie es aussah, waren Sie nicht allein mit ihr. Irgendein Besuch war noch in der Nacht gekommen, aber alle waren fort, als ich eintraf, und meine Frau lag hilflos am Boden. Aber warum war sie nackt in diesen Teppich eingerollt? Was hattet ihr angestellt mit ihr? Sie selbst besitzt bis heute keinerlei Erinnerung an die Ereignisse dieser Nacht. Sagen Sie mir: Was geschah in dieser Nacht?

DER ANDERE MANN Ich möchte nicht darüber sprechen.

DER MANN Seit zwanzig Jahren zerbreche ich mir den Kopf darüber. Nun will es der Zufall, der Berg gibt Sie frei, der dunkle Rüdersberg, der uns immer ein wenig bedrückt, wenn wir dort unten im Haus sind. Nun will ich es endlich wissen von Ihnen.

DER ANDERE MANN Ich will nicht darüber sprechen.

DER MANN Aber Ingrid wird es sicher wissen wollen.
Ich meine, sie hat ein Recht, die näheren Umstände zu erfahren, die beinahe zu ihrem Tod geführt hätten.

DER ANDERE MANN Es ist alles so lange her. Über zwanzig Jahre. Ich möchte nicht noch einmal durch den Morast meiner

Jugendsünden waten. Das zählt für mich alles noch zu unseren Jugendsünden.

Der Mann Sie hatten getrunken. Wie das zwischen Ihnen und meiner Frau üblich war. Vielleicht unmäßig getrunken. Hin und wieder eine Linie geschnupft?

Der andere Mann Ich schlug sie. Wir waren erschöpft und wollten das Letzte aus uns herausholen. Wir kamen voreinander auf die Knie und versuchten uns zu schlagen. Bitte, vor ihr kniend schlug ich sie. Da sie geschickt auswich, wurde ich heißer, wütender. Ich traf sie einmal kräftig. Sie griff nach einem Gegenstand, der auf dem Glastisch lag, ein Schachbrett, glaube ich, und schleuderte es mir an den Kopf. Ich schrie auf und sank für einen Moment zu Boden. Dann stürzte ich mich auf sie und verlor jede Beherrschung. Dabei hat sie sich wohl in den Teppich gerollt. Und auf einmal rührte sie sich nicht mehr. Ich warf mich über sie, ich küßte, streichelte sie, sie rührte sich nicht. Sie zuckte ein paarmal am ganzen Körper. Ich bekam es mit der Angst. Ich war vollkommen bedröhnt und hatte jede Beherrschung verloren. Die Angst, sie umgebracht zu haben, machte mich kopflos. Ich geriet in Panik, ich rannte weg. Ich rannte einfach weg.

Der Mann Sehen Sie. Und dann komme ich mit meinem kleinen verläßlichen Instinkt und schaue nach dem Rechten. Sehen Sie. So habe ich Sie davor bewahrt, ein Mörder zu werden.
Nun gut. Ich hatte meiner Frau also das Leben gerettet. Das ist zweifellos ein bedeutender Wendepunkt in einer nicht mehr sehr glücklichen Liebesgeschichte. Etwas, das einen Mann und eine Frau in ein neues Verhältnis zueinander bringt. Sie kehrte zu mir zurück. Wie auch anders. Wenn man dem Tod von der Schippe springt, erstrahlen die gewöhnlichsten Dinge in neuem Glanz. Selbst ein bescheidener Verwaltungsbeamter und gehörnter Ehemann. Aber ich konnte die Akte mit den vielen Belegen ihrer Untreue nicht so ohne weiteres aus den Händen legen. Ich verlangte von ihr, mir diesen oder jenen Beleg nachzuliefern, den ich selber nicht herbeibringen konnte. Auch mußte sie für Sie einen albernen Namen erfinden. Sie durften nur noch »das Kollerle« oder »das Kollermännchen« genannt werden. Weil Sie doch leicht einen Koller kriegen und drauflosschlagen. Damit fiel es ihr auch leichter, über gewisse unap-

petitliche Details zu sprechen. Sie wurden für uns schließlich zu einer lächerlichen Figur, die niemandem mehr weh tat. Alles in allem sind Sie aber der mir vertrauteste Mensch überhaupt.

DER ANDERE MANN Sie sollten mir besser nicht vertrauen.

DER MANN Ihnen kann ich vertrauen, weiß Gott.

II

Hofplatz vor dem Chalet. Die Frau beim Aufhängen eines Bettlakens auf die Wäscheleine. Hinter dem Laken die Silhouette Seiner Freundin.

SEINE FREUNDIN Findest du nicht, daß du in letzter Zeit stark nachgelassen hast?
Ich glaube nicht, daß ich so stark nachgelassen habe wie du.
DIE FRAU Du hast etwas nachgelassen. Doch.

Seine Freundin tritt hinter dem Laken hervor, setzt sich auf einen Hocker an der Hauswand. Auch Die Frau setzt sich auf einen Hocker nahe der Leine. Während der folgenden Replik holt Seine Freundin einen kleinen Revolver unter ihrem Kleid hervor, wickelt ihn aus einem Samttuch und richtet ihn im selben Moment, da Die Frau mit beiden Händen das lange Haar aus dem Nacken hebt, auf den entblößten Hals der Frau. Wenn diese das Haar wieder sinken läßt, läßt auch Seine Freundin die Waffe wieder sinken und behält sie im Schoß.

SEINE FREUNDIN Dann kommt das von dir. Von jemandem, der in allem sehr stark nachgelassen hat.
Ich habe in sehr wenigem nachgelassen. Vielleicht hier und da. Aber das ist auch schon alles. Was ist das schon? Unvermeidlich ist es und fällt nicht ins Gewicht.
DIE FRAU Kann ich das bitte noch mal hören?
SEINE FREUNDIN Noch mal? Mein Gott. Ich bring's nicht mehr zusammen.
DIE FRAU Ich hatte doch immer einen guten Einfluß auf dich.
SEINE FREUNDIN Du? Einfluß auf mich? Du hattest nie einen Einfluß auf mich. Die Bücher, die du mir brachtest, habe ich nie gelesen. Die Ausstellungen, die du mir empfahlst, habe ich nie besucht. Schon deshalb nicht, weil ich deinen Geschmack verabscheue.
Sie beginnt auf einem Zeichenblock zu skizzieren.
DIE FRAU Ich habe ihn mir noch einmal lange angesehen. Ste-

fan. Meinen Mann. Es ist leichter, jemanden in Ruhe zu betrachten, wenn man nicht mehr zu ihm gehört. Wenn man nicht mehr mit ihm rechnen muß. Manchmal geschieht es, daß ich mit ihm vor Freude zittere. Auch wenn es meine Freude nicht ist, ich selbst gar keine Freude verspüre, sondern nur seine.

Er hat mich noch einmal ... überrumpelt seitdem. Seitdem es dich gibt. Es ist vielleicht das, was mir am meisten bleibt. Was mich am meisten verwundert. Es war nicht ganz echt, wie er mich anfaßte. Nicht das, was wir früher taten, vor langer Zeit, bevor es dich gab. Aber es waren seine Hände auf meinem Hintern. Und es gab keinen Zweifel, daß er mich öffnete und nicht dich. Mich wie eine Fremde überrumpelte. Wenn er es auch so tat, wie man von einem Menschen sagt, er habe eine Minute lang geheult wie ein Schloßhund. Das war wohl der tiefere Sinn, als er mich überrumpelte, in meiner Stille. In meiner stillen Beobachtung seiner Person plötzlich überrumpelte.

SEINE FREUNDIN Deine Haut ist dünn und trocken wie Pergament. Deine Knie sind so spitz wie ein abgebrochener Flaschenhals. Dein Hintern ist flach. Wo soll dein Mann denn hinfassen bei dir?

DIE FRAU Der Leib schläft nur ein Weilchen.

Eines Tages wird er wieder aufwachen.

SEINE FREUNDIN Dein Leib ist vorüber.

DIE FRAU Vielleicht sollte ich mir die Haare abschneiden lassen?

Glaubst du, mir stünden kurze Haare besser?

Oder soll ich mir noch einmal die Haare färben?

Oder ist es schon zu spät und man sollte seinen Typ nicht mehr ändern?

SEINE FREUNDIN Man muß sich genau überlegen, wie man mit seiner letzten Möglichkeit umgeht.

DIE FRAU Meine letzte Möglichkeit? Jetzt fängt es an weh zu tun. Ich frage dich was, du siehst, ich bin verzweifelt, und dann –

SEINE FREUNDIN Bist du verzweifelt? Ich habe nicht gesehen, daß du verzweifelt bist.

Es kommt daher, weil du immer versuchst, eine gute Figur zu machen.

Sie tritt zu ihr.
Überall Schuppen. Sehr kurze Locken. Locke für Locke eine andere Farbe. Teufelsbunt.
Das stünde dir gut. Überall Schuppen. Du Ärmste.

III

Hofplatz. Seine Freundin und Die Frau decken den Mittagstisch. In ihrem Rücken treten auf Der Mann und Der andere Mann.

Der Mann Ich bringe einen unerwarteten Gast zum Mittagessen.

Die Frau *dreht sich um, sieht Den anderen Mann.*
Nein ...!

Unwillkürlich begibt sie sich an die Seite ihres Mannes, hakt sich bei ihm unter. Im Schutz dieses Paar-Bildes führt sie den folgenden Dialog. Unterdessen verschwindet Seine Freundin im Haus.

Der andere Mann Ich bin gekommen, um alte Wunden zu heilen.

Die Frau Gar nicht nötig.

Der andere Mann Nun gut. Der Satz ging daneben. Ich zittere ein bißchen.

Die Frau Wie haben Sie denn hergefunden?

Der andere Mann Mehr oder weniger ein Zufall. Ich besuchte einen Kollegen in Lindau und habe mich ein wenig ins Gebirge verirrt.

Die Frau Verirrt?

Der andere Mann Vielleicht nicht das richtige Wort ...

Die Frau *schnell; neugierig*
Haben Sie Ihre Galerie noch?

Der andere Mann Nein. Es lohnte sich nicht mehr. Mein Sohn und ich –

Die Frau Sie haben einen Sohn?

Der andere Mann Ja. Einen Sohn. Er ist neunzehn. Kaufmann. Wir versuchen jetzt einen Weinversandhandel aufzubauen. Wir probieren es aus.

Die Frau Wohnen Sie noch –?

Der andere Mann Ja. Immer noch dieselbe Wohnung.

Die Frau Was machen Ihre Atembeschwerden?

Der andere Mann Etwas besser geworden.

DIE FRAU Sehen Sie. Sie leben noch.

DER ANDERE MANN Finden Sie?

DIE FRAU Nein – ich wollte etwas anderes fragen.
Lebt denn Ihre Mutter noch? Sie hatte damals zwei Selbstmordversuche hinter sich.

DER ANDERE MANN Ja, sie lebt. Sie lebt! Sie ist noch einmal davongekommen. Sie ist drüber hinweg. Hat einmal kräftig durchgeschnauft, und die Krise war überstanden.

DIE FRAU Wie lange ist das jetzt her! Jeden Donnerstag um elf Uhr vormittags ging ich mit Ihrer Mutter ins Hallenbad. In die Krumme Straße. Und anschließend zum Juwelier. Sie ließ sich immer etwas umarbeiten, die Ringe rutschten ihr von den dürren Fingern.

DER ANDERE MANN Ja. Das ist nun lange her. Sie trägt keinen Schmuck mehr. Sie haben sich aufopfernd um meine Mutter gekümmert, Ingrid.

DIE FRAU Ach, Sie waren doch nie mit mir zufrieden. Irgend etwas war immer falsch. Irgend etwas ging immer schief.

DER MANN Thema: Geburtstagsgeschenke.

DIE FRAU Ja! Richtig! *Die Szene nachspielend* Sieh doch, was für eine hübsche Kleinigkeit ich für dich habe. – Was ist denn das? – Du mußt erst die Lasche dort öffnen. – Ha! Gar nicht leicht. Verdammt. Es geht nicht auf! – Langsam. Vorsichtig. Du zerstörst ja das Geschenk, bevor du es gesehen hast. So, jetzt hast du's. – Etwas Weiches, wie? – Spürst du, wie weich es sich anfaßt? – Ja. Ganz weich. Toll. Seltsames Ding. Was macht man damit? – Ich sehe schon, du fängst nichts damit an. – Faßt sich wunderbar an. Rindsleder, wie? Kann man es am Leib tragen? – Ja, man kann es auch am Leib tragen. Steck's dir doch sonstwohin! ...

DER ANDERE MANN *im allgemeinen Gelächter*
Sie missionierte mich! Ich konnte es einfach nicht ertragen. Sie missionierte mich mit asiatischen Heilmethoden. Mach isometrische Übungen, oder ich komme nicht wieder. Wenn du deine Haferkleie nicht nimmst, brauchst du dich nicht über deine Kurzatmigkeit zu beklagen.

DIE FRAU Stimmt ja auch.

DER MANN Das erste Verdachtsmoment, das ich entdeckte, war eine unscheinbare Berührung. Mir fiel auf, daß Ingrid, wenn Sie zu ihr sprachen, unwillkürlich Ihren Arm berührte, so wie man das manchmal tut, um jemanden besser zu hören. Ich nehme an, es gibt kaum etwas Aufregenderes als das erste heimliche Flüstern mit einer fremden Gattin, die sich über eine Barriere beugt, die einem durch eine scheinbare Ungeschicklichkeit so nahe kommt, daß man ihren Wimpernschlag auf der Wange spürt. Und dabei wispert sie hastig: Ich könnte es so einrichten, daß wir uns am kommenden Sonntag sehen!

DIE FRAU O dieser Satz ...!

DER MANN O diese konspirativen Berührungen, diese kurzen unverschämten Blickwechsel – nichts ist mir entgangen. Alle habe ich sie gezählt und erlitten!

DIE FRAU Ich fasse doch jeden Menschen, der mich etwas fragt, am Arm, um ihn besser zu hören. Ich hatte immer leichte Gehörprobleme.

DER MANN Wissen Sie, ich machte mir die eigentümlichsten Vorstellungen von der Untreue meiner Frau. Ich lebte buchstäblich in und von diesen Vorstellungen. Ich wollte keinerlei Beweis. Ich wollte ein Idiot bleiben in dieser Sache, ein Ochs vor dem Faktum. Ich wollte diesen nicht festgestellten Ehebruch, solange Gott ihn mir gewährte. Nichts mehr fortan als die ewige Ungewißheit. Und Unruhe ohne Unterbrechung. Kein anderer Mensch, kein Buch, kein Gemälde, nichts konnte diese Unruhe aufheben. Denn alles auf der Welt führte mich zurück in den Verdacht.

DIE FRAU Aber es waren doch auch zwei sehr aufregende Jahre.

DER MANN *reicht Weingläser*

Auf unsere schlaflosen Nächte! Auf unsere Atemnot. Auf unsere Mordlust.

Auf unser unvergessenes Unglück!

Seine Freundin kommt mit einem Tablett zum Tisch.

Ich denke, es ist Zeit für eine kleine Mittagstafel.

Nebenbei zu Der Frau

Du ißt heute mit uns am Tisch.

Zu Dem anderen Mann

Ich habe vorhin auf der Höhe versäumt, Sie miteinander bekannt zu machen.

Leonie, das ist Herr Clemens Wagner, seinerzeit einer der

führenden Kunsthändler im Westend. Dabei fällt mir ein, dieses Straßencafé nicht weit von Ihrer Galerie, da saßen Sie einmal mit meiner Frau, und Sie fütterten sich gegenseitig. *Zu Seiner Freundin* Sie schob ihm den Löffel in den Mund, er schob ihr den Löffel in den Mund. Erwachsene Menschen! Plötzlich kam ein Sturm auf, der Sonnenschirm drohte über ihnen zu kippen. Ich, immer in der Nähe, immer auf dem Sprung, meiner Frau beizustehen, falls ihr irgendeine Gefahr drohte, trat an ihren Tisch und richtete den Schirm wieder auf. Sie hatten mich nicht einmal bemerkt.

DIE FRAU Dabei sind wir eigentlich immer sehr vorsichtig gewesen. Nicht wahr? Sie sogar übervorsichtig. Sie waren beinah wie ein Ehebrecher, der keine Fingerabdrücke auf der untreuen Gattin hinterlassen möchte.

DER MANN Manchmal in diesen schweren Jahren habe ich einfach so gelebt, als ob mein Tag noch kommen würde. Mein Tag wird kommen, sagte ich mir, vollkommen grundlos, ohne den geringsten Silberstreif am Horizont. Und mitten in der bittersten Verzweiflung rieb ich mir kräftig die Hände.

DER ANDERE MANN *zu Der Frau*
Wenn ich Sie jetzt vor mir sehe, wie Sie über alles nachdenken … was damals geschah. Dieser seltsame Glanz in Ihren Augen. Ich glaube, ich sprach immer von einem Feuer hinter feuerfestem Glas.

DIE FRAU Ich brachte Sie einmal in ziemliche Verlegenheit. Vor fremden Leuten. Auf einem Postamt. Beim Schlangestehen. Haben Sie das vergessen? Ich öffnete meinen Mantel und stand plötzlich pudelnackt vor Ihnen. Ich zeigte mich Ihnen vor allen Leuten. Aber Sie spielten nicht mit. Sie schämten sich vor den Leuten, und ich gefiel mir.

DER ANDERE MANN Ja, so was machte man damals.

DER MANN Ich glaube aber, das fand auf dem Postamt im elften Arrondissement statt. Du fuhrst für eine Woche nach Paris unter dem Vorwand, eine Freundin zu besuchen. Anke Hopf. Sie zog für eine Woche zu ihren Eltern und überließ Ihnen ihre Wohnung. Rue Etincelle, neunzehn.

DER ANDERE MANN Rue Etincelle neunzehn. Was für ein erbärmliches Dreckloch! Eine unbeschreiblich schmutzige Höhle.

Matratze am Boden und Katzenklo gleich hinter dem Kopfende.

Seine Freundin serviert ihm Salate und Parmaschinken.

Ich sitze mit Ihnen und werde sofort zum Vielfraß. Ein Hauch Parmesan über den Schinken?

Danke.

SEINE FREUNDIN Sie werden das alles aufessen. Und dann? Dann werden Sie vielleicht leugnen, daß Sie es getan haben. Sie werden wahrscheinlich sagen: Ich habe eigentlich nur die Hälfte von dem gegessen, wonach mich verlangte. Oder: Ich habe nur ein wenig genascht. Ja, es wird so weit kommen, daß Sie sagen: Oje, ich habe heute so gut wie gar nichts gegessen. Von einem Vielfraß erwarte ich, daß er die Wahrheit sagt. Aber Sie, Sie machen sich und uns etwas vor. Sie haben kein aufrichtiges Verhältnis zu den Speisen, die Sie verschlingen. Eigentlich kennen Sie nur das Eßbare an sich. Und dieser Oberbegriff, wissen Sie, das Eßbare, wird sich bei Ihnen nach und nach furchtbar erweitern. Eines Tages verschmähen Sie die Blumen in der Vase nicht mehr. Eine Tages nagen Sie das Furnierholz ab, das auf den Rändern des Servierbretts klebt. Schließlich werden Sie Ihre Tischgenossen an die Stühle fesseln und damit beginnen, an ihren Fuß- und Fingernägeln zu knabbern. So wird jemand, der einmal als stiller Vielfraß angefangen hat, nach und nach zum Allesfresser, ein einziger totaler Rachen, ein Ungeheuer jenseits von Mensch und Tier, das Maul der Mäuler, das sich das Herz der Erde einverleiben will.

DER ANDERE MANN Einverleiben ist ein gutes Wort. Ich esse im Grunde gar nicht. Was man gewöhnlich essen fressen schlingen nennt, das tue ich nicht. Ich habe vielmehr das Bedürfnis, mir dies und jenes einzuverleiben. Dies und jenes, von dem ich mir sage, es könnte dir vielleicht guttun. Es könnte dir etwas bedeuten. Es sieht nett aus. Es gefällt dir. Es paßt noch in dich hinein. Es könnte sogar ... schmecken!

SEINE FREUNDIN Aber Sie lassen ja die rote Bete liegen, und den Maiskolben rühren Sie nicht an?!

DIE FRAU Rue Etincelle. Die Höhle. Die Höhle Ihrer Arme. Die Höhle unserer Zukunftspläne. Die Höhle des tiefen Vertrauens.

Der andere Mann Hören Sie! Da ist sie wieder, ihre kleine verzückte Stimme. Die Höhle, die Höhle.

Die Wahrheit ist: sie mußte sich jede Nacht übergeben. Jedesmal danach, nach der Sache, wie sagt man, dem Akt, mußte sie aufstehen und erbrechen. Sie plagte unablässig das schlechte Gewissen.

Die Frau Ich kauerte nackt in der Zimmerecke. Die Zimmerecke! Kaum daß ich versuchte aufzustehen, Ihnen ein paar Schritte entgegenkam, packten Sie mich und warfen mich zurück in diese Ecke. Wie einen Ballen schmutziger Wäsche. Ich war so schwach, und ich wollte immer wieder zu Ihnen. Aber Sie schrien. Sie verhöhnten mich. Wozu ist man bei Kräften? Wozu besitze ich meine strotzende Gesundheit? Um dich in die Ecke zu werfen. Wo du hingehörst.

Der andere Mann Entschuldigung: Sie waren es, die mich anflehte, Ihnen weh zu tun. Also packte ich Sie etwas fester an und tat, was Sie von mir verlangten.

Der Mann Ganz so zart ist sie ja auch nie gewesen. *Flüstert Der Frau zu*

Koch's nicht wieder hoch. Laß es ganz unten.

Der andere Mann Es ging sogar so weit … sie brachte es fertig und versuchte sich an mir zu rächen!

Sie schleppte einen trunksüchtigen deutschen Journalisten mit aufs Zimmer. Und dieser feiste kleine Brummer kroch auf allen vieren zu ihr und sah sie wimmern und kotzen. Und er grinste und sagte: Jetzt stoße ich dich! Jetzt stoße ich dich! Denn ich bin stößig wie ein Bock!

Der Mann Nun laden Sie nicht alles auf die schmalen Schultern des armen Doktor Schweiger. Ja-Nein. Ich habe auch so meine Studien getrieben. Der kam ja nicht in Frage. Der spielte auch weiter keine Rolle. Gerade diesen Ausflug nach Paris könnte ich uns in einer fast lückenlosen Rekonstruktion noch einmal vor Augen führen.

Seine Freundin Man muß im Leben durchs Schlüsselloch schauen. Heißt es im »Buch der Mäuse«. Man muß in all dem wüsten Drum und Dran, mitten in all dem Drunter und Drüber, in diesem Wahnsinnsvertigo, wo Fenster, Türen, Treppen, Schächte um dich herumwirbeln, man muß in dieser Wahnsinnswirbelrutsche die einzige Stelle finden, das akute Löchlein, durch das man ganz zielsicher auf etwas Ungeheures blickt: Schönheit Würde Stille.

DER MANN Das hast du schön gesagt, Leonie. Es stimmt uns alle nachdenklich.

SEINE FREUNDIN Moment. Es kommt noch was. Meine Schwiegermutter –

Sie weist mit dem Kinn auf Die Frau.

DER MANN Es muß nicht sein, Leonie. Es muß jetzt nicht sein.

Die übrigen drei schließen sich in ihrer Unterhaltung enger zusammen, während Seine Freundin leise untendrunter mitredet.

SEINE FREUNDIN Doch. Es muß. Meine Schwiegermutter hat heute ihren großen Tag. Sie darf sogar mit uns am Tisch sitzen. Es sei ihr gegönnt. Aber auch ich habe meine Feier-, Gedenk- und Jubeltage. Sieht man mir wahrscheinlich gar nicht an. Aber ich habe zu Hause einen großartigen Arzt. Ich erwähn es vorerst nur mal. Ich mag ihn eben sehr gerne. Mein Gynäkologe, der all den dummen Weiblein hilft und Dutzenden von Ausländerinnen keine Rechnung ausstellt, ausgerechnet dieser Mann hat eine Frau, die eine einzige Plage ist. Die jeden zweiten Menschen einen Proleten nennt, für die es beinah nur Proleten gibt auf der Welt, wohin sie auch blickt. Aber sie läßt sich mit auf seine Visitenkarte drucken! Obwohl sie ihm nicht mal in der Sprechstunde hilft. Dieser gutmütige und vornehme Mensch, Doktor Hektor Gessoulis, wird von seiner quietschigen, liftigen, potthäßlichen Frau abgebürstet, restlos beherrscht. Er darf nicht mal seine Visitenkarte drucken, ohne daß sie mit draufsteht. Carla Wangenheim, Websitedesign. Websitedesign – was hat das mit einer gynäkologischen Praxis zu tun? Das ist er, da habt ihr ihn: den abartig schwachen Mann. Es tut mir nicht leid – es tut mir weh, unendlich weh.

DER ANDERE MANN Ich glaube, Ingrid wollte seinerzeit nichts anderes, als einmal etwas ganz für sich zu haben. Ein Geheimnis. Etwas, das sie nicht mit Ihnen teilte. Was ihr allein gehörte. Das war's doch im wesentlichen, nicht?

DIE FRAU Er hat ja von Anfang an alles ausspioniert. Einfach alles.

Der Mann Leonie: was gibt es? Du grummelst dauernd untendrunter mit.
Zum Anderen Mann
Aber Sie, mein Lieber, als wir vorhin auf der Höhe standen und meine Frau durchs Fernglas beobachteten, haben Sie sie ja nicht einmal wiedererkannt! Und das nach diesem Roman, den Sie mit ihr hatten.

Der andere Mann Diese Geschichten nehmen im Grunde alle einen ähnlichen Verlauf. Ich erinnere Sie an John Everett Millais, den großen Maler, Präraffaelit. Auch er widerstand der Versuchung nicht, in die Akademie einzutreten und John Ruskin, den er porträtierte, die Frau wegzunehmen. Fast unvermeidlich. Unter bestimmten Voraussetzungen. In einer bestimmten Umbruchsphase des Lebens.

Die Frau Leonie! Was willst du unbedingt loswerden?

Seine Freundin Die Sache mit der Visitenkarte ... Nein. Dir kann ich es nicht sagen.

Die Frau *zum Anderen Mann*
Nun erzählen Sie uns von Ihrem Sohn. Wann haben Sie geheiratet? Wer ist Ihre Frau? Was tut sie? Oder hat es mit ihr etwa auch einen »ähnlichen Verlauf« genommen?

Der Mann beginnt mit dem Abräumen.

Der andere Mann Als der Junge elf Jahre war, entschloß sich Marion zu ihrer Schwester nach Argentinien auszuwandern. Eine Nacht-und-Nebel-Aktion. Ich hatte mit einem Schlag meine Familie verloren. Anderthalb Jahre später kehrten beide zurück. Irgend etwas war schiefgegangen. Eigentlich wollte sie mit dem Jungen für immer in Argentinien bleiben. Bei ihrer Schwester. Ich habe nie herausgefunden, was drüben passierte. Ich weiß nicht, weshalb sie plötzlich wieder da war. Aber es wurde nichts mehr mit uns. Es gelang uns nicht, die alte Verbindung wiederaufzunehmen.

Die Frau *nach einer Pause leise*
Was wollen Sie von mir?

Der andere Mann Gegenfrage: Was lassen Sie noch mit sich machen?

Seine Freundin Stefan Kauntzsch! ... Jetzt hör mir mal gut zu!

Sie begibt sich neben Den Mann und hilft beim Abräumen.
Mir ist da ein kleines Malheur passiert.
Ich bin im dritten Monat.
DER MANN Ja-Nein. Seit wann? Laß uns später darüber reden.
Es ist jetzt nicht der richtige Zeitpunkt.
Das ist ja – ganz was Neues!

IV

Hofplatz. Die Frau und Der andere Mann kehren von einem längeren Spaziergang zurück.

Der andere Mann Wie sagst du? Es kommt dir alles wieder hoch? Ha! Du bist die Verliererin! Um Haaresbreite hast du dein Glück mit mir verfehlt. Wir haben auf Glück und Unglück gespielt damals – und du hast das Unglück gewürfelt! Vielleicht bist du jetzt zweiundfünfzig oder dreiundfünfzig? Du wirst niemanden mehr umarmen für den Rest deines Lebens. Jetzt bist du allein. Für immer. Mit dem da. Einem Mann, der dich nie mehr anrühren wird.
Mein Gott, wie dankbar bin ich dir: daß du mir vor zwanzig Jahren erspart bliebst! Um Haaresbreite hätte mich mit dir das Unglück getroffen!

Die Frau Du möchtest noch einmal von Herzen widerlich sein zu mir. Bitte, das kann ich verstehen.
Ich bin dir ja nicht nachgerannt.

Der andere Mann Ich bin ein Mensch, dem alles gelang seitdem ... Der privat, beruflich, gesundheitlich nichts abgeben mußte, seitdem ... du mich hast sein lassen und zurückkehrtest in dein früheres Leben. Ich konnte meine Kräfte neu sammeln, ich brauchte sie nicht mehr an etwas Unmögliches zu verschwenden. An dich.

Die Frau Aber ich bin jetzt wieder da.

Der andere Mann Wie sagst du?
Ja. Jetzt bist du da. Bist nichts Unmögliches mehr. Ein Bündel Schiefgegangenes, das bist du.

Die Frau Täusch dich nicht. Ich bitte dich um nichts.

Der andere Mann Du mich? Worum auch?
Wenn ich dich betrachte ... wenn ich dich vor mir sehe ...
Nein, nein. Ich bin dir dankbar. Ich sagte es schon.

Die Frau Stell dir vor, es wäre anders gekommen. Ich wäre damals bei dir geblieben.
Stell dir vor: du hättest die letzten zwanzig Jahre Tag für Tag mit mir verbracht.

Der andere Mann Es gäbe uns längst nicht mehr.

Die Frau Mit oder ohne Kind?

Der andere Mann Schiffbruch hätten wir so oder so erlitten. Du holst ihn aus dir selbst. Deine Halbherzigkeit ist bereits der Schiffbruch.

Die Frau Was hast du vor mit mir?

Der andere Mann Dein Alter trennt uns. Strenger als eine Klostermauer. Strenger als ein eifersüchtiger Ehemann. Strenger als Stolz und Kränkung. Diese da – diese kleine Frau habe ich umarmt? Ich könnte es nie wieder tun. Und doch: daß ich diese da einmal so sehr umarmte, das haftet noch an ihr, das ist an ihr noch lebendig. Es zieht mich an, es verlangt nach mir.

Die Frau Dein Bild ist weg. Das Bild, das man für den anderen abgibt.

Ich frage mich, wenn man sich sucht im Jenseits: woran erkennt man sich?

Wir sehen ja nicht mehr aus, wie wir uns kannten. Das Bild ist weg. Das Bild eines Menschen ist nicht zu retten. Es dauert nicht mehr lange und wir sehen nicht mehr aus. Du siehst nicht mehr aus.

Der andere Mann So. Du aber.

Die Frau Ich habe mich immer bemüht, fein auszusehen in den vergangenen zwanzig Jahren. Auch wenn es oft für niemanden war.

Der andere Mann Vielleicht hattest du manchmal das Gefühl, daß ich dich von irgendwo auf der Welt beobachten würde? Oder hattest du nie dieses Herzklopfen, als ob wir gleich, beim nächsten Um-die-Ecke-Biegen, wieder voreinander stünden?

Die Frau Nein. Daran habe ich nie gedacht.

Ich wollte für mich fein aussehen. Ich wollte mein Bild retten.

Ich glaube auch, daß Stefan es liebt.

Der andere Mann Das Bild? Oder dich?

Die Frau zuckt die Schultern.

Ich bin nie jemandem begegnet, der seine Frau mit größerer Verachtung strafte als dein Mann.

Die Frau Findest du?

Der andere Mann Also!

Die Frau Ich weiß aber, daß er mich liebt.

Der andere Mann Und du ihn?

DIE FRAU Nein. Er hat mir das Leben gerettet.

DER ANDERE MANN Er betrügt, er demütigt, er verspottet dich – hat er dich dafür vielleicht gerettet?

DIE FRAU Ich bin bei ihm. Um mehr geht es nicht.

DER ANDERE MANN Was glaubst du, weshalb du heute bei ihm bleibst und weshalb du seinerzeit nicht bei mir geblieben bist? Das ist ein und dieselbe Geschichte deiner Halbherzigkeit.

DIE FRAU Meinst du? Ich hatte es mir anders zurechtgelegt.
Ich fand immer, in der Nacht, in der das Gefäß platzte,
in unserer letzten Nacht, als du mich im Stich gelassen hast,
ich will dich nicht kränken, ich fand immer, daß es ein wenig
feige von dir war, einfach zu verschwinden – für immer.

DER ANDERE MANN Ich habe lange darüber nachgedacht. Ich fand damals nach diesen ekligen Exzessen, bei denen einfach alles außer Kontrolle geriet, ich fand später nicht mehr den Mut, das ist wahr, ich schämte mich, dich wiederzusehen.

DIE FRAU Bis gestern wußtest du nicht einmal, ob ich's damals überstanden hätte! Ob ich nicht seit zwanzig Jahren tot wär!

DER ANDERE MANN Ich mache dir ein Angebot. Hör mir bitte gut zu.
Mein Sohn will aussteigen aus dem Versandhandel. Und es läuft auch nicht sehr gut. Er hat jetzt eine Freundin und will sich auf eigene Füße stellen. Meine Familie hat sich immer gegen mich entschieden, wenn es hart auf hart ging. Die Wahrheit ist: meine berufliche Lage ist alles andere als zufriedenstellend, Ingrid. Aber ich habe jetzt einen sehr wichtigen Entschluß gefaßt. Ich kehre in den Kunsthandel zurück. Dafür besitze ich nachweislich eine Begabung. Ich mache wieder eine Galerie auf. Es gibt eine Menge Leute, die darauf warten, daß ich wieder ins Geschäft komme. Ich schaffe es nicht allein. Aber wir zusammen könnten es schaffen. Wir beide. So. Das ist mein Angebot. Wir finden uns wieder in der gemeinsamen Arbeit.

DIE FRAU Nach diesem enttäuschenden Gang um den See ... Es ist heute so drückend, so erniedrigend heiß! Ich will meine Kleider auswaschen am Ufer. Geh schon ins Haus.

DER ANDERE MANN Ich setze mich lieber auf den Stein und sehe dir zu.

DIE FRAU Ich bin jetzt alt. Wie du sagst.

Der andere Mann Ich bin sicher, daß ich dich wiedersehe.

Die Frau Ich schäme mich aber, denn du würdest mich nicht mehr berühren wollen. Und deshalb mag ich mich nicht ausziehen vor dir.

Der andere Mann Es gibt keine stabile Zeit. Es gibt diese plötzlichen Überblendungen zwischen einst und jetzt. Damals und heute. Wie früher erscheinst du mir jetzt. Es gibt diese Erscheinungen, Ingrid.

V

Die vier Personen, wie im Kern auseinandergesprengt, voneinander abgewandt, fast erstarrt stehend.

DIE FRAU Du verlierst dein Mädchen an unseren Gast. Ich sehe es kommen.

DER MANN Das ist ein schwerer Verdacht. Ich muß dich um Beweise bitten.

DIE FRAU Laß sie Clemens fragen, ob er vielleicht noch ein paar Tage bei uns bleibt.

DER MANN *zu Seiner Freundin*
Liebes, komm einmal zu mir!
Willst du Clemens nicht bitten, noch übers Wochenende zu bleiben?
Auf mich hört er ja nicht.

SEINE FREUNDIN *in gleichgültigem Ton zu Dem anderen Mann*
Warum bleibst du nicht noch übers Wochenende?

DER ANDERE MANN O warum nicht? Wenn es euch nicht stört.
Es wäre wunderbar.
Zu Der Frau
Ich werde, weißt du, glaube ich, darauf verzichten, übers Wochenende nach Lindau zurückzufahren.

DIE FRAU Weshalb? Dich erwartet dort ein Freund. Er wird dir helfen, eine neue Galerie aufzumachen. Eine große Chance in Lindau! Was kann dir Besseres passieren, als einen neuen Markt zu erschließen?

DER ANDERE MANN Ich weiß. Aber ich bleibe.

DIE FRAU Das ist das Dümmste, was du tun kannst.
Es ist dumm und gefährlich.

DER ANDERE MANN Ich reise schon deshalb nicht ab, um den Anblick nicht zu versäumen, wenn du an deiner eigenen Infamie ersticken wirst.

SEINE FREUNDIN *zu Dem Mann in gleichgültigem Ton*
Er bleibt.

DER MANN *zu Der Frau*
Und was, wenn du recht hättest?

Zu Seiner Freundin
Du freust dich doch?

SEINE FREUNDIN Doch. Ja.

DER MANN Deine Gleichgültigkeit ist schlecht gespielt.

SEINE FREUNDIN Warum beleidigst du mich? Kannst du dir das leisten?
Kannst d u d i r das leisten?
Sie geht zu Dem anderen Mann.

DIE FRAU *zu Dem Mann*
Mit solchen Grobheiten treibst du sie in seine Arme.

DER MANN Du hast mir schaden wollen.

DIE FRAU Wer hat nach Beweisen verlangt?

DER MANN Du hast bös drauflosgeredet, du Närrin.

DIE FRAU Ich glaube, ich erwähnte es bereits: hier traf alles zu, bevor ich es aussprach.

VI

Am nächsten Morgen. Der Mann beim Abräumen des Frühstücks. Seine Freundin, kaum bekleidet, ein Handy steckt im Bund ihres Slips, sitzt etwas entfernt vom Tisch und liest in einem Buch. Der andere Mann tritt hinzu.

Der Mann Ah, Sie sind's. Freue mich. Treten Sie näher. Wir sind noch nicht ganz gesellschaftsfähig. Trinken Sie was? Ein Glas Wein?

Der andere Mann Später.

Der Mann Zu viele Schlafmittel. Ich dachte schon, es geht mit mir zu Ende heute Nacht. Ich schlucke zu viele Tabletten in letzter Zeit. Welche Sorte? Jede Sorte. Etwas zum Einschlafen am Abend. Etwas zum Wachbleiben am Tag. Ich dachte schon, es geht mit mir zu Ende. Ich muß eine gefährliche Apnoe gehabt haben. Beklemmend. Sie wissen: wenn beim Schnarchen die Atmung aussetzt. Dauert es länger als drei Minuten: blaue Apnoe. Windstille. Sie sind hinüber. Aber es ist schön mit der Kleinen. Das Leben hat wieder Gestalt angenommen. Das Leben lohnt sich mit der Kleinen.

Plötzlich schroff zu Seiner Freundin

Lies nicht! Dieses verstockte verhockte verbockte Lesen. Dieses krumme Herunterlesen ganzer dicker Schinken macht dich armseliger, als du bist. Hör auf mit dem Lesen! Nimm das Ding und sprich mit jemandem. Wähl und sprich. Sprich mit jemandem hier neben uns.

Seine Freundin *legt das Buch auf den Boden und wählt auf dem Handy.*

Ja, ich bin's, Leonie. Frag nicht. Ich erzähl dir was. Neulich in deiner Straße sah ich einen Künstler, der sich öffentlich ausstellte, kopfunter an ein Kreuz gefesselt. Seitenwunde, Dornenkranz. Ich ging zu ihm, umarmte ihn, nahm seinen Kopf in beide Hände und fing an, ihn zu küssen und zu trösten. Ich verehre dich so sehr, ich liebe deine Arbeit, flüsterte ich und ich flehte ihn an, mit seiner Christusverhöhnung aufzuhören. Es schmerzt mich, sagte ich, es schmerzt mich, wenn ich sehe, wie ein großer Künstler auf eine so billige Retro-Nummer absteigt. Es sei alles andere als eine billige Retro-Nummer, brüllte der Künstler kopfunter und beschimpfte mich mit seinem ordinären Zorn. Mit dicker Stimme übertrieb er sein Fluchen und setzte sich vor den applaudierenden Gleichgesinnten pumpig in Szene. Es ist keine miese kleine Nummer, Drecksschlampe Sie, es sei vielmehr ein hohes, ein höchstes künstlerisches Ringen, verfickte Sau Sie, ein ewiger Kampf gegen ein Wesen, daß uns alle platt gemacht hat, verantwortlich für unzählige Verbrechen gegen die Menschlichkeit, gegen die Kunst, gegen das Leben von Mann und Frau, gegen das Leben überhaupt gerichtet von Anfang bis Ende, abgelutschte Tülle Sie. Ich verfluche Sie! Ich scheiße auf Sie! Ja, sagte ich, scheißen Sie nur. So wie Sie da hängen, scheißen Sie sich selbst auf den Kopf. Darauf läuft es hinaus: Sie scheißen sich selbst auf den Kopf.

Zu Dem Mann Genügt das? *Ins Handy* Danke, daß du mir zugehört hast.

DER MANN Die Künstler! sagen die Büro-Menschen, und meist sagen sie es geringschätzig. Gott sei Dank gibt es die Masse. Gott sei Dank gibt es diesen sicheren Grundbestand an Unberührbaren. Nur weil es ihn gibt, kann es mich geben. Wir sind schon zu viele, die fein besaitet sind. Sie nehmen immer mehr zu und werden immer feiner besaitet sein. Ich zum Beispiel bin zu fein besaitet, um gewissen Werken Mozarts standzuhalten. Ich bekomme Höhenangst bei dieser Kunst. Mich schwindelt bei KV 537. Ich laufe Gefahr, mich aus dem Fenster zu stürzen. Ich brauche jedesmal einen gröberen Menschen in meiner Nähe, um in Sicherheit KV 537 zu hören. Sie ist keine gewöhnliche Begabung. Das können Sie sich vorstellen. Ich hätte kein Wort über ihre Zeichnungen verloren. Ich lasse Sie einen Augenblick allein mit den Blättern. Sie bilden sich ein Urteil. Ich bin mir in diesem Fall todsicher. Sie wissen, ich irre mich selten. Dafür hat mich die bildende Kunst mein Leben lang beschäftigt. In Atem gehalten. Große Figuren? War Andy Warhol groß? Twombly ist wahrscheinlich groß. Seine Fusseln, seine Schwebteilchen, das sind wir, Fusseln, mehr nicht.

Der Mann geht ab ins Haus. Der andere Mann betrachtet die herumliegenden Zeichnungen. Seine Freundin kommt zurück aus dem Haus. Sie hat eine Morgenjacke übergezogen.

SEINE FREUNDIN Der Würfelzucker ... die Silberdose ...? Haben Sie den Würfelzucker geklaut?

DER ANDERE MANN Sei nicht so unruhig. Du machst mich nervös.
Stell dich einen Augenblick ganz still mit dem Rücken an die Wand.
Na los. Mach schon. Kreuz die Hände über dem Steiß. So.
Lehn dich an. Bleib so. Wer bist du?
Er faßt ihr flüchtig unter die Jacke an den Busen.

SEINE FREUNDIN Was ist ...? *Im Sinne von: was willst du damit sagen?*

DER ANDERE MANN Nichts. Es hatte nichts zu bedeuten.
Was geht hier vor?

SEINE FREUNDIN Was soll schon vorgehen? Du siehst ja. Ein ruhmloser Mensch von zweiundsechzig Jahren nimmt sich eine junge Malerin und fördert sie. Davon hat man doch schon mal gehört.
Ich habe die Aufgabe übernommen, ihm den Kopf rot vor Illusionen zu machen. Vielleicht, irgendwann werde ich ihn köpfen. Den roten Ballon abtrennen von seinem Rumpf.

DER ANDERE MANN Du selbst bist frei von Illusionen?

SEINE FREUNDIN Ich helfe ihm. Ich stehe ihm zur Verfügung.
Er nutzt mein Organisationstalent. Alles, was seine Frau nicht mehr überblickt.

DER ANDERE MANN Glücklicher Mann.

SEINE FREUNDIN Früher oder später bekommt er die Wahrheit zu spüren.

DER ANDERE MANN Nämlich – wenn du ihn verlassen wirst?

SEINE FREUNDIN Er hätte sich auskennen müssen. Diese Geschichten nehmen alle einen ähnlichen Verlauf. Er hätte es wissen müssen, bevor er sich drauf einließ. Mich trifft keine Schuld.

DER ANDERE MANN Hör mir einmal gut zu. Ich mache dir ein Angebot. Deine Zeichnungen hier sind ungewöhnlich. Du stehst noch ganz am Anfang. Du solltest dich jetzt nicht mit überflüssigen Dingen beschäftigen. Arbeite sorgfältiger. Sortier deine Phantasie. Ich mache meine Galerie wieder auf. Du könntest mir helfen. Ich kenne eine Menge Leute, die sich für deine Arbeiten interessieren könnten.

SEINE FREUNDIN Ich ginge sofort mit Ihnen. Ich würde Ihnen gern helfen. Ich besitze wirklich ein echtes Organisationstalent. Ich würde auch versuchen, sorgfältiger zu zeichnen. Bestimmt. Aber ich kann nicht. Ich erwarte ein Kind von ihm.

DER ANDERE MANN Ach … so.

SEINE FREUNDIN Ich will nicht undankbar sein, aber –

DER ANDERE MANN Wem schuldest du letztlich Gehorsam? Ihm? Oder deinem Talent?
Da kann es doch keinen Zweifel geben.
Laß uns gehen, bevor es zu spät ist.

SEINE FREUNDIN Ich bin doch auf Ihr Angebot gar nicht eingegangen!

DER ANDERE MANN Es kann einfach keine Wahl geben zwischen einem lächerlichen Mann und dem Start einer Malerkarriere.

SEINE FREUNDIN Ich glaube aber, ich bleibe bei ihm.
Gib mir Zeit. Wir könnten eine Verabredung für später treffen.

DER ANDERE MANN Später? Du weißt offenbar nicht, was auf dem Spiel steht. Du weißt nicht, wie verdammt schnell man sein muß in unserem Betrieb.
Du bist eben zu jung, du weißt noch nicht, wann im Leben der richtige Zeitpunkt gekommen ist. Aber ich sage dir: du stehst jetzt genau an diesem Punkt: entweder dein Leben zu verwirklichen oder es für immer zu verwirken. Eine kleine Sonntagsmalerin an der Seite eines schmunzelnden Verwaltungsbeamten. Du wirst ihn nie mehr verlassen!
Er faßt sie am Arm und wird plötzlich gewaltsam.
Du bist noch zu jung. Du mußt auf mich hören. Verstehst du?

SEINE FREUNDIN Laß mich. Zerr nicht an mir.

DER ANDERE MANN Du folgst mir. Du wirst mir gehorchen. Du bist eine Künstlerin!

SEINE FREUNDIN Halt! … Halt! … Halt!

DER ANDERE MANN Benutz mich. Benutz mich doch wenigstens. Nur zwei Wochen lang …!

SEINE FREUNDIN Laß mich los!

Sie befreit sich.

Ich sage dir ganz ehrlich: Ein Mann, der für mich eine Offenbarung wäre, muß anders aussehen als du. Das sage ich, ohne dich kränken zu wollen.

DER ANDERE MANN Ohne mich schonen zu wollen, meinst du? Gut. Du bist eine Künstlerin. Du schaffst es auch ohne mich. Was gibt es da zu weinen?

SEINE FREUNDIN Ich ... Es ist alles so plötzlich gekommen.

DER MANN *kommt aus dem Haus*

Was findet denn gegenwärtig statt? Ich will Ihnen sagen, was gegenwärtig stattfindet. Die Ausgießung des heiligen Menschengeistes in die Maschine. Die Maschinen beleben sich. Die Dinge emanzipieren sich von uns. Davon konnten Sie auf diesen beunruhigenden Zeichnungen einen Eindruck gewinnen. Maschinenmenschen! Nein, was sage ich: vollkommen neue unbekannte Kreaturen!

Seine Freundin sammelt ihre Blätter ein und geht ins Haus.

DER MANN *plötzlich intim zum Anderen Mann, während sie langsam hineingehen* Ich muß mich furchtbar in acht nehmen. Ich bin nun mal ein weichherziger Mensch. Mir kommen schon die Tränen, wenn ich sie nur still betrachte. Wenn ich das Linienwerk ihres Rückens betrachte, das Schulterblatt, die Rückgratrinne – das Goldene Kreuz, mein Lieber ... diese Schönheit ist für mich unbegreiflich. Und daß ich sie sogar, diese idealen Linien, mit meinen Fingerspitzen, mit der ganzen Hand berühren darf, macht mir das Wunder nicht geringer. Ich berühre das Ideale. Meine Hände greifen: das Unbegreifliche. Ich muß mich verdammt in acht nehmen.

Beide ab.

DIE FRAU *aus dem Haus rufend*

Ist der Tisch sauber?

Sie kommt mit einem Korb voll Bügelwäsche.

Der Tisch ist nicht sauber.

Sie stellt den Korb auf einen Stuhl und wischt den Tisch.

Überall lassen sie etwas liegen. Es wird schmutziger und schmutziger.

Wir ersticken noch in dieser Liederlichkeit. Dieser Schmutz.

Die Unordnung. Überall lassen sie ihren Dreck liegen. Wir werden in einem Dreckloch versinken.

Sie beginnt zu bügeln. Der andere Mann kommt zurück auf den Hofplatz.

DER ANDERE MANN Wie siehst du aus?

DIE FRAU So sehe ich aus. Einer muß ja die Arbeit machen. Stört es dich? Warum bist du zurückgekommen? Warum hast du dich erst jetzt auf die Suche gemacht nach mir?

DER ANDERE MANN Meine Reise führte eigentlich nur bis Lindau. Dann machte ich einen Ausflug in die Berge – aber mir scheint, alle meine Schritte folgten einer magischen Spur, die mich zu dir führte.

DIE FRAU Du sitzt jetzt wieder da, weil du mich damals nicht zerstören konntest. Es scheint dir keine Ruhe zu lassen. Es treibt dich um.

DER ANDERE MANN Fast wäre ich ja vorübergegangen. Dort auf der Höhe. Aber dieser lächerliche Mann, der durch sein Fernglas ins Tal starrte, der seine Frau und seine Geliebte vor dem Frühstück mit größter Genugtuung von höherer Warte aus beobachtete – er hielt mich fest. Er sagte: Sehen Sie diese Frau dort unten, die gerade Wäsche aufhängt? Ich erkannte dich nicht ... Sie hatten einmal eine Abtreibung mit ihr ...

DIE FRAU Wenn ich daran denke, weiß ich auf einmal, daß ich vor zwanzig Jahren nicht einen Schimmer glücklicher war als heute.

DER ANDERE MANN Du fängst an, deine Geschichte zu fälschen. Du versteckst dich hinter einer bitteren Erinnerung, um dich vor der großen Versuchung zu schützen, die wir füreinander waren und immer bleiben werden.

DIE FRAU Du glaubst, ich hasche wie ein junges Mädchen nach den kalten Funken eines längst erloschenen Feuers? Es ist ja nur eines von unzähligen Lagerfeuern auf deinem Weg in die endgültige Einsamkeit. Für mich gab es nur dies eine Lagerfeuer. Ich war nur einmal unterwegs. Eine kalte rußschwarze Höhle ist in mir zurückgeblieben.

DER ANDERE MANN Laß uns abreisen, bevor die anderen aufbrechen. Laß uns gehen, bevor es zu spät ist, Ingrid. Diesmal brauche ich dich. Diesmal geht es nicht um Lust und Laune. Es geht ums nackte Überleben. Ich muß irgend etwas anpacken.

Sonst rutsche ich abwärts im Geröll. Ich muß etwas ganz fest anpacken. Und ich weiß, ich schaffe es nicht ohne deine Hilfe.

DIE FRAU Ja. Ich bin eine sehr brauchbare Frau. Mit mir kann man Pferde stehlen. Auf mir kann man seine neue Existenz gründen. Ich bin eine große Hilfe. Aber ich werde hierbleiben.

DER ANDERE MANN Er braucht dich nicht. Er hat seine Freundin. Es würde ihm nur fehlen, daß er dich nicht mehr quälen kann.

DIE FRAU Ich will dir etwas anvertrauen. Aber du mußt es für dich behalten. Leonie bekommt ein Kind von ihm.

DER ANDERE MANN *gespielt*

Ach ...? Ja, ja. Das ist noch einmal bitter für dich. Aber was geht es dich an?

DIE FRAU Ich habe mich nun einmal dafür entschieden, bei ihm zu bleiben. Und jetzt brauchen sie mich erst recht. Du siehst ja. Sie können nicht mal ihre Wäsche bügeln. Lassen überall etwas liegen. Wenn das Baby erst da ist, muß ich ständig für Sauberkeit und Ordnung sorgen.

DER ANDERE MANN Das Ende von allem ist die Einsamkeit. Du hast recht. Aufzuwachen am Morgen, und es packt dich das Morgen-Grauen, das kalte Entsetzen, daß niemand mehr da ist. Du kommst zu dir, erwachst in der grenzenlosen Ödnis des Verstands. Oder noch schlimmer, irgendwelche Personen, die einmal neben dir lagen, nutzen jetzt die leere Stelle in deinem Bett, und wenn du erwachst, liegen träge Gespenster da und strecken ihre ungreifbaren Leiber!

DIE FRAU Gott sei's gedankt! Einsam bin ich nicht.

Ich gehöre dazu. Ich freue mich auf das Kind.

DER ANDERE MANN Es kann nicht sein, daß du dieselbe bist, die einmal verrückt nach dem Geschmack meiner Lippen war, nach dem Geschmack meiner Hände, meines Schwanzes ...

DIE FRAU Aber, Lieber ...! Mein Guter! Wie du vor mir stehst ... als hätte dir einer mit Zauberhand den Mann von der Stirn gewischt! Jemanden so zu entzaubern, das kann doch nur ein höheres Wesen. Das Alter allein kann so etwas nicht. Was tut jemand, der sein Leben lang nichts anderes war als ein Mann für Frauen? Was tut er, wenn er's auf einmal nicht mehr ist?

Wenn er trocken und knöchern vor uns steht. Wenn er sein Strahlenkleid verlor, der Unwiderstehliche, die sinnliche Großmacht, der begnadete Verführer?

DER MANN *tritt aus dem Haus hinzu*
Warum sollte es ihm anders ergehen als einst dem Stammesfürsten im Sudan? Was taten die Schilluk mit ihrem König? Sie ließen ihn einmauern, sobald seine Manneskraft erlosch. Einmauern bei lebendigem Leib, und gaben ihm die letzte Geliebte mit ins Gemäuer.

SEINE FREUNDIN *tritt aus dem Haus hinzu. An ihrem linken Zeigefinger ein langer Bindfaden, an dessen Ende ein spitzer Zeichenstift geknüpft ist, den sie auf der Erde nachschleift.*
Zäh und schmal wie ein Sprinter soll er gewesen sein.
Schweigsam und unersättlich.
Schwitzig und schmuddelig steht er jetzt vor uns.
Ein wenig geschrumpft am Herzen, am Schwanz und am Knie.
Knautschig und schlaff hängen die Jeans am Hintern. Strickweste und Hemd schlabbern am Bund. Den Taschenkamm zieht er aus der Gesäßtasche und streicht sich das geringelte Nackenhaar glatt. Ordentlich wie der Obdachlose, der die Nacht auf der Parkbank verbrachte.

DER MANN Der Mann, der einmal mein Untergang war …

DER ANDERE MANN Ich würde mich gern umziehen.

DER MANN Jetzt?

DER ANDERE MANN Auf der Stelle.

DIE FRAU Hast du Kleider zum Wechseln?

SEINE FREUNDIN Du kannst dich ausziehen. Zieh dich aus.

Alle drei drehen ihm den Rücken zu.

DER ANDERE MANN *entkleidet sich, windet sein Hemd um die Lenden.*
Tauschen wir die Kleider, Stefan?

DER MANN Nicht mit dir. Mit dir niemals.

Der andere Mann kniet nieder und hebt die offenen Hände in die Höhe.

DIE FRAU Seht nur: wie schön er ist! Er hat den nackten Körper eines Geißlers. Die linke Flanke voll roter Striemen. So knien die Büßer auf alten Gemälden. Du strafst dich selbst und schlägst deinen Leib. Deine Wunden sind sehr schön. Und auch deine flehenden Hände gefallen mir. Der Krug, gefüllt mit Essig, steht bereit. Das alles spricht für den reuigen Büßer. Ein Büßer bist du.

DER ANDERE MANN Ich flehe nicht. Ich büße nicht. Ich stütze eine Wolke. Eine Wolke aus ekligen Dünsten. Von stechendem Gestank. Ich stemme die Wolke, damit sie mir nicht auf den Kopf sinkt.

DIE FRAU Wir sehen keine Wolke.

SEINE FREUNDIN Wir riechen nichts.

DER ANDERE MANN Es sind die Ausdünstungen eures verdorbenen Atems.
Die Ausdünstungen eurer Geschlechtsorgane.
Die Ausdünstungen eurer Füße und Mägen.
Sie haben sich zu einer Giftwolke geballt.

SEINE FREUNDIN Das ist keine Wolke. D a s ist eine Wolke.
Sie sprüht aus einer Spraydose in sein Gesicht.

DER ANDERE MANN Ich stemme die Wolke über den Kopf, damit ich nicht ersticke.
Seht her, ich schiebe sie langsam vom Hof.
Gleich schwebt sie von selber davon.
Und endlich genieß ich mein Glas und den geruchlosen Schlaf.
Er gießt aus dem Krug in ein Glas, trinkt, rollt sich am Boden zusammen.

DIE FRAU Tot ist der Hahn.

SEINE FREUNDIN Tot ist der Hahn.

DER MANN Das Kollerle hat sich ausgekollert.
Begrabt den Verführer.

DIE FRAU *zieht seinen Kopf hoch.*
Kopf hoch! Dein Schädel ist ein Trichter, durch den man's dir eintrichtern muß.
Sie gießt den Krug über ihm aus.

SEINE FREUNDIN *setzt sich auf ihn und malt mit dem Stift auf seinen Rücken.*
Dein Rücken ist eine uralte Tafel, auf die ich ein wenig krit-

zeln möchte, ein Herz mit einem Liebespfeil, Namen, Kreuze, Zoten.

DIE FRAU Tot ist der Hahn.

SEINE FREUNDIN Nur noch der Sterz von einer Kerz'!

DER MANN *deckt eine Zeitung über ihn.*
Er war einmal mein Untergang.

DIE FRAU *tritt ihm in die Seite.*
Tot ist der Hahn.

Dunkel

VII

Hofplatz. Dunkel.

SEINE FREUNDIN Faß mich nicht an! ... Du faßt mich nicht mehr an! ... Halt! ... Gib her! ... Nicht! ... Tu's nicht! Nein!

Ein Schuß, und die Bühne wird hell. Der Mann und Die Frau in der Haustür. In der Mitte der Bühne Der andere Mann und Seine Freundin.

DER MANN Wer hat geschossen?

SEINE FREUNDIN *außer Atem*
Nimm dir die da. Nimm dir die mürbe alte Hängebacke zurück und laß mich in Frieden.
Verschwinde mit ihr. Die kannst du dir nehmen. Mich laß in Ruhe. Ich will sie nicht mehr sehen. Ihr Anblick verdirbt mir die Freude auf mein Kind.

DIE FRAU Aber Leonie! Ich habe dir doch immer geholfen ...

DER MANN Wo ist die Waffe? Wo kommt die Waffe her? Wer hat geschossen?

SEINE FREUNDIN Ich trage eine Waffe, seitdem ich bei dir bin.

DER MANN Gib sie mir.

SEINE FREUNDIN Bleib, wo du bist. Ich habe sie mir von einem polnischen Freund besorgt, nachdem ich mich in dich verliebt habe. Als ich mich entschloß, zu dir zu kommen.

DER MANN Ich dulde niemanden neben mir, der bewaffnet ist.

SEINE FREUNDIN Es gibt aber Situationen zwischen Mann und Frau, wenn sie es bis zum Äußersten treiben –

DER MANN Wir treiben es nicht bis zum Äußersten.

SEINE FREUNDIN Es gibt genug Geschichten, in denen er und sie keinen Ausweg mehr finden. Wenn man sich wahnsinnig liebt und völlig aufgelöst ist.

DER MANN Erzähl mir kein Kino.

DIE FRAU So weit hat es bei dir nie gereicht.

DER MANN Misch dich nicht ein.

SEINE FREUNDIN Ich meine, im Extremfall.

DER MANN Leonie, bitte, sieh mich einmal an.
Ich habe doch niemanden lieb, der mich womöglich bei der geringsten Unstimmigkeit mit der Waffe bedroht.

SEINE FREUNDIN Sie ist für uns beide da. Nur im Extremfall.

DIE FRAU Du verstehst nichts. Es geht immer um Leben und Tod. Wenn es überhaupt um etwas geht.

DER MANN Wer sagt denn das?

DIE FRAU Die Liebe sagt das. Die Liebe selbst sagt es.
Sie wendet sich Dem anderen Mann zu, der sich einen aus Zeitungspapier gefalteten Kinderhelm aufgesetzt hat, am Tisch sitzt und das Gesicht in beide Fäuste stützt. Das Papier wird an der Schläfe von Blut durchtränkt.
Was ist mit Ihnen? Eben waren Sie noch der Mittelpunkt ... Sie bluten!

DER MANN Sie ist ein Kind! Eine nervöse, fahrige Göre! Sie fuchtelt mit einem Revolver herum. Sie schießt auf meinen Gast. Nur wegen irgendeiner Unstimmigkeit. Einer Lappalie!

SEINE FREUNDIN Das ist nicht wahr! Er hat mich angefaßt. Er ist mir unter die Kleider, weil er genau wußte, wo das Ding steckt. Plötzlich hat er's in der Hand, plötzlich reißt er's mir vom Leib, ein Schuß geht los. Er hat wirklich Glück gehabt. Fast hätte er sich ins Gesicht geschossen.

DER MANN War es so? Sagen Sie uns die Wahrheit! Mein Gott, werdet doch endlich vernünftig! Alle miteinander!

DER ANDERE MANN Ich will nach Hause.

DIE FRAU Sie haben kein Zuhause mehr.
Ihre Mutter sitzt im Pflegeheim.
Ihre Frauen sind in alle Winde zerstreut.
Ihr Sohn geht seine eigenen Wege.
Sie haben kein Zuhause mehr.

DER ANDERE MANN Ich habe einmal dafür gesorgt, daß Sie sehr schön waren.
Eine Zeitlang hat man Ihnen außergewöhnliche Komplimente gemacht, weil Sie sehr schön waren. Es hieß, ich hätte Sie wie einen zerknüllten Liebesbrief aus dem Abfall gefischt und unendlich zärtlich glattgestrichen.

DER MANN Ein gelungener Vergleich! Das nenne ich einen gelungenen Vergleich. Es war bestimmt ein Vergnügen.

DIE FRAU Ja. Es war *leise* ein Vergnügen.

DER MANN *in einer plötzlichen Wendung* Gib mir die Waffe, Leonie.

SEINE FREUNDIN Gut. Nimm sie. Dann bist du mich los.

DIE FRAU Soll ich sie vielleicht für euch in Verwahrung nehmen?

SEINE FREUNDIN Es ist mir ernst, Stefan.

Ich weiß, was dieses Ding für mich bedeutet. Auch wenn es niemals zum Einsatz kommt.

DER MANN Ich weiß es nicht. Ich weiß es nicht. Wie soll ich mich verhalten?

Was passiert, wenn wir – was passiert, wenn ich aus irgendeinem Grund einmal die Beherrschung verliere? Wie soll ich mit dir zusammensein, ungehemmt, und du hast deinen polnischen Revolver unter dem Kopfkissen versteckt?

SEINE FREUNDIN Ohne ihn würdest du es schon merken.

DER MANN Was?

SEINE FREUNDIN Ohne ihn hättest du nicht mehr viel davon.

DER MANN Wovon?

DIE FRAU Es ist gut. Redet nicht weiter darüber. Alles bleibt, wie es war. Du begreifst endlich, daß sie dich nicht bedrohen will. Du putschst dich mit deinen Tabletten, sie mit diesem Ding da. Ohne Hilfsmittel bringt ihr's zu nichts. Hast du es begriffen?

Ein Moment Ruhe. Seine Freundin wickelt die Waffe in ein Samttuch und steckt sie unter ihren Rock.

DER MANN Eigentlich war ich darauf vorbereitet, euch mit einer frohen Nachricht zu überraschen. Hier halte ich in Händen das diskutable Verkaufsangebot unseres Chaletbesitzers. Ich meine, wir sollten nicht länger zögern, wir sollten kaufen. Der Preis – vermutlich noch drückbar. Seht es so: wir haben etwas fürs ganze Jahr und für jedes Jahr. Wir müssen nicht jedesmal nach einer neuen Gegend suchen für die Sommerferien. Hier ist es schön. Es gibt Schöneres. Aber wir kennen es nicht. Wir sollten auch nicht danach suchen. Wir sind reif für den Kauf. Wir kaufen.

DER ANDERE MANN Ich werde hier nie wieder herkommen.

DER MANN Das müssen Sie auch nicht. Sie bleiben einfach hier.

Der andere Mann Wer bringt mich zum Aussichtspunkt? Dort war eine Bushaltestelle. Allein finde ich den Weg nicht zurück.

Der Mann Sie bleiben hier. *Leise* Sie bleiben besser. Wir sind jetzt nicht in der Stimmung, in der plötzlich einer aufbricht. Plötzlich nicht mehr da ist. *Laut* Endlich ist es soweit. Ich trage die Pläne für den Umbau des Chalets seit einem Jahr mit mir herum. Kommt her. Ich will sie euch zeigen.

Er breitet die Pläne auf dem Boden aus. Die Frau und er knien und beugen sich darüber. Unterdessen begibt sich Seine Freundin zu Dem anderen Mann, setzt sich ans gegenüberliegende Ende des Tischs.

Beginnen wir mit dem Heuboden. Der Heuboden wird ausgebaut. Jeder von uns erhält sein kleines Refugium. Dazu ein umlaufender Balkon. Leonie, Ingrid, Clemens, meine Wenigkeit. Die einen mit Talblick, die anderen nach Osten zum See. Als nächstes schlage ich vor: Erweiterung des Hofplatzes durch Abriß des Backhauses.

Die Frau Das Backhaus könnten wir als Waschküche nutzen.

Der Mann Wir müßten Wasser und Strom verlegen. Nicht günstig.

Ich würde sagen ... wir beschäftigen uns jetzt mit dem kleinen Vorratsraum neben der Küche ... Dafür gibt es bereits Zeichnungen ... Moment ... Wo sind sie? ... Ich habe mir alles sehr gründlich überlegt ... Sie sind noch im Aktenordner ...

Er geht ins Haus. Die Frau folgt mit den Plänen.

Seine Freundin Wir haben uns lächerlich gemacht, wir beide, nicht du mich oder ich dich, wir gemeinsam vor den anderen, mit unserer Pistole. Mit unseren Anschauungen. Mit unserer ganzen Weltanschauung. Kein Wunder, daß man uns den Rücken kehrt, die mit ihren Umbauplänen ... wie auf einer Party, Gastgeber mit einem Drink in der Hand, die uns einfach stehenlassen, uns schneiden, sobald wir noch mal freundlich auf sie zugehen, unser Benehmen ist absolut vorbildlich, und alle Leute ringsherum denken, warum lassen die Gastgeber bloß diese netten Gäste stehen, die beiden benehmen sich tadellos, ganz weich und geschmeidig, bis sie dann hören, wovon wir überzeugt sind, was uns dies oder jenes ernsthaft bedeutet, weshalb wir da und dort keine Kompromisse machen, weshalb wir nicht daran denken, auch nur ein Fitzelchen von unserer Entschiedenheit aufzugeben, eine solch felsenfeste Entschiedenheit, die letztlich von uns beiden ausgeht, so daß sich die anderen fühlen wie weiche Butter, durch die ein Brotmesser schneidet …

DER ANDERE MANN Irgend etwas stimmt mit dem Licht nicht …

SEINE FREUNDIN Wer sitzt denn da neben dir?

DER ANDERE MANN *macht mit der Hand ein Zeichen des Einteilens*
Alle meine Geister.
Und wer sitzt da neben dir?

SEINE FREUNDIN *ahmt ihn nach*
Alle meine Geister.
Wenn du sagst: irgend etwas stimmt mit dem Licht nicht, obwohl über der ganzen Region praller Sonnenschein, aber du sagst, es kann irgendwas mit dem Licht nicht stimmen …

DER ANDERE MANN So sieht das hier nicht aus. Hat es nie ausgesehen.

SEINE FREUNDIN … dann sage ich: jawohl, irgend etwas stimmt mit dem Licht nicht, ich kann das sagen, denn ich hatte eben noch einen ganz anderen Menschen vor mir.

DER ANDERE MANN In grauer Vorzeit, da gab es noch ein richtiges Licht am Himmel. Das Licht war unbeschreiblich rein und mild. Es brachte alles Neue hervor, und das Leben wuchs aus den Steinen, so auch der Mensch. Danach veränderte sich das Prisma der Lüfte. Das Licht wurde hart und unbeständig. Wie wir es kennen. Wir haben ja nie ein anderes gesehen.

VIII

Die Frau und Seine Freundin auf zwei Hockern in derselben Zuordnung wie in Szene II.

Die Frau Wenn das Kind da ist, wird er dich wegschicken. Es wird alles anders kommen, als ihr es plant. Du und er, ihr werdet nicht fertig mit der neuen Situation. Ihr werdet nur noch streiten und euch hassen.

Seine Freundin wickelt den Revolver aus dem Samttuch.

Du wirst also verschwinden, und ich werde für das Kind sorgen.

Was sagst du dazu?

Sie hebt ihr Haar aus dem Nacken, und Seine Freundin hebt gleichzeitig die Waffe mit beiden Händen und richtet sie auf den Nacken Der Frau.

Du bist nichts wert, Leonie. Du bist nur ein Durchgangswesen, durch das man hindurchgeht wie durch Nebel und Wind. Es wird am Ende unser Kind sein. Seins und meins. Du wirst dich nicht mehr darum kümmern müssen. Antworte!

Die Frau läßt die Haare sinken, Seine Freundin die Pistole.

Seine Freundin Ein andermal.

IX

Auf dem Hofplatz. Die Frau und Der Mann mauern an einem schmalen Turm. Im oberen Teil ist eine gezackte Öffnung frei. Dort sieht man ruhig und gerade Den anderen Mann im Profil. Er trägt einen blauen, togaähnlichen Umhang. Seine Freundin dirigiert mit der Waffe in der Hand die Arbeit der beiden anderen.

SEINE FREUNDIN Mauert! ... Mauert!
DER MANN Die Steine gehen uns aus.

Die Frau schiebt eine Karre mit frischem Zement.

SEINE FREUNDIN Sind alle Ziegel vom Backhaus verbaut?
DIE FRAU Ja. Wir haben es bis aufs Fundament abgetragen.
SEINE FREUNDIN Drüben zum Wald hin gibt es einen verfallenen Erdkeller.
Holt Steine von dort.
DIE FRAU Ja, Leonie. Es braucht nicht mehr viele. Der Turm ist gleich zu.
SEINE FREUNDIN Wie schön er ist! Mein Fürst. Wie still und streng er auf seinem Thron sitzt.
Ich habe nie einen schöneren Mann gesehen. Ich habe ihn nicht geliebt, solange er unter uns war. Solange er am Boden kroch wie wir alle. Jetzt aber dort oben in seinem Turm liebe ich ihn.
DER MANN *bringt zwei Eimer mit Steinen.*
Du bist eine Frau von fünfundzwanzig Jahren ... Weißt du, was du tust?
SEINE FREUNDIN Ich bin nicht mehr fünfundzwanzig. Er hat in mein Hirn sein uraltes Wissen gelegt.
DIE FRAU Du bist immer eine gute Sportlerin gewesen. Du solltest dir die Flausen aus dem Kopf rennen. Du bist schwanger im dritten Monat.
SEINE FREUNDIN Mauert! ... Mauert! Man muß bis zum Äußersten gehen. Man muß seine Grenzen testen. Sonst bekommt man eine faustdicke Kruste um den ganzen Leib und spürt nichts mehr.

Das ist bestimmt das Aufregendste, was je ein Mensch in meinem Land getan hat. Mauert! Mauert! Und ich, wenn ich das mache, eingemauert mit ihm, alle Fugen dicht, bin das, was bleiben wird! ... Der Fürst wartet auf mich. Er hat die Kraft, er trägt das Licht.

DIE FRAU Aber – er ist doch der schmuddligste von uns allen! Das hast du selber gesagt.

SEINE FREUNDIN Dieser Mann ist so weit weg von dir! Millionen Galaxien entfernt von dir.

Sie beugt sich vor, Hände auf die Knie gestützt, trainiert.

Flach atmen ... kaum atmen ... tu's mir zuliebe ... sparsam atmen ... auch wenn das Herz schneller schlägt ... rast ... höher und höher ... weil sich nichts mehr verändert ... weil du dich nicht mehr bewegen kannst ... notatmen ... notatmen.

Ich komme zu dir, Fürst. Ich steige zu dir in den Turm. Ich will dich umarmen. Ein einziges Mal für alle Ewigkeit.

Sie steigt die Leiter hinauf, setzt sich rittlings auf Den anderen Mann und schmiegt sich an ihn.

DER ANDERE MANN Du kommst mit mir?

SEINE FREUNDIN Ich träume deine Träume. Ich schwebe durch dein Gesicht, ich sehe die andere Welt.

Bevor der letzte Stein gesetzt wird, läßt sie die Pistole durch einen Spalt zu Boden fallen.

Zu den anderen

Mauert! ... Mauert!

Man hört die Stimmen der beiden im Turm.

SEINE FREUNDIN / DER ANDERE MANN Flach atmen ... kaum atmen ... notatmen ... nichts mehr sagen ... nichts mehr sagen ...

Die Frau nimmt die Waffe an sich. Der Mann zögert, bevor er den letzten Stein einfügt. Dann bemerkt er, daß Die Frau aus einer verwunderten Betrachtung des Gegenstands heraus die Waffe langsam auf ihn richtet. Er verschließt den Turm.

X

Aussichtspunkt wie zu Beginn. Der Mann und Die Frau mit ihrem Reisegepäck. Der Mann schaut durch sein Fernglas ins Tal.

Der Mann Mit dem Wetter hatten wir im großen und ganzen Glück in diesem Jahr. Es war heiß. Aber es ließ sich aushalten. Was für ein hübsches Anwesen! Ich bin froh und stolz, daß wir endlich unseren Ort gefunden haben. Es ist nun unser Ort, Ingrid.

Die Frau Siehst du was?

Der Mann Es ist unheimlich still dort unten.
Als wären wir nicht wochenlang überall herumgehuscht.
Leer. Still. Verlassen. Wie ausgestorben. Als hätten wir dort nicht immerzu getafelt, geschnattert und uns amüsiert.

Die Frau Rührt sich denn gar nichts?
Gib mir das Glas.
Er reicht ihr das Fernglas. Geht zu seinem Gepäck.
Ja. Es ist unheimlich dort unten. Der Turm steht finster verschlossen und ohne Leben da.

Der Mann Nicht gerade eine Zierde für das Grundstück.

Die Frau Sie haben längst keinen Atem mehr.
Sie müssen jämmerlich erstickt sein.

Der Mann Sobald der Kaufvertrag unterschrieben ist, lassen wir das Ding abreißen.
Es stört doch. Oder stört es dich nicht?

Die Frau Vielleicht haben sie im letzten Augenblick versucht auszubrechen. Und es nicht mehr geschafft. Man kann keine Spuren eines Ausbruchs erkennen. Dabei hatten sie nie was miteinander.

Der Mann Besser, man kennt sich nicht so genau, wenn man sein letztes Stündchen miteinander verbringt.

Die Frau Kannst du dir vorstellen, was für Qualen das sind, wenn keine Luft mehr da ist? Wenn einer dem andern den letzten Atem wegnimmt?

Der Mann *eine Reisetasche öffnend*
Schatz, sei so lieb und gib mir doch bitte Leonies Waffe.

Die Frau *nach einer Pause*

Erinnerst du dich? Es ist jetzt schon wieder einige Zeit her, als du mich noch einmal überrumpeltest, zu mir kamst, als ich in der Küche aufräumte, mich nahmst, mir nichts dir nichts, mich umarmtest, nicht ganz wie früher, aber so ähnlich, erinnerst du dich daran?

Ich war längst nur noch deine Haushälterin, deine Betreuerin, deine Ausgehfrau, die sich nicht zu schade war, die Bettwäsche für deine Freundinnen zu wechseln. Warum hast du mich so lange gequält? Weil ich zu dir zurückgekehrt bin? Aber du hast mich geliebt. Bis zu dem Tag meiner Rückkehr.

Der Mann Sicherlich. Ich weiß, worauf du anspielst. Ich habe auch das Gefühl, daß diese Geschichten mit jüngeren Frauen nicht mehr zu mir passen. Man macht sich im Grunde nur lächerlich. Am Ende wissen diese jungen Dinger gar nicht, mit wem sie es zu tun haben. Sie können das ganze Lebensgewicht, das Lebensvolumen eines Mannes in meinem Alter gar nicht einschätzen. Gib mir doch bitte die Waffe, Ingrid.

Die Frau Ich wollte eigentlich darüber sprechen, was es für mich bedeutete, dies eine Mal, dies einzige Mal in den vergangenen zwanzig Jahren ...

Der Mann Gut. Dann später. Vergiß es nicht.

Du wirst sie ja nicht unter dem Kopfkissen verstecken!

Die Frau Warum nicht? Ich werde es zumindest versuchen.

Es soll sich ja um eine Wunderwaffe handeln!

Ich glaube sogar, ohne sie werden wir das da unten nicht überstehen.

Der Mann Wie meinst du –?

Moment! Dazu habe ich etwas zu sagen. Für alle Fragen, die womöglich auf uns zukommen, von außen oder auch zwischen uns beiden, bitte ich vorsorglich eines festzuhalten. Bei allem, was dort unten zuletzt passierte, bei diesem traurigen Vorfall gibt es keinerlei schuldhaftes Verhalten von meiner Seite. Ich bin vielmehr zu gewissen Handlangerdiensten genötigt worden, und Nötigung ist zweifellos ein Straftatbestand. Darüber möchte ich keine weiteren Debatten führen.

Indem er bei seinen Ausführungen vorwärts geht, bemerkt er, daß Die Frau zurückblieb.

Was ist?

Die Frau Wir haben versucht, Babel zu retten.
Aber Babel war nicht mehr zu retten.

Der Mann Eben. Davon rede ich.
Er schickt sich an weiterzugehen, nimmt seine Reisetasche, dreht sich dann wieder um, als wollte er etwas nachfragen, weil er nicht richtig verstanden hat …

Die Frau Verschwinde. Laß dich nicht wieder blicken.
Der andere Mann und Seine Freundin treten zerschunden und gebeugt hinter Die Frau.
Er hätte es kaltblütig getan. Er wäre tatsächlich abgereist, ohne euch zu retten.
Ich konnte es nicht zulassen, daß ihr erstickt. Aber er wäre einfach abgereist!
Geh jetzt. Niemand von uns wird mit dir gehen.

Der Mann geht mit seiner Reisetasche davon.

Die Frau Ihr wolltet ein Bild werden, ein Bild, das man sogar im Jenseits wiederfindet.
Aber dann kam die Todesangst, ihr habt geschrien und an den Steinen gekratzt, und das Bild hat euch verlassen.

Der andere Mann und Seine Freundin treten an den Rand der Plattform und sehen zum Chalet hinunter.

Der andere Mann Wir werden nie wieder hierherkommen.

Dunkel

Die eine
und die andere

Stück in zwei Akten

Personen

Die beiden Mütter um die Sechzig
INSA BREYDENBACH
ELISABETH (LISSIE) KELCH

Die beiden Kinder Ende Zwanzig
ELAINE BREYDENBACH
TIMM KELCH

EIN VERKÄUFER
EIN KAPUZENJUNGE
SCHWAMM (weiblich)
NAGEL (männlich)
MARC PULCZYNSKI, ein Pensionsgast
EIN DÜRRER MANN
HENRIK, Vater von Timm und Elaine
EINE JUNGE FRAU

Eine stilisierte Hausfassade im Hintergrund. Zwei oder drei Reihen von fensterlosen Fensteröffnungen. Ein türloser Eingang parterre. Die Öffnungen lassen sich zuschieben und zur glatten Mauer schließen. So wird Außenraum in Innenraum verwandelt.

I

1
Ausverkauf

Segment einer Kaufhausetage mit roten »Sale«-Schildern. Wühltische. Kaum Verkaufspersonal, wenig Kunden, die zwischen den Ausverkauf-Tischen schlendern, auf denen Trockenblumen, Haarbürsten, Haushaltswaren jeweils einen Hügel bilden.
Musikalische Beschallung. Unterbrochen von einer lauten Ansage: »Frau Schweiger bitte zur Kasse. Frau Schweiger bitte.«
Elaine, eine junge Frau, etwa achtundzwanzig, tritt hinter einem dieser Hügel hervor. Sie trägt eine Lederjacke, rotbraun, darunter einen knielangen schwarzen Plisseerock. Ihr Haar, kraftlos, zeigt ebenfalls einen Schimmer von Rotbraun. Am Hinterkopf ist es lose zusammengesteckt.
Während sie von einem Wühltisch zum anderen geht und Waren prüft, wird sie, als sei es für andere ein unwiderstehlicher Reiz, von einigen Kunden flüchtig belästigt. So wie es in der Schule immer einen Klassenkameraden gibt, den alle piesacken. Jemand zwickt ihr im Vorübergehen in den Nacken. Jemand zieht kräftig, ganz kurz, am Saum ihrer Lederjacke. Sie bewegt, ohne sich umzusehen, jeweils nur die Hand, als wolle sie ein Insekt vertreiben.
Kaum geht sie weiter, da nähert sich jemand und schnippt mit dem Finger gegen ihre Wange. Sie faßt hin, aber reagiert nicht weiter. Kurz darauf tritt ihr jemand heftig in die Waden, sie stolpert, reibt ihre Wade ein wenig und geht weiter. Sie ist es gewohnt. Ihre Art oder Ausstrahlung, es ist nicht zu erklären, weckt in manchen Menschen eine Hänsel- und Quälsucht, die seit der Kindheit verborgen in ihnen schlummert.

ELAINE *am Haufen der Haushaltswaren* Nicht mehr ganz neu, das meiste?

EIN VERKÄUFER Natürlich ist es neu. Alles im Angebot.

ELAINE Das Teesieb schon ziemlich verbeult. Schöpflöffel. Tortenheber. Nudelzange. Das ist kein guter Gag: der wirre Haufen. Ich verlier den Überblick.

EIN VERKÄUFER Greifen Sie nicht so tief in die Ware!

ELAINE Also: tiefer geht's nicht!

EIN VERKÄUFER Unten liegt auch nichts anderes als oben. Passen Sie auf. Es sind Schälmesser dabei.

ELAINE Es tut mir nicht weh.

Ein gedrungener, verwirrter Junge im Kapuzenshirt hat sich neben Elaine gestellt und wühlt zum Schein auch unter den Haushaltswaren. Auf einmal faßt er brutal in Elaines Haar und drückt ihr Gesicht in den Besteckehaufen. Timm, ein junger Mann etwa in Elaines Alter, beobachtet die Attacke, springt herbei und hält den Burschen fest.

TIMM Bist du verrückt!? Hej! Was ist los mit dir?

DER KAPUZENJUNGE Laß mich. Die ist nicht echt! Alien! Puppe! Dummy! Alien! Die ist nicht echt. Der schneide ich die Lippen ab. Die ist nicht echt.

TIMM Hej! Halt still!

ELAINE Laß ihn. Das bin ich gewohnt. Es hat nicht weh getan. Danke. Trotzdem.

TIMM *hält den Jungen mit einem Griff ins Haar fest.* Sieh ihn dir an. Er hat Blut im Blick.

ELAINE Er kann nichts dafür. Ein ganz weicher Junge. Aber einer mit kaputtem Raumgefühl. Wenn du ihm zu nahe kommst, würgt er dich, einfach weil es ihm zu eng wird. Auf der Treppe. Oder im Aufzug.

EIN VERKÄUFER Der Junge ist das Ziehkind von den drei barmherzigen Tanten aus der Porzellanabteilung. So was ist eben ihr Hobby. Einen wüsten Jungen zähmen. Erst rannte er von Abteilung zu Abteilung, umarmte jeden, rangelte mit jedem, und auf einmal hatte er ein offenes Messer in der Hand. Er versuchte es im Spaß, auf diese vertrackte Art, halb im Ernst, halb im Spaß. Versuchte an sein Ziel zu kommen. Er wollte uns das Messer in den Oberschenkel rammen. Und wir machten mit auf seine Art, halb im Spaß, halb im Ernst, um ihn davon abzubringen, uns zu verletzen. Aber mich hat er trotzdem erwischt. Sehen Sie die Narbe am Schienbein?

ELAINE Laß ihn laufen. Er tut heute nichts mehr.

Timm und Elaine lehnen jeder mit dem Rücken an einem »Sale«-Tisch, einander gegenüber, zwischen ihnen der leere Gang. Dort geht Ein Verkäufer mit dem Jungen ab.

ELAINE Wie heißt du?
TIMM Timm.
ELAINE Ich bin Elaine.
TIMM Helene?
ELAINE Elaine. E-ell-a- i -enn-e. Danke für deine Hilfe. Du hast geschickt zugepackt.
TIMM Ich bin an sich nicht besonders geschickt. Passiert mir schon auch, daß sich alle furchtbar aufregen über mich. Ich trag einen Stapel Oberhemden über die Straße, frisch aus der Reinigung, und mitten auf der Fahrbahn fällt mir die Wäsche in die Pfütze. Die Leute lachen nicht mal. Idiot! brüllen sie. Als wären es ihren eigenen Hemden. Paß doch auf. Reiß dich zusammen. Nur weil ich eine Störung für sie bin, ein öffentliches Ärgernis. Sie glauben wahrscheinlich, da steckt Absicht dahinter. Bosheit. Böse Faulheit und Achtlosigkeit. Dabei ist es mir bloß passiert.
ELAINE Eine Zeitlang habe ich jeden Morgen etwas fallen gelassen. Etwas runtergeschmissen aus Versehen. Eine Tasse, eine Sonnenbrille, ein Messer, eine offene Schachtel Reißzwecken. Den Eierpikser. Irgend etwas fiel mir morgens immer aus der Hand. In der nächsten Phase habe ich dann so gut wie alles, was ich greifen konnte, fest angefaßt, genommen und auf den Boden geschmissen. Mit Absicht. Runtergeschmissen. Drauf rumgetrampelt. Bis meine Fußsohlen blutig waren. Das half.
TIMM *mit dem Ausdruck der Verwunderung* Ich versteh dich. Ich glaube, ich verstehe einigermaßen, worum es geht. Wo arbeitest du?
ELAINE Zuletzt war ich im Ersatzteillager für medizinisch-technisches Gerät. Mittlere Etage. In der Warnemünder Straße. Schiefe Lamellenrouleaus. Am Arbeitsplatz Stofftiere und CD-Player. Computer mit dem gesamten Lagerbestand. Jesusposter an der Wand. Sowie einige dumme Sprüche, Urlaub vom ersten Ersten bis einunddreißigsten Zwölften. Das Üb-

liche, kennst du ja. Hydropflanzen vor dem WC. Eines Tages geht die Tür auf und plötzlich steht er vor mir. Student, Ausfahrer bei der Poliklinik. Wir sind arktisch einsam in der weiten Lagerhalle und keiner spricht ein Wort. Alles spielt sich ab mit höherer Gewalt, zwischen uns beiden, kennst du ja. Wir machen es, bevor das erste Wort gefallen ist.

TIMM Aber ich bin Ausfahrer bei der Poliklinik!

ELAINE Ich hatte ihn noch nie gesehen …

TIMM Donnerstag bis Sonntag. Das ist mein Job. Ich komme fast fürs ganze Studium damit über die Runde.

ELAINE Er faßte sich an wie ein Igel. Stachelhaare, Alustachel auf den Jackenärmeln. Wie eine Dornenhecke. Ich hatte, was ich brauchte. Er wischte mir die Schweißperlen von der Stirn und ließ sie klickern in seiner hohlen Hand.

TIMM Moment! Schweißperlen von der Stirn, die klickern? Da kann etwas nicht stimmen.

ELAINE Das war noch in der Warnemünder Straße. Ich saß meistens allein in der Auslieferung. Inzwischen sind wir umgezogen nach Karow.

TIMM Röntgenapparate.

ELAINE Weniger. Gelenkteile zum Beispiel.

TIMM Ich erinnere mich doch an Gesichter. Aber du bist nicht dabei. Ich kann es nicht gewesen sein. Was schaust du?

ELAINE Ich schaue dich an.

TIMM Ich frage mich: war ich es oder war ich es nicht?

ELAINE Ich bin die Füchsin. Hast du das gesagt? Jemand hat hinterher zu mir gesagt: Hör zu, du bist die Füchsin. Es ist wichtig, daß man einmal mit einem treffenden Beinamen genannt wird. Daß man einmal anders, seinem ganzen Wesen nach genannt wird. Nicht nur beim Taufnamen, Elaine, was heißt das schon. Einmal muß man bei seinem Wesen genannt werden.

TIMM *breitet die Arme aus, als wollte er ein Längenmaß angeben* Ich verstehe … verstehe … soviel etwa. Dann reißt es ab.

ELAINE Was hast du? Warum wunderst du dich? Ich erzähle doch nichts Abartiges. Und du kannst es trotzdem nicht fassen. Was wundert dich denn so?

TIMM Vergib mir. Ich kenne dich nicht.

ELAINE *kühl* Brauchst du was Besonderes? Eine Thermoskanne vielleicht? *Timm schüttelt den Kopf* Einen Eierpikser? Hier.

Sie drückt ihren Daumen fest auf die Spitze des Piksers.
Brauchst du Geld? *Timm bewegt abwägend den Kopf*
Brauchst du eine Frau? *Timm unschlüssig, mit großen Augen*
Brauchst du irgendeinen Unterricht? Spanisch? Meditation?

TIMM Ich brauche. Für den Fall. Daß es heiß wird. Daß es sehr sehr heiß wird. Eine kleine anatolische Strickmütze.

ELAINE Für den Fall, daß es kalt wird. Sehr sehr kalt wird, meinst du.

TIMM Nein, vergib mir: heiß. Ich meine wirklich: sehr sehr heiß.

ELAINE Heiß oder kalt. Ich könnte dir eine stricken. Ich stricke sie dir. Es wird aber nicht viel heißer, als es schon war.

TIMM *breitet wieder die Arme aus* O mein Gott! Es wird ... es wird ... so ... und noch mal so ... heiß. Noch viel viel heißer. Glaub mir. Füchsin. *Er läßt die Arme sinken.*
Manchmal sitze ich an einem meiner freien Tage in einem Café am Winterfeldtplatz. Einmal passierte es, daß ich gegenüber, auf der anderen Straßenseite, meinen Vater sah, der eine Automaten-Wäscherei betrat. Ich sah ihn mit der kleinen Strickmütze auf dem Kopf. Ein Mann, der aufgegeben hat. Er lebt geschieden von meiner Mutter. Wer weiß wo? Er hat nichts mehr. Eine Zeitlang hangelte er sich von Lehrauftrag zu Lehrauftrag. Er ist eigentlich Stadthistoriker und arbeitet fürs Radio. Ich glaube, jetzt hat er fast nichts mehr. Er setzt sich in den Waschsalon und wartet auf seine Wäsche. Er sitzt da und sieht sich Frauenbeine an. Er sammelt seine Wäsche aus dem Trockner und schlurft damit nach Hause. Ich sitze seitdem jede Woche einmal in dem Café. Aber ich habe ihn nie wieder gesehen. Vielleicht wohnt er nicht mehr in der Gegend.

ELAINE *streift ihre Jacke von den Schultern* Mein Träger ist gerissen bei dem Angriff vorhin. Mein Kleid rutscht ... Hilfst du mir? Verknüpf die Enden über dem Nacken.

TIMM *geht zu ihr, tut, worum er gebeten wurde.*

ELAINE *leise* Hast du keine Lust, mir weh zu tun? Du hast doch gesehen, die Leute vorhin, die wollten mir alle weh tun. Die hatten sofort Lust.

TIMM Also: das fehlte noch.

ELAINE *zieht die Lederjacke aus* Es wird dir bestimmt nichts ausmachen, eine Gabel aus dem Haufen zu ziehen und mit den Spitzen einmal meinen Arm rauf und wieder runter zu streichen. Vom Handgelenk einmal rauf bis an die Schulter. Langsam anfangen. Und wieder runter.

TIMM *tut es* Ganz vorsichtig.

ELAINE Noch mal. Stärker drücken. So. Halt. Jetzt stich zu. Weiter oben. Wo die Impfstellen sind. Stich! ... Fester! Fester!

TIMM *setzt die Gabel ab* Ich kann es nicht. Ich verstehe genau, worum es geht. Im bin im Grunde wie du. Ich stelle es mir immer vor. Aber ich kann es nicht tun.

ELAINE Dann komm mit. Ich zeig dir was.

2
Cocooning

Hof und Pension von Insa Breydenbach im südlichen Oderbruch. Segment eines Innenraums. Insa sitzt kerzengerade auf einem Gymnastikball und trinkt Wein. Elaine, ihre Tochter, ist zu Hause eher eine weiche, stille, beinahe geduckte Person. Eine junge Frau, die ewig bei der Mutter wohnt, sich in ihr Zuhause einwickelt (»Cocooning«) und nicht fort will.

INSA *noch im Dunkeln* Ruhe! Keine Musik! ...

Licht

Es ist Sonntag heute, Sonntag und nicht Samstag, nicht erst Samstag und morgen ist vielleicht Montag und dann geht wieder die Woche los und alles geht wieder von vorne los und die ganze Woche lang. Vorwärts, Sonntag, zeig was du kannst! ... Ich habe damals den Zehnplattenwechsler bekommen, als ich siebzehn wurde, ich, Insa Breydenbach, zu ihrem siebzehnten Geburtstag, Zehnplattenwechsler. Perpetuum Ebner. Und nicht du! Elaine. Ich kann dir nicht sagen, was Radiohören für mich damals bedeutete! Wie ich mich in das alte Radio meiner Eltern verkrochen habe, mit siebzehn, mit nichts als einfacher Bumsmusik drin, unter dem magischen Auge, ich, nicht du ...! *Intoniert leise einen Schlager aus vergangenen Tagen*

ELAINE Mutter, zieh bitte den Stützstrumpf an.

INSA Unter dem magischen Auge ...! *Sie steht auf* Ich will mich feierlich entkleiden. Ich will meine Arme ausbreiten und in den stillen Wassern meiner Kindheit untergehen. Ich steige hinab, ich schwimme, ich löse mich auf in allem, was ich gewesen bin. Woher ich kam und was vor mir war.

ELAINE Laß es doch bitte, Mutter. Zieh dich nicht wieder aus. Wir sind im Haus. Es gibt hier kein Wasser.

INSA Tochter! Führ mich hinunter zum Fluß. Ich will schwimmen. Ich bin nicht sicher auf den Beinen.

Elaine führt ihre Mutter zu einer Chaiselongue.

In deiner Gegenwart betrinken sich die Menschen. Ist dir das schon aufgefallen? Es ist, als empfänden sie an deiner Seite ein schreckliches Unbehagen. Ein Gefühl von abgründiger Leere, das sie zu betäuben hoffen.

ELAINE Deine Kälte, Mutter, deine verdammte Kälte. Wie kann ein Mensch soviel Kälte ausstrahlen?

INSA Kälte? Glaube ich nicht. Kann nicht sein. Du spürst etwas, das es bei mir nicht gibt. Du w i l l s t es spüren, damit du davon sprechen kannst. Ich habe nichts von dir. Von dir habe ich nichts Gutes zu erwarten. Du, selbst glücklos und bitter, lebst förmlich auf, wenn du ein bißchen Unglück bei jemand anderem entdeckst.

ELAINE Ich würde mir die blauen Schnüre aus dem Bein ziehen lassen.

INSA Es sind Zornesadern. Sie gehören eigentlich auf meine Stirn. Du lauerst auf jedes kleine Malheur bei mir. Könnte nicht was Schlimmes daraus werden? Was schönes Schlimmes. Jede Unpäßlichkeit rechnest du hoch zur Todkrankheit.

ELAINE Mutter, ich bitte dich …

INSA Ich bin den ganzen Tag auf den Beinen. Der Hof, die Pension haben mich zerrüttet. Ich hätte längst weggehen müssen. Die Menschen kommen nicht mehr hierher. Die Freunde, die Gäste, wo sind sie? Alle verschwunden. Ich bin allein. Ich hätte weggehen müssen. Statt dessen richte ich untertänige Schreiben an den großen Haufen fehlender Gäste. »Liebste Zufälle!« … »Geneigte Unmenge möglicher Einkehrer!« »Verehrte Niegesehene!« »Hochgeschätzte Vorbeireisende!« »Mein Herz gehört euch, ihr Vielen!« Ich aber habe meine Tochter und keine Leute. Was hörst du von Philipp?

ELAINE Oh, ich bin nicht mehr mit ihm zusammen.

INSA Nicht mehr? Schon wieder vorbei? Das sagst du so leicht, als sei auch *der* wieder glücklich überstanden.
Und wieviel Mühe hat es gekostet, mich auch an diesen Menschen zu gewöhnen! Mich daran zu gewöhnen, daß es nun *diese* euch *beide* gab, die man bei Tisch in ständigem Wechsel anreden und anschauen mußte. Damit er nur ja nicht glaubt, ich könne ihn nicht leiden oder könne ihn nicht für voll nehmen. Ein solcher Stiesel, wie der einer war!

ELAINE Mutter, ich bitte dich ...!

INSA Und ich sprach ihn an wie einen vertrauten Menschen, einen Freund, einen Bruder im Geist. Schon wieder weg! Gerade hatte man sich daran gewöhnt, daß man auch den noch in Kauf nehmen mußte. Man hatte sich ihm zugewandt wie einem Menschen, der zur Familie gehört.

ELAINE So gesehen, ja.

INSA Man hatte sich miteinander vertraut gemacht und diesen Fremden im Eilverfahren zum Mitwisser einiger schwerwiegender Entscheidungen, einiger nicht geringer persönlicher Nöte gemacht. Und mit einem Bündel intimer Geständnisse im Gepäck ist er nun auf und davon.

ELAINE Zurück zu den Fremden! Untergetaucht in der Woge der Allerweltsgesichter.

INSA Ein Tropfen im grauen Meer der Millionenstadt.

ELAINE Oder das.

INSA Jemand, den man nicht einmal wiedererkennen würde, wenn er vor einem die letzte Karte an der Opernkasse löst, bevor die Vorstellung ausverkauft ist. Während er sehr genau wüßte, wer da hinter ihm steht. Sich nur zu gut erinnerte, von wem ihm soviel Geheimes, soviel Intimes und nicht für seine Ohren Bestimmtes mitgeteilt wurde. Ahnungslos schlösse man auf hinter seinem ärgsten, intimsten Mitwisser, nur um dann zu erfahren, daß tatsächlich die Vorstellung ausverkauft, und er, ausgerechnet er, der letzte gewesen ist, der hineinkam! Jeder, morgen, neben dir auf der Post, der Bank, dem Einwohnermeldeamt könnte dein verflossener Philipp sein: der letzte vor dir, der noch abgefertigt würde vor Dienstschluß!
Wir haben die Kerle gar nicht erst an uns rangelassen damals. Einen nach dem anderen rausgeschmissen, wenn sie sich's bequem machen wollten.

ELAINE Dafür sind wir jetzt sehr, sehr allein.

INSA Du bleibst an keinem hängen. Du hängst eben an mir. Du hängst hier immer noch rum. Du bleibst da. Du ziehst nicht aus. Niemals wirst du von hier weggehen. Ich ziehe um, von der alten Schmiede ins Haupthaus. Du wieder mit. Ich buche meinen Urlaub auf Elba. Du wieder mit. Rausgeschmissen gehörst du. Mit achtundzwanzig Jahren.

ELAINE Es sind, primitiv gesagt, eher gutmütige Männer gewesen, die ich getroffen habe. Sehr positive Männer. Männer ohne jeden Hintergedanken. Ohne jede Absicht, mir weh zu tun.

INSA Es ist, primitiv gesagt, ein schlechtes Jahr für uns. Für uns beide. Fürs Land draußen. Vielleicht kommt der Regen erst im Herbst. Vielleicht kommt er gar nicht.

ELAINE Vielleicht fällt irgendwann ein einziger Mammuttropfen vom Himmel, und alles hätte sein Ende.

INSA Verdorren dürsten darben. Hitzeöde. Der Boden trocknet aus. Die Weide blaß wie eine alte Hundeschnauze. Der Weizen magersüchtig.

Pause

ELAINE Ich bin eben jemand, mit der andere nicht gleich etwas anfangen können.

INSA Sie können deinen Typ nicht einschätzen, Kind. Dein Typ ist ihnen nicht geheuer. Du solltest offen darüber nachdenken. Du mußt dich fragen: Wer bin ich genau? Wofür stehe ich? Was macht mich unverwechselbar? Was ist mein Logo? Was fällt Männern zuerst ein, wenn sie an mich denken? Wofür lieben, wofür hassen sie mich? Das sind Fragen, die mußt du dir glasklar beantworten. Sonst bekommst du deinen Typ nicht in den Griff. Sagt man noch: Typ? Ich glaube, man sagt heute nicht mehr: Typ.

ELAINE Weißt du, ein Mann, der für mich eine Offenbarung wäre, muß einfach anders aussehen als dieser Philipp. Das sage ich, ohne dir nach dem Mund zu reden.

INSA Das sagst du jetzt. Du hast einen Hang zu Nägelkauern. Du bringst seit Jahren nur verklemmte Liebhaber nach Haus. Sortier sie vorher besser aus. Halbglatze und Dürrfinger laß erst gar nicht an dich ran. Die sind nicht gut für dich. Ich glaube nämlich, ich habe den richtigen für dich gefunden. Du kennst ihn. Mühlengeti aus der Kreisverwaltung. Er will mich. Aber ich lasse ihn dir.

ELAINE Mutter, ich bitte dich ...!

INSA Nichts zu danken. Heute nacht im Traum bin ich meiner Lebensfeindin begegnet. Ich rannte über eine Brücke. Ich rempelte versehentlich eine Passantin an. Die Frau geriet außer sich. Ein Fluchen und Verrücktes geiferte aus ihrem Mund. Sie tat, als hätte ich sie bei einem heiligen Ritus gestört. Es war aber Lissie Kelch, die da herumstreunte. Die Frau meines Mannes. Eine verwahrloste Person, eine zottlige bag lady. Ich fragte sie nach Henrik – meinem Mann, deinem Vater. Sie begann unverständlich zu reden, sie verstellte ihre Stimme, um mir klarzumachen, daß sie für mich nicht mehr erreichbar sei. Ich wollte irgend etwas über den Mann erfahren, den ich vor vielen Jahren an sie verloren hatte. Aber sie krächzte nur: »Ach dieser protestantische Wurm. Diese Küchenschabe von Geist. Ich habe ihn niemals verstanden. Er hat mich unentwegt mit intellektuellen Geräuschen belästigt.« Er war immerhin der Vater ihres Sohns. Und der Vater ihres Sohns ist auch dein Vater.

ELAINE Vielleicht, wenn du jetzt in Stimmung kommst ...

INSA Elaine! Zweimal in meinem Leben war sie: die andere!

ELAINE ... verrätst du mir ein bißchen mehr von meinem Vater?

INSA Bei zwei Männern, die ich liebte, kam sie dazu und war: die andere. Mischte sich ein. Saugte sich fest. Konnte nicht anders. Ein Dämon. Ein Parasit.

ELAINE Da hat man dann keine Chance mehr. Und mein Vater hat nicht mit sich gekämpft?

INSA Du brauchst nichts von ihm zu wissen. Ich weiß zu gut, wer dein Vater war. Jemand, der gar nichts von Frauen verstand.

ELAINE Du hast gesagt, er sei in den Armen einer Hure gestorben.

INSA In den Armen einer Furie habe ich gesagt. Ich bin immer die Gute gewesen. Lissie war vom bösen Fach. Sie trieb jeden Mann zur Verzweiflung. Sie tat ihm weh. Sie brachte ihm Unheil ... Aber du – du bist nur ein spätes Mädchen. Du kannst dir eine weibliche Großmacht wie sie gar nicht vorstellen. Du bist eine Versagerin. Gott, warum muß ich dich quälen?

Warum muß ich dich immerzu quälen? Ich glaube, es ist nur – weil sonst keiner da ist. Freunde. Männer. Partner. Ich kann es nicht ertragen, daß keiner mehr da ist. Dies furchtbare Bedürfnis, umarmt zu werden, das durch jeden Händedruck, jeden flüchtigen Wangenkuß nur noch schlimmer wird. Dies qualvolle Bedürfnis, ganz in die Arme genommen, liebkost, gestreichelt: besessen zu werden … Erst wird man bissig, dann biestig, zum Schluß bestialisch. Man geht gegen das Liebste vor, das man noch hat: gegen die eigne Tochter. Ich fürchte, ich sage das alles nur, um dich gegen mich aufzubringen. Du bist so müde und so faul.

ELAINE Ich bin niemand in deinen Augen.

INSA Eine Last. Eine zusätzliche für mein Gewissen. Alle sind sie gekommen und wieder gegangen. Nur du – du bleibst immer da. An dir erkenne ich, was mir fehlt. Bleibst du denn ewig bei mir, Elaine? Mein Veilchen. Bis du verblüht bist?

ELAINE Ich denke, du fürchtest dich vor der Einsamkeit.

INSA Du bist die Stille. Alle Welt macht was von sich her, aber du bleibst die Stille. Du machst deine Meditationen. Deine Hundertmeterläufe. Das genügt heute nicht mehr. Man muß sich auch mal hinstellen und brüllen, ganz laut Scheiße schreien. Lies nicht schon wieder. Sprich mit mir. Geh aus dir raus. Laß dir was einfallen.

3
Störung

Insa und Elaine am selben Ort. Vielleicht eine Andeutung von Rezeption. Jedenfalls ein kleiner Schlüsselkasten, in dem zwölf Schlüssel hängen. Die Tochter blättert in einer Veranstaltungsbroschüre.

INSA Ist das Zimmer für Marc bereitet? Marc Pulzcynski. Er hat sich angemeldet, dieser Tage, für heute oder morgen. Wie jedes Jahr. Der letzte Einzelgast. Wären nicht die festen Reisegruppen, Betriebsausflüge im Frühjahr und Herbst, ich wüßte nicht, wie ich die Pension noch halten sollte. Das war einmal ein Haus für Stammgäste. Wie gut fing es an nach der Wende! Ich schreibe immer noch an die hundert Weihnachtskarten jedes Jahr. An die hundert! An all die ehemaligen Stammgäste, ein Stamm, den die Axt der schlechten Jahre gefällt hat. Keiner bedankt sich auch nur. Keiner läßt mehr von sich hören. Geschweige denn: er käme. Reservierte. Kreuzte einfach mal wieder auf. Marc. Der einzige, der letzte.

ELAINE *liest in der Broschüre* In der Stadt gibt es eine interessante Ausstellung. Sie heißt: The remains of the future. Was von der Zukunft übrigblieb. Das müßte Marc interessieren. Er ist doch Architekt.

INSA Mathematiker im Grunde. Elaine? Ich habe mit meinen Lebensgeistern verhandelt. Sie sagen: Insa, du hast noch eine Umarmung frei. Eine einzige, eine letzte. Es wird Marc sein. Marc habe ich nie geliebt. Wir sind uns mit den Jahren näher und näher gekommen. Aber es hat nie die geringste Berührung zwischen uns gegeben. Diesmal wird es passieren. Diesmal werde ich ihn bitten. Oder es wird einfach passieren. Wir werden eine feierliche Hochzeit haben.

ELAINE Aber man weiß gar nicht genau: hat er es überhaupt mit Frauen?

INSA *läßt mit vorbeistreifendem Finger alle Schlüssel im Kasten klingeln.* Das werde ich in einem Putsch gegen unsere Freundschaftsfreundlichkeiten, in einem Putsch, der ihn bei unserem allabendlichen Schachspiel überraschen wird, sehr schnell herausfinden. Ich putsche gegen seine Verschwiegenheit. Seine Diskretion. Seine Schüchternheit. Seine unergründliche Anhänglichkeit.

ELAINE Im Handstreich. Einen Mann, den man seit elf Jahren kennt, im Handstreich erobern?

INSA Jede Frau kann so etwas. Es gibt ja schon eine stillschweigende Vereinbarung zwischen Marc und mir. Sie lautet kurz und bündig: Ja. Das Ja muß man nicht aussprechen. Im letzten Herbst nickten wir beide uns zu, ja, hieß das, das nächste Mal wird es endlich soweit sein. Wenn er kommt, weiß er schon: diesmal ist es soweit. Diesmal schlafen wir miteinander. Ich will versuchen, es ihm so angenehm wie möglich zu machen.

Elaine *liest in der Broschüre* Zu dumm!

Beide setzen sich

Insa Meine Dummheit? Meine Großzügigkeit, solltest du sagen. Meine Dummheit. Wie leicht sagt sich das.

Elaine Ich habe nichts von Dummheit gesagt.

Insa Ja, meinetwegen, nenne es ruhig Dummheit.

Wenn es dir Vergnügen macht, die Dummheit deiner Mutter anzuprangern. Es trifft mich nicht. Du willst eigentlich von meiner Großzügigkeit sprechen. Meiner Großzügigkeit in allen menschlichen Angelegenheiten. Ich lasse fünfe gerade sein, wo sich das gehört. Wo es mir vernünftig erscheint. Es hat mir nichts genützt, ich bin allein. D a s ist meine Dummheit.

Elaine Ich habe nicht von deiner Dummheit gesprochen, Mutter.

Insa Laß nur, ich weiß, was du meinst. Es ist wirklich meine Dummheit. Oder Großzügigkeit, nenn es, wie du willst, sie hat mir nichts genützt. Ich bin allein. Ich bin müde.

Elaine nimmt die Mutter beim Arm

Wohin führst du mich?

Elaine Ich führe dich nicht.

Insa Man muß seiner Spur folgen. Darf seine Spur nicht verlassen, bis zum Ende. Aber das Furchtbare ist: ich sehe meine Spur nicht. Ich finde sie nicht. Nicht vor, nicht hinter mir. Ich weiß nicht, wo sie geblieben ist.

Elaine Geh weiter. Geh nur. Ich sehe deine Spur.

Insa Du siehst sie?

Elaine Ich sehe sie bis zum Ende.

Insa Du siehst so was noch. Du kannst noch voraussehen. Ich kann es nicht mehr.

Elaine Ruh dich aus, Mutter. Ich fahre in die Stadt. Bin morgen mittag wieder da. Brauchst du etwas? Dich sehe ich voraus. Dich ja.

Insa *legt sich auf eine Chaiselongue* Sieh erst nach, ob Marcs Zimmer auch wirklich in Ordnung ist …

Elaine *auf einmal heiter* Pulczynski. Mühlengeti. Was für unsinnige Namen! Insa. Elaine. Das klingt doch nach was.

Sie geht ab. Phantasierte Geräusche im Hintergrund. Türenschlagen. Möbelrücken. Rufe. Faxgeräte. Autohupen.

Insa *dösend* Hoffentlich kommt ihm nichts dazwischen. Jede Sekunde kann einem was dazwischenkommen. Eine Ader platzt, ein Gesprächsfaden reißt, eine Fähre versinkt, eine Tür schlägt zu, ein Mensch zerbricht … Störungen über Störungen. Die Mokkatassen zittern im Schrank, als ob eine U-Bahn unter dem Hofplatz führe … Der Geist eines Hundes trottet durchs Zimmer. Sein Umriß ist aus Leuchtdraht geformt … Ich arme Frau, den Kopf voller Gespenster. Nämlich die Zeit war der Hund der Götter. Und als die Götter alle vertrieben und verschwunden waren, da lief dieser Köter herrenlos, verwildert und hungrig jaulend rund um die Welt. Da er keinen Brocken von der Goldenen Dauer mehr fand, die ihm die Himmlischen einst zuwarfen, fraß er nun die Wochen und die Tage, sogar die Minuten und die Sekunden, und dann die klitzekleinen Augenblicke. Und doch wurde er immer magerer …

Im Hintergrund erscheint Elisabeth Kelch, die Lissie genannt wird.

Lissie Stöööre ich?
Insa Lissie?
Lissie Hier wohnst du jetzt?
Insa Lissie? Bist du das wirklich?
Lissie Wie kahl ist der Ort. Du hast dich nicht verändert.
Insa Das sagst du nur, damit ich von dir dasselbe sage.
Lissie Laß dich anschaun.
Insa Was gibt's Neues?
Lissie Mich.
Insa Wo ist mein Mann?
Lissie Ich sehe ihn nicht mehr.
Insa Nein. Er ist ja in deinen Armen gestorben.
Lissie Henrik lebt nicht bei mir.
Insa Willst du damit sagen, er lebt?
Lissie Irgendwo in der Millionenstadt wird er wohl leben. Allein. Oder bei einer der vielen Frauen, die so was gebrauchen können. Es ist mir aber auch egal, ob er lebt oder nicht.
Insa Das war es dir nicht, als du ihn mir wegnahmst.
Lissie Es ist lange her.

Insa Er ist nicht in deinen Armen gestorben?

Lissie Nein.

Insa Für mich war er immer in deinen Armen gestorben. Ist er gar nicht?

Lissie Nimm mich auf, Kleine. Ich bin völlig ausgepumpt. Ich habe gestern meine Stadtwohnung vermieten müssen. Ich weiß nicht wohin. Ich muß mich von unten bis oben neu zusammensetzen. Nimm mich auf. Nur für ein paar Tage.

Insa Bei mir kostet die Übernachtung 38 Euro das Einzelzimmer. Einschließlich Halbpension. Und dein Sohn, warum nimmt der dich nicht auf?

Lissie Timm hat selber nichts. Er wohnt bei Freunden.

Insa Timm heißt der Sohn meines Mannes. Und sein Vater? Kümmert sich nicht?

Lissie Er war ein schlechter Mann. Ich dachte, der Junge sollte nicht in seiner Nähe aufwachsen.

Insa Wenn er schlecht war, dann muß es an dir gelegen haben. Bei mir war er gut.

Lissie Wenn er bei dir gut war, heißt das nicht, daß er für mich gut genug war.

Insa Ich nehme an, er war nicht schlechter bei dir als bei mir. Aber deine Liebe war schlecht, denn du stahlst sie uns, meinem Mann und mir. Aber der Raub hat sich nicht ausgezahlt. Am Ende von allem kommst du zu mir. Kommst du angekrochen.

Lissie Ich habe dich damals nicht betrogen. Henrik hatte genug von dir.

Insa Du sagst das. Du, die beinahe jede Ehe zerstörte, mit der du flüchtig, nur flüchtig, in Berührung kamst. Nur Gebrauchte konntest du kriegen. Gebrauchte, ausgediente Ehemänner, Ramsch.

Lissie Henrik hätte alles mit mir machen können. Alles. Ich liebte ihn einfach. Ich war verrückt nach ihm. Kaum zu glauben. Ich war ihm restlos verfallen.

Insa Du mußtest jemandem etwas wegnehmen, um echte Gefühle zu haben. Du hättest nie bei einem Freien etwas gespürt! Nie! Orgasmus nur bei Ehebruch. Ohne Raub, ohne Betrug wärst du frigide geblieben. Niemanden konntest du lieben, der nicht einer anderen gehörte. Keine Liebe kanntest du, die nicht einen dritten quälte.

Lissie Und er hatte doch dieses ansteckende Lachen! Mit keinem habe ich gewaltiger gelacht als mit Henrik. Wir haben uns geschüttelt und gebogen vor Lachen, am Boden gewälzt, buchstäblich halbtot gelacht, damals. Wahrscheinlich könnten wir uns heute wegen erhöhten Blutdrucks ein solch gewaltiges Gelächter gar nicht mehr leisten. Aber irgendwann war er kaputt, zerstört. Schade.

Insa Mich konntest du nicht zerstören. Deshalb hängst du an mir. Deshalb sitzt du heute wieder hier. Weil du mich damals nicht zerstören konntest. Das läßt dir keine Ruhe. Das wird dir keine Ruhe lassen bis zum Schluß.

Lissie Ich hab's hinter mir, Insa. Alles in allem. Es war genug. Es reicht. Zuviel Kommen und Gehen. Nehmen und Lassen. Zuviel Fremde, Fremd-Körper, möchte man sagen. Unhygienisch im Grunde. Von heute aus gesehen.

Insa Du bist mir zweimal im Weg gestanden. Mit vierundzwanzig. Mit dreißig.

Lissie Manchmal standen wir auch gemeinsam vor einer verschlossenen Tür. Einem geheimen Zimmer.

Insa Du hast dich immer schamlos betragen.

Lissie Du hast dich lieber im Dreck gewälzt. Insa, die Hohe. Immer bereit, sich zu erniedrigen. Sich fallenzulassen in den Suff. In die Selbstzerfleischung. Ich erinnere mich an finstere Zimmer, Drecklöcher, vermüllte Ecken, wo du halb begraben lagst unter einem Hügel von Tablettenröhren. Ich habe dich nie im Stich gelassen, Kleine.

Insa Am Anfang von allem kamst du. In der Mitte von allem kamst du. Und nun kommst du ein letztes Mal.

Lissie Jede von uns beiden wird versuchen, die andere zu erledigen, bevor die eigenen Kräfte sie verlassen.

Insa Du konntest dich nie damit abfinden, daß es mich gibt.

Lissie Du hast mich gesehen und wolltest nicht, daß es mich gibt.

Insa Jetzt da die meisten von uns hinüber sind, weg, gestorben, verschwunden, wiederverheiratet, verspießert und verkegelt, jetzt haben wir freie Bahn. Jetzt können wir ungehindert aufeinander los.

Lissie Nachdem du deine Spiele verloren hast und ich alle meine Spiele verloren habe, bleiben nur wir beide übrig für eine letzte Partie.

INSA Jedesmal wenn sich am leeren, unabsehbar leeren Horizont etwas zu bewegen scheint, ein Mensch hervortritt – ah, kommt da nicht jemand? Wer kommt denn da? – etwas bewegt sich in weiter Ferne, kommt näher und näher. Und wenn es dann so aussieht, als ob endlich ein neuer unbekannter Mensch auftaucht, auf mich zu kommt, so bist es am Ende doch wieder du. Und noch einmal du.

LISSIE Wir sind allein. Du und ich. Zwei Herrscherinnen in ihrem kleinen grenzenlosen Binnenreich. Mit seinen Binnengesetzen. Seinen Binnenlügen. Und Binnenschlachten. Kein Fremder taucht mehr auf am Horizont.

INSA Paß auf. Es kommt noch jemand von außen. Jemand, der urplötzlich, kurz vor Toresschluß, ganz einfach unverhofft vor mir steht. Auftaucht und dableibt. Ich habe noch einen frei. Eine Umarmung habe ich noch frei.

LISSIE Wer sagt dir das?

INSA Die Karten sagen es. Meine Lebensgeister. Die Sterne wissen es. Meine Tochter. Unser Blut weiß es. Es liegt in unserem Blut.

LISSIE Was suchst du nur? Ich bin alles, was du brauchst. Willst du lieber allein zugrunde gehen?

INSA Ich bekomme ihn nicht aus dem Kopf. Es muß ihn geben. Es gibt ihn. Den einen, dem ich trotz allem, trotz allem gefalle. Dir gefalle ich nicht. Dir will ich auch nicht gefallen.

LISSIE Drei sichere Häfen standen dir offen. Drei sichere Häfen für später einmal. Der Marktforscher, der Beschichtungstechniker, der Winzer.

INSA Wem hab ich nicht schon gelauscht?! Wem nicht alles. Und wie viele Fragen hatte ich erwartet in meinem Leben! Aufrichtige Fragen, schöne Fragen. Nur an mich gerichtet. Sie hätten mich aufschließen können wie eine Schatztruhe. Aber leider wurden mir nur Fragen gestellt, die sich letztlich von selbst beantworteten.

LISSIE Mit dem Ökologen waren wir naturverbunden. Mit den Körnerfressern pickten wir wie die Hühner unsere Nahrung auf. Mit dem Trinker tranken wir uns fest. Mit dem Indienfahrer kehrten wir aus Indien zurück. Wir forschten mit dem Mikrobiologen und wir duckten uns hinab ins Pygmäenreich der Informatiker und Netzwerker. Wir hatten Geduld neben dem Angler, und wir schnitten auf mit dem Aufschneider …

INSA In Zürich heilten wir einen Maulhelden …

LISSIE *legt ihre Hand unter Insas Kinn* Wir beide werden nun alt, Kleine. Bald hält die Stützbinde dein Kinn. Einige bittere Winkel, einige Kerben und Gruben habe ich dir ins Gesicht gedrückt. Ich habe dir einiges Aussehen verschafft!

INSA Ich unter deinem Auge. Elefantenauge, umgeben von uralten Ringen und Rillen.

LISSIE Der Elefant weiß, der Mensch weiß zuviel.

INSA Ich habe immer auf den großen Umriß reagiert. Beinah wie ein Tier. Der Mann im Detail war nie mein Zielgebiet.

LISSIE Denk dran, was du alles hinter dir hast. Denk nicht dran, was dir gerade fehlt. Das hilft. Sprich von dem, was du seit langem weißt. Sprich nicht davon, was dir gerade auf den Nägeln brennt.

INSA Nur gibt's auf einmal diese Lebensgeister, die mir zu schaffen machen. Die mir überall auflauern. Das kleine haarige Spitzohr, das hinterm Spiegel hervorlugt. Morgens im Bad, abends am Kamin. Später im Bett. Ein Mäulchen, das sich die Lippen leckt. Es gibt den Faun, der junge Mädchen erschreckt. Und es gibt den Faun, der ruhige Frauen in süße Erinnerungen stürzt.

LISSIE Ich hab's hinter mir. Mir fehlt kein Mann. Dir fehlt er. Ich finde, daß du ein bißchen verloren hast, seitdem du zu niemandem mehr aufschauen kannst. Dein Hirn war doch immer ein saugkräftiger Schwamm.

INSA Kommen jetzt erst die Jahre, die zählen! Ich bin noch gut beieinander. Dein Mitgefühl kannst du dir sparen. Ich bin da, wo ich immer war. Vorn. Ganz weit vorn. Ich habe kein Interesse an faulen Kompromissen.

LISSIE Wie war das mit deinen Gedächtnislücken, Insa? Früher, in Gegenwart deines Mannes, entfiel dir jedes zweite Wort. Unentwegt mußten wir das hören: »Ich komme jetzt nicht darauf!« … »Das Hmhmhm … Hilf mir doch!« Seine Frau eben. Ganz die Seine. Brauchte es nicht zu wissen, denn er wußte immer Bescheid. Wie schamlos hast du dein schlechtes Gedächtnis ausgespielt! Wie ungeniert hast du dir das Wort aus dem Mund nehmen lassen! Nur um bei ihm diese spießige

Vorlust hochzukitzeln, wenn er dich nach Strich und Faden belehren durfte.

INSA Dich habe ich festbinden müssen, am Stuhl fesseln, vor ihm. Denn du warst wie ein greifwütiges Tier. Alles mußtest du anfassen. Fassen, fassen.

LISSIE Wie zwei unartige Schwestern saßen wir vor ihm auf unseren Stühlen. Angebunden. Und du warst das Tier der Traurigkeit. Gefesselt, damit du nicht vor Trübsinn zu Boden sankst.

INSA Und du gefesselt, damit du nicht alles zerstörtest mit deinen Schraubstockhänden, mit deinen Stahlkneiferklauen.

LISSIE Er selbst aber war doch nur ein feuerrotes Arschloch.

INSA Was hörst du von ihm? Wann hast du ihn zuletzt gesehen?

LISSIE Henrik? Nie wieder. Timm hat ihn gesehen. Vor ein paar Wochen. Zufällig auf der Straße. Jemand, der aufgegeben hat. Aus der Traum von der akademischen Karriere. Schon am Vormittag schlurft er zu Aldi rüber, um sich das Brot, die zwei Sardinenbüchsen und den Rotwein für den Abend zu beschaffen. Nachmittags sitzt er gern im Münz-Waschsalon und sieht sich junge Frauen an. Angeblich hat er immer noch die Gewohnheit, sich ohne jeden äußeren Anlaß mehrmals am Tag die Hände zu reiben, als freue er sich diebisch auf irgend etwas. Oder als stünde er kurz vor einem tatkräftigen Einsatz. Hör mal, Henrik, ich frage dich: War's das? War das dein Leben? War das alles? Kein Kommentar, sagt er, hebt abwehrend die Hand und schlurft weiter zu Aldi rüber.

INSA Ich glaube aus tiefster Seele an deinen Untergang. Ich sehe dich stürzen, ich sehe dein Kleid in Flammen stehen.

LISSIE Ich sehe dich in deinem veilchenblauen Frühlingskleid und liebe dich! Reiß mir den Teufel aus dem Nacken. Hilf mir, dir ein guter Mensch zu sein.

INSA Warum weinst du?

LISSIE Es rührt mich, wie wir miteinander reden. Ich habe fünfzehn Jahre lang für die Sendung R i t u s gearbeitet. Ich lieferte Berichte aus der Welt der Architektur, Ausstellungen etc. Es wird dir nicht weiter aufgefallen sein.

INSA Ich habe jede Sendung gehört. Auch deine Artikel gelesen. Sorgfältig.

LISSIE Ich hatte ein Fixum. Das glich in etwa die Miete aus. Es half. Letzte Woche erhalte ich ein Schreiben der Redaktion, daß man in Zukunft auf meine Mitarbeit verzichten muß. Einsparungen wie überall. Aber auch sonst. Es sei nun eben genug. Findest du, ich sollte mir das einfach gefallen lassen?

INSA Was willst du tun? Du bist eine schlechte Architekturkritikerin. Von heute auf morgen kann man dich feuern. Es bleibt dir nichts übrig, als dir zu sagen: Ja, ich war eine schlechte Kritikerin, ich bin jetzt draußen. Da gibt's Jüngere, die machen es besser als ich. Ihr habt die Macht. Ihr schmeißt mich einfach raus. Dann gehe ich eben.

LISSIE Das soll ich mir sagen? Was hätte ich damit gewonnen? Du weißt offensichtlich nicht, wie mir zumute ist! Du erkennst meine Lage nicht!

INSA Ich kenne dich. Ich weiß, daß du nicht begabt genug bist für diese ... diese Beschäftigung. Ich weiß, daß du viele Schläge hinnehmen kannst. Deshalb denke ich, daß du auch diesen letzten noch hinnehmen solltest.

LISSIE An meiner Stelle ... würdest d u etwa an meiner Stelle, würdest du da lammfromm den Kopf hinhalten und zu allem ja sagen? Deine Sachen packen und still ein paar Tränen verdrücken?

INSA Habe ich das gesagt? Du hast nicht nach mir gefragt. Ich würde mir von einem guten Freund eine kleine Handfeuerwaffe besorgen, einen Termin mit der Chefredakteurin vereinbaren und ihr kurz nach Beginn einer ruhigen Aussprache ein Loch in die Stirn schießen. Und anschließend mir selbst. Es ist immer die Frage, wie jemand mit seinen letzten Möglichkeiten umgeht.

LISSIE Meine letzten Möglichkeiten? Jetzt fängt es an weh zu tun. Ich frage dich etwas, ich bin verzweifelt –

INSA Bist du verzweifelt? Ich habe nicht genau hingesehen. Warst du verzweifelt, als du herkamst ...?

LISSIE Unterbrechen wir?

INSA Meinetwegen. Unterbrechen wir.

Sie verlassen ihre Positionen und gehen in den Hintergrund.

4
Marter

Früher Morgen. Schwamm und Nagel (eine junge Frau und der Mann, der vorher als Ein Verkäufer auftrat) werden nach einem gemeinsamen nächtlichen Barbesuch von Timm Kelch in seiner WG-Wohnung bewirtet. Er steht neben dem weit geöffneten Kühlschrank, so daß die Bühne und die beiden Gäste am Tisch von dessen Innenbeleuchtung in ein seltsames Licht getaucht werden.

TIMM Und du, Herr Nagel, was möchtest du? Such dir was aus. Bitter Lemon. Rum. Whisky. Milch. Cola. Aprikosensaft. Mozzarella. Parmesan.

NAGEL Ich heiße nicht Nagel. Ich bin Der Nagel. Hast du irgendeinen Vornamen an mir entdecken können? Hast du jemanden gehört, vorhin in der Bar, der mich beim Vornamen genannt hätte?

TIMM Nein. Ich heiße aber Kelch. Ich bin nicht Der Kelch. Ich heiße nur so.

SCHWAMM Vielleicht bist du aber von fern noch verwandt mit Dem Kelch an sich?

NAGEL Es ist ja so, ich nehme an, darüber bist du dir noch nicht im klaren. Es ist ja so, daß der Geist der Dinge danach strebt, sich in Menschengestalt zu manifestieren. Es gibt Leute, die heißen, sagen wir Mauer. Aber es gibt einen einzigen unter ihnen, nur einen, der i s t Die Mauer.

TIMM Ich fürchte, ich glaube, ich bin nicht Der Kelch.

SCHWAMM Aber ich bin Der Schwamm. Für den Schweiß und den Schmutz. Durch mich geht der Dreck hindurch. Löchrig bin ich und weich. Die Flecken der Freude, der Gier und des Totschlags sauge ich auf. Das von den Menschen Verschüttete wische ich fort, behalte es und gebe es leicht wieder von mir. Ich bin nur ein Durchgangsding. Innen hohl, voller Saugkraft, lasse ich alles von mir, wenn man mich wringt und preßt.

NAGEL Ich bin Der Nagel, der zusammenhält, und ich bin der Nagel, der verletzt. Der Nagel, mit dem man zimmert, und

Der Nagel, mit dem gekreuzigt wurde. Der Nagel, an dem das Bild hängt.

SCHWAMM Der Nagel eben. Gut und schlecht zugleich wie alles übrige auf dieser Welt.

TIMM Was spürst du? Klopfen, eindringen, festsitzen?

NAGEL So in etwa. Ich spüre auch, wenn es ans Herausziehen geht. Ich leide dann unter Krümmungsängsten.

SCHWAMM Aber hast auch deine Glatt-, Gestreckt- und Gradseinsfreude!

NAGEL Ein gutes Glättegefühl, schwer zu beschreiben, wunderbar.

TIMM Rost?

NAGEL Denk ich nicht dran.

SCHWAMM Du, als Kelch, kannst dir auch welchen holen.

TIMM Ich bin nicht: Der Kelch. Ich bin es einfach nicht.

SCHWAMM Wir haben uns in einer Bar kennengelernt, in der traditionell nur Dingmenschen verkehren. Das ist doch jetzt ein Trick von dir oder irgendeine Krise, daß du uns in deine WG einlädst und am frühen Morgen auf einmal behauptest, du hießest bloß Kelch, und das wär alles. Und Norbert noch dazu, wie?

TIMM Timm. Ich wußte es nicht. Ich wußte es nicht. Vielleicht bin ich auf dem Weg dahin. Aber ein Schwamm, so eine schöne Frau, und bloß ein Schwamm, der Dreck abwischt, wer möchte das sein!?

SCHWAMM Sicher. Es gibt Schöneres. Gebe ich zu. Ich tränke aber auch. Gefüllt mit Wasser, erfrische ich euch.

NAGEL Oder mit Essig.

SCHWAMM Laß es gut sein. Spotte nicht.

NAGEL Je gerader der Scheitel, um so krauser das Herz.
Je feister der Mensch, um so schlanker die Dinge.
Timm faßt Schwamm prüfend an den Oberarm
Du kannst sie quetschen, pressen, wringen, was du willst.

TIMM Also wißt ihr: ich glaub nicht dran. Möglich ist es. Schon möglich. Aber ich glaub nicht dran. Ich bin noch nicht soweit. Kann sein, kann nicht sein. Warum auch nicht. Meinetwegen. Aber ich glaub einfach nicht dran.

NAGEL Dann sieh dir bitte einmal diesen Stuhl an.

TIMM Na gut. Von mir aus. Komme, was da wolle.

NAGEL So ein Stuhl ist eben nicht bloß ein Stuhl. Wenn du genauer hinsiehst, erkennst du die Leere, die auf dem Stuhl sitzt. Die Leere sitzt breit wie nur irgendwer auf dem Stuhl. Siehst du das?

TIMM *der sich den Kopf zerbricht über den Stuhl* Ich weiß nicht, man müßte ... Paßt mal auf: vielleicht ...

SCHWAMM Der Stuhl, Die Mauer, Das Haus, Der Nagel, Der Schwamm. Es ist schwer, die Dinge zu verstehen, die schlichten, die nicht zuviel und nicht zuwenig von sich hermachen. Den Stuhl, wenn du ihn dir betrachtest, den versteht der Mensch letztlich nicht. Er steht da und zeigt dir, daß etwas nicht da ist.

TIMM Er besteht darauf ... daraus ... naja, er bedeutet eben doch etwas.

NAGEL So wie er dasteht, bedeutet er bloß: es sitzt die Leere drauf.

TIMM *geht zum Kühlschrank, dreht sich um zum Stuhl* Hej, du! Sitz nicht so breitbeinig da vor unseren Gästen!

Er holt eine Dose Bier aus dem Kühlschrank. Als er sich wieder umdreht, sitzt Elaine auf dem Küchenstuhl.

Moment! ... Hab ich dir nicht eben gesagt ... Was hab ich dir eben gesagt?!

ELAINE *legt die Beine zusammen* Ja.

SCHWAMM Hör mal, Timm, hast du nicht eben mit dem leeren Stuhl gesprochen?

NAGEL Alle Welt glaubte, du sprächst mit Gespenstern.

TIMM Naja, eben bin ich etwas kiffig geworden.

SCHWAMM Siehst du. Jemand, der etwas zu sagen hat, redet auch mit seinem abgegessenen Teller, bis er wieder voll ist.

TIMM Wie bist du reingekommen, Elaine? So spät noch?

NAGEL Ja. Es ist spät. Ziemlich spät. Aber lieber spät als gar nicht. Das ist jedenfalls meine Meinung.

ELAINE *fast für sich* Mir war kalt und meine Hand faßte immer noch kältere Dinge. Die Chromhaut der Türklinke. Den Rand des Spüleimers. Die Haut aller Dinge vergab eine eisige Kälte und sie schlich in meine Hände und hinauf bis ins Herz. Die Wächter sind schon eingeschlafen. Simon Petrus und die anderen. Die schlafen immer ein, wenn's hart auf hart kommt. In der höchsten Not fallen ihnen die Augen zu. Und der Herr hat sich entfernt, um abseits zu zittern und zu zagen, und die Jünger schlafen schon wieder ein.

TIMM Willst du etwas aus dem Kühlschrank? Aber wenn dir kalt ist, koche ich dir besser einen Tee?

ELAINE Ich versetze mich jeden Tag tiefer in Ihn hinein. Ich höre sein Gebet im Garten Gethsemane, denn er ruft es jeden Tag. Auch heute und morgen. Nimm diesen Kelch von mir. Im Garten Gethsemane, wo er der Sohn ist und sich fürchtet, keiner spricht mit ihm, alle sind müde, wo er zu Tode betrübt ist und betet, nimm diesen Kelch von mir. Du kannst es doch, Abba, dir ist alles möglich. Das ist die Stunde, wo er es dem Allmächtigen anheimstellt. Er stellt es seinem Vater anheim. Und da ist er wirklich sehr sehr traurig. Eben noch der große Verkünder und jetzt nichts als Sohn, nichts als Sohn!

TIMM Ich träume das? So was träume ich doch nicht.

Im Hintergrund erscheint eine hohe Tür, halb geöffnet, aus dem Rahmen gegenüber ragt ein langer spitzer Zimmermannsnagel hervor. Nagel und Schwamm führen Elaine zu der Tür. Sie steigt auf (unsichtbare) Tritte und läßt sich mit dem Rücken auf die Anschlagsseite der Tür festschnallen. Es wird zur Probe untersucht, ob Stirn und Nagel beim Zuschlagen der Tür auch aufeinandertreffen.

TIMM Vorsicht! Elaine! Da steht ein langer Nagel aus dem Türrahmen. Ihr solltet euch vorsehen. Was macht ihr denn da? Das ist kein Spiel mehr. Moment!

ELAINE Schlagt die Tür jetzt zu. Nagel! Schwamm! Schlagt die Tür zu. Ich bin soweit. Schlagt mit einem Schlag, mit aller Kraft. Ich bitte euch.

TIMM Nicht! Tut es nicht! Um Himmels willen: Nein!

ELAINE Jaaa ...!

Die Tür wird von den beiden zugeworfen. Als sie anschlägt, geht ein Riß durch die Wand.

ELAINE *scheint am Türpfosten festgenagelt* Es tut mir nicht weh. Gebt mir zu trinken.

SCHWAMM *reicht ihr am Ende eines Besenstiels ihre Perücke, die sie zuvor in Putzwasser tränkte.* Es tut ... mir ... nicht weh.

Das Bild erlischt langsam.

5
Sitzen

Im Vordergrund zwei Stühle. Insa sitzt, Lissie steht hinter ihr.

INSA *schaut in einen Handspiegel und pudert das Gesicht.* Wir, die einmal Lichtblicke waren. Die Wange nicht mehr ganz auf alter Höhe.

LISSIE Laß dir ein paar Goldfäden einziehen. Damit sie nicht noch tiefer sinkt.

INSA Damals du mit deinen Belladonnapupillen. Jeder Augenaufschlag eine Angriffswelle im Morgengrauen. Großoffensive. Nun setz dich zu mir. Du kannst nicht mehr huren, Lissie. Nun setz dich wieder zu mir.

LISSIE Ich bin nicht gekommen, um alte Wunden zu heilen. Ich bin gekommen, weil ich dachte, vor dir stehen, das könnte mich aufbauen, weil ich vor dir immer gut dastand.

INSA Wem habe ich gelauscht? Wem nicht alles ... Unterbrechen wir?

LISSIE So nicht. Jetzt nicht.

INSA Dann eben nicht. Weiter im Text. Was willst du von mir?

LISSIE Ich frage hier. Ich frage dich.

INSA Ich frage ja gar nicht.

LISSIE Als du dich entschlossen hast, allein zu leben –

INSA Entschlossen? Entschlossen?

LISSIE Gut. Also andersherum. Hast du jemanden? Noch?

INSA Du bist jetzt nah dran an mir, glaubst du. Bildest du dir ein. Du brauchst jetzt ein paar Sätze mehr, in deinem Alter, um näher an die Sache heranzukommen, den Sachverhalt, der dich beschäftigt. Ist es so?

LISSIE Ich bin nicht älter als du.

INSA Alt, uralt wie die Sibylle, die schrumpft und schrumpelt, ohne zu sterben, ein winziges ledernes Püppchen, das den Geist nicht aufgibt, nur immer lederner wird.

LISSIE Dein Alter ist natürlich ein besonderes Alter.

INSA Was soll daran besonders sein? Ich bin eben noch gar nicht alt.

Lissie Richtig. Du bist jetzt in dem Alter, wo du deine Besonderheiten hast.

Insa Und du? Nicht?

Lissie Ich hab's hinter mir. *Sie setzt sich*

Insa Es gibt so ein Alter, wie du's mir vorwirfst, heute gar nicht mehr. War einmal. So ein Alter ist heute keins. Das ist etwas von gestern. Erfahrungen machen jung. Das Innenleben blüht. Wie hast du hergefunden?

Lissie Ich dachte, irgendwo wirst du schon stecken. Wer weiß wo. Irgendwo werde ich dich auftreiben.

Insa Wie wir hier sitzen! Was ist das bloß? Warum bist du auf einmal da? Warum gibt es dich? Warum gibt es mich? Wie wir hier sitzen!

Lissie Was, wenn wir nicht mehr hier säßen?

Insa Es ist ja nicht das Sitzen, es ist dieses endlose Sitzenbleiben! Das war mit dir schon immer so. Man sitzt jedesmal wie seit Jahrhunderten fest mit dir.

Lissie Versuch nicht komisch zu sein.

Insa Ich b i n komisch.

Lissie Eigentlich bist du jetzt dran. Du massierst mich.
Insa steht auf, Lissie läßt ihre Schultern massieren

Insa Was hat zwei Flügel und rührt sich nicht?

Lissie Ein Fenster.

Insa Jeder Mensch sollte dem anderen ein Fenster sein.

Lissie Schöne Aussicht.

Insa Wir sind die, die wir waren. Seilhüpfende Gören all die Jahre. Die Zeit im Flug weht uns den Rock auf.

Lissie Du hast den Würgegriff schon in den Fingern, wenn du mich am Hals massierst.

Insa Lissie?

Lissie Ja?

Insa Es ist das letzte Mal.

Lissie Das letzte Mal was?

Insa Das letzte Mal, daß wir den ganzen Vormittag versitzen.

Lissie Warum glaubst du?

Insa Ich weiß es.

Lissie Es muß nicht sein.

Insa Glaub mir doch einfach mal.

Lissie Du kannst doch nicht jetzt schon Tag für Tag von irgend etwas Abschied nehmen.

INSA Laß uns endlich auf den Kalender schauen. Ein Speiseplan fehlt für die ganze Woche! Morgen kommt mein liebster Gast. Ich werde keine Zeit mehr für dich haben.

LISSIE Ich besorg euch alles aus der Stadt, frisch vom Markt. Ich helfe, wo ich kann. Seid mit mir zufrieden.

INSA Gib zu, daß du mich bestohlen hast. Es lagen 235 Euro in meinem Portemonnaie. Jetzt stecken nur noch 67 Euro in meinem Portemonnaie. Wo ist der Rest? Warum tust du das? Stiehlst, lügst, naschst an allem, was nicht dir gehört. Sag, daß du mich bestohlen hast.

LISSIE Ich habe dich bestohlen. Du merkst aber auch alles.

INSA Aber den Mann verführen, ihn einer anderen wegnehmen, das ist nicht mehr Diebstahl. Das ist fast schon Mord.

LISSIE Wenn etwas zusammengehörte, dann nicht Henrik und ich, nicht du und Henrik. Sondern immer wir beide.

INSA Du hast mit mir nichts aufgebaut. *Sie setzt sich wieder* Als meine Familie Gut Serkow zurückbekam, waren Elaine und ich allein. Wir sind aus der Stadt in den Oderbruch gezogen. Zwei Jahre haben wir von früh bis spät gebaut. Dann wurden die Nebengebäude vermietet und das Haupthaus zur Pension gemacht. Dann ist mein Kumpel krank geworden. Elaine wurde erwachsen hier, und wir hatten die große Hoffnung, daß es aufwärts geht. In dieser Gegend gibt es aber nur das große Nachlassen. Alles ist hier voller Nachlassen. Auch auf diesem Gehöft, aus dem nie wurde, was wir uns erwartet hatten. Auch drin im Haus gibt's nur noch das Nachlassen, Nachlassen bis zum Ende. Sinken, leise und langsam, Nacht um Nacht, Stüflein um Stüflein.

LISSIE Man muß sich einmal dein Leben als Gutsherrin vor Augen halten! Man muß sich vor Augen halten, wie der letzte Sproß einer vornehmen oder einstmals vornehmen Familie, ein zartes Stadtpflänzchen, alle Mittel aufwendet, um sich mit einer aussichtslosen Pensionswirtschaft zu ruinieren. Die ganze blutige Liebhaberei des Landlebens. Die erbärmliche Architektur des Umbaus. Die Verwahrlosung von Gebäuden und Gelände. Wiese und Weide zum größten Teil Brache, Tierhaltung auf drei Schafe reduziert, die Ställe abrißreif, die ehemalige Schnapsbrennerei an einen Sexualtherapeuten vermietet, der Kornspeicher an einen depressiven Polizisten, dessen Frau töpfert im Gärtnerhaus, töpfert tagelang stumm vor sich hin, weil auf dieser kostbaren Erde, auf diesem fruchtbarem Land jeder seinen Fimmel pflegt!

Insa Die Nebengebäude hat Elaine unter sich. Aber sie kümmert sich zu wenig darum.

Lissie Inzwischen, sagst du, ist es hier recht still geworden? Wie mag es erst im Winter sein?

Insa Die Tage ohne Gäste sind ja immer sehr, sehr späte Tage. Man sitzt dicht beim Radio, man hört eine Sturmwarnung nach der anderen.

Lissie Hast du was dagegen, wenn mein Sohn deine Tochter bekriecht?

Insa Dein Sohn? Wie alt? Ich habe ihn nie gesehen.

Lissie Du hast ihn nie gesehen? Timm? Du kanntest ihn als Kind. Er ist vorige Woche siebenundzwanzig geworden.

Insa Dein Sohn ist der Sohn meines Mannes. Meinst du die beiden?

Lissie Der Zufall hat's geschafft, sie haben sich gefunden. Fast ein Geschwister-Märchen. Sie ist scharf auf ihn, nicht umgekehrt.

Insa Wenn Elaine auf irgend jemanden scharf wäre, dann endlich, weißgott, wäre sie aus dem Gröbsten raus.

Lissie Kennst du sie? Brav sitzt sie neben dir am Mittagstisch. Brav bügelt sie die Wäsche. Brav schaut sie, was du brauchst. Doch in ihr stecken ungeahnte Scheußlichkeiten.

Insa Elaine mit beinah dreißig noch zu Haus! Sie wird mich nie verlassen. Ich sehe sie trampeln auf endlosen Fitneßbändern. Schlendern an endlosen Bartheken entlang, an endlosen Männerriegen. Ohne sich zu bedienen. Nicht einer, der sie mir abspenstig machen könnte. Elaine kann es nicht sein, die sich an deinem Sohn vergreift.

Lissie Aber ja. Wir rücken noch ein Stückchen näher zusammen, wir vier.

Insa Was meinst du? Mach mich nicht unruhig.

Lissie Wir haben nichts geahnt. Warum ahnen wir nichts mehr? Wenn zwei Weiber, nah beieinander, Mütter, es nicht ahnen, wer sonst?

Insa Wenn Gefahr droht. Es droht doch Gefahr, oder?

Lissie Wenn ich's nur wüßte. So wie wir reden und vor uns hinstarren, das ist an sich schon ein übles Vorzeichen.

Insa Das Schlimmste ist, wenn man's nicht mehr mitbekommt, daß irgend etwas in der Luft liegt. Altersbeschwerden.

Lissie Das Reh wittert, der Hund jault, uns trifft's unverhofft.

Insa Zwei satte Taflerinnen, die sich vom reichen Tisch nicht mehr erheben können.

Lissie Nicht mehr hochkommen. Alle Teller leer gegessen, alles abgeschleckt und aufgepickt.

Insa Die letzten Krumen vom Gedeck. Weil nun kein Gang mehr folgen wird. Und auch kein Nachschlag mehr zu erwarten ist.

Lissie Vollkommen erwartungslos, zwei leere, lange Gesichter.

Insa Und nehmen die Serviette zum x-ten Mal vom Tisch,

Lissie Wischen sich zum x-ten Mal die Mundwinkel aus,

Insa Und legen sie zum x-ten Mal geknautscht zurück.

Lissie Wehe, die eine versucht sich zu erheben. Wehe, sie versucht endlich aufstehen vom düsteren Tisch.

Insa Da schreit schon die andere ohne Erbarmen …

Lissie Sitzen bleiben! Niemand verläßt die Tafel!

Insa Keine von uns beiden, auch wenn nichts mehr, niemals wieder etwas serviert wird! Lach nicht!

Lissie Licht aus!

II

I
Luftgeister

Elaine in Turnhose und Shirt beim Training für den Kurzstreckenlauf. Etwas entfernt Timm auf einer Bank. Er beschreibt mit ruhiger Stimme, was sich ihm zeigt. Im Hintergrund steht ein kleiner Recorder auf dem Boden.

TIMM Elaine trainiert für die Kurzstrecke. Sie kniet, um abwechselnd den einen, dann den anderen Renn-Schuh zu schließen. Es folgen Streckübungen, das linke lang aus dem Knie gestreckte Bein, dann das rechte. Trippelt am Startplatz. Begibt sich in Hockstellung. Sichert die Startposition. Blickt hinaus in die Strecke. Setzt die gespreizten Hände auf die Startlinie. Fersen und Hintern steigen. Startschuß aus dem Recorder! Sprint …! Abbruch nach wenigen Metern. Fehlstart. Zurück in die Ausgangsposition. Diese wieder aufgebend, um Recorder zurückzustellen auf Vorlauf für Startschuß.

ELAINE *geht zur Bank* Augenblick ausruhen.

Während ihres Redeflusses bewegt sie sich geschmeidig und unruhig auf der Bank. Indem sie ein rotes Tuch aus dem Hosenbund zieht, Stirn und Nacken damit abwischt, mit beiden Händen die Haare glattstreicht, die Arme kurz und scheinbar endgültig unter den Brüsten verschränkt, um sie gleich wieder zu öffnen und offen auf die Schenkel sinken zu lassen, die Beine übereinanderschlägt, sich am Knie kratzt, wieder die Arme unter den Brüsten verschränkt, sich am Ellbogen kratzt, mit der inneren Handkante sich unter der Nase entlangwischt, die Schultern rollt, den linken Fuß auf den rechten Oberschenkel zieht, die Fußsohle kratzt (wieder ein Startschuß vom weiterlaufenden Recorder), das zwischen Zeige-und Mittelfinger eingeklemmte Tuch in den Schuh stopft, sich an beide Ohrläppchen faßt, die Beine anders-

herum übereinanderschlägt, das Tuch wieder aus dem Schuh zieht, es um die rechte Faust wickelt, die Faust in die Hüfte stemmt und den Ellbogen abspreizt, den linken Arm über den Bauch legt und mit der linken Hand das rechte Handgelenk umfaßt, das Klettband mit ihrem Namen Elaine von der linken Schulter löst und es über den Nabel setzt, die Beine gerade von sich streckt, die Schuhe von den Füßen streift, die umwickelte Faust zum Mund führt, hineinbeißt, die Beine anzieht, so daß die Fersen auf der Bankkante stehen, das Klettband wieder versetzt, die Arme um die Knie schlingt, den Kopf auf die Knie senkt, ihn, kaum daß er liegt, wieder hebt, sich aufrichtet (erneuter Startschuß), die Füße auf den Boden setzt, für einen Moment kerzengerade auf der Bankkante sitzt, die nackten Zehenspitzen anzieht, um dann wieder abzufließen, sich seitlich an die Lehne streckt, rekelt, den Kopf in die Armbeuge kuschelt, die Hüfte ausstellt, den Kopf gleich wieder anhebt und nach rechts dreht, als höre sie von dort jemanden kommen, sich steil aufrichtet, das rote Tuch flach aufs Haar legt, Luft nach oben bläst, so daß der Saum zu flattern beginnt, sich langsam zurücklassend mit dem ganzen Körper, den rechten Arm über die Lehne legt, dann sich wieder aufrichtet, sich in die Höhe schiebt, das Tuch vom Kopf grapscht, sich vorbeugt, die verschränkten Arme zwischen Bauch und Oberschenkel preßt, den Oberkörper nach vorne wippt, das Tuch in der Hand knüllt, die Hand plötzlich öffnet, so daß es zu Boden fällt, worauf sie sich hochbiegt und schräg über den Ellbogen der immer noch verschränkten Arme auf das Tuch hinunterblickt, das ihr nun einer ihrer freundlichen Luftgeister aufhebt und zurückgibt, wofür sie sich lächelnd bedankt und es artig wieder in den Hosenbund steckt. Das Klettband noch einmal versetzt. (Startschuß)

ELAINE Meistens hänseln mich die Luftgeister nach einem Fehlstart. Sie pieseln mir auf den Kopf. Sie stehlen mir einen Schuh. Sie reißen mir ein Stück aus dem Kleid. Ein Stück aus dem Haar, ein Stück aus der Wange. Noch ein Stück aus dem Kleid. Ein Stück aus der Hüfte … Schadet ja nichts. So sind sie eben, die Rotte da oben. Hauchzart, mit Wespentaille und Eulenklaue. Ich glaube eben daran. Ich glaube auch an den Puck im Eierpikser. Aber die Stare sind noch mal etwas anderes! Die

schwarze Wolke! Der Stareschwarm. Ich mag sie nicht mehr flattern sehen. Es regt mich auf. Ich werde selbst ganz flatterhaft. Alles was viel ist, wird mir zuviel. Sieh nur, wie sie die Bäume füllen. Schwarzes Gewimmel. Alles was viel ist, wird mir zuviel. Deshalb spricht man zu Recht vom Affenstall, wo's eben drunter und drüber geht, und man selbst verliert den Überblick. Für mich ist die ganze Natur ein einziger Affenstall. Im Sommer ist es etwas erträglicher. Vor allem wenn es sehr heiß ist. Dann haben auch die lieben Vögelchen ihre Durchhänger. Das ist alles eine Frage der Zuvielheit. Die Stare in den Bäumen, das ist für mich die reine Chaosfrequenz. Davon bekomme ich ein Nervenleiden.
Weißt du, die singen ja nicht. Tschilpen oder tirilieren nicht, auch schon eine Belastung. Die quietschen ja, die quietschen wie aneinandergeriebene Babyschnuller. Vielleicht ist es das Babyschnullerquietschen, das mich so unruhig werden läßt. Da rasten sie auf den hohen Buchenästen zu Hunderten. Hunderte gefiederte kleine schwarze Geschöpfe. Flatternde Föten. Denk nur an die schwarze Masse Ungeborener, die schwarze Wolke, die uns einhüllt, das viele Leben, das du und ich jeder auf seine Weise durch Verhütungsmittel abgebogen haben. Das plagt mich an dem Gequietsche so. Daß man es Hunderte Male nicht hat drauf ankommen lassen, ob ein Baby entsteht oder nicht. Ihm nicht einmal die geringste Trefferchance gegeben, ja oder nein. Dafür flattert es ächzend über uns, die ganze Luft ist voll, das schwarze Leben, es ist eben doch irgendwo hervorgekrochen und flattert uns wie irre vor den Augen, Hunderte quietschende Stare. Du wunderst dich schon wieder. So groß die Augen!

TIMM Ich wundere mich eben gern.

ELAINE Timm! Wenn du irgend etwas anstellen möchtest mit mir. Du kannst machen mit mir, wozu du Lust hast. Außer mit dem Mund. Nicht küssen. Mein kleiner Schönheitsfehler.

TIMM Ein einzelner Mensch, sobald er mal auf der Welt ist, wird ja schnell zu einem Riesenhaufen von Verbindungszeichen, eine ungeheure Ansammlung von Links, die ihn mit tausend anderen verbinden, wobei in jedem einzelnen wiederum Tausende von Links gespeichert sind, die ihn mit geradezu unendlich vielen anderen verbinden. Niemand gehört nur zu einem anderen. Niemand paßt mehr in ein einzelnes Leben. Ein Mensch flieht zum nächsten. Der flieht zum übernächsten. Und so fort. Unendlich. Irgendwo, auf freier Strecken, mitten auf der Flucht von einem zum nächsten, bleibt der Mensch plötzlich stehen, erstarrt zu seiner letzte Figur. Dann ist es vorbei. Dann bist du auf der sicheren Seite.

Elaine Mit mir bist du jetzt schon auf der sicheren Seite. Ich habe das Gefühl, es gibt eine Sperre zwischen uns, sobald ich den Arm um dich lege. Du zuckst zusammen.

Timm Wir sind trotzdem ein Paar. Wir haben nichts miteinander. Wie Eiskunstläufer.

Elaine Was meinst du? Ist das Kunst? Wie wir sind? Ist das eine Aktion, was da abläuft? Zwischen dir und mir?

Timm Ist Kunst, ja. Warum fragst du? Ich spiele da überall mit. Kostenlos. Neulich erst. Neulich nachts bei Nagel, Schwamm und deiner … Aktion.

Elaine Ach so. Ist alles nur Aktion. Schade.

Timm Schnitt Schnitt Schnitt. Wann hören bloß die schnellen Schnitte wieder auf? Es ist ja überall: die schnelle Aktion. Eben noch singst du leise vor dich hin, Schnitt, und schon zertrümmert dir einer das Nasenbein, weil du nicht aussiehst wie er. Ein Maurer schubst seine Frau vor die U-Bahn, weil sie nicht aufhört zu reden.

Elaine Ich bin im Prinzip eine, die alle zum Kotzen finden. Der man nichts abgewinnen kann. Um die man einen weiten Bogen macht. Aber dann bin ich eine, die weiterspricht, von allen stehengelassen. Dann spreche ich eben mit meinen Vorfahren. Mit meiner Großmutter. Mit meinem ungeborenen Kind.

Timm Ich glaube, du hast das Zweite Gesicht.

Elaine Ich glaube nicht. Ich schaue nur hin, wenn ich jemanden anschaue.

Timm Und? Was siehst du? Kannst du erkennen in meinen Augen, wo mein Vater jetzt wohnt? Ich würde so gern einmal mit meinem Vater sprechen. Mich lange mit ihm unterhalten. Wie leicht ist es, Nachrichtensatelliten an den Himmel zu schießen, die alle Menschen miteinander verbinden. Aber Vater und Sohn hören nichts mehr voneinander. Ich mache jetzt eine Ausbildung als Logopäde mit. Ich setze mit dem

Studium aus. Ich möchte Sprachbehinderten helfen, aber direkt, mehr von der praktischen Seite. Ich habe von meinem Vater ein festes Bild im Kopf. Er geht in einem alten Wintermantel. Das Strickkäppchen auf dem Kopf. Blasses Gesicht, entzündete Augenlider. Ein Mann, der nie einen Morgen sieht, nur Kneipennächte kennt. Hochgewachsen. Tonlose Stimme. Haare vermutlich dünn und nikotinvergilbt. Er geht jedem Gespräch aus dem Weg. Er denkt wahrscheinlich: es geht doch nur schief. Ich verwickle mich und komm nicht wieder raus.

ELAINE Ich sehe nur soviel: Dein Vater ist nicht so weit weg. Eines Tages wirst du ihn finden. Sprich solange mit mir. Ich habe noch eine Aktion vor mit uns beiden. Diesmal mußt du mich bandagieren. Und zwar von Kopf bis Fuß. Mich wickeln wie eine Mumie. Nur drei Öffnungen braucht der Mensch. Ein Loch zum Sehen. Ein Loch zum Schnaufen. Ein Loch für unten das. Machen wir die Bandagierte?

TIMM Möchte ich eigentlich nicht.

ELAINE Du könntest mich einmal ansehen.

TIMM Wen?

ELAINE Mich. Du siehst immer unter dich. Mit ein bißchen Phantasie … Du wirst noch rot. Das möchte ich können. Du machst nicht, was ich will, Timm.

TIMM Ich verstehe dich ja. Ich verstehe dich.

ELAINE Zeig, wie groß?

Timm breitet die Arme schlaff auseinander

Paß auf, Timm. Ich zwinge keinem was auf. Ich m u ß das machen. Ich kann nicht anders. Du mußt nicht. Aber dann ist es auch besser, wenn du gehst.

TIMM Ja, vielleicht. Dann gehe ich erst mal.

ELAINE Hören wir voneinander?

TIMM Wegen der Aktion? Ja. Wir hören voneinander.

ELAINE Über irgendwelche Ecken.

TIMM Wieso? Ich rufe dich an.

ELAINE Du wirst mich bestimmt nicht anrufen. Du wüßtest gar nicht, weshalb du mich anrufen solltest. Siehst du. So leicht ging das. Noch nie hat sich ein Eisläufer-Paar so harmonisch getrennt.

TIMM Eines Tages rufe ich dich an und sage: erinnerst du dich, wie glatt es ging? Zwischen uns an jenem Samstagvormittag im September zweitausendunddrei. Wie lieb wir beide uns getrennt haben?

ELAINE Daran wirst du mich nicht erinnern müssen. Deshalb brauchst du mich nicht anzurufen.

Sie schlendern in den Hintergrund, Hand in Hand, lose.

2
Zukunftsreste

In der Stadt. Insa und Lissie vor einem langen verglasten Schautisch im Museum.

LISSIE Die Nanoboter müssen sich erst einleben in unseren Körperzellen. Auch die Dinge brauchen einige Zeit, um sich richtig einzuleben.

INSA Glaubst du?

LISSIE Ich glaube nicht. Ich weiß. Das ist also der Halsschmuck der No-Phagen. Der Neinfresser.

INSA Neinfresser? Ach. Nie davon gehört. Was du nicht alles weißt. Woher weißt du das überhaupt? Steht das dran?

LISSIE Ich interessiere mich eben für die Zukunft.

INSA Das tu ich ja wohl auch.

LISSIE Du lernst nicht mehr viel dazu.

INSA Eigentlich schon. Ich lerne nur nicht gern etwas von dir.

LISSIE Sieh dir das an! Sensationell. Hier kannst du genau verfolgen, wie sie auf die Idee kamen, ein Haus komplett aus Bakterienmaterial zu bauen, ein lebendiges Haus. Du findest mein Wissen also ekelhaft?

INSA Ekelhaft habe ich nicht gesagt. Manchmal glaube ich, daß es hemmungslos falsch ist, was du mir erzählst. Es ist, wie soll ich sagen, ein bißchen unhöflich, wie du mich belehren willst. In Japan zum Beispiel, kürzlich in Tokio –

LISSIE Ich bin keine Japanerin. Ich bin alles andere als eine Japanerin.

Insa Die Japaner sind an sich gar nicht so höflich, wie man denkt. Sie stoßen dich zum Beispiel in der U-Bahn in den Rücken oder drängeln dich vom Sitz. Sie drücken und drängeln unentwegt. An sich ziemlich rücksichtslos. Aber wenn es ums Wissen geht, dann holen sie dich da ab, wo du stehst. Und wenn du auf Null stehst, dann holen sie dich höflich bei Null ab.

Lissie Und was mache ich? Was mache ich falsch?

Insa Ich wollte dich sehen. Aber du starrst nur in die Schaukästen. Du drückst dich davor, mir einmal klar ins Auge zu blicken.

Lissie Man besucht eine Ausstellung, um einige Ausstellungsstücke genau zu betrachten. Ich zahle schließlich keinen Eintritt, um dir tief in die Augen zu schauen.

Insa Du stürzt dich mit einer Versessenheit auf diesen Krimskrams da. Du weißt sofort Bescheid und drückst mir dein Wissen aufs Auge, und ich merk ganz deutlich, da stimmt irgend etwas nicht an deiner Versessenheit. Das ist kein ehrliches Interesse mehr, du willst mir nur z e i g e n, was für 'n tolles Interesse du hast.

Lissie Ob du es glaubst oder nicht, ich könnte hier tagelang herumlaufen. Ich könnte hier ganze Monate zubringen. Eine fremde Welt entdecken! Alles, was sich früher Zukunft nannte. Aufgegeben, vergessen, versunken wie Atlantis. Ich finde es ungeheuer aufregend, schockierend, grandios.

Insa Na, ich versuch ja einzusteigen. Ich versuch's ja.
Es dauert bei mir nur etwas länger, ich muß mich erst einleben in dieses Zeug da. Du sprichst immer von Zukunft, als läge sie seit Jahrtausenden hinter uns. Ich seh hier nur Pläne und Projekte, lauter Zeug, das uns bevorsteht.

Lissie Weil du nicht genau hinsiehst. Wir befinden uns im Museum. Wir studieren hier eine interessante Sammlung von Fundstücken aus der Zukunft, deren Untergang sich bis heute nicht genau datieren läßt.

Insa Ich habe da aber einen ganz anderen Zugang zu diesen Dingen. Ich sehe ganz deutlich, daß es das alles noch gar nicht gibt!

Lissie Alle Visionen sind Erinnerungen. Alle Vorausschau ist nur ein tieferer Rückblick. Du hast jetzt manchmal eine gespenstische Ähnlichkeit mit der Frau des Polizisten, die angeblich aus Angst vor ihrem Mann vom Kornspeicher ins Gärtnerhaus zog. Als lebtest du in der ständigen Erwartung eines fürchterlichen Zwischenfalls, herbeigeführt von der Dienstwaffe deines Mannes, der eines Tages auf dem Tiefpunkt eurer Zahlungs- und Abzahlungsfähigkeit ein ungeheures Blutbad anrichten wird. Gattin eines depressiven Polizisten, vorehelich begabte Klarinettenspielerin. Mitzeichnerin fataler Kreditverträge, Mutter eines nur auf Elternquälerei versessenen Töchterchens, musikalisch für immer verstummt. Ob du's glaubst oder nicht, mit genau i h r e m Gesicht, ihrem Schreckensblick, beugst du dich jetzt über die Schaukästen, innerlich weit weg, starrst du auf die wundersamen Reste der Zukunft, die kostbaren Fundstücke einer längst versunkenen Kultur. Frag mich, wenn dir irgend etwas auffällt.

INSA Aber es heißt doch, wir stünden an der Schwelle des ... na, wie heißt es? ... an der Schwelle des Hmhmhm-Zeitalters ... an der Schwelle des ... na, sag doch gleich ... Wir stehen an der Schwelle zum ... hilf mir doch! Modern, nicht modern, post, nicht post ... Der Mensch an sich wird sich nicht wiedererkennen. Nur ein Beispiel: heute ist jemand ein einfacher Brummifahrer. Er macht dann bei einer Soundso mit, unterzieht sich einer Mo ... Mo ... Mu ..., einer Gefäßkur oder so ähnlich. Hilf mir doch, verdammt noch mal! Vorher/Nachher. Sein Intelligenzquotient schnellt plötzlich in die Höhe. Er ist ein sogenannter L u z i d e r geworden, ja so heißt es, luzid, ein Angehöriger der Hochintelligenz. Vorher Brummifahrer, nachher erste Führungskraft. Das ist hier gar nicht dokumentiert. Ist es so? So ist es doch?

LISSIE Mag sein. Ach –!

INSA Ach – was?

LISSIE Ach! Das ist ja was! ... Außer dem normalen Spiegel hatten sie ein kleines sogenanntes Polymorphicum. Einen Gestalten-Spiegel. Er warf nicht ihr Bild zurück, sondern er entwarf sie ... in verschiedenerlei Gestalt. Er bot ihnen immer neue Entwürfe ihrer Erscheinung.

INSA Siehst du. Was sind denn die ... Hypnofanten?

LISSIE Das waren die Dauerträumer. Schlafmenschen. Die sich miteinander nur über Gehirnwellen austauschten. Sie schafften übrigens auch das unaufhörliche Tröllern und Gigeln der

Telefone ab. Erinnerst du dich, die elektronischen Klänge, die vollkommen durchgedreht waren? Die Hypnos waren eine Unterart der Somnos ... und die schickten einen Störsatelliten in den Äther und seitdem herrscht absolute Funkstille. Plötzlich: kein einziges Rufzeichen mehr rund um die Erde.

INSA *sieht in den Schaukasten* Kaum zu glauben! *Liest* Mit seinem nanoplastisch verstärkten Augenlid zog ein Chinese einen vollbesetzten Kleinbus fünf Meter weit.

LISSIE Und hier! Es gab eine neuartige Sucht. Dolorie. Die Leute wurden süchtig nach Schmerz. Das Leben war nahezu schmerzfrei, der Tod ließ auf sich warten. Da litten sie unter Schmerzentzug.

INSA Wir haben also deiner Meinung nach den schlimmsten Teil der Zukunft hinter uns?

LISSIE Ich weiß nicht genau, welchen. Aber wir werden es erleben.

INSA Irgend etwas gibt's immer, von dem man sagen kann, das hätten wir glücklich hinter uns. Das war's dann aber auch. Worauf blicken wir diesmal zurück? Viel Porzellan zerschlagen. Und damit weg, was so gewesen ist. Zwei beleibte Wolken öffnen den Rachen und verschlingen sich gegenseitig. Und wieder fällt kein Tropfen über der grenzenlosen Dürre des Landes.

LISSIE Kann ich das bitte noch mal von dir hören?

INSA Noch mal? Na! Ich bring's nicht mehr zusammen.
Sie holt ein brummendes Handy aus der kleinen Handtasche
Ja, Elaine. Ich bin in der Ausstellung ... Mach's kurz ... Danke. Danke, Elaine. *Steckt das Handy weg* Marc ist da. Mein Herr Pulczynski ist eingetroffen. Ich bin bereit.

LISSIE Du kannst ruhig schon gehen. Ich bleibe noch ein Stündchen.

INSA Ich warte ... *Für sich* Komm, Schicksal, fordere mich. Ich habe viele Kräfte gespart. Komm, du! Ich kann!

LISSIE In deinen glücklichen Erinnerungen, wenn du dich erinnerst, blinkte da nicht zuweilen eine kleine giftgrüne Anzeige? Blinkte da nicht im Herzschlagrhythmus eine Zahl? Restlaufzeit circa elfeinhalb Jahre? Es gab nämlich diese biologischen Zellfühler, die maßen das voraussichtliche Alter, alles in allem, ziemlich genau, die Jahre, die dir noch bleiben.

3
Vorabend

Geschlossene Hausfassade. Innen. Lissie, die in der Zeitung liest. Insa, die ins Haus horcht. Elaine, die strickt.

Insa Hörst du? Er rückt die Möbel. Marc hat noch jedes Jahr das Zimmer umgestellt. Er hat jedesmal eine neue Idee, wie er die Teile zueinander in ein richtiges Verhältnis setzen muß.

Lissie Immer mehr Igel verfallen dem Alkohol. Die Tiere laben sich an den Bierfallen, die gewisse Hobbygärtner gegen die Schnecken aufstellen.

Insa Wir nicht! Kommt bei uns nicht vor.

Lissie »Im Vollrausch sinken die Igel zur Seite statt sich einzurollen. So werden sie zur leichten Beute für Fuchs und Habicht.« *Schlägt die Zeitung zu* Ich habe hier schon entsetzlich betrunkene Igel gesehen.

Elaine Nicht bei uns. Das erfindest du.

Insa Ich bin sehr unruhig, Lissie.

Lissie In der Vorfreude auf den Ausritt trampelt das Pferd im Stall, als liefe es schon.

Insa Was strickst du? Es macht mich nervös.

Elaine Ich habe auch jemand Neuen.

Insa Dafür habe ich jetzt kein Ohr. Hast du ihm frisches Obst aufs Zimmer gestellt?

Elaine Er hat ganz von selbst die Nummer zwölf belegt. Neben der Treppe. Wie jedes Jahr.

Insa Er und ich, wir sollten auf alle Fälle morgen in die Sieben wechseln. Sieben ist eine Glückszahl. Ich werde morgen früh mit ihm ... über alles sprechen. *Seufzer*

Lissie *liest aus der Zeitung* »Wer möchte mit reicher reifer Dame den Winter am Meer verbringen?« Bis du das? Unter Chiffre F1734.

Insa Ich habe leider überhaupt kein Ohr für deine Scherze, Lissie. Sollte ich nicht schnell noch mein Haar auffönen? Es ist so dünn und schlapp. Ach. Noch ein Falschspiel. Laß es lieber. Herrgott! Ich höre Stimmen aus jeder Zimmerecke, aus den

Dielenritzen. Die Lebensgeister flüstern mir zu: Laß das! Überleg es dir gut! Finger weg! Kopf hoch! Dauernd krieg ich Befehle aus allen dunklen Ecken … Ich hatte manchmal das Gefühl in den letzten Jahren, es könnte sich irgend etwas zwischen Marc und dir abgespielt haben. Tochterherz. Etwas, das ich vielleicht gar nicht mitbekommen habe?

ELAINE Was ist los mit dir?

INSA Ich bin deine Mutter. Ich muß dir blind vertrauen können.

ELAINE Beruhige dich. Ich bringe dich zu Bett. Wenn du willst, erzähle ich dir vor dem Einschlafen noch ein grausames Märchen.

INSA *blickt zum verschlossenen Fenster*
Laß mich. Ich gehe allein nach oben.
Bleib mir gut, Lissie.

LISSIE Mach ich. Bleib ich. Gute Nacht.

INSA Wir beide bleiben doch zusammen, Elaine. Wir beide, nicht wahr?

ELAINE Ich dachte, du wolltest mich endlich loswerden.

INSA *indem sie unschlüssig abgeht …*
Ich bin müde und unruhig. Unruhig und müde.

ELAINE Gute Nacht, Mutter. Und viel Glück.

LISSIE *legt die Zeitung beiseite*
Könnte ein aufregender Tag für sie werden.
Morgen. Für deine Mutter. Könnte.

ELAINE Wenn Mann und Frau. Mond und Sonne.
Land und Meer. Die große Scheidung.
Himmel und Hölle. Wenn das nun alles nicht mehr
zusammenpaßt? Wenn das nie wieder eins wird
am Ende?

LISSIE Du strickst und denkst.
Wie geht das genau?
Strickst du dein Denken oder denkst du dein Stricken?

ELAINE Glaubst du, sie schafft es?

LISSIE Eine Narrenkrone aus getrockneten Feigen
drück ich ihr morgen auf die Stirn. Jeder Zoll
eine verrückte Königin deine Mutter.
Elaines Arm wird, während sie strickt, hin und wieder jäh in die Höhe gerissen.
Was zuckst du? Hör auf damit.

ELAINE Ich mache nichts.
Die oben zerren an mir.
LISSIE Das tut doch weh.
ELAINE Es tut sehr weh.
LISSIE Wofür büßt du, Elaine?
Du büßt doch hier und schnürst dein junges Leben ab.
Hier draußen. In der Einsamkeit. An der trüben Oder.
Im finsteren Osten. Unter der Fuchtel deiner Mutter.
ELAINE Ich büße nicht.
Der Schmerz bringt mich zurück ins Leben.
LISSIE Ich bin auch eine schlechte Mutter.
Aber für dich hätte ich mir was Passendes einfallen lassen.
Du bist einfach zu sonderbar. Hast du noch eine Erinnerung an deinen Vater?
ELAINE Ich sehe ihn vor mir! Henrik. Ein Mann mit kahlem Kopf. Er trug eine Cäsarenlocke aus rosa Fleisch auf der Stirn. Als kleines Mädchen legte ich ihm alles zu Füßen, was ich im Kaufhaus gestohlen hatte.
LISSIE Timm liebt seinen Vater, er sucht ständig nach ihm.
Ich bin ihm völlig gleichgültig.
ELAINE Timm. Der letzte Mensch, der noch große Augen machen kann.
Jemand, der niemals weiß, wie ihm geschieht. Der alles kopfschüttelnd erlebt, was er erlebt.
Ich glaub nicht dran, was mir da zustößt. Also darauf kann es im Leben nicht ankommen, daß ich verstehe, wie mir geschieht! So ein Letzter eben.
LISSIE Halt ihn hier nicht fest, Elaine. Ich bitte dich.
Du mußt auch von hier weg. Raus!
ELAINE Raus? Wohin denn raus?
LISSIE Den Schutt von den Füßen schütteln.
Alles, was sich auf dir abgelagert hat.
Von deiner Mutter, von der Pension, vom Hof.
Staub auf den Augen, Staub auf dem Herzen.
ELAINE I am the thing I am. Sieh mal genauer hin. Am Ellbogen öffne ich die kleine Klappe und stell das Spiel der Nerven ein. Den Augendeckel knöpf ich ab und schieb 'ne winzige Tablette hinter den Apfel.
Denn hin und wieder stört mich ein Augenhöhlenglühen.

Lissie! Du kannst dich auf mich verlassen!
Ich bin eine unzerstörbare Puppe.

LISSIE Ich schlafe schlecht in eurem Haus.
Ich höre den Marder im Gebälk. Und nur
im Morgengrauen wird es totenstill.
Dann kommt von fern Musik. Von ganz weit weg.
Ich höre sie von damals her. Sogar den Namen
kann ich flüstern: David, David! War das der?
Auf einer Regenhaut neben dem Rapsfeld,
einsames Paar, mein Kopf stieg auf und ab in der Kapuze,
ich unter ihm, und er mit seinen Liebespfoten!
So weit weg. So lange her. Aber dort gab's nur Musik.
Und Zartgefühl. Gab's nichts anderes. Ganz weit weg.

INSA *kehrt im Nachtgewand zurück*
Verzage nicht! Schreibt mir mein uralter Englischlehrer auf einer Postkarte ... Weshalb sollte ich denn verzagen? Ich frage mich das den ganzen Tag. Nur das eine Wort steht auf der Karte: verzage nicht! Was er wohl damit gemeint haben könnte? Seit langem spreche ich besser englisch als mein Englischlehrer jemals. Es gibt für mich keinen Grund, wegen meiner Englischkenntnisse zu verzagen. Ich hatte jahrelang eine Partnerschaft mit einem Southhamptoner. Während mein alter Englischlehrer aus Oldenburg niemals herauskam, damals. Verzage nicht! Irgend etwas wird der Alte doch im Auge gehabt haben? Irgend etwas wird er doch gemeint haben mit seinem »Verzage nicht!« Aber was? Offenbar wittert er um mich herum, in meinem ganzen Drumunddran, etwas, das mich leicht zum Verzagen bringen könnte. Irgend etwas, das mir selbst nicht auffällt ... Ich wüßte beim besten Willen nicht, weshalb ich gerade heute verzagen sollte. Aber er – der greise Lehrer schreibt mir in weiser Voraussicht. Er wittert etwas! Verbirgt jemand etwas vor mir? Elaine: ich bin unruhig!
Sie legt sich auf die Chaiselongue im Hintergrund.

4
Unter dem Fenster

Insa und Timm sitzen am frühen Morgen auf der Freitreppe vor der Hausfassade.

INSA Welch ein wunderbarer Tag zieht da herauf!
Was werden wir tun, junger Mann?

TIMM Laß uns hier warten, bis die Sonne warm wird.

INSA Es ist so herrlich früh. Man kann nicht warten in der Morgenfrühe.

TIMM Was sollen wir tun? Ich weiß es nicht.

INSA Das muß man sich doch überlegen. Gleich ist es zu spät.

TIMM Wenn er herunterkommt?

INSA In zwei Stunden vielleicht. Was machen wir so lange?

TIMM Er er er.

INSA Und du auch.
Er kommt einmal im Jahr zu Besuch. Es ist immer ein Zimmer frei für ihn. Er macht stundenlange Spaziergänge. Er läuft mit meinem Hund oder allein. Er trinkt einen halben Liter Whisky, ohne betrunken zu werden. Er raucht Zigarillos. Manchmal schläft er auf dem nackten Fußboden. Ich habe nur diesen einen Freund. Er mit dem kantigen Gesicht. Mit den eckigen Armen, dem starken Haar, den eingefallenen Wangen, mit den Falten, mit den Kerben in beiden Wangen. Mit den stechenden Augen. Graues Jackett, Cordhose, Pulli. Der Zähe. Der Graue. Der Schweiger. Er sitzt oft ganze Tage am Weiher und beobachtet die Frösche. Ja, er ist mein Freund. Wir sind Freunde. Vielleicht ein bißchen mehr.

TIMM Ist es nicht unheimlich? Allein mit ihm in dem großen Gutshaus.

INSA Unheimlich? Weshalb? Er ist ruhig. Schweigen ist nichts Schlechtes. Er verschweigt ja nichts. Es ist jemand im Haus. Der Schweiger ist da. Und wir sitzen am Fuß der Treppe. Du und ich, wir sitzen vor dem Haus. Ein Junge, den ich kenne seit seiner Geburt. Du, der jeden Herbst hier rauskommt, während seine Eltern, die auch einmal meine Gäste waren, ihre Ferien nun immer in Südfrankreich verbringen. Eigentlich kenne ich dich so lange wie meine eigene Tochter. So gesehen, bist du mir eine sehr vertraute Person. Wenn du nur nicht so schrecklich jung wärst.

TIMM Aber der bin ich nicht! Ich bin heute zum ersten Mal auf dem Hof.

INSA Ach, ich kenne dich. Ich kenne dich seit Urzeiten.

TIMM Ich bin jemand anderes. Ganz bestimmt.

INSA Was macht das schon? Wir sitzen zusammen und reden. Wir blinzeln in die aufgehende Sonne. Man ist glücklich, daß man seine gesunden Glieder ausstrecken kann und das Postauto fährt drüben auf der Landstraße vorbei und verschont einen mit unangenehmen Nachrichten.

TIMM Hörst du? Er hat wieder etwas umgestoßen!

INSA Er räumt und räumt. Schon am frühen Morgen, und es poltert im ganzen Haus.

TIMM Nein. Hör doch! Er spricht mit jemandem. Es ist eine zweite Stimme im Haus …

Die Fensterläden öffnen sich im oberen Stock. Lissie und Marc stehen nebeneinander im offenen Fenster. Jeder mit einem Handtuch um den nackten Körper geschlungen.

LISSIE *sich die Haare bürstend* Stöööre ich?
Insa steht auf und wendet sich zum Haus, während Timm ungerührt sitzen bleibt. Sie schirmt die Augen mit der Hand und verschließt sie dann mit ihr.

INSA Marc! … Das ist doch Marc! … Guten Morgen, Marc …
Marc zieht stark an seinem Zigarillo. Nimmt es zwischen Daumen und Zeigefinger aus dem Mundwinkel und tippt mit dem Ringfinger die Asche ab. Unterdrücktes Husten aus schleimigen Bronchien.

INSA Nein … Nicht … Ich will es nicht gesehen haben.

LISSIE Zittre nicht so erbärmlich. Stell dich nicht so an. Es ist, wie es kommen mußte. Erkennst du jetzt, wie lächerlich du dich aufgeführt hast? Was für ein armseliges Weibchen du warst mit deinen kindischen Begierdewehwehchen? Eine alte Frau, den Kopf voller Gespenster! Noch einmal sollst du rot anlaufen vor Scham und blaß werden vor Neid.

TIMM *der vorher einen kurzen Blick zum Fenster warf* Zieh dir bitte etwas über, Mutter.

INSA Mutter? Welche Mutter?

TIMM Versuch vor uns einen Rest von Anstand zu bewahren. Oder wenigstens von Geschmack.

LISSIE Ja, Timm. Ich bitte um Entschuldigung.

INSA Du – bist – der Sohn? Von meinem Mann?!

LISSIE Ich sah nicht, daß du es bist. Dort unten. Vergib mir, Timm.

TIMM Vielleicht solltest du das Fenster schließen, damit euer Bettenmief nicht in den frischen Morgen zieht.

Lissie schließt den Fensterladen.

INSA *ruft zum geschlossenen Fenster hinauf* Jetzt mache ich erst mal die Rechnung fertig. Jetzt machen wir erst einmal Schluß. Wir ziehen den Schlußstrich. Was ihr später, der Morgen ist erst angebrochen, später noch trinken wollt, das zahlt ihr dann extra. Ich bin fertig mit euch. Fertig mit euch allen.

Elaine tritt aus dem Haus, sie läßt auf dem ausgestreckten Zeigefinger das anatolische Strickkäppchen kreisen.

ELAINE Sooooo ... Dein Mützchen ist fertig! Damit du immer was auf dem Kopf hast. Wenn's heiß wird.

Timm geht zu ihr.

INSA Faß sie nicht an! Laß die Finger von ihr. Paß auf, mein Junge! Wenn ich dich erwische. Alles andere, nur das nicht. Maschinengewehr, ratatattttata, Salven aus allen Fenstern und Türen, brennende Autoreifen rollen durchs Schlafzimmer. Zieh die Notbremse, Junge, ich rate dir gut. So eine wie jetzt, spürst du's? Eine Frau, die dich packt, die handgreiflich wird, dich beim Schlafittchen packt und dir mit erhobenem Kinn Drohungen ins Gesicht stößt.

Zum geschlossenen Fenster hinauf

Hure! Idiot! Kröte! Dürrfinger! Wer bin ich denn, daß man mir alles, aber auch alles rauben darf?!

Zu Timm

Lach nicht.

TIMM *zu Elaine* Ich lache doch gar nicht. Warum schreit sie mit mir?

INSA Elaine ist deine Schwester. Halb, stief. Ganz egal. Faß sie nicht an.

TIMM Wie schön. Ich spürte gleich, daß wir ein Paar sind. Ich wußte nur nicht, was für eins. Ich möchte dich küssen, Elaine.

INSA Bleib, wo du bist.

ELAINE Du wolltest mich doch immer loswerden …

INSA Aber nicht ins eigene Blut hinein!

Brüllt plötzlich wieder zum geschlossenen Fenster

Ihr Schweine! Verbrecher! Ihr dreckigen Köter … Verflucht, verflucht!

Wieder etwas ruhiger zu den anderen

Es geht darum, daß er der Sohn dieses Mannes ist … Weißt du, wo dein Vater steckt, Junge? Das ausgebrannte Wunderkind. Der Schwafler, der den Frauen auf die Beine schielt. Achtung, Philosoph!

TIMM Ich bin eigentlich nicht hergekommen, um mir meinen Vater anspucken zu lassen.

ELAINE Das Tröpfchen Verwandtschaft ist doch kein Untergang. Wir bleiben unter uns. Zu Haus. In der Familie.

INSA Kind, du bist ein gute Sportlerin. Du läufst Bestzeiten von 12,5 auf hundert Metern. Renn dir die Geschichte aus dem Kopf. Du mußt mehr trainieren.

ELAINE In Wahrheit geht es darum, daß du dich heute in aller Herrgottsfrühe auf der Treppe in einen jungen Mann verliebt hast. In Timm! Meinen Freund.

INSA Verliebt? Ich! Na! Und wennschon. Ich bin immer sofort verliebt. Wenn mir jemand gefällt. Das hat nichts zu bedeuten. Reine Stimmungssache. Ich bin sogar in dich verliebt, wenn du dich hübsch anziehst.

ELAINE Er macht nur nicht, was ich will, daß er mit mir macht. Damit hab ich's zu tun. Ich bring ihn noch dahin, wo ich ihn haben will.

INSA Was für ein Morgen! Der Triumph meiner Lebensgeister …! Hörst du sie kichern? Hörst du sie schelten, stöhnen, zischen, fluchen, kratzen!?

Ein dürrer Mann tritt von der Seite auf.

EIN DÜRRER MANN Ich kann Ihnen nichts Gutes berichten.

Wir haben kürzlich alle, einer nach dem anderen, Dutzende von Caravanbesitzern, während Sie auf Reisen waren, bei Ihnen im Haus an einem sehr heißen Tag eine Dusche genommen. Ein Nachbar, der Polizist aus dem Kornspeicher, hatte uns die Pension aufgeschlossen und wir duschten. Einer nach dem anderen.

INSA Sind Sie allein?

EIN DÜRRER MANN Hinter mir steht meine fünfköpfige Familie. Sie hat mich vorgeschickt. Hinter ihr stehen etwa dreiundvierzig teils größere, teils kleinere Familien. Sie drängen heran vom Caravanplatz an der Oder. Bis auf den letzten Platz gefüllt. Die Menschen haben kein Wasser mehr. Sie drängen heran. Sie quetschen sich geradezu durch alle Ritzen.

INSA Heute ist kein heißer Tag. Es hat sich wieder zugezogen. An einem solchen Tag können Sie und die ganze Meute das Wasser zum Duschen aus der Oder schöpfen.

EIN DÜRRER MANN Gut. Ich werde es ausrichten. Zwar ist zur Zeit der Dürre wegen das Wasser aus der Oder stinkend faul. Aber wir gehorchen und kehren um.
Er will abtreten.

INSA Nein! Warten Sie! Warum nicht? Fluten wir das Haus mit Menschen! Das kann uns nur guttun. Lassen Sie alle herein ...! Unter die Dusche mit ihnen, der ganze Caravanplatz, einer nach dem anderen!

5
Eines Nachts

Die Fassade zeigt jetzt zu ebener Erde ein breiteres Fenster, durch das man einblickt in einen Raum mit Billardtischen. Die Atmosphäre bei gedämpfter Musik ist eher die eines Sportvereins als einer Kneipe. Rechts ein offener Eingangsbereich, in dem ein Getränkeautomat steht.
Unter schwacher Beleuchtung sieht man zu Beginn der Szene schemenhaft einige Personen des Stücks, die aus dem Billardraum treten, um sich am Automaten eine Dose Bier oder Cola zu holen. Dabei hört man das Gerumpel im Automaten, wenn eine Dose in die Ausgabeöffnung rutscht.
Henrik, Timms Vater und Eine junge Frau kommen aus dem rechten Billardraum und gehen zum Getränkeautomaten.

Henrik Ich weiß es. Ich weiß, wie abhängig die Leute von Äußerlichkeiten sind. Ich hatte einen Job als Filialentester bei der Marke Porsche. Ich war der Scheinkunde, ich sollte die Freundlichkeit der Verkäufer und Vertragshändler prüfen. Also ich kam rein, einer, der aussieht, als würde er eher Autoreifen annagen, als einen Sportwagen kaufen. Ein Schluri betrat den Laden, und wehe, er wurde nicht mit der gebotenen Aufmerksamkeit empfangen und behandelt. Dann schrieb ich einen zerschmetternden Bericht.

Eine junge Frau Und ich war erst siebzehn, ein Mädchen, das in billigen Fummeln herumlief, wirklich kein Geld hatte, arm, jeden Groschen mußte ich dreimal umdrehen, über diesen Ausdruck bin ich bis heute nicht weg, und ich saß, sonst aber, im ganzen, ziemlich gut gegossen, in der U-Bahn, wo sie mich hänselten, von drei Jungens gehänselt, böse verscheißert, wegen meiner billigen Klamotten, zieh dich anständig an, sonst verschwinde hier, häng hier nicht rum wie die letzte Klofrau … weil ich nichts anzuziehen hatte!

Henrik Wie sagt die Volkssparkasse: es wird eng für uns, Mädchen. Verdammt eng.

Eine junge Frau Und dann muß man auch noch ertragen, daß Männer ohne täglich auf Arbeit, immer ehrpussliger und dann überhaupt immer pussliger werden. Sie pusseln an allem herum und werden dabei selbst immer pussliger und pussliger.

Timm *steht neben dem Getränkeautomaten* Vater. Ich bin's. Timm.

Henrik Laß sehen …! Junge! Mein Gott, das ist ja eine Überraschung. Wo kommst du her?

Na! Mensch! *Sie umarmen sich*

Wie kommst du in diese Gegend, trostloser geht's ja nicht …?

Timm Ich freue mich. Ich freue mich wie verrückt …

Henrik Na und ich erst. Nun erzähl mal: wie geht's dir denn? Wir müssen uns verabreden, mein Junge. Wir müssen was essen zusammen. Nächste Woche. Kannst du nächste Woche? Wann hast du Zeit?

Timm Immer.

Henrik Ich auch: immer!

Studierst du noch?

TIMM Ich habe sechs Semester Psychologie hinter mir. Jetzt möchte ich aber was Praktisches machen.

HENRIK Verstehe. Klingt sehr vernünftig.

TIMM Es fällt mir schwer. Ich weiß nicht, wogegen ich mich genau abgrenzen soll. Alles ist interessant.

HENRIK Verstehe. Ich verstehe dich gut, Timm. Du bist gut in Schuß. Paß auf. Ich gehe mir schnell eine Zeitung kaufen. Wegen der Immobilienanzeigen. Warte hier auf mich. Ich bin gleich wieder zurück.

TIMM *schlendert in den Vordergrund der Bühne, stößt mit der Fußspitze eine leere Dose voran, scheint zu warten, dann hebt er der Kopf, zeigt ein verlegen-schmerzliches Lächeln …*
Er ist natürlich nicht zurückgekommen …

6
Rücken an Rücken

Im Hintergrund erscheint im aufdämmernden Morgen ein letztes Bild: Insa und Lissie Rücken an Rücken, jede an ihrem Frühstückstisch.

LISSIE Mein Wagen ist in der Inspektion.
Kann ich deinen haben?

INSA Ja. Sicher. *Pause*

LISSIE Gestern Augenarzt Ausweisverlängerung Arbeitsamt. Heute Bank Orthopäde Änderungsschneider. Ich hätte es mir besser einteilen sollen. Nicht jeden Tag in die Stadt.

INSA Holst du Elaine vom Sportstudio ab?

LISSIE Ja, sicher. *Pause*
Timm möchte mit uns zu Abend essen.

INSA Schon wieder?

LISSIE Ich freue mich auf ihn. Elaine freut sich auf ihn.

INSA Du erlaubst es ihm doch nicht etwa?

LISSIE Was könnte ich ihm noch verbieten?

INSA Ich werde es ihr niemals erlauben.

LISSIE Elaine hat sich längst gegen dich entschieden.

Insa Wer hätte sich nicht gegen mich entschieden?

Lissie Trotzdem. Es hätte alles ganz anders kommen können. Wie? Na, wer weiß.

Indem Lissie die Serviette auf den Tisch legt und aufstehen will …

Insa *laut* Sitzen bleiben!

Dunkel

Nach der Liebe beginnt ihre Geschichte

Personen

I
Beaumonde

Winterbild

ASTEL (Arthur Stephan), 51, Stadtplaner
KIRO (Kim Rose), 40, seine Frau
CELIA, ihre Hilfe im Haushalt
DER ELEKTRIKER
DER AZUBI
Die Reihe:
DIE EITLE GELEHRTE
DER KOSMIKER
DER AFFEKTMENSCH
UNDULA

Agentur

ASTEL
UNDULA DIE NEUE
TINI
ELKE
PETRA
HANS
DIRK
SÖREN
LAMBERT
EIN BEWERBER

Heimweg

ASTEL
KIRO
CELIA

Boutique

Kiro
Verkäuferin
Besitzerin

Tangente

Kiro
Celia
Undula mit dicker Brille
Fünf anonyme Frauen

Das Bullauge

Kiro
Celia

II
Erotonen – Teile des Unteilbaren

Die Alarmnase

Kiro
Der Kahlkopf

Die Inflagrantis

Der Ingenieur
Kiro
Das Liebespaar (stumm)

Kein Kinderspiel

Celia
Kiro
Kiros Double (stumm)
Die Warzen-Parzen
Der kleine Stanley
Die Chinchillafrau
Der hölzerne Gatte

Der Gescholtene (stumm)
Astel
Undula die Malerin der Finsternis

III
Welle und Wolke

Liebesnest

Toni, Kiros Sohn
Nesrin, seine Freundin
Kiro

Nahrung

Astel
Undula ungekämmt

Schritte

Kiro
Toni
Felicitas
Nesrin

Karyatide

Astel
Celia
Undula im Lotossitz

Wächter und Wärter

Der Wächter
Der Wärter
Kiro
Toni
Celia

Mann und Leiter und Frau

Astel
Undula im kurzen Rock
Celia
Toni
Nesrin

Das Tor

Astel
Kiro
Celia

Love Restored

Kiro
Alle übrigen wie in »Agentur« (I)

Mitternachtsgespräch

Kiro
Astel

I
Beaumonde

Winterbild

Astel und Kiro, Mann und Frau, kommen jeder aus seinem Trakt der Villa zum Frühstück. Sie nehmen getrennt jeder an seinem Tisch Platz. Sie sitzen vor einer breiten Fensterfront, die auf einen verschneiten Garten geht.
Beide mit dem Rücken zum Publikum.
Celia, die Hilfe, kommt aus der Küche und serviert den Herrschaften. Immer heller tritt der verschneite Garten hervor.
Die am Fenster sitzende Kiro klappt ihren rechten, angewinkelten Arm auf und legt ihn der Länge nach über den Tisch, die Innenseite nach oben, untersucht in der Beuge eine Stelle mit Bluterguß, den sie nach einer Grippeimpfung zurückbehielt. Dann zieht sie den Arm wieder an und verformt die Finger zu einer bizarren Klaue, mit der sie an etwas kratzt, leer in der Luft.

KIRO *die sich mit dem Mundtuch die Stirn abtupft* Würdest du mir einen Gefallen tun?

ASTEL Ja sicher.

Sie blicken beide lange hinaus in den Schnee. Kiro setzt den Ellbogen auf den Tisch, streift dabei den Teller. Stützt die Schläfe an den ausgestreckten Zeigefinger wie an einen Pistolenlauf. Astel will sich erheben, schiebt den Stuhl ein wenig zurück, knautscht das Mundtuch und legt es auf den Teller. In dem Moment, da er die Hände aufstützt und aufsteht …

KIRO Steckst du bitte diesen Brief an Toni in den Kasten?

ASTEL Ja sicher.

Er läßt sich zurück in den Stuhl sinken, hängt den rechten Arm über die Stuhllehne. Die linke Hand dreht und schiebt das gläserne Besteckbänkchen zwischen den Fingern. Jetzt geht jeder seinen Gedanken nach, die nicht mehr den anderen betreffen.

CELIA *kommt zum Tisch des Mannes* Darf ich abräumen?

ASTEL Wie? Ja sicher.

CELIA *zu Astel* Woran denken Sie?

Astel Ich bitte Sie!

Kiro Celia!

Celia *zuckt mit den Schultern* Die beiden bleiben sitzen, in Gedanken verloren.

Der Elektriker kommt mit einem Azubi, der Akkubohrer und Leiter trägt.

Der Elektriker Guten Morgen.

Kiro Guten Morgen.

Astel Morgen.

Celia Guten Morgen, meine Herren.

Die doppelseitige Leiter wird unter dem Kronleuchter aufgestellt. Die beiden Handwerker steigen hinauf.

Celia *lehnt sich an ein Möbel oder eine Durchgangstür, spricht zum Publikum* Ich bin die Hilfe in einem Haushalt, in dem das eisige Schweigen herrscht. Frau Kim Rose schweigt. Herr Arthur Stephan schweigt. Ich muß reden. Hier herrschen Regeln wie in strengen Ordenshäusern. Es darf der eine nicht in Anwesenheit des anderen telefonieren. Damit der eine sich nicht über die falschtönende Stimme des anderen erregt. Sie nicht über seine, er nicht über ihre. Sonst verlieren sie oder er die Beherrschung. Die Beherrschung, das ist ihr A und O. Ihr Schönstes. Ihr Drahtseilakt. Der Haushalt leidet aber unter ihrer akrobatischen Beherrschung. Der Haushalt zerbricht noch unter ihrer Beherrschung.

Das Handy des Elektrikers klimpert.

Der Elektriker Ja, da staunst du. Ich lebe noch.

Steckt das Handy in die Brusttasche des Overalls.

Arschloch.

Celia *zum Elektriker* Was fürchten Sie am meisten?

Der Azubi Azubis! Stimmt's?

Der Elektriker Ich fürchte mich v o r, junge Frau.
Ich fürchte mich v o r. Nicht was.
Ich fürchte mich v o r. Schluß-Aus.

Celia Vor dem Tod?

Der Elektriker Das haben Sie gesagt.

Er bohrt mit dem Akkubohrer einige Schrauben aus der Halterung. Der Kronleuchter wird abgehängt, die Anschlüsse gesichert etc.

Celia Ich liebe sie beide. Ich hänge an ihm wie auch an ihr. Nur fehlt das Eine-Einige zwischen ihnen, zwischen Mann und Frau ist das Tuch zerschnitten. Mein Traum ist einfach und sehr menschlich: ich stell die Liebe zwischen beiden wieder her. Der Archäologe kann aus tausend Scherben wieder, winzig kleinen, den alten Krug zusammensetzen. Der Biotechniker baut aus umgebauten Molekülen völlig neue Stoffe auf und ultraglatte Dinge und frische Körperteile. Ist eine Liebe nicht erneuerbar wie ein beschädigtes Gelenk? Man pflanze dem verstummten Paar die nötigen Stammzellen ein, etwas Gewebe aus liebesfrühen, ungesonderten Gefühlen. Wo sie noch unentwickelt eines sind: Glück und Wut, Kälte und Gier, Eifersucht und Lüge. Und was es sonst noch gibt an schönen Schlechtigkeiten und schlechten Schönheiten, die so einen Liebeskern zusammenhalten. Der Kern ist positiv geladen, um ihn herum schwirrt eine Wolke negativer Er-o-ton-en. Man kann das alles auch ganz anders haben. Umbauen. Neu erschaffen. Love restored. Eine Weltpremiere. Jedoch kein Neuland ohne Risiko. Kein Fortschritt ohne Schrecken. Nach der Liebe beginnt ihre Geschichte.

Während der Elektriker noch einmal den Bohrer ansetzt, das Ehepaar weiterhin in den verschneiten Garten starrt, erscheinen nebenan im Hintergrund ein schwarzes und ein weißes Tor.

Eine Kette von Menschen in kurzen Wintermänteln mit Kapuze trippelt aus der Nullgasse auf die Tore zu und verschwindet in unregelmäßiger Folge abwechselnd durchs eine oder andere Tor. Die einen fallen in die Tiefe, die anderen sausen in die Höhe. Hinter den Kulissen kommen sie wieder zur Nullgasse und schließen an die nicht abreißende Reihe an.

CELIA Sehen Sie: da trippeln Männlein, Weiblein ununterscheidbar in grauer Reihe. Sie nähern sich ihrer Zielgeraden. Ein Geschlecht von Abgängern. Willkürlich kann ich sie befehlen, ich rufe nur: Null. Eins. Null. Eins. Eins. Null. Null. Null. Die Null schicke ich durchs Tor zum Untergang, die Eins durchs Tor zum Aufstieg. Null. Eins. Null. Eins. Eins. Eins. Wer schwenkt da noch sein Halstuch? Stop!

Die Reihe hält an. Derjenige, den das »Stop!« trifft, tritt aus der Reihe und gibt sein Statement ab.

DIE EITLE GELEHRTE Frau Professor Nina Kampvoss ... Wissen

die anderen hier Bescheid über mich? Oder wissen sie nichts? Ich müßte mir darüber im klaren sein. Ich muß da ganz sichergehen. Ich verhalte mich anders, wenn ich weiß, die wissen, wer ich bin. Was ich hinter mir habe. Ich brauche dann kein Wort darüber zu verlieren. Ich muß es nur wissen. Ja oder nein.

CELIA Es ist gut. Zurück in die Reihe. Wertlos. Nicht zu gebrauchen. Und: weiterlaufen! Null ... Null ... Eins ... Eins ... Eins ... Null ... Null ... Null ... Eins ... Eins ... Eins ... Eins ... Eins ... Stop!

Heraus tritt

DER KOSMIKER Ich habe zur Unzeit meine Zeit besucht. Auch der gute, der beste Mensch, der zur Unzeit ins Haus tritt, verbreitet Schrecken ... Ich versuche, das Lebendige leblos zu sehen. Zur inneren Ausgeglichenheit findet der Mensch erst, sobald er überall in sich auf das ursprünglich Unbelebte stößt. Im Atem, im Blick, im Blut. Alles beseelt? Alles wurde beseelt, von den Kolonialisten des Gemüts, den Planetariern. Doch Leblosigkeit beherrscht das Universum und herrscht im Urgrund allen Seins. Spürt ihr nicht den steinernen Schlaf, den toten Staub in jeder Regung, jeder Zelle?

Aber sie wissen es nicht, die Menschlein! Sie wissen auch nicht, daß sie niemals untergehen werden. Indem sie nämlich, bevor das geschehen könnte, sich kristallisieren, technifizieren, artifizialisieren: unzerstörbar leblos werden. Alles ist künstlich. Alles gezüchtet, manipuliert und veredelt. Nun, also, veredeln wir uns! Bis endlich kein Funke Leben übrigbleibt. Alles ist künstlich und künstlich erzeugbar. Träume, Kinder, Weltbilder ... Die Lüge des Lebens ist das Leben selbst.

CELIA Zurück in die Reihe! Abtreten! Fort mit dir. Abartiger Denker ... Ab durch die Null! Null, einseinseinseinseinseins. Stop!

Heraus tritt

DER AFFEKTMENSCH Es mag wohl sein, daß ich alles und jedes nur im Affekt getan habe. Und selbst meine kurzfristige Besonnenheit habe ich nur im Affekt hervorgebracht. Kontrakte, Bescheide, Vereinbarungen unterzeichnet ohne Vorsicht, ohne jedes Hinsehen, nur um den Schwung der Signatur zu spüren. Möbel, Bilder, Geräte gekauft, nicht nach Bedarf, sondern in

Zuständen anfallsartiger Besitzgier. Einen Menschen gestreichelt, ohne ihn überhaupt anzublicken, nur weil Hand und Herz sich nicht halten ließen. Wie oft habe ich mich nur deshalb so heftig entschieden, weil ich die Heftigkeit selber genießen wollte! Sie, erhaben über jedes Dafür und Dawider, ist eine Vorgabe auf dem Weg zur endgültigen Entschiedenheit, zum moralisch-chemischen Aufbau von Entschlossenheit an sich. Aus der heraus dann alle Entscheidungen gleichsam wie von selber fallen …

CELIA Respekt und Sympathie! Da spür ich ein verwandtes Selbstverständnis! Ein Mensch kommt sich auf die Schliche. Doch leider, für meinen Zweck im Augenblick, nicht ganz das Richtige. Abtreten! Aber ab nach oben. Eins! Und: weiterlaufen! Eins, null, einsnullnulleinseinseinsnull … Stop!

EINE JUNGE FRAU *tritt aus der Reihe* Ich bin schön. Ich habe viel Geld in mein Aussehen investiert. Ich sehe gut aus, das weiß ich, und die Leute sagen es mir auch. Außerdem bin ich intelligent. Ich bin eine intelligente Frau, das darf man nicht vergessen. Ich kann mich gut mit Männern unterhalten, und ich führe interessante Gespräche mit ihnen. Alles in allem bin ich nicht ein so langweiliges Luder wie die meisten anderen.

CELIA Ramsch und Kehricht! Abwärts mit dir. Null.
Stop! Einen Augenblick … Laß mich überlegen … Was ist an ihr dran? Ein Girlie. Ein Dutzendhascherl … Wer weiß, wofür sie gut sein könnte. Komm her. Dich kann ich vielleicht gebrauchen … Wie nutze ich deine Materie? … Wie heißt du?

Das Mädchen zuckt mit den Achseln.

Nennen wir dich: die kleine Welle. Undula. Die durch und durch Ondulierte.

Nur aus Welle und Schwingung besteht sie. Erotonenwolke. Das Eroton ist ein Strahlungsteilchen, das nur »in Beziehung zu« existiert. Hier haben wir das unbestimmte Mädchen, ein Fall von klassischer Unbestimmbarkeit. Gesicht, Figur, Person sind instabil, sie entstehen in Wechselwirkung mit dem Partner jeweils neu. Die Anziehungskraft errechnet sich aus Drang mal Drehung mal Drohung.

Bitte, wenn du bereit bist, dampfen wir dich ein. Zieh den Mantel aus.

Ein Glassturz geht über dem Mädchen nieder, und Nebel steigt ihm bis unter das Kinn.

CELIA Leg deine Kleider ab.

UNDULA *unter dem Glassturz* Ich gebe zu, ich hatte noch nicht die Kohle, um mir meine Stimme tunen zu lassen. Ich gebe zu, daß meine Stimme überhaupt nicht zu mir paßt. Ich kann mit ihr nicht brüllen, schreien, kreischen, dröhnen, wie ich möchte. Oder wie es manchmal nötig wäre. Wenn ich schrei, kommt nur ein dünnes Mäusefiepsen. Da fehlt mir was. Da bin ich leider schwach.

Agentur

Büro der Agentur »Beaumonde«. Vier Frauen, vier Männer, die allesamt beschäftigt sind, irgend etwas machen, bewerkstelligen, berechnen und vorbereiten, bringen und abholen, Symphonie der kleinen Tätigkeiten, Dialoge im Vorübergehen, kurze Auftritte, Rufe und Zwischenrufe, bewegte Totale. Tätig sind sie alle zugleich. Ein Meßblatt wird studiert, ein Briefbeschwerer aufgelegt, weil andere kommen und neue Karten bringen und dabei Luftzug entsteht, das Meßblatt wird an eine Pinnwand gesteckt, eine Jacke wird geholt, in der Jacke gekramt nach einem Notizzettel. Etwas, das unter den Tisch fiel, wird gesucht und gefunden. Eine digitale Fotokamera wird aus der Schublade genommen, ein Preisvergleich wird abgefragt, eine Glühlampe ausgetauscht, ein langes Fax wird aus dem Gerät genommen, studiert und abgelegt. Kommen und Gehen, Herbeibringen und Nachfragen, Gerede aus den Nebenzimmern, Durchgänge offen. Über der Pinnwand der Leitspruch des Büros: »Wir müssen Orte bauen, wo die Menschheit wiedergeboren wird. Le Corbusier.«

Um den Schreibtisch des Chefs, Astel, versammelt, stehen drei Männer – Sören, Lambert, Hans – und eine Frau, Petra.

SÖREN Der darf dort keine Autowerkstatt bauen.

PETRA Ist Grundstück 24/2, Flur 3, überhaupt zur Bebauung freigegeben?

ASTEL Noch ist es Pachtland der Gemeinde.

LAMBERT Der Leiter des Planungsamtes sagt –

ASTEL Wo kommt der her?

LAMBERT Aus dem Nachbardorf.

PETRA Es gab bei ihm Probleme mit dem Alkoholismus.

HANS Alkoholismus. Weißt du, was du da sagst?

PETRA Es gab Alkoholprobleme, doch.

SÖREN Die Gemeinde hat ein Vorkaufsrecht.

ASTEL Die Gemeinde ist pleite. Wir müßten zunächst in den bestehenden Pachtvertrag einsteigen.
Es kommt darauf an, den Kaufvertrag direkt mit dem Landkreis auszuhandeln.

HANS Der Flächennutzungsplan sieht Mischbebauung im Innenbereich vor.

SÖREN Ist das Innenbereich?

ASTEL Ist der Plan schon in Kraft?

LAMBERT Sie haben die Gemarkung willkürlich zum Innenbereich erklärt. Sie war immer Außenbereich.

ASTEL Hat jemand beim Katasteramt nachgefragt? Wie hoch liegt in der Gegend der Quadratmeterpreis, im Schnitt?

PETRA Bis jetzt ist es ja noch Weideland. Noch nicht einmal Bauerwartungsland.

ASTEL Ich spreche mit dem Bauamtsleiter. Wenn der die Finger im Spiel hat, läuft es auf uns zu.
Verbindet mich jemand?

SÖREN *zu Hans, indem beide vom Tisch zurückgehen* Du brauchst Geld. Die Zinsen fallen nicht tiefer. Du belastest dein Haus mit 3,5 Prozent nominal. Du holst dir fünfhunderttausend von der Bank. Du steckst das Geld in beste Fonds. Du erwirtschaftest sieben Prozent per annum. Dir bleiben zwei Komma fünf. Steuerfrei. Du hast die Nase vorn. Differenzgeschäft.

HANS Von Nase vorn kann nicht die Rede sein. Ich mache dir die Gegenrechnung auf …

ASTEL *telefoniert mit dem Planungsamtsleiter* Arthur Stephan. Guten Tag … Arthur Stephan! Agentur Beaumonde. Hallo! Ich höre, du willst Bürgermeister werden? Kein dankbarer Job in Zeiten der leeren Kassen.
Pause. Seit elf Jahren kenne ich dich, Eberhard, seit sieben Jah-

ren schmeißt dein Amt mir Knüppel zwischen die Beine. Du bist ein Schwächling, aber man könnte dich wählen, um dich loszuwerden. Du bist müde und verbraucht. Du bist in Affären verwickelt, Investitionsruinen säumen deinen Weg... Du bist krank und uninteressant. Aber man könnte dich wählen – wählen lassen. Ich könnte mich sogar um die Gemeindekasse verdient machen. Was ist mit Flurstück 3? Es grenzt an die Community. Wir wollen es haben.

Pause. Paß auf: Ich komme heute abend und hole dich von der Sitzung ab.

Während Astel telefoniert, gehen die Beschäftigten weiter ihren Beschäftigungen nach.

UNDULA DIE NEUE *kommt aus einem Nebenraum* Der Handwerker fragt. Wegen der Deckenbeleuchtung oben im Verkauf. Im zweiten Stock ist der Strom ausgefallen.

ELKE Jetzt ausgerechnet. Wo mein erster Kunde gleich vor der Tür steht! Der will Beaumonde im Modell beleuchtet sehen!

TINI Irgendwas geht immer schief.

Astel zeichnet eine Unterlage ab im Vorübergehen.

UNDULA DIE NEUE *zu Astel* Hier der überarbeitete Entwurf für den Verkaufsprospekt.

Lambert ist ihn schon mit mir durchgegangen. Ich habe mir Mühe gegeben.

Stille. Spot auf Tini.

TINI Oder wie wenn, kennst du ja, Ondula die Neue, neu eingestellt, Undula oder wie sie heißt, sich bei uns, bei ihren neuen Kollegen, beliebt machen möchte, indem sie sich besonders patzig über den Chef ausläßt, den Chef schlechtmacht und damit angibt, daß sie dem Chef erst mal die Meinung gesungen hätte, von wegen Überstunden vor Weihnachten, und dabei gar nicht merkt, wie sie bei uns in leere Gesichter blickt, Gesichter, die ihr keineswegs zustimmen, denn sie hat's ja noch nicht mitgekriegt, daß zwischen uns und dem Chef ein kerngesundes Klima herrscht, ein modernes kerngesundes Klima, und je mehr sie glaubt, sich bei uns einzuschleimen, je mehr sie glaubt, in Gemeinschaft zu machen, in Gemeinschaft förmlich dahinschmilzt, indem sie am Chef herummäkelt, um so sicherer manövriert sie sich ins Aus, und sogar noch als wir zaghaft widersprechen und ihr klarmachen, wie wir hier gestrickt sind, da sagt sie, wenn auch deutlich kleinlauter:

UNDULA DIE NEUE Na ja. Versteh ich doch. Ich meine bloß, er könnte uns doch Klarheit verschaffen, was vor den Feiertagen für Überstunden anfallen, damit man nicht wieder völlig baff ist und überstreßt unterm Weihnachtsbaum zusammenklappt, so was gehört sich doch einfach.

TINI ... aber da hatte sie sich bei uns schon hoffnungslos ins Aus gemosert.

Spot aus. Erneute Bewegung.

ASTEL *liest den Entwurf laut vor, die anderen unterbrechen ihn, als sei es ein chorisches Werk* Beaumonde, das sind 60 000 Hektar eingezäunter Garten Eden. Parkstadt. Gated Community. Beaumonde ein Ort des Lichts und der Stille, der Sicherheit und des Wohlergehens.

TINI Beaumonde: die andere Stadt,
wo alle Türen offenstehen,
bewacht von unbestechlichen Sicherheitskräften.

ELKE Beaumonde, das ist die Andere Stadt, wo die Zeit sich Zeit läßt. Mit lauter Menschen, die man gerne sieht.

PETRA Keine Krüppel keine Übergewichtigen keine ansteckenden Krankheiten kein unterdurchschnittlicher IQ.

LAMBERT Moment! Es gibt auch Grenzen! Kennt ihr die harten Gesetze der exklusiven residents in amerikanischen Wohnanlagen, in Florida oder anderswo? Dort lümmeln nur reiche Idioten herum, Schwachsinnige, die alle das gleiche Schönheits- und Schlankheitsideal besitzen. Wer ein paar Kilo zunimmt, wird rausgeklagt. Eine Bewohnerin mußte die Anlage verlassen, weil ihr Hund die zulässige Gewichtsgrenze überschritten hatte.

HANS Wir verlosen hier ein Probewohnen, eine Woche in der Stillen Stadt.

DIRK Abschied von öden Innenstädten, Rauschgifthändlern, Kindergangs.

ASTEL Die Kosten der großen Illusion steigen leider auch für uns von Tag zu Tag. Jeden Morgen beginnen wir mit einem großen Fanfarenstoß, worauf dann leider niemand zum Fest erscheint.

SÖREN »Die Russen kommen!« Als das die Oma rief, da lief

noch was mit Sicherheit. Meine Großeltern verloren Haus und Hof. Aber »Die Moscheen kommen!«, das nehmen die Leute noch immer nicht ernst. Nennt mir bitte ein Gespenst, das man noch an die Wand malen könnte.

LAMBERT Decoys! Decoys! Ihr wißt doch, wie man mit Ladenhütern Kunden anlockt?

Paß auf: Ein Fahrradhändler hat zwei Mountainbikes ins Geschäft gestellt: eins für EUR 299, eins für EUR 499. Die Preisspanne ist sehr hoch, er verkauft das teure nicht und das billige steht zu billig da. Er stellt ein drittes für EUR 699 ins Fenster, und unverzüglich steigt der Absatz für das 499iger Rad, das bei einfacher Alternative zu 299 keiner kaufen wollte.

Stille. Alle Bewegung friert ein. Spot allein auf Elke und Dirk.

ELKE Du sagst: es ist vorbei?

DIRK Ich bin eben ehrlich.

ELKE Die Vorstellung, daß du mich die ganze Zeit belogen hast.

DIRK Dich nicht. Mich selber letztlich.

ELKE Läßt du mich damit allein?

Spot aus. Neue Bewegung von allen.

HANS Mein Versicherungsmakler machte ein Nickerchen auf der Couch in seinem Büro. Ich sagte: Ich war gerade in der Nähe und dachte, ich nehme auch das noch mit, erkundige mich mal, wie's um die Versicherungen steht, Kfz, Haft, Recht, Hausrat, es soll ja noch kostengünstigere geben, aber bei denen soll er mir erst mal die Leistungen abfragen.

SÖREN Was hältst du davon? Beaumonde. Gated Community ... Stille, Reichtum und Magie.

ASTEL Nicht Reichtum. Reichtum raus.

SÖREN Die Stille Stadt. Stille: Weisheit: Otaban.

PETRA Otaban? Was ist das?

SÖREN Das muß man ja nicht wissen. Ein Joker. Ein magisches Wort. Jeder glaubt, er müßte wissen, was das ist.

TINI Es klingt aber nach Tampons.

HANS Die Baumeister, die noch nichts am Bildschirm generierten, weder Formel noch Graphik, die lieferten die großen Entwürfe. Le Corbusier. Nicht solchen Krimskrams, so viele Kleinigkeiten.

ASTEL Laß nur. Unsere Leute sind auch keine Tortenspritzen. Bleib bloß auf dem Teppich, Hans!

ELKE Und sie bauen dafür auch ein bißchen menschenfreundlicher.

DIRK Sie sollen aber für die Wiedergeburt des Menschen bauen. Siehe oben.

UNDULA DIE NEUE Zwei Männer sind da, die ihre Dienste als Wachpersonal anbieten.

ASTEL Danke. Wir haben augenblicklich genug Sicherheitsleute.

Einer der beiden kommt rein.

DER BEWERBER Hören Sie sich erst mal unsere Konditionen an.

ASTEL Warten Sie noch einen Moment draußen, bitte. Ich komme gleich.

Wir haben gesagt, wir schaffen das. Und zur Hälfte haben wir es bereits geschafft. Die Hälfte vom Estate ist jetzt verkauft.

UNDULA DIE NEUE Bergfest!

ASTEL Wir haben noch eine lange Durststrecke vor uns, aber wir halten durch. Wir sind gut aufgestellt. Andere haben Visionen, wir schaffen Lichtblicke.

Astel geht ab.

HANS Es gibt Leute, die fragen, was kann man denn in eurer stillen Stadt: was kann man in Otaban besuchsweise machen? Kann man da heiraten zum Beispiel?

ELKE Hans, hör auf ... Wir kennen die Pointe.

SÖREN Es gibt Geschichtsschreiber und solche, die Geschichte schreiben.

Hans Falke hat Sexgeschichte geschrieben.

HANS Das ist ein Witz, der nur in schlechten Zeiten ein guter wäre. Moment: ich habe mich an einer kleinen Geschichte ...

TINI O nein. Nicht schon wieder ...

HANS *liest vor; alle übrigen hören ihm zu* Es ist eine love-story für den neuen Verkaufskatalog. Otaban. Wenn Mann und Frau –

Gelangweiltes Stöhnen von den anderen

wenn Mond und Sonne, Land und Meer ... die große Scheidung – *unterbricht sich; notiert* Fehlt noch: Himmel und Hölle ... Wenn das so ist, dann gibt es nun eine neue große Teilung in unserem Lebensraum. Die Welt der Entstellten, streng getrennt und abgeschirmt von der Welt der neuen Schönheitskulte.

In der Welt der Entstellten lebte ein alter Mann, Ureinwohner einer Parterre-Wohnung, und vegetierte dahin bei geschlossenem Rollo. Er wälzte sich im Müll und bewahrte neben sich die Überreste seiner Frau, die längst verwest war zu dunkelbrauner Marmelade. Halb bedeckte er sie mit seiner Schmutzwäsche, Fingerabdrücke vom Leichenmus klebten an den Wänden und am Rand der Badewanne, die er als Toilette nutzte. Unter seiner Gesichtshaut kroch ein blauer Wurm in seiner Wange, kroch langsam zur Schläfe, zum Auge hin kroch er. Einmal öffnete der Alte für einen Spalt das Rollo, eine glühende Sonne stürzte sich auf all den Dreck und vermehrte den Gestank. Dann leckte er an einer alten Dose, und man sah, daß es die Reste von Katzennahrung waren, die er verschlang, und er riß sich am Dosendeckel die Zunge auf. Es war zur Weihnachtszeit, und ein Polyesterchristbaum stand auf einem Abfallhügel. Er war geschmückt mit ausgedrückten Tuben, vertrockneten Kosmetika der Frau und anderen krummen Utensilien. Die hingen an den Zweigen anstelle von bunten Kugeln. Die Welt der Entstellten hatte gegen sich die Welt der Schönheitsfanatiker. Es herrschte sogar eine Art Schönheitsdiktatur, die mit dem harmlosen Schick unserer Designerwelt nichts mehr zu tun hatte. Kulte, Spiele, Rechte, Tänze, Zuchtprogramme – alles neu und exklusiv, der Menge unzugänglich. Neue Blicke, neue Gesten, neue Höflichkeit. Sie zerlegten alles, Geschäfte, Alltag, Liebe in lauter kleine selbsterfundene Zeremonien.

Ein junger Eiferer dieses formbewußten Klüngels verliebte sich aber in eine Entstellte und begab sich in ihre Welt. Dort ekelte es ihn auf Schritt und Tritt, er fror immerzu, er mußte sich dauernd erbrechen, es gab nichts, woran er nicht kleben blieb, er hätte am liebsten in einem einzigen Amoklauf aufgeräumt unter den scheußlichen Rattenmenschen. Er fand aber eine Gebärde an seiner Erwählten, die schöner war als alles, was er von zu Hause an Zeichen und Gebärden kannte. Er versuchte sie zu erlösen, er wollte sie entführen in seine feine Diktatur, doch erlag er schließlich ihrem Drängen und Flehen: Kein Aufschub, mein Herz! Erst lieben wir uns hier und dann erst wollen wir fliehen! Er wurde eins mit ihr – zur Unzeit, verfrüht und am falschen Ort. Was folgt, ist schnell erzählt: … das Ende fehlt mir noch.

Astel *kommt zurück* Ich lasse mein Seminar ausfallen. Vorlesung, Fakultätssitzung, alles abgesagt in dieser Woche. Mit anderen Worten, es hindert uns nichts: wir werden dieser Tage den Verkauf von Beaumonde ein gutes Stück voranbringen – *Er bleibt neben Undula der Neuen stehen; leise:*
Sind Sie gut untergebracht? Kennen Sie sich ein bißchen aus in der Stadt?

Heimweg

Neben ihrem Mann Astel, übermüdet, etwas betrunken Kiro, vom Festessen heimkehrend, sich abstützend an einer Mauer, die Jacke oder Stola nach sich schleifend auf dem Boden.

Kiro Sieh an: der Mond! Vollkommen unklarer Mond! Was heißt da verklärt? Ein zerlaufener Margarinebatzen. Lumpenlicht. Kein Herr, keine Dame. Nur ein verknieptes Scheelauge! Gegen uns, gegen das gute Wetter, die gute Erde, die gute Laune gerichtet. Faule Funzel! Und morgen Regen. Von morgen an wochenlang Regen. Abschied des Monds in schlappster Schwäche. So bald nicht wieder: süüüß. Jetzt kommen die mondlosen Jahre, mein Lieber, die Brüll- und Tobenächte. Schlechtes Bild zur Erinnerung. Halb! Auch noch … halb. Nur was Halbes. Wie's an meinem Ehrentag nicht anders sein kann. Ein halber Mond, ein halbes Leben, ein halber Mann!

Astel Bring mich nicht zum Reden. Das wär' mein Paradies: nichts mehr zum Erörtern da. Beaumonde, das heißt für mich: nichts mehr erörtern müssen.

Kiro Stell ihn ab! Stell ihn ab, lieber Herrgott im Himmel. Laß mich ihn nicht mehr reden hören! Du hast mir wieder vor allen Leuten vorgeworfen, ich ließe alle Deckel offen, Zahnpasta, Marmeladenglas, Pillenschachtel, Intimcremes, alle Türen halb offen, ja warum denn wohl?
Weil ich den Dingen nichts Abschließendes zumuten möchte. Dir nicht und mir nicht. Hier, gütiger Herrgott im Himmel, siehst du meinen Daueralleinunterhalter! Er war einmal ein ernster Mann, dem leider im Augenblick herannahender

Erschöpfung eine Fontäne von Blödsinn aus dem Schädel schießt. Lauter Banalitäten über Mann und Frau.

ASTEL Aber du, kaum bist du in Gesellschaft, ratterst am laufenden Band, geradezu zwanghaft, deine losen Sprüche herunter.

KIRO Ich – rattere? Was rattere ich denn? Das möchte ich überhört haben.

CELIA *erscheint innerhalb der Mauer, fahl hervorleuchtend* Ich kann es nicht mit ansehen! Er betrinkt sich nicht. Er schlägt nicht über die Stränge. Verliert die Besinnung nicht. Langt nicht hin. Läßt sich nicht gehen. Das will ein Mann sein? Kein Hauch von Untreue, kein Hauch von Seitensprung und fremdem Parfüm. Wer seine Frau nicht betrügen kann, wird sie auch nie zurückgewinnen. Denn dann muß er ihr was bieten – als Wiederliebhaber! Ich möchte ihm auf der Stelle etwas Lumpiges einreiben, ein Düftchen Lug und Trug anhängen, das ihr dann hoffentlich auch in die Nase sticht. Es muß doch irgendeinen Geruchsstoff geben, der ihre Eifersucht erregt.

Die Erscheinung der Celia verschwindet in der Mauer.

KIRO Ich habe dich gequält. Ich hatte Macht über dich. Du gehorchtest mir. Du bist vor mir auf den Knien gerutscht, du hast den Boden geleckt, auf dem ich stand und dich kommandierte.

Ich gab die Richtung an. Außer in Geschäften, da warst du stärker als ich. Nur in Geschäften behieltest du das Oberwasser, und ich soff ab. Wie eben jetzt. Du hast mich rausgeworfen. Entlassen. Du – mich! Rausgeekelt aus der Agentur wegen einer Neuen! Aber ich weiß, wie du zu schlagen bist. Ich werde dich schlagen, verlaß dich drauf.

ASTEL Ist das vernünftig? Ist das eine Analyse der Sachlage? Ist das eine Beweisführung? Oder spricht da nur deine Leidenssucht, dein Zerstörungswahn?

KIRO Du hast mich entlassen.

ASTEL Es kann doch nicht sein, daß dir entgangen ist, wie die anderen auf dich reagieren. Die Frau des Chefs und seine Angestellte … Es kann doch nicht sein, daß du nicht gemerkt hast, wieviel schiefging in letzter Zeit, auch dir, gerade dir. Die Blicke, die Nachlässigkeiten, die Spötteleien. Es herrschte eine ungute Atmosphäre –

KIRO *laut* Es geht ja nicht darum. Darum geht es doch gar nicht.

Astel Es ist unerträglich, wie du brüllst. Du brüllst!

Kiro Du meinst: ich kreische. Ich kreische.
Was bleibt mir sonst?

Astel Darauf habe ich gewartet. Ich habe nur darauf gewartet.

Kiro Es ist das Normalste von der Welt, daß Mann und Frau sich anschreien. Wir streiten. Mit dir muß man streiten.

Astel Ich rede jetzt!

Kiro Ohne dich hätte ich jetzt wild in den Himmel geschrien.

Astel Erklär mir bitte, was hast du getan in der Agentur, welche Arbeit, für die du nicht absolut überqualifiziert –

Kiro Corporate Identity.

Astel Und dementsprechend mangelhaft getan –

Kiro Ich fühlte mich gut in der Firma.

Astel Schwachsinn! Kim Rose! Schwachsinn!

Kiro Das muß ich mir von dir nicht sagen lassen.
Aber meinetwegen, bitte, sag es.
Natürlich, die Neue ist besser als ich. Wo ist die Neue besser als ich? Diese plumpe Attrappe, Sinnliche, Blondierte. Nicht mal echt wie ich. Mit den dicken Lippen, den Mund immer halb offen, um aus jedem Luftstrom kleine Fische zu fangen, alles, was so in den Mund paßt, aufzuschnappen, Fische, Blicke, Finger, Vorhäute, Lächeln und was sonst so reinkommt, alles, was ihr in den Mund strömt.

Astel Ich bin froh, wenn ich dir nicht mehr zuhören muß.
Ich bin froh, wenn es mir eines Tages gelingt, dich einfach zu überhören.

Kiro Du wirst noch froh sein, eines Tages, wenn wir einmal ganz stumm geworden sind, morgens beim Frühstück getrennt an getrennten Tischen, dann wirst du dich noch wehmütig erinnern an den heftigen Wortwechsel, den wir damals hatten, auf dem Nachhauseweg von meinem Geburtstagsessen.
Man muß sich auf den Rücken schmeißen und mit beiden Fäusten auf den Brustkorb trommeln, um eine andere zu werden. Um endlich die Verwandlung einzuleiten.

KIRO *kommt aus der Umkleidekabine* Was meinen Sie? Zu breit? Zu vierkantig, wie?

VERKÄUFERIN *am Handy* Wieso? ... Nein. Da bin ich schon in Urlaub ...

Wir könnten uns am Samstag bei ... nein ... Samstag bei Margot Einstand feiern ...

KIRO Sprechen Sie mit mir! Bedienen Sie mich!

VERKÄUFERIN Du ... ich muß Schluß machen. Ich habe Kundschaft.

Zu Kiro Moment, bitte.

Ins Handy Nein, zu Haus dumm rumsitzen, kommt nicht in Frage.

Zu Kiro Dahinten hängt Ihre Größe.

Ins Handy Laß uns Schluß machen. Ich hab's dir gesagt.

KIRO Was meinen Sie? Zu breit? Zu vierkantig?

VERKÄUFERIN Ich weiß nicht. Sie müssen es wissen.

Die fallen immer ein bißchen breiter aus als die anderen.

Müssen es Jeans sein? Aber es steht Ihnen trotzdem irgendwie.

Wie wär's denn mit der hier?

Sie hält eine Hose aufgefaltet hin.

KIRO Im Schnitt nicht schlecht. Im Ton etwas fad.

Sie tragen ja Strümpfe! Probieren Sie sie an.

Sie tragen doch Strümpfe, nicht?

Nylonstrümpfe? Oder Seidenstrümpfe?

Oder: Sie leihen mir Ihre Strümpfe. Ich will die Hose mal mit Strümpfen sehen.

Sie tragen doch keine Strumpfhosen, nein?

VERKÄUFERIN Geschmackssache. Kommt aufs Wetter an.

KIRO Sie muß einen Tick besonders sein, sonst nehme ich lieber gar keine.

VERKÄUFERIN Sehen Sie sich noch mal um.

KIRO *brüllt plötzlich* Ich habe alles gesehen!

VERKÄUFERIN *zieht vor Schreck ihre Strümpfe aus und gibt sie Kiro* Na ja, mehr ist nicht da. Wir bekommen nächste Woche neue Ware.

Kiro zieht sich mit Hose und Strümpfen in die Umkleidekabine zurück. Die Verkäuferin ordnet die von Kiro anprobierten und abgelegten Kleidungsstücke ein.

KIRO *in der Kabine, hinter dem Vorhang* Lieber Gott, halte mich ab, ihr etwas Böses zu tun. Gott, ich kann dieses faulste Deiner Geschöpfe nicht ertragen. Ich kann es nicht ertragen, daß sie mich nicht bedient. Gott!! Warum ist sie nicht an mir interessiert? Warum bedient sie mich nicht? Warum hebt sie ihren lustlosen Arsch nicht vom Hocker?! Sie ist faul in ihrem Laden, faul in ihrer Haut, faul in ihren Augen. Warum hockt sie so faul in ihrem hübschen Körper? Wie kann ein hübscher Körper so faul sein?!

Kiro öffnet lautlos den Vorhang, erscheint mit nackten Beinen in ihrem Unterrock und scheuert mit einer Feile ihre Fingernägel. Dann schleicht sie sich an die Verkäuferin heran. Als sie gerade den rechten Arm ausstreckt, um eine Hose an eine Stange zu hängen, greift Kiro ihr mit einem brutalen Griff in den Nacken. Sie beugt ihren Kopf auf eine Stuhllehne. Sie reißt ihr mit einer Nagelfeile die Wange auf …

KIRO Das nächste Mal bedienst du mich, du Aas. Hörst du? Du bedienst mich, du rutschst auf den Knien vor mir, du dreckiger Topflappen!

VERKÄUFERIN *schreit* Laß mich! Geh! Hilfe!

Kiro stopft ihr die Strümpfe in den Mund und sticht ihr die Feile mehrmals in die Schulter. In diesem Augenblick betritt die Besitzerin den Laden.

BESITZERIN Welch ein Umweg … mein Gott, was für ein Umweg …

KIRO Hat sich aber doch gelohnt, wie?

BESITZERIN Was –? Was ist los? Du blutest, Kind!
zu Kiro Sie sind das?
Sie kenne ich doch. Haben Sie die Kleine verletzt? Sie sind Kim Rose. Kiro sagt Ihr Mann. Mit Ihnen habe ich nie geredet. Sie machen sich über meine Angestellte her. Haben Sie das getan? Ihr Sohn heißt Leonhard.

KIRO *leise, geschwächt* Toni.

BESITZERIN Toni? Sie haben nur den einen. Er ist Ihnen davongelaufen mit sechzehn. Wen wundert's.

KIRO Ja. Er lebt nicht mehr bei uns.

BESITZERIN In falsche Hände geraten, ja. Stricher, drogensüchtig, zittriger kleiner Beleuchter in einem stinkigen Kellertheater, irgendwo in der Unterstadt.

KIRO Wenn ich nur wüßte, wie ich Sie von Ihrer Unansehnlichkeit befreien könnte?

BESITZERIN Unansehnlich? Ich unansehnlich? Das sagen Sie mal Ihrem Mann.

KIRO Meinem – Mann?

BESITZERIN *leicht obszön* Dem Herrn Professor für Kreisverkehr und Stauforschung!

VERKÄUFERIN Du solltest dich lieber zurückhalten, Sabine. Du solltest erst mal deinen eigenen Laden in Ordnung bringen. Du hast diesen Schund aus Irland, du hast diesen irischen Billigscheiß in Massen eingekauft. Und ich muß sehen, wie ich es fertigbringe, diesen Dreck, diesen verfickten Müll den Leuten anzudienen. Ich bin nicht dran interessiert und nicht davon überzeugt. Ich steh da und laß mich auslachen. Ich muß diese gottverdammte Ware für dich ausbaden!

BESITZERIN Schätzchen, du kannst doch aussortieren, was dir nicht gefällt.

VERKÄUFERIN Kann ich eben nicht. Du hast ja den ganzen Laden mit minderwertiger Füllmasse ausgestopft.
Du hast das alles gekauft, ohne mich zu fragen. Nicht in Kommission genommen, du hast es gekauft, in deinem versifften Schädel verschwimmt dir der gesamte Bestand. Gib's doch gleich dem Roten Kreuz, Sabine! Tatsache.

KIRO Wieso – meinem Mann?

BESITZERIN *zur Verkäuferin* Man muß treffsicher sein. Treffsicher! *zu Kiro* Eine Frau, die man niemals vergißt – Sie verstehen, man sieht sie nur auf einem Foto – in ziemlich schweinischer Position – das Foto rutscht zufällig aus einem Buch, wenn die liebe Gattin in der häuslichen Bibliothek herumstöbert, ein Buch, in dem zu allem Überdruß noch ein sehr zweideutiges Exlibris klebt. Jetzt verstehst du nur Stachelbeere, wie? Du hast eben seit langem nichts mehr mitbekommen.

KIRO Nein …

VERKÄUFERIN Du sagst doch nicht wirklich: Ich vulgäres Huhn, ich war die Geliebte des Professors? Du – geliebt – du da? Auf den Knien – du? Gerutscht vor dem. Und mit dem Mund – dem da?

KIRO Mein Mann – ist Professor an der Hochschule für Verkehrswesen und Städtebau …

BESITZERIN Sie wissen, wie es ist: Man wird es nie herausfinden. Vielleicht hat er gar nichts mit uns Frauen. Vielleicht liebt er heimlich kleine Jungen. Oder alte Damen. Vielleicht ist er konfus in jeder Beziehung.

KIRO Mein Mann? Wieso?

BESITZERIN Du bekommst eben nicht mehr viel mit in letzter Zeit.

KIRO Ja, vielleicht. Ich muß mich einmal genauer erkundigen.

BESITZERIN Ich kann das nachfühlen. Ich fürchte mich vor jedem Kunden, der den Laden betritt. Glaub mir. Da draußen. Von jenseits des Schaufensters, von wo das Grauen droht. Da draußen! Jemand steht vor dem Schaufenster, sein Blick verliert sich in unserer Dekoration. Ich hoffe, ich bete, ich ströme es aus: daß er meinen Laden nicht betreten möge. Ich begegne ihm unterschwellig, ich mache, daß sein Blick, auf unsere erbärmliche Dekoration gerichtet, langsam ermattet, ein abwesender Blick wird, bis er schließlich vollkommen leer in das Schaufenster starrt. In Erwartung ganz anderer Dinge. Nicht mehr am Kauf einer Hose interessiert. Geschafft. Geschafft. Die Gefahr ist vorüber.

Tangente

Eine lange Stuhlreihe, die als Tangente im Einfallswinkel von 15° den Tisch berührt und nach rechts und links aus der Bühne hinausführt. Kiro allein auf einem der Stühle, entfernt vom Tisch. Hin und wieder fallen Batzen einer wabbligen Masse vom Bühnenhimmel auf die Sitze. Kiro wechselt den Platz, wenn es zu nah bei ihr herunterkommt.

Nach einiger Zeit kommt Celia und setzt sich ans andere Ende der Reihe.

Celia Weit abgekommen vom Tisch, wie?

Kiro Schwer zu sagen.

Pause. Nach und nach kommen verschiedene Frauen und setzen sich auf die Stühle …

Erste Frau Ich bin die Anita Kaul. Ich nehme an, Sie wissen inzwischen Bescheid?

Zweite Frau Es tut mir leid. Ich wollte von Anfang an, daß Sie es erfahren.

Dritte Frau Ich war der festen Überzeugung, daß Sie einfach abwarten würden, bis es wieder vorüber ist. Wir konnten beide nicht ahnen, daß es etwas länger dauern würde.

Vierte Frau Es war ja nichts Besonderes. Ich war kaputt. Erledigt. Ich fühlte mich schlecht.
Ich wollte nicht reden. Er redete die ganze Zeit auf mich ein. Ich war es dann, die ihn fragte, ob wir jetzt nicht besser ins Bett gehen sollten. Er wollte eigentlich gar nicht. Es mußte einfach sein. Ich fühlte mich schlecht. Es war dann auch gleich wieder vorbei. Nichts Besonderes. Danach ging's mir etwas besser.

Fünfte Frau Aber im Kern war's Liebe. Im Kern berührt dich was. Egal wie das Programm dann heißt, egal die Kleiderordnung. Liebe – mit allem Drum und Trödel.

Kiro *springt vom Stuhl auf* Ich muß weg! Ich will verreisen. Ich muß weit weg von hier. Weit weg!
Ich fahre um die Welt und halte mir beide Ohren zu.

Celia Wenn man so zart besaitet ist wie Sie, sollte man lieber in Ohnmacht fallen, statt schneidig aufzuspringen wie ein beleidigter Kavallerieleutnant, der einen Bäckermeister zum Duell fordert.

Kiro *setzt sich wieder; wendet sich an die sechste Frau: Undula mit dicker Brille* Und Sie? Warum sagen Sie nichts? Hören Sie auf zu schluchzen!

Undula mit dicker Brille Es war nämlich so, daß er in Gesellschaft an diesem Abend darüber feixte, vor allen anderen, er möchte noch ein Kind haben, seine Frau sei leider schon zu alt, und wenn man vor eine solche Frage gestellt würde, ein Kind haben mit einer jüngeren Frau, die nicht die eigene, und das Kind dann irgendwie mit in die Familie nehmen, aber die Frau, die Mutter des Kinds, doch eher nicht oder doch irgendwie? Auf welchem Platz würde sie rangieren, Fragen, für die man Talkshows einrichtet, da sagte ich unsicher, weil ich neben ihm saß und die ganze Zeit über leise Gluckser von mir gab, Gluckser der gespielten Empörung, aber sehr gedämpft und grinsend, ich grinste die ganze Zeit, das Gesicht schief, verzogen, der Brillenrand stieg über die Augenbrauen, weil ich mit aufgestützten Ellbogen dasaß und fortwährend die Zigarette inhalierte, qualmschlingend, wahrscheinlich um anzudeuten, unbewußt wahrscheinlich, wie schlingend mein ganzer Typ, gegebenenfalls, aber nie einen offenen Ton oder deutlich artikulierten Gesprächsbeitrag, riskierte ich nicht und doch auf einmal, ich glaubte, ich spräche wieder mal bloß drunterweg, unter dem vielen Durcheinandergerede am Tisch, aber plötzlich war es in einem bestimmten Augenblick völlig still, mucksmäuschenstill, ich konnte aber nicht mehr einhalten, der Satz war schon unterwegs, kam in einem Schwupp heraus aus mir und stand plötzlich quer im Raum, in der Eisesstille: »Na wissen Sie, also ich von mir aus, ich verschwinde mit Ihnen, meinetwegen, warum nicht gleich hier nebenan, Knall auf Fall ...« Als ich merkte, daß mir alle zuhören, erwischte ich den falschen Ton, und es kam, obwohl ich das Gegenteil wollte, so was wie Empörung raus, Kritik an der gesamten Problemstellung, junge Frau, neues Kind. Ihr Mann sah mich nur kurz von der Seite an, da grinste ich wieder – und da wurde er auf einmal ziemlich nett.

Das Bullauge

Schräge. Kiro im Liegestuhl. Über ihr ein Bullauge, hinter dem das Wasser schwankt.

Kiro Wenn ich hinaussehe ... Wenn ich nicht mehr hinaussehe, Meer, wundere dich nicht.
Es wird bald mein Hirn mit den Wellen schaukeln, ununterscheidbare Worte murmeln.
Immer das Meer, das Meer ... die Stelle, die Stelle, die Stelle ...
Wo heute die Sonne unterging, wieder mal unterging, weil sie noch immer nicht schwimmen kann. Kindischer Stern, legt

sich aufs Wasser, schaukelt ein wenig, tut so als ob, vergißt dabei, daß er nur sinken, versinken kann. Wie alle anderen auch.
Sie springt aus dem Stuhl.
Wie? Er! Will mich nicht? Mich? Er? Nicht?
Sie lehnt sich ans Bullauge.
Die Wellenkämme sind wie Lippen, die halb offenstehen ... in kalter Begierde ...
Komm, Meer, ich warte. Ich bin ruhig.
Ich bin bereit, ich habe die Kraft.
Wir konnten uns nicht ansehen, als wir uns zum ersten Mal trafen, Astel und ich.
Nicht ansehen vor Sog in den Augen. Anziehungskraft. Er verheiratet und ich in festem Verhältnis.
Wir schlugen also die Augen nieder, wie vor Urzeiten, wir spielten die Worte über Bande, weil seine Schwester dabei war und wir sie anblickten, wenn wir miteinander sprachen, damals.
Meer, wundere dich nicht, wenn du mich nicht mehr siehst.

Kiro wendet sich ab vom Ausblick. Das Bullauge löst sich aus der Schiffswand, und Celia, hervorschreitend wie ein bizarres Model, trägt es gleichsam anstelle des Kopfes auf den Schultern. Sie wendet sich um wie auf dem Laufsteg, präsentiert Kiro ihr im Rücken tief ausgeschnittenes Kleid.

KIRO Celia?! Das ist kein Traum ... das ist Celia, meine Haushaltshilfe! ... Meine Eifersucht hat sie übers Meer gezogen, bis in meine transatlantische Kabine hinein. Da geht sie, der leibhaftige Verdacht, in aufreizender Aufmachung, mit ihrem jungen, aalglatten Rücken ... Eifersucht jagt mich über die Weltmeere ... nicht mal die stumpfe Bordwand ist vor ihr sicher ... nicht das Bullauge, es geht davon und wiegt sich in den Hüften, belebt von meiner Eifersucht. Gibt's irgend etwas irgendwo, das keinen Verdacht bei mir erregt? Ein Fitzel der Materie, dem ich trauen kann? Oder ist jedes Fenster, jede Liege, jede Wand nur noch ein Zeichen, daß ich nichts und nichts mehr mitbekomme? Weshalb geschieht auf meiner langen Reise nicht endlich mal ein sanfter Zwischenfall, der mich befreit aus der Folterkammer des Argwohns? Es tut mir weh, es schnürt mich zu ...

II
Erotonen – Teile des Unteilbaren

Die Alarmnase

Ein kleines Haus mit zweiflügliger Tür, über der eine Alarmkugel wie eine rote Clownsnase hervorsteht. Die Leuchte springt an, sobald sich Kiro auf ihrem Weg durch die Unterstadt dem Haus nähert. Sie tritt erschrocken ein paar Schritte zurück, und der Alarm hört auf. Schließlich geht sie ohne Zögern auf das Haus zu. Die beiden Türflügel springen auf wie bei einer Feuerwehrwache. Man blickt in einen leeren Raum, an dessen Rückwand gepreßt steht ein kahlköpfiger Mann mit nacktem Oberkörper. An der rechten Seitenwand ein schmaler Katafalk, auf dem ein Fenster aufgebahrt liegt.
Ein mächtiger Sog zieht in die Leere des Hauses, und Kiro stemmt beide Arme gegen die Türpfosten, um nicht in den Raum geschleudert zu werden. Sie kann nicht lange widerstehen und wird gegen die Brust des Kahlkopfs gezogen.

DER KAHLKOPF *indem er Kiros Haar streichelt* Nun sind Sie gekommen und alles wird wieder gut.
Der Sog läßt nach, das Drunter und Drüber im Haus kommt endlich zur Ruhe.
Die bösartige Unordnung unter dem Dachboden wird wieder gerichtet.
Hunderte Geräte liegen unter dem Gebälk: zerbrochen, zerteilt und zerschmissen.
Mensch, tritt ein und setze die guten Geräte wieder zusammen! Die tausend Teile müssen jedes wieder zum anderen passen, sie müssen
stehen und liegen und stimmen – so wie sie waren, bevor der Wüterich eindrang,
der höllische Sucher, der jedem Gerät seinen Nutzen raubte und alles, alles auseinandernahm! Verwühlt und verwüstet ließ er den Dachboden zurück.
Nun mach dich an die Arbeit, Mensch. Und oben unterm Ge-

bälk stelle die guten Geräte wieder her. Alarm! Das Chaos beschlich mein Haus ... Ich selbst besaß nicht die Kraft, es aufzuhalten ... mich lähmte die Trauer.
Aufgebahrt liegt da mein Liebstes. Mein Fenster.
Sieh nur: Der wehende Vorhang einst ist nun sein Grablinnen geworden.
Das Fenster ist gestern mittag gestorben. Das Licht meiner Tage nahm es mit hinüber.

Es wird dunkel. Das Haus schwebt auseinander. Wenn es wieder hell wird, sitzt Kiro inmitten eines großen Haufens auseinandergebrochener Geräte. Sie sucht und prüft überall Teile, die zusammenpassen könnten.

KIRO Ich schaffe es nicht. Ich schaffe es nicht.
Es ist nicht zu schaffen. Der Wust, der Plunder – das unzählig Unpassende.
Unabtragbare Haufen. Doch ich muß das alles wieder in Ordnung bringen.
Zusammensetzen, wie es zusammengehört. Paßt!
Paßt nicht. Paßt nicht. Paßt! Was paßt, das paßt.
Paßt nicht. Paßt nicht. Füüügen. Es füüügt sich. Fugenlos.
Schön gesteckt, gut verklickt. Eingerastet! Reibungslos.
Nicht pressen. Nicht brechen. Nicht biegen nicht schleifen nicht zwängen.
Aufsetzen Vordrücken Einschieben. Teile über Teile. Stücke zu Stücken.
Das soll ich schaffen? Das schaffe ich nie.
Sie findet ihren eigenen, sehr geschrumpften Totenschädel.
KIROS TOTENSCHÄDEL Du schaffst es.
KIRO Was du nicht sagst. Was bist du für ein Teil? Wozu gehörst du?
KIROS TOTENSCHÄDEL Ich bin: die du sein wirst.
KIRO Dann bin ich: die du warst ...
Ist es so? Zwei, die sich was zu erzählen haben.
KIROS TOTENSCHÄDEL Ich kann dir mehr erzählen als du mir.
KIRO Dafür bin ich mehr als du.
Erinnerst du dich?
KIROS TOTENSCHÄDEL Nicht gern.

Kiro Hör zu: du weißt es doch, du siehst: ich streng mich an. Du hast mich hinter dir, sag selbst: worauf läuft's für mich hinaus? Ich meine: es könnte doch auch für mich alles noch einmal ganz anders kommen?

Kiros Totenschädel Es war umsonst.
So oder so.

Kiro Umsonst? Nichts ist umsonst. Ich glaube dir kein Wort.

Kiros Totenschädel Du glaubst mir kein Wort?
Was fehlt dir? Was fehlt mir?
Soll ich's noch einmal sagen: mit anderen Worten?

Kiro Es liegt nicht am Wortschatz.
Sei still. So. Jetzt habe ich dich. Hier gehörst du hin:
Auf diesen Rand geklemmt, das Mahnmal auf der Aschenbecherschale.
Wenn erst alles an seinem Platz ist, wenn alle Teile zueinander passen,
dann herrscht wahrscheinlich Ruhe auf der Welt. Kein Wort geht mehr
zwischen das, was paßt.
Sie arbeitet weiter.
Du schaffst es. Du wirst es schaffen. Du schaffst es …

Die Inflagrantis

Auf einem Sockel ausgestellt: das eingefangene Liebespaar, in ein feines Netz gehüllt und fest umwickelt. Frau auf dem Rücken, Beine angezogen, den Mann empfangend. Kiro untersucht die lebende Plastik in allen Einzelheiten, während der Ingenieur sie ihr erläutert.

Der Ingenieur Sie sehen ja: die beiden lieben sich und werden sich nie wieder lieben.
Sie können sich ja nicht mehr rühren. Keinen Millimeter kann er seinen Sporn verschieben.
Ich bin der Ingenieur. Ich habe dieses Netz erfunden. Das ist meine Frau. Das ist ihr Liebhaber. Ich habe die beiden in brennendem Zustand erwischt. Es geht nur so: sie müssen bren-

nen, die Betrüger, und der Betrogene muß ihnen eiskalt zusehen können. Nur dann funktioniert es. Ich habe sie kaltblütig beobachtet und sie mit einem unzerreißbaren Netz bestrahlt. Gewissermaßen meine Netzhaut über sie geworfen. Ich habe sie zum Denkmal erhoben für alle Inflagrantis dieser Erde. Sehen Sie: kein Blatt geht zwischen ihren Bauch und seinen. Eingewickelt, verschnürt und festgezurrt. Sie riechen sich, sie keuchen noch. Aber nicht mehr.

KIRO Aber sie küssen sich …

DER INGENIEUR Sie sind von Kopf bis Fuß so reißfest eingepackt, sie bringen nicht einmal die Lippen voneinander los.

KIRO Sie ersticken an ihrem Kuß.

DER INGENIEUR Von Zeit zu Zeit schiebe ich feine Sauerstoffanschlüsse in ihre Nasenlöcher. Sie sollen ja noch vielen Leuten zum Gelächter dienen.

KIRO So nah, so eng, so lückenlos. Falls sie sich wirklich lieben, immer noch, muß das ein schöner Tod für beide werden.

DER INGENIEUR Liegen sie nicht da wie im Kokon? Wie 'ne Larve scheint mir die Skulptur, noch unentwickelt, die sich im nächsten Jahr entpuppt. Dann schlüpft vielleicht ein völlig unbekanntes neues Artgeschöpf?

KIRO Die Erfindung macht mir große Hoffnung.
Ich hätte zu Hause die beste Verwendung für sie.

DER INGENIEUR So weit ist meine Technik noch nicht ausgereift, wie es hier scheint.
Ich ging in meiner eigenen Sache natürlich mit strengem Fleiß und Ehrgeiz vor, so daß es dieses eine Mal besonders grausam funktioniert.

KIRO Ich bin zu Hause nämlich auch in was verwickelt, ich meine: in meinem Fall: ganz umgekehrt.
Auch ich befinde mich im brennenden Zustand, ich meine: nur eben umgekehrt.
Wie soll ich sagen: ich brenne vor Eifersucht. Gott, was für ein ururaltes Wort, es schaudert einen, es kommt wohl niemals aus der Mode!

DER INGENIEUR Eifersucht? Ja. Betrachten wir sie mal als thermodynamisches Problem.
Ein Paar, das müssen Sie sich vorstellen wie ein geschlossenes System, das zur Überhitzung neigt. Liebesaktionen erzeugen

in der Regel mehr Wärme, als sich wieder in Verständigungsenergie umsetzen läßt. Infolgedessen kommt es häufig zu einem Hitzestau und damit verbunden zu unerwünschten Chaoseffekten: Wut, Haß, Eifersucht, Mordlust, grundlos, alles völlig grundlos.

KIRO Grundlos? Aber hier vor uns sehen wir, in diesem Monument der Untreue, für alle Zeiten festgehalten: die Eifersucht ist niemals grundlos!

DER INGENIEUR Für Eifersucht blieb mir keine Zeit. Von Anfang an brauchte ich viel Kälte, Nüchternheit und Präzisionsverstand, um meine Netzhautwürfe zu entwickeln. Der blinden Eifersucht wäre diese elegante Folter nie entsprungen.

Kein Kinderspiel

Celia vor einer Mauer hantiert mit großen quadratischen Klötzen in verschiedenen Farben. Sie scheint sie in besonderer Abfolge zu einer Pyramide zu türmen. Auf den Klötzen sind Stichworte aufgemalt, Grundstimmungen der Liebe. Sie lehnt sich mit dem Rücken gegen die Mauer, zieht das rechte Bein an und betrachtet den bisherigen Aufbau.

CELIA *murmelt die Namen der aufgetürmten Klötze* Verschwendung, Vorspiel, Gewalt, Lust, Wärme, Verwirrung, Charme, Selbstgefallen, Hitze – Reue! Reue gehört nach oben, ganz oben!

Sie zieht einen langen Seidenstrumpf aus einer Mauerritze und wechselt ihn mit einem zerrissenen am rechten Bein. Kiro tritt hinzu.

KIRO Celia! ... Was spielst du auf der Straße wie ein Kind? Willst du ein Bild der Unschuld für mich sein? Täuschst du das kleine Mädchen vor, damit ich nicht gleich sehe, wer du in Wahrheit bist: die Hilfe, die verdammte, die mich nach Strich und Faden hintergeht in meinen eigenen vier Wänden.

CELIA Vielleicht darunter gleich den Wahnsinn. Aber wohin die Verführung?

Kiro Sag etwas. Ich greife dich an. Hier in der Unterstadt stell ich dir Fragen. Ich frage unausweichlich: Bist du's oder bist du's nicht?

Celia *ohne den Blick von den Klötzen zu wenden* Ja, ich bin's. Celia, Ihre Hilfe.

Kiro Kinderspiele spielt das Schürzenmädchen –

Celia Ja. Ein Kinderspiel, das wahrhaftig kein Kinderspiel ist. Ich suche nach dem höchsten der Gefühle.

Ich glaube, die Reue muß es sein. Die Reue gehört nach oben. Wenn man sich sagt: ich hatte doch die schönste Zeit mit ihm, und nur die Eifersucht hat sie zerstört. Die Reue hinterher, das ist der Kahlschlag aller übrigen Gefühle.

Kiro Celia: ich habe eben etwas unbeschreiblich Unvergeßliches gesehen. Ein Ingenieur da drüben, ein wahrer Bildhauer, hat seine Frau mit ihrem Kerl gefangen, eingepackt und ausgestellt. In flagranti, aufeinander ineinander festgezurrt, in einem Netz gefangen, das er mit der Netzhaut warf, eingewickelt festgebunden stillgestellt. Die Leute aus der Unterstadt kriechen aus ihren Löchern, sie lachen sich gesund vor diesem fetten Fang, dem Denkmal eines Seitensprungs, wo keiner von den beiden Tunichtguts –

Celia Die tun was Guts.

Kiro – noch das geringste Sprünglein macht.

Celia Ist das nicht Erregung? Spür ich da nicht was Begieriges bei Ihnen?

Sie sollten öfter mal durch fremde Fenster schauen. Verbotene Blicke haben die nachhaltigste Wirkung. Die Lust – sehen Sie den Klotz hier in der Mitte – nach einer langen Lustlosigkeit erholt sie sich schlecht von selbst. Vorbilder können da sehr hilfreich sein.

Kiro Ineinander aufeinander: lückenlos und unbeweglich. So etwas sollten wir auch einmal machen.

Celia Wir? Sie und ich? Als Fallenstellerinnen, netzewerfend – aber über wen?

Kiro Für mein Leben gern sähe ich Sie so eingefangen, eingepackt und festgezurrt: mit ihm!

Celia Der wäre?

Kiro Tun Sie nicht verdutzt. Ich habe Sie seit langem im Verdacht. Und Sie ahnen es seit langem.

Celia Wenn man bedenkt: die Ehe, die Sie führen – ich liebe Sie beide, das wissen Sie – war eben noch so winterstill und mausetot und grabeshohl, daß man in Ihrer Villa vor Kälte zitterte zu jeder Jahreszeit. Wenn man weiterhin bedenkt, daß Sie sich binnen kurzer Zeit von harten Minusgraden hinauf zum Siedepunkt der Eifersucht verlebendigt haben, dann ist das doch schon mal ein hübscher Temperaturerfolg. Im Aufbau der Gefühle sind wir zwar erst hier. Noch auf sehr niedrigem Niveau. Denn Eifersucht frißt sich leider sehr schnell fest. Sie macht den Menschen schmalbrüstig und steifherzig. Sie ist unter den Gefühlen etwa das, was ein Holzkopf in Verstandesdingen ist. Also müssen wir raus aus ihr, sie überwinden. Ich könnte mir denken – ja, vielleicht sind Sie jetzt reif … für … ja, sagen wir es so: für eine durchgreifende Verwirrung. Wir setzen uns als nächstes Ziel Verwirrung. Verwirrung rückt nach oben. Sie brauchen jetzt: daß Sie mir nichts, dir nichts Ihren Kopf verlieren –

Im Hintergrund geht ein Double von Kiro vorbei.

Kiro Moment … Sei still. Wer ist das? Ist das nicht die Neue aus der Agentur?

Celia Ihren spitzfindig spitzelnden Kopf verlieren.

Kiro Die Neue! Sie geht zu meinem Mann. Er hält sich eine Wohnung in der Unterstadt!
Das ist doch die Neue, oder?

Celia Nein. Sie sind es. Ein paar Jahre später. Es ist Ihr Schritt. Sie gehen geradewegs nach Haus zu Ihrem Mann.

Kiro Ich bin das? Ja. Das ist mein Schritt. Aber die Haare sind ja scheußlich aufgetönt!
Nun gut, wenn ich das bin, brauch ich mich nicht weiter aufzuregen.
Soll ich nur gehen, ich seh' nicht hin.
Indem sie im Hintergrund Marri, Matti und Mazzi entdeckt …
Aber da! Drei Weiber sitzen am Bordstein …

Celia Marri Matti und Mazzi. Die sitzen immer dort. Sie haben Sie wohl übersehen?
Wie nennt man sie? Die Warzen-Parzen von der Unterstadt.

Kiro Die weben ja nichts. Die ziehen sich bloß um und um und um …

Celia Das ist die Stunde, in der die schrägen Vögel ausschwärmen. Bevor der Abschaum in die Straßen quillt. Die harmlosen Originale, die Spinner, die Angeschlagenen und Abgestürzten. Sehen Sie den da! Der schwimmt mit geblähter Rettungsweste gegen den Passantenstrom …

Es tritt auf: Der kleine Stanley. Ein Mann, in dessen Hintern die Fußspitze eines Stilettos steckt (er wippt wie eine Hutfeder).

DER KLEINE STANLEY Ich habe es satt, stehengelassen zu werden mitten auf der Straße, weil jemand auf der anderen Straßenseite einen Menschen entdeckt, der ihm wichtiger ist als ich. Ich habe es satt, daß man Verabredungen, die ich peinlich genau einhalte, einfach vergißt. Daß man in meiner Anwesenheit Mobilfunktelefonate führt. Daß man mich schwierige Sachverhalte nicht schwierig und bis zu Ende aussprechen läßt. Daß man meint, man dürfe mir, immer nur mir, schnell ins Wort fallen oder mir das Wort aus dem Mund nehmen, obwohl ich ein solches Wort niemals in den Mund nehmen wollte. Ich habe es satt, daß man vergißt, mich vorzustellen, wenn man jemanden, den man zufällig trifft, schulterklopfend und Wangenküsse tauschend, schleimig umarmt. Ich habe es satt, daß man mir nie und nirgends den Vortritt läßt, nur weil ich ich bin und auch so aussehe wie ich. Ich habe es satt, daß man alles, aber auch alles überhört, was ich in Gesellschaft mitzuteilen habe. Ich habe es gründlich satt, immerzu unbeachtet zu bleiben, wenn ich etwas zur Unterhaltung beitrage. Ich habe es satt, ständig mit jemandem verwechselt zu werden, der in meinen Augen ein Niemand ist, dessen albernen Namen man mir anzuheften wagt und mich damit, in meinen Augen, zum Nichts und Niemand erklärt. Ich bin's nicht, er ist's nicht, also: nichts und niemand.

KIRO *geht ihm ein paar Schritte nach* Unsere Communities wären Ihre Rettung, mein Lieber. Die Communities sind unsere heiligen Berge. Wir haben für jedes Haus einen Wächter, der uns hütet und vor schlechten Nachrichten bewahrt. Vor Eindringlingen und Übergriffen. Und wer sich schlecht benimmt, wird rausgeklagt. Kommen Sie in unser Büro, tragen Sie sich ein zum Probewohnen!

Es tritt auf: die Chinchillafrau.

KIRO Das ist die Neue! Ist sie doch? Das bin nicht ich.

DIE CHINCHILLAFRAU *wie ein Kind einst sein Holzpferd auf einem Wägelchen, so zieht sie hinter sich her auf Rädern ihren hölzernen Gatten, etwa einen halben Meter groß* Dies hier ist der Platz, an dem mich die Kinder, die in mich vernarrten Kinder neckten.

Sie riefen mich mit falschem Namen, sie warfen mir Schneematsch in den Kragen.

Brünett das Haar, kalkweiß das Gesicht, altes Gesicht damals, dicke mürbe purpurrote Lippen. Dicke schwarze Brille am trüben Wintertag, dicker grauweißer Pelzmantel, Chinchilla, Pelzmütze, darunter ein Schal, der die Ohren warm hält, das teigige Gesicht mumienhaft einfaßt.

»Diva!« riefen die Kinder und liefen hinter mir her ...

MARRI MATTI UND MAZZI Diva, du hast ja nichts an unterm Pelz! Zeig uns deinen Arsch. Mach den Mantel auf!

DIE CHINCHILLAFRAU Ich trug ein Erbstück meiner Mutter, etwas, das man heute nicht mehr trägt: Chinchilla. Wo immer ich auftauchte, reizte es die Menschen, mir Zoten nachzurufen. Ich will es nicht leugnen: einmal ging ich tatsächlich nackt unter dem Chinchilla. Im Sommer war's, und ich ging aufreizend in meinem Pelz. Ich schwitzte und ich wollte auch schweißüberströmt vor ihm stehen, als ich im Restaurant auf seinen Tisch trat und mich ihm zeigte, wie Gott mich geschaffen hat, und i h n mit meiner ganzen schwitzenden Blöße verhöhnte. Vor allen seinen Geschäftsfreunden. Vor allen Leuten. Über die lange Speisetafel schritt ich, öffnete den Mantel vor dem boshaften Esser.

Zum hölzernen Gatten Weißt du noch, wie ich mich einmal auszog vor dir, um dich zu beleidigen?

Ich mich entschuldigen? Ich sehe keinen Grund.

DER HÖLZERNE GATTE Ich weiß gar nicht: ... ob es wirklich so war? Ich weiß gar nicht mehr ...

Ich weiß gar nicht ... den Wievielten haben wir heute?

MARRI MATTI UND MAZZI Immer wieder kehrt ihr der Gang und geht sie noch einmal den Gang und fragt den hölzernen Gatten, ob er's noch weiß ... denn unter dem Mantel geistert noch immer etwas von ihrer Blöße, von ihrer unduldsamen Nacktheit.

Die Chinchillafrau zieht ab mit dem hölzernen Gatten.

Es tritt auf: Der Gescholtene.

CELIA Den kenne ich. Der kommt mehrmals am Tag zur Mauer und hält sich die Ohren zu.

Sehen Sie, er trägt seine Zweitunterhose hinten am Gürtel mit Wäscheklammern aufgehängt …

MARRI MATTI UND MAZZI Ein armer Kerl, sein Gedächtnis hallt wider nur von Schimpfen und von Schelten.

Er kann sich an gar nichts erinnern, das ihm je gelungen ist. Nur wo er verlor, wo man ihn quälte bis aufs Blut, wo er sich peinlich irrte im kleinen Kreis, nur das Übelste kehrt ihm immerzu wieder.

Und welche Schimpfwörter man auf ihn geflucht hat, wer ihn Idiot! Arschloch! Dreckstück! Feigling! nannte, da hält er jeden einzeln auseinander.

Da unterscheidet er genau die Stimme und den Ton von Dutzenden Personen, und die schallen fürchterlich in seinem Kopf, die Eltern, die Frauen, die Freunde, die Söhne …

Nun wird die Mauer wieder einmal durchsichtig. Im Licht einer Taschenlampe erscheint Undula die Malerin der Finsternis.

CELIA Was Sie sehen, ist schlecht zu sehen. Es ist die Malerin der Finsternis. Sie sitzt da halb entblößt und vorgebeugt und malt sich selbst als Rückenakt, halb entblößt und vorgebeugt. So wie der Greis sie sieht, der immer bei ihr sitzt und mit der Taschenlampe spielt. Der Lichtfleck wandert wie ein Falter über ihre Schläfe, ihre Brustspitze und ihre malende Hand und dann auf der Leinwand ebenso über die gemalte Schläfe, die gemalte Brust und die gemalte malende Hand.

Der Greis erhebt sich auf einmal und strahlt mit der Lampe von unten sich selber an.

KIRO *erschrickt* Arthur Stephan! Das ist mein Mann! Der plötzlich alt geworden ist … Wo bist du? Was machst du bei der Malerin? Ist das die Neue? Sie ist es. Das ist sie wirklich.

Zu Celia, nachdem die Taschenlampe erlosch und das Bild verschwand Celia, das war mein Mann, so alt –

CELIA Das könnte er einmal sein. Muß es aber nicht. Es liegt an Ihnen.

Im abnehmenden Licht kreuzen auf: Der Mann mit der Wolke als Kopf. Die Frau, die in einer durchsichtigen Plastiktüte die Reste ihres Liebsten trägt: Schulterknochen, Blut, Hand und Genital. Der Mann, über dessen Kopf ein dampfender Halbschuh schwebt.

III
Welle und Wolke

Liebesnest

Toni, Kiros Sohn, mit nacktem Oberkörper in kurzer, aufgerissener Lederjacke, Jeans, von denen nur die unteren Hosenbeine bis zu den Knien vorhanden, wie hohe Gamaschen. Um die Blöße hat er sein Hemd geschlungen. Nesrin, seine Freundin, hat um sich ein Laken gebunden wie eine Schlaufe: von der rechten Schulter zwischen den Beinen hindurch über den Rücken, im Nacken verknotet.

NESRIN Man sieht sich an, wenn man miteinander schläft und beeilt sich nicht. Man genießt es. Man zieht sich gern gut an danach. Bist du mit mir zusammen? Oder tust du's nur, um der anderen wehzutun?
Das Bullauge schwebt über die Szene. Hinter dem Glas erscheint Kiros Gesicht.

KIRO Mein Sohn! Toni! Wie abgerissen sieht er aus! Hat er denn meine Briefe nicht bekommen?
Ich hatte ihm Geld geschickt für eine neue Lederjacke.
Ist sie Kurdin oder Türkin?

TONI Still! Jemand ruft mich ... Toni!

NESRIN Der Felicitas wachsen Disteln in den Armhöhlen. Dicke Stachelknollen. Weil sie unter'n Achseln schwitzt. Riesendickestachelbeulen: Glaubst du's?

TONI Spitze Stacheln wachsen aus den Haaren, wo sie schwitzt? Sie ist nicht weich und glatt wie du. Ich will mehr von dir. Ich hol noch mehr aus dir heraus. Das war's noch nicht. Da steckt noch mehr in dir. Viel mehr, als du mir gibst. Ich spür noch was, das muß ich rausholen aus dir.

NESRIN Ich traf beim Sport deinen Chef. Ich sagte: Ich mach mir Sorgen, Toni kümmert sich nur noch um mich. Den ganzen Tag liegt er auf meinem Bauch. Sonst hat er nichts mehr vor. Das ist schlecht, sagt der Chef, so geht es nicht weiter. Ein Mann hat seine Pflichten zu erfüllen. Zieh dich ein bißchen zurück.

Toni Ich geh zur Schauspielschule. War für'n Chef?

Nesrin Liebe macht asozial, sagt dein Chef. Nicht jeden, sag ich. Andere macht sie erst richtig scharf auf Arbeit. Also bring ihn zurück, sagt dein Chef. Mach's unauffällig. Führ ihn zurück in die Klasse. Gut. Ich sage: du vernachlässigst deine Freunde. Du verwahrlost mit mir in diesem Zimmer. Im Bett. Siehst niemanden mehr. Bist nur noch mit mir. Mein Freund ist eigenartig.

Toni Ich langweile dich. Du möchtest andere Männer sehen.

Nesrin Ich? Nicht unbedingt. Aber d u solltest.

Toni Ich bin nur mit dir. Aber du sehnst dich nach anderen.

Nesrin Ich nicht! Ich nicht! Aber für dich wär's besser.

Toni Ich falle dir zur Last. Ich genüge dir nicht.

Nesrin Es wäre besser für dich. Mehr sag ich doch nicht. Du brauchst uns auf.

Toni Dich hat's erwischt. Du bist erschöpft. Dich!

Nesrin Ich nicht. Von mir aus ist es gut so.
Herz, hör zu: ein Mann muß raus. Du hast deine Freunde, die Klasse, die ganze Freizeit draußen …

Toni Das sagst du alles, weil's dir reicht. Du willst nur jemand anderen sehen. Du hast genug von mir. Du willst gesehen werden draußen.

Nesrin Warum nicht? Schadet doch nicht.

Toni Schadet nichts? Du gibst es zu!

Nesrin Man geht aus. Man amüsiert sich. Kommt zurück. Hat wieder mehr voneinander.

Toni Wem willst du gefallen? Mir oder anderen?

Nesrin Wenn ich anderen nicht gefalle, gefalle ich dir bald auch nicht mehr.

Toni Das sagst du alles, weil's dir reicht. Die Unlust spricht. Die vorige Minute wärst du besser stumm geblieben. Nur eine Minute. Wie schnell wär' sie vorbeigegangen. Aber du hast geredet. Jetzt bin ich aufgewacht. Da ist kein Traum mehr, der mich vor dir schützt.

Nesrin Ich habe dich mit keinem Wort verletzt. Was hab ich denn gesagt?

Toni Du ahnst ja nicht, wie klar ich sehe. Wie klein du plötzlich bist.

Nesrin Wie klar? Wie klein? Weshalb? Na, wenn's so ist, was soll ich machen.

TONI Gut. Wir gehen aus. Raus gehen wir beide. Du zuerst. Ein zwei Tage vor mir gehst du raus. Du gehst einfach geradeaus. Ich folge dir. Die Regel gilt: nicht einmal draußen in der Unterstadt läufst du zu mir zurück. Egal, was auf dich zukommt. Nicht einmal darfst du irgend etwas von mir holen oder wollen. Mich sprechen wollen. Ich schick dich vor, glaub mir, daß ich folge. Wenn du zurückgelaufen kommst, ist deine Zeit mit mir vorbei.

NESRIN Ich ginge gerne aus mit dir, zusammen, dicht, nah beieinander.

TONI Ich weiß.

NESRIN Von mir aus. Soll es sein, wie du sagst.

TONI Du gehst voraus?

NESRIN Und wenn ich zurückkomme zu dir?

TONI Ist es aus.

NESRIN Und wenn ich immer weiter gehe? Nie mehr zurück? Ist es dann nicht aus?

TONI Ich folge dir, ich sehe dich und sehe, wer dir begegnen wird. Und dann entscheide ich.

NESRIN Ich traue dir wie niemandem auf der Welt.

TONI So ging es mir vor kurzem noch mit dir.

Nahrung

ASTEL Das Mädchen da – vielleicht ein Straßenkind, entlaufene Schülerin – sollte auf einem Basar in der Unterstadt einen Haufen alter Bücher von mir verkaufen. Ich hatte sie angeheuert und ihr zur Entlohnung die Hälfte der Einnahmen versprochen. Ich fuhr spät in der Nacht von der Agentur in mein Pied-à-terre der Unterstadt. Da sah ich zu meiner Verwunderung, daß sie bereits vor dem Haus einen Verkaufsstand aufgebaut hatte. Weit nach Mitternacht stand sie unter dem Sonnenschirm und übte für die Aktion am nächsten Tag. Sie griff nach einem Stapel imaginärer Bücher und schlug sie in imaginäres Packpapier. Sie übte Bücherverkaufen. Ich fragte sie, ob sie nicht besser nach Hause ginge, um am nächsten Morgen fit zu sein für die Aktion.

Undula ungekämmt Zu Hause ist auch nicht der richtige Ort.

Astel Sie hatte also kein Zuhause. Das schien mir passend – zu einem Mann, der mit Wohnutopien handelt.
Zu Undula ungekämmt Du mußt dich doch waschen.

Undula ungekämmt Dafür gibt es öffentliche Toiletten. Ich weiß schon, wo ich unterkomme.

Astel Du übst so lange die gleichen Handgriffe, bis du morgen Muskelkater hast und dir die Bücher aus der Hand fallen. Wenn überhaupt etwas verkauft wird.

Undula ungekämmt Ich werde den Verkauf deiner Bücher gut erledigen.
Dafür braucht man geschultes Personal.

Astel Paß auf. Du kannst hier nicht die ganze Nacht Bücherverkaufen spielen.
Ich biete dir an, nach oben in mein Apartment zu gehen.
Dort kannst du dich frisch machen und ein bißchen pflegen.
Das ist bequemer als auf den Toiletten im Parkhaus.

Undula ungekämmt Na gut. Wie du willst.

Astel Wir gingen in meine Wohnung. Ich ließ Wasser in die Badewanne. Ich forderte sie auf, ihre Kleidung in die Waschmaschine zu stecken.
Ich gab ihr Handtücher und einen langen Pullover von mir, den sie sich überziehen konnte, bis ihre Kleider wieder trokken waren. Sie kam nach dem Bad, nach einer guten Stunde, zu mir in die Küche, wo ich ein paar Happen für sie vorbereitet hatte. Sie trug meinen langen Pullover und ein Handtuch um die Hüfte geschlungen.

Undula ungekämmt Ich weiß, daß man nicht davon spricht. Aber ich habe eben eine so große schwarze Wurst gekackt. Ich habe noch nie eine so große Wurst gekackt.

Astel Möchtest du wirklich ein Gespräch über deine Verdauung mit mir führen?

Undula ungekämmt Ich möchte wissen, was das nun wieder zu bedeuten hat.
Ich habe doch nichts aufgespart. Ich bin jeden Tag irgendwo hinter einen Baum oder einen geparkten Lkw und habe gekackt. Es kann unmöglich so eine lange Wurst in mir drin gewesen sein.

Astel Es ist gut. Ich weiß es nun.

Undula ungekämmt Ja. Man redet nicht darüber. Ich bin trotzdem wie vor den Kopf geschlagen.
Es kann doch nicht mehr aus mir rauskommen, als ich oben reingetan habe.
Da ist doch noch irgendwas anderes mit im Spiel.
Ich esse jetzt nichts. Ich denke, wenn ich zwei Happen esse, vermehrt sich die Nahrung in mir. Aus zwei werden vier, aus vier werden sechs, acht Happen. Gibt's so was?
Ist das eine Krankheit?

Astel Ich möchte dich bitten, nicht länger mit mir über deine Verdauung zu sprechen.
Das nenn ich: sein Geschäft machen und ab ins Bett.
Mehr dazu gibt's nicht zu sagen. Drüben in der Kammer habe ich dir eine Liege zurechtgemacht.

Undula ungekämmt So ist es eben. Wieder mal was erlebt, über das ich mit niemandem sprechen kann.

Schritte

Toni folgt seiner Mutter Kiro, die er unter ihrem Kopftuch jedoch nicht erkennt.

Kiro Was hast du vor, Junge? Warum klebst du an meinen Fersen und überholst mich nicht?

Toni Wie Sie gehen, hat mich verführt. Es zieht mich an.

Kiro Das ist nicht wahr. Ich bin zu alt. Meine Schritte können nichts für dich bedeuten.

Toni Nun gut. Dann glaub mir etwas anderes: ich bin Schauspielschüler und muß mich für die Abschlußprüfung in eine alte Frau verwandeln.

Kiro Dann wirst du ein schlechter Schauspieler sein. Denn wer auf der Bühne etwas nachahmt, was es tatsächlich gibt, kann ja kein Künstler sein.

Toni Woher wissen Sie so genau, was ein Schauspieler tun soll? Haben Sie selbst schon auf einer Bühne gestanden?

Kiro Wenn du dich verkleidest und deine Alte spielst, dann denk dich selbst, mein Junge, mit hinzu und wie du vor ihr standst: dann siehst du bis zum Grund, wer diese Alte war und was sie fühlen kann. Was nicht. Nicht mehr.

TONI *folgt ihr nicht weiter, sondern ruft hinter ihr her* … Nur daß ich nichts Tatsächliches von ihr übernehmen darf, es bleibt dabei?!

KIRO *murmelt und geht weiter* Tatsächliches? Ist das mein Einkaufsbeutel hier? Ist er's tatsächlich? Wohin war ich unterwegs? Wollte ich etwa zum Markt? Wozu? Ich kam von dort, ich brauch vom Markt nichts mehr. Vom Markt? Was haben wir vom Markt gesprochen? Ach, mein Junge hat mich abgelenkt! Was wollte ich, was mußte ich besorgen? Oh, welche Verwirrung! Nicht mal die Straße kenne ich wieder … Oder war es doch am Mittwoch vor zwei Wochen um die gleiche Zeit, daß ich zuletzt auf unserem Markt gewesen bin? Daran mußt du denken, wenn du die Alte spielst, wie schlimm das ist, vor Raum und Zeit so hilflos dazustehen!

Felicitas, seine frühere Freundin, tritt Toni mit ihrem Fahrrad entgegen. Eine untersetzte Frau mit einem zerklüfteten rotlappigen Ohr, das wie eine offene Fleischwunde herabhängt, darin ein großer marmorierter Knopf oder eine Art Perle im rohen Fleisch, ein Hörgerät oder mehr. Den Schrecken, den ihr Anblick verbreitet, übertreibt und überdeckt zugleich ihre laute Stimme.

FELICITAS Toni, bleib stehen …

TONI *kommt zurück, rennt Kiro fast um, will an Felicitas vorbei* … Geh aus dem Weg, Muttchen …

FELICITAS Bleib stehen. Du betrügst mich. Ich weiß es. Ich rieche es. Hat dich die Mutti an die Brust genommen?
Komm, laß uns Abschied feiern. Komm her. Sei nicht feige. Gib mir einen Kuß.
Na, komm.

KIRO Vorsicht, Toni. Denk an deine Abschlußprüfung.
Felicitas schneidet ihm mit dem Messer über die Lippen. Toni beugt sich vor Schmerzen und lehnt sich an Kiro.

NESRIN *kommt hinzu* Toni … was ist? Du blutest?
Zu Felicitas Du warst das, Distel? Du hast ihm die Lippe zerschnitten, du Mißgeburt?

FELICITAS Der knabbert nicht mehr an dir.

Toni Warum bist du zurückgekommen, Nesrin? Jetzt hast du verloren.

Nesrin Ich helfe dir, Toni. Ich fahre dich ins Krankenhaus. Es sieht schlimm aus.

Toni Du hast verloren, Nesrin. *Beide ab.*

Kiro *zu Felicitas* Warum hast du es getan?

Felicitas *am Fahrrad gebückt, die Spange vom Hosenbein ziehend* Die Zwitsche hat sich in mein Bein verbissen ... Piranha.

Es blutet aus meinem Hosenbein.

Er hat mich schlecht behandelt. Was glaubst du, warum ich es getan habe!

Weil dein kleiner Scheißer mich schlecht behandelt hat.

Kiro Felicitas! Du hast ihn verletzt. Du hast seinen Mund kaputtgemacht.

Felicitas Sklavin, hau ab. *Sie tritt auf ihr Fahrrad ein.* Ich habe deinen Meister Propper auf die Fliesen gekippt. Leck ihn auf. Wisch ihn weg. Du ranziges Schaumgebäck. Dich zerkleinere ich auch noch. Ich zerkleinere dich. Paß auf. Dir steckt der nichts mehr in die Vase zum Muttertag. Du willst seine Mutti sein? Du bist nur ein dünnes Nadelstreifchen von seinem Konfirmationsanzug. Ein zittriges knittriges Nadelstreifchen, das bist du. Ich lach mich gesund! Ich bin stolz auf mich. Ich hab's dir gezeigt, wie ich ihn zerkleinern kann. Nur einmal mit dem Taschenmesser, ritschratsch übers Maul.

Kiro Es ist doch mein Sohn, Felicitas.

Felicitas Das ist gut so. Gefällt mir. Dich werde ich auch zerkleinern. Obwohl du schon so klein bist.

Kiro Ich habe Angst vor dir, Felicitas.

Felicitas Was soll das? Worauf willst du hinaus? Dein Sohn! Altetantenlutscher, das ist er.

Kiro Ich fühle mich nicht mehr sicher, seitdem das mit Toni passiert ist –

Felicitas Was heißt: passiert ist? Ich war's.

Du fühlst dich also nicht mehr sicher. Kann ich verstehen. Ich bin auch noch nicht fertig mit euch. Ihr beide habt mich angezählt.

Kiro Du hast ihm die Lippen zerschnitten. Ich habe Angst, sein schöner Mund wird nie mehr heil.

FELICITAS Wozu auch. An mir knabbert er nicht mehr.

KIRO Ich möchte einmal dein Stirnband berühren.

FELICITAS Schweißband in Gold. Finger weg. Ich schwitze aus den Haaren.

KIRO Ich möchte es nur kurz anfassen. Es sieht wie nach einer Siegerehrung aus. Du bist doch die Siegerin, Felicitas, nicht wahr?

FELICITAS Ich hab's euch beiden gezeigt. Das ist so. Ich bin extrem berechenbar. Toni hätte nicht zu weit gehen dürfen. Da, nimm's. Drück's dir auf die Dauerwelle. Ich lach mich gesund. Das weißt du.

KIRO Danke, Felicitas. Das ist nett von dir.

Das Band hängt schief auf Kiros Kopf, verdeckt ein Auge.

FELICITAS Dich richte ich noch viel schlimmer zu.
An dir mach ich noch viel mehr kaputt.

KIRO Warum hast du das nicht gleich getan?
Ich bin an allem schuld, was er tut.

FELICITAS Bild dir nichts ein. Er und ich waren zusammen.
Wir ganz allein.
Du spielst dabei keine Rolle.

KIRO Er wird mir nie verzeihen, daß ich nicht besser auf ihn aufgepaßt habe.

FELICITAS Du bist keinen Schuß Niespulver wert. Hast du dein eigenes Verfallsdatum vergessen?!

KIRO Felicitas, mir ist so kalt. Bitte nimm mich in den Arm. Nur ganz kurz.

FELICITAS Ich nehm nichts und niemanden in den Arm.
Ich zerdrück dich nur.
Ich quetsch dir was ab. Wenn du willst, komm her. Wenn's sein muß.

KIRO Mich friert. Ich hasse dich.

FELICITAS *nimmt Kiro in den Arm* Gut so? Gut so.

KIRO Danke. Lieb von dir.

Sie umfaßt Felicitas' Hals mit zwei zärtlichen Händen. Dann würgt sie plötzlich. Felicitas sackt in der Umarmung zusammen.

Ich drück dir die Visage durch die Speichen. Ich denke nur an Toni. Du krepierst hier zwischen den Speichen.

Sie drückt und tritt sie mehrmals gegen das Hinterrad.

Du bist das Schlimmste, was meinem Jungen passieren konnte, der jede andere hätte haben können. Jede andere.

Karyatide

Undula im Lotossitz auf einem hohen Mauervorsprung oder einer Säulenplattform in der Wohnung Astels. Schwarzer Body, eine weiße Serviette steckt im Schritt zwischen Schenkel und Trikot. Karyatide, die mit beiden Armen die Wohnzimmerdecke abstützt, die einzubrechen droht. Unten Astel am Tisch, eine Grapefruit aufschneidend. Celia steht neben ihm.

ASTEL Haben Sie je versucht, eine Verrückte aus Ihrer Wohnung zu entfernen?
Versuchen Sie's mal. Eine harmlose Verrückte geht kein Amt etwas an.

CELIA Man könnte sie mit einer Hebebühne, die man sich ausleiht, leicht beseitigen.
Fortschleppen. Runterziehen.

ASTEL Wissen Sie, was sie dann tut?
Sie kommt zurück.
Celia wirft eine Kondensmilchdose nach Undula im Lotossitz.

ASTEL Wollen Sie ihr wehtun?
Sie haben sie schon mit Farbbeuteln beworfen, mit Insektenspray umnebelt, mit Gummibolzen beschossen. Putzlumpen hinaufkartätscht.
Wie sieht sie aus?!

CELIA Man kann alles kaputtmachen. Alles. Eine Verrückte kommt ins Haus. Die schafft das. Sie setzt sich fest. Läßt sich nieder. Auf der Säule. Es gibt diese Verrückte. Ich weiß es. Ich bin schlecht auf sie zu sprechen. Ich muß es mir ganz behutsam zu Bewußtsein bringen. Sie hatten schon mal eine. Die kam aber nicht so weit wie die. Ich habe jetzt nicht die Nerven für diese Geschichte. Die wäre auch nicht bis da rauf gekommen – ohne Ihre Hilfe.

ASTEL Sie erregen sich, Celia. Sie spielen sich auf ... Gilt das mir?

UNDULA IM LOTOSSITZ Iß nicht soviel!

Astel *schiebt den Teller beiseite* Es gibt hier keine Leiter. Ich setze keine Leiter an.

Celia *geht zum Fuß der Säule und kickt ein Bündel schmutzige Wäsche in die Luft* Die nicht! Die nicht!
Ist sie eine Studentin von Ihnen? Ist sie doch?
Sie weigern sich, mit ihr ins Bett zu gehen. Sie setzt sich fest.
Warum weigern Sie sich?
Tun Sie m i r einen Gefallen damit?
Wie kommt sie da rauf?
Sie haben ihr doch da rauf geholfen. Natürlich haben Sie.
Was hat sie vor mit uns?

Astel Celia! Ich bitte Sie!

Celia Sie sitzt seit drei Wochen, drei Wochen da oben und fastet. Und Sie fasten mit. Nur noch Obst. Das hält uns auf. Es bringt uns in Verzug.

Astel Was soll das: uns?
Was zum Teufel soll zwischen Ihnen und mir in Verzug geraten?

Celia Die nicht! Die nicht! Ich bitte Sie. Sie ist eine Belastung für uns.
Das ist ein Element, das wir nicht gebrauchen können.
Es bringt unseren ganzen Aufbau durcheinander.
Was, wenn sie einschläft und runterfällt, was dann?!

Astel Dann stürzt die Zimmerdecke ein.

Celia Mein Gott! So einer dürfen Sie nie werden, wie Sie jetzt sind. Herr Arthur Stephan!
Sie läuft hinaus und setzt sich an eine reich gedeckte Tafel.
Astel wischt sich mit dem Mundtuch die Lippen. Darauf erfolgt über einen Zug mit unsichtbaren Fäden der Austausch der Servietten zwischen Undula im Lotossitz und Astel.

Celia Was ist Essen? Darf ich soviel essen? Sollte ich weniger essen? Bis zu welchem Grad ist Essen gesund? Ab wann macht Essen krank? Wie esse ich, damit alles gutgeht? Esse ich das Richtige? Jede Mahlzeit macht Appetit auf eine grundsätzlich andere. Aber was ist der Kern des Essens? Gibt es nicht doch einen Grund für grundloses, besessenes Essen? Was wäre demgegenüber mäßiges Essen? Käme ich damit zurecht? Andersherum: äße ich g e r n weniger? Noch einmal andersherum: M u ß ich soviel essen? Nicht in dem Maß. Nicht zu jeder vollen Stunde. Wem schade ich noch außer mir selber, wem überhaupt? Ich esse. Mit mir essen Eßgewohnheiten, die Tausenden zueigen. Äße ich anders, bräche ich mit Eßgewohnheiten, die mich mit unzähligen Menschen verbinden. Essen verbindet. Ich allein kann die allgemeinen Gewohnheiten nicht umstürzen, also halte ich mich an sie. Weniger essen, darauf schießt sich alles ein. Äße ich weniger, äße ich ungern. Äße ich ungern, käme es zu unerträglichen Spannungen zwischen der Mahlzeit und mir. Ich setzte mich gar nicht erst an meine geliebte Tafel. Ich bliebe irgendwo stehen und schlänge etwas runter. Ich dächte dabei gar nicht ans Essen. Wahrscheinlich litte ich darunter. Ich litte und stopfte. Jetzt schwelge ich, jetzt sitze ich und fahre die Mahlzeit ein in ganzer Breite. Ich unterhalte ein gesundes Verhältnis zur Mahlzeit. Wenn auch nicht ohne schädliche Folgen. Die dann zwangsläufig die uralte Frage aufwerfen: weniger essen? Die also schnurstracks immer wieder in dieselbe elende philosophische Falle führen.

Wächter und Wärter

Beide stehen vor einem Maschendrahtkäfig, in dem Kiro, von Kopf bis Fuß ein unförmiges Bündel aus Lumpen, gefangen ist. Sie stechen und jagen sie mit langen Holzstäben.

DER WÄCHTER Weil sie ein Lumpenpummel ist, verliere ich schnell die Lust.

DER WÄRTER Warum soll ich nicht die Unwahrheit sagen? Ich habe diesen kugelrunden Lumpenballen eine Stunde lang besessen. Ich habe unter den Fetzen ihre Lotterbeine geküßt. Ich habe ihr wackliges Gesicht geküßt. Und diese Hände, die sonst nur würgen können, haben meinen Nacken gekrault wie bei einem jungen Hund.

DER WÄCHTER Das ist tatsächlich die Unwahrheit. »Du sprichst die Unwahrheit«: heißt es nicht so?

DER WÄRTER Ja. Die Unwahrheit. Ich brauche mich ihrer nicht zu schämen.

Pause. So bist du nun. Respekt! Andere machen daraus weiß

Gott für einen Bohei. Du legst Gelassenheit an den Tag. »Das ist tatsächlich die Unwahrheit«, sagst du. »Heißt es nicht so?« Und staunst ein wenig. Staunst sogar. Das ist mir an dir seit je aufgefallen: stellst fest, staunst, läßt auf sich beruhen.

DER WÄCHTER Mehr oder weniger.

DER WÄRTER Darin, fand ich immer, liegt dein Mutterwitz. Diese drei Schritte offenbaren dein Menschlichstes: Feststellen. Staunen. Auf sich beruhen lassen. Dieser Dreipack.

DER WÄCHTER Festzustellen, daß du die Unwahrheit hinsichtlich der Gefangenen sagst, das ist nun nicht eigentlich lobenswert. Die Unwahrheit über dich und die Gefangene zu sagen, das ist an sich eine scharfe Sache. Eine gezielte Vorgabe. Dies aber zu bemerken, das ist nicht mehr als ein – Pffff! Ein Pfifferling. So was lobst du nun. Das lobt sich leicht. Wenn ich nun sagen würde, du bist ein Mann von Charakter, nur weil du den Käfig hinter dir fest verschlossen hast. Da würdest du doch hellhörig, wie?

DER WÄRTER Es ist diese Feinheit, diese abgründige Feinheit, mit der du die Untiefen eines Menschen auslotest. Schade, ein Jammer, daß ich es nur bin, den du ergründest, mit dem begnadeten Gespür, das du besitzt. Es verdiente, daß es sich einmal an einem wahrhaft rätselvollen Charakter bewährte. Du brauchst mehr Mensch für dein Gespür, sonst verkümmert es noch, mehr Substanz, mehr Tiefe, mehr Raum, mehr Winkel und Kanten.

DER WÄCHTER Mehr Gewölbe.

DER WÄRTER Mehr Gewölbe. Sicherlich. Mehr Gewölbe.

Sie stehen auf und jagen die Gefangene mit ihren langen, durchs Drahtgitter geschobenen Stäben.

DER WÄRTER Wissen wir, w e n wir bewachen? Wissen wir, ob wir Wächter oder Wärter sind?

Wissen wir überhaupt, ob wir auf unserem Posten sind? Ja, bewachen wir sie oder wachen wir schon über sie? Würden wir lieber verhindern, daß jemand zu ihr eindringt, als daß wir verhinderten, daß sie entläuft, uns davon?

DER WÄCHTER Eindringt? Entläuft? Nein! Ich bin im Dienst. In meinen Augen läuft das auf ein und dieselbe Schweinerei hinaus.

Toni – mit einer Mullbinde auf dem Mund – und Celia haben sich angeschlichen, ergreifen einen der langen Holzstäbe, die am Käfig lehnen, heben ihn waagrecht über die Köpfe der Wärter, pressen ihn gegen deren Gurgel. Sie klemmen ihn hinter den beiden frontalen Käfigpfosten so fest, daß die Köpfe gegen das Gitter gedrückt werden. Anschließend schneiden sie den Draht durch und befreien Kiro.

KIRO Was geschieht mit mir? Wer schickt mich durch die Nacht? Wer probiert das alles mit mir aus? Ich hatte mich verlaufen in der Vorortöde. Vor der Schnellstraße fuhr ich im urinversifften Aufzug runter zu den S-Bahngleisen. Ich lief am Rand der Trasse, kam unter eine Autobrücke. Da lungerten blutjunge Mädchen, schwangere Dreizehnjährige, die soffen, rauchten, kifften und sahen trübe hin auf große Pfützen Ausgespienes. Und als ich näherkam, riefen sie: piss off piss off du Edelzwitsche, doch eine schrie: das ist die Kralle, ist sie doch, die uns Felicitas zerstörte. Ich lief so schnell ich konnte, fand eine Steigleiter, aufwärts, hoch in neue Ödnis, schwarze Schuppen, ausgebrannte Werkhallen. Die schwangeren Mädchen jagten mich. Von fern sah ich eine Bierreklame, ich hoffte, in der Kneipe Schutz zu finden. Doch es war die Garagenpinte, mit einem Wirt in Trance, der Treffpunkt dieser Slumgespenster, Mädchen, wüste, die jetzt in ihren alten Männerunterhemden und in Boxershorts hereinstürzten. Und sie umstellten mich, rückten im Pulk vor und griffen nach meiner Kehle ... Was dann geschah, weiß ich nicht. Ich kam erst in diesem Käfig wieder zu mir.

CELIA Das alles werden Sie erleben ... das alles steht Ihnen noch bevor!

KIRO Wie? Liegt nicht der Alptraum hinter mir? Hinter mir der Höllenparcours, wo jedes Hindernis eine Todesfalle war? Parcours der Schmerzen, Schrecken, Niedertracht und Traurigkeit? Bin ich bei euch nicht endlich in Sicherheit?

CELIA Es tut mir leid. Das Schlimmste steht dir erst bevor.

Mann und Leiter und Frau

Eine einteilige Aluminiumleiter steht senkrecht vom Bühnenboden in die Höhe, ohne daß man ihr Ende sähe. Astel geht von links auf die Leiter zu, Undula im kurzen Rock von rechts.

ASTEL Ich wollte eigentlich weiter, immer geradeaus. Auf einmal steht die Leiter da.
Ein neuer Weg! Ein Abzweig in die Höhe.

UNDULA IM KURZEN ROCK Können Sie sehen, wohin sie führt? Wo sie zu Ende ist?

ASTEL Nein.

UNDULA IM KURZEN ROCK Würden Sie anfangen hinaufzusteigen, ohne zu wissen, wohin sie führt?

ASTEL Einfach weil es eine Leiter ist, die sich mir in den Weg stellt, hinaufklettern wie ein Käfer? Ich weiß nicht.

UNDULA IM KURZEN ROCK Ein Käfer? Welcher Käfer?

ASTEL Auf allen vieren wie ein Käfer.
Du kamst von rechts, ich von links. Wir sind im Grunde aufeinander zugegangen.

UNDULA IM KURZEN ROCK Und plötzlich stand die Leiter zwischen uns.
Sie hat eigentlich keine Vorder- oder Rückseite.

ASTEL Nur ein Oben und ein Unten. Und dazwischen eine unbekannte Zahl von Sprossen.

UNDULA IM KURZEN ROCK Das Unten sieht noch sehr verläßlich aus.

ASTEL Über das Oben wissen wir nichts. Darüber können wir keine Aussage treffen.

UNDULA IM KURZEN ROCK Klettern steigen klimmen. Was passiert, wenn einer gerade runtersteigt von oben, während wir schon ziemlich weit hinaufgeklettert sind?

ASTEL Ich bin nicht mehr der Jüngste: wenn ich die Leiter hinaufsteige, dann kehre ich vielleicht nie wieder zurück.

UNDULA IM KURZEN ROCK Und wenn ich eine Leiter besteige, dann bin ich mir sicher, steigt gerade ein Kerl von oben herunter. Und dann einige dich mal mit dem!
Der eine will runter, die andere will rauf.

Astel Man käme vielleicht aneinander vorbei, vorne hinten. Aber es wird schwierig.

Undula im kurzen Rock Ich bin kein Zirkuskind.

Astel Wir sind keine Kletterer, das ist die Wahrheit.

Undula im kurzen Rock Die Leiter schwankt nicht. Und ragt doch frei in der Luft.
Soweit ich sehe.

Astel Sie muß wohl oben gut befestigt sein.

Undula im kurzen Rock Wo ist oben? In den Wolken?

Astel Oben ist weit, weit oben.

Undula im kurzen Rock Stell dir vor, ich fange an. Ich steige zuerst.
Und du kommst hinter mir. Du siehst mich steigen.

Astel Ich sehe nicht hin.

Undula im kurzen Rock Du siehst nicht hin. Bist du kein Mann?

Astel Verzeih. Ich muß doch auf die Sprossen achten.
Darf nicht nach oben oder unten blicken.
Eine Leiter kerzengerade in die Höhe, da muß man seine Kräfte sparen. Man muß auf alle viere achten.

Undula im kurzen Rock Willst du lieber als erster gehen?

Astel Nein. Ich bin zu langsam.

Undula im kurzen Rock Wie hoch mag die nur sein? Vielleicht hört sie gar nicht auf?

Astel Das ist unmöglich. Das Ende kann man von hier aus nicht erkennen.

Undula im kurzen Rock Das liegt bestimmt über den Wolken. Ist es wirklich eine Leiter?

Astel Die schönste, die ich jemals sah.

Undula im kurzen Rock Ja. Das ist wahr. Ich glaube aber doch, sie steht jetzt da, weil jemand von ganz oben gerade auf dem Weg nach unten ist.

Astel Wir sollten warten. Wenn er unten ist, dann können wir ihn fragen, wie es oben ist.

Undula im kurzen Rock Ich dachte, du wolltest es selbst erleben?

Astel Ja, wenn keiner runterkäme! Stell dir vor, ich bin schon turmhoch gestiegen, fast am Ende meiner Kräfte, und auf einmal treten mir zwei Schuhsohlen auf die Hände.

UNDULA IM KURZEN ROCK Ein Mann wie du müßte verrückt sein danach.
ASTEL Daß mir von oben einer auf die Finger tritt?
UNDULA IM KURZEN ROCK Daß eine junge Frau vor ihm die Leiter aufwärts steigt, endlos in die Höhe. Verrückt!
ASTEL Ja, müßte, müßte.
UNDULA IM KURZEN ROCK Wie schade! ... Wie schade! ...
Indem sich Astel zurückziehen will, doch immer wieder unschlüssig zu Undula im kurzen Rock und der Leiter zurückkehrt, tritt im Vordergrund Celia auf.
CELIA Herr Arthur Stephan, vorübergehend von einem höheren Alter geplagt, als er es zu diesem Zeitpunkt tatsächlich besaß, beschloß, auf den Aufstieg zu verzichten und nicht über die Leiter in unabsehbare Höhen zu klettern. Sie war ihm einfach zu steil. Es fuchste ihn anfangs, dann immer weniger, denn er besaß auf einmal nicht mehr die rechte Lust, auf so beschwerliche Weise einem jungen Mädchen nachzusteigen. Undula war es also nicht gelungen, den Erfinder von Beaumonde in der Unterstadt festzuhalten. Ebensowenig wie sie ihn verführen konnte, mit ihr in den Wolken zu verschwinden. So trat er auf festem Grund und ebener Erde den Heimweg an.
Astel geht langsam in den Hintergrund ab.
Sein Sohn Toni wiederum blieb in der Unterstadt. Selbst seiner Mutter, die ihm so aufopferungsvoll beigestanden war, gelang es nicht, ihn nach Beaumonde mitzunehmen. Vielleicht blieb er auch, weil Nesrin, seine Freundin, die Unterstadt, in der sie aufgewachsen war, auf keinen Fall verlassen wollte. Also kümmerte sie sich jetzt wieder um Toni. Sie blieb bei ihm. Und eines Tages küßte sie ihn wieder auf den zerschnittenen Mund.
Während der letzten Sätze der Celia steigt Nesrin die Chromleiter hinab, lehnt am Fuß der Leiter und erwartet Toni, der vorn in die Szene tritt, eine schmale Binde über dem Mund.
NESRIN Ich habe doch das Spiel gewonnen – um dich! Denn ich ging dir immer voraus und kam nie zu dir zurück. Ich bin als erste am Fuß der Leiter angekommen – und du kommst jetzt erst an. Ich habe dich nicht verloren.
Er nimmt sie bei der Hand und führt sie von der Szene.
CELIA Natürlich konnte es Toni nicht unterlassen, weiterhin mit

seiner Freundin Experimente zur Erforschung ihrer Untreue anzustellen. Er dachte sich zu diesem Zweck immer neue Prüfungen mit aberwitzigen Spielregeln aus, die sie aber alle makellos bestand. Da es ihr gelang, unter den strengen Laborbedingungen Verdacht um Verdacht zu zerstreuen, besaß sie genügend Schutz für ihre Seitensprünge außerhalb des Beobachtungsfelds.

Das Tor

Ein hohes schmiedeeisernes Tor, dahinter ein weitläufiger Park und eine erleuchtete Villa. Vor dem Tor Kiro und Astel in festlicher Kleidung am frühen Morgen auf dem Heimweg – wie in »Heimweg« (I). Er im Smoking und sie, sehr füllig, im Abendkleid.

KIRO *alle viere ausgestreckt, springt und klammert sich ins Tor. Hängt wie ein Affe zwischen den Stäben, schreit* Ich will in mein Haus!

ASTEL Ich finde den Schlüssel nicht. Er ist auch nicht in den Hosenaufschlag gerutscht.
Ich finde ihn nicht. Ich finde ihn nicht.

KIRO Den Schlüssel nicht? Den Schlüssel nicht? Verloren verlegt verbummelt verliehen?

ASTEL Ich hatte ihn die ganze Zeit in meiner Hosentasche.

KIRO Ich will es nicht hören. Es kann nicht sein. Laß mich in mein Haus.

ASTEL Ich fahre zurück. Ich suche den Weg ab nach unserem Schlüssel.

KIRO Bleib hier. Bring mich in mein Haus.

ASTEL Es geht nicht, Liebes. Wir bekommen das Tor nicht auf.

KIRO Dort steht mein Haus ... Ich will in mein Haus.

ASTEL Ich habe versucht, mit dem Wagenschlüssel das Schloßtor zu bewegen. Der Wagenschlüssel ist abgebrochen. Ich gehe zu Fuß zurück bis zum Festsaal.

KIRO Hör zu.
Du wirst jetzt etwas Furchtbares tun. Ich mache mich so schmal, wie ich kann.

Du wirst mich durch die Stäbe pressen.
Denk: ich sei nur ein lebloser Ast. Ein Ballen Kleider. Du zwängst mich durch die Stäbe. Du schiebst. Du preßt, du drückst, du schlägst, du trommelst mich hinein.
Nimm alle Kraft zusammen. Und schieb und zwäng mich durch das Gitter.
Lieber Himmel! Laß mich zurück in mein Haus! Drück mir den Schädel durch die Stäbe.
Schieb, los. Noch mal, fester! Und schieb! ... O Gott: der Kopf ist drüben ... Weiter!
Stoß meine Hüfte nach. Tritt! Ich hänge fest! Schieb! ... Preß! ... Schieb! ... Schlag! ... Tritt noch ein letzte Mal!
Astel drückt sie durch das Tor. Im Gitter bleiben Teile ihrer Kleidung und ihres ausstaffierten Körpers hängen. Nur noch eine Halbseitige, ein blutiger Rumpf, so kriecht sie über den Kiesweg auf das in der Ferne leuchtende Haus zu.

ASTEL Und ich?

KIRO *mit krächzender Stimme* Jetzt kannst du zurücklaufen und nach dem Schlüssel suchen.
Da öffnet sich langsam von selbst das Tor, und Astel eilt zu seiner Frau. Er umarmt und küßt sie, möchte sie tragen, doch die Halbseitige kriecht mit ihren blutigen Fleischfetzen weiter gegen das helle Haus, und neben ihr kriecht nun auch ihr Mann, um ihr bei der Fortbewegung zu helfen.
Vorm Haus erscheint Celia ...

KIRO Was siehst du?

ASTEL Celia steht vor dem Haus.

KIRO Woher kommst du, Celia?

CELIA Ich hole Ihre Sachen aus dem Tor.

KIRO Laß alles hängen. Gehört nicht mehr zu mir.
Jetzt zeig ich mich in meinem schönsten Kleid,
das Haar geschmückt, die Beine nackt.
Was siehst du?

ASTEL Es ist auf einmal wie früher, Kiro.

KIRO Du meinst: wie es niemals war?

In der Agentur. Die Büro-Atmosphäre mit offenen Durchgängen, Mitarbeitern am PC, Telefonaten etc. wie in »Agentur« (I). Vorn Astel an seinem Schreibtisch.

UNDULA BECKER *zu Astel* Ein paar Fotos von den umgebauten Einheiten 38 und 42.

ASTEL *sieht auf seinen Bildschirm* Danke. Legen Sie sie auf den Tisch.

UNDULA BECKER Ich weiß immer noch nicht: wie melde ich mich am Telefon?
Undula Becker, Agentur Beaumonde, was kann ich für Sie tun.
Oder Agentur Beaumonde, Sie sprechen mit Undula Becker.
Wie ist das üblich hier?

ASTEL Moment. Ich bekomme gerade eine Meldung ...
Für sich Die wird es nie begreifen.
Undula Becker nach nebenan.

HANS *am Nebentisch* Wie Hockeyspieler auf der Ersatzbank sitzen draußen die Bewerber für den Sicherheitsdienst. Neun!

ASTEL *ruft in ein anderes Nebenzimmer* Kiro! Kommst du?
Murmelt vor dem Bildschirm Was ist Glashaus, was ist Welt? Wer wirft wo den ersten Stein?
Kein Unterschied von Sein und Schein und Stein in dieser Kombiwelt.
Zu Kiro Bitte, nimm einen Augenblick Platz.
Ich muß sagen, was du da erarbeitet hast, der Entwurf für den Schlußprospekt: auf den Punkt gebracht. Kein Wort zuviel, und jedes trifft.
Ich bin sehr einverstanden. Mehr als einverstanden.
Der Text geht so, wie er ist, an alle Außenstellen.
Hier, bitte sehr, hier steht's: Wir verkaufen keine Grundstücke, wir verkaufen Lebensformen –

KIRO Ich denke nur, wir sollten jeden Anklang an Sekte, Kommune etc. vermeiden. Die, die jetzt noch kaufen, haben Geld, sonst nichts. Die wollen einfach unter sich sein.

ASTEL Trotzdem: wir verkaufen Lebensformen ... das ist gut!

KIRO Es ist ein Luxusghetto wie alle anderen auch.

ASTEL Nicht ganz. Du sagst ja selbst –

KIRO Ich habe versucht, Beaumonde nur aus Kontrasten aufzubauen. Wie schlecht die Wohnwelt draußen ist, kann man drastisch schildern.
Das Gute selbst wirkt immer blaß. Ich liebe dich. Im ersten Teil habe ich ein paar Kriminalstatistiken ausgewertet. Ich habe provokativ, weil man das Gegenteil erwartet, gleich eingangs klargestellt, daß wir in vergleichsweise sicheren Zeiten leben. Ich liebe dich. In den letzten tausend Jahren ist die Gesamtmordrate auf der Welt etwa um das Hundertfache zurückgegangen.

ASTEL *liest* Aber: Desensibilisierung, sagst du dann, begleitet die Entwicklung einer posthumanen Gesellschaft. Ich liebe dich. Sie ist die Voraussetzung für das Vorrücken der Brutalität von den Rändern in die mittleren Zonen der –

UNDULA BECKER *kommt eilig zum Chef* Geben Sie mir bitte den PIN, um den LAN auszuschalten.
Ich muß hier dauernd E-Mails lesen, die mich nichts angehen.

ASTEL *blickt auf seinen Bildschirm, um sich vor Undula Becker in Deckung zu bringen* Wir lesen hier immer alle alles.
Nach einer kurzen Pause Ja! Geschafft ... Tätärätä! Fanfarenstoß!
Er springt auf.
Freunde! Mitarbeiter! Makler! ... Ich gebe euch Champagner aus! Ich möchte was spendieren. Wir haben soeben den fünfundsiebzigsten Eigentümervertrag für Beaumonde abgeschlossen! Damit sind rund achtzig Prozent der Wohneinheiten verkauft. Wir sind Weltmeister! Und das in diesen mageren Zeiten! ... Ein letzter Schub und wir haben es hinter uns. Ich stehe hier nicht als Peter Großmogul, der nur an seinen Reibach denkt. Meine Lehraufgaben haben immer Vorrang gehabt. Doch daß Forschung und Praxis sich gegenseitig fördern, dafür geben wir ein eindrucksvolles Beispiel.
Zu Kiro Zurück zum Thema ... Entschuldige!

KIRO Haben wir ein Thema?
Wir s i n d das Thema.
Astel hält inne, nimmt Kiros Kopf in die Hände und küßt sie. Darauf sinkt langsam das Licht über den fortgesetzten Tätigkeiten. Celia tritt von der Seite in den Bühnenvordergrund, auf beiden Händen ein Tablett mit Champagnergläsern hoch

über den Kopf haltend. Sie wendet sich über den Rücken, die rechte Schulter ans Publikum …

CELIA Love restored. Das Paar ist wiederhergestellt. Zwei Menschen, die für einander schon gestorben waren, beginnen noch einmal von vorn. Blicke, Küsse, Zukunftspläne: alles frisch wie am ersten Tag …

Sie stellt das Tablett auf einem Bürotisch ab. Lehnt sich an die Tischkante.

Ich muß schon sagen, daß ich sehr erfolgreich war. Mein Gesellenstück. Es kann sich sehen lassen. Unter ständigem Beschuß von Erotonen, winzigen Liebesteilchen, passierten sie die dunkle Röhre. Die Entzweiten und Verstummten. Ich habe sie durch Schreck und Schmerz geschickt, Gewaltausbrüche, Eifersucht, durch Nacht und Dreck und Altersplagen. Herausgekommen sind sie mit gereinigten Gefühlen: Flirt und Charme, neue Neugier, neues Herzklopfen. Dabei beachte man: so eine rekombinierte Leidenschaft, künstlich kernerneuert, ist unvergleichlich bindungsstärker als die sogenannte natürliche. Kiro und Astel: das hält für immer. Die kommen nie mehr voneinander los.

Mitternachtsgespräch

Kiro und Astel in zwei Sesseln.

KIRO Aber wenn ich dich frage, wenn du dir überlegst: was würdest du sagen, das Einmalige vielleicht, zwischen dir und mir, was war es? Was hält uns zusammen? Wüßtest du zu sagen, was uns so sehr zusammenhält?

Astel schweigt, reibt die Handflächen gegeneinander

KIRO Gar nichts? Fällt dir gar nichts ein?

ASTEL Wärme vielleicht. Wärme, ja.

KIRO Wärme? Findest du, daß zwischen uns? Menschliche Wärme meinst du?

ASTEL Ja. Warum nicht?

KIRO Bin ich etwa eine warmherzige Person?

ASTEL Du nicht. Ich auch nicht.

Kiro Aber zwischen uns?

Astel Ja. Zwischen uns gibt es – all das, was gewesen ist, das Gemeinsame.

Kiro Ich frage dich. Oder ist es bloß der Junge, der?

Astel Toni? Nein. Er ist seit vielen Jahren aus dem Haus. Wir sind schon so lange allein.

Kiro Was ist es sonst, Astel? Was?
Gibt es denn gar nichts, das?

Astel Das Einmalige? … Was soll ich sagen?

Kiro Ich sehe dich vor mir. Und mein Gefühl ist: ich sehe dich sehr gern.
Ist das nicht seltsam?
Warum eigentlich?

Astel Ich weiß nicht, was ich sagen soll. Man kann doch nicht so tun.
Findest du nicht, daß du zuviel verlangst?

Kiro Du verstehst nicht, worauf ich hinaus will.

Astel Mag sein. Ich empfinde diese Art von Fragen provozierend.

Kiro Ich provoziere dich nicht. Ich lasse dich ja gehen. Du kannst aufstehen und gehen. Ich will nur wissen, was wir, du und ich, dir wert sind?

Astel Als hätte ich nicht Haltung genug, als hätte ich nicht das innere Wertgefühl, das alles großartig zu finden, einmalig und wunderbar!
Und gerade in dem Moment, wo ich mich abwende, abwenden würde, wird das alles zu einer unvergleichlichen Geschichte, die wir hatten.

Kiro Unvergleichlich? Gibt's eine Liebesgeschichte? Nur dann, wenn sie zu Ende ist?

Astel Es ist jedenfalls kaum möglich, eine gemeinsame Vergangenheit so zu würdigen, wie sie es verdient, in dem Moment, entschuldige –

Kiro In dem sie andauert.

Astel Ja. Auch. Von mir aus.

Kiro Wir müßten einen Abschied, der zu uns paßt, erstmal erfinden?
Zu uns beiden. Wie?
Willst du mich kränken?

ASTEL Bestimmt nicht. Ich tue es womöglich ohne Absicht.

KIRO Du kränkst mich nicht damit, daß du eine andere küßt. Du küßt sie doch?

ASTEL Küßt? Was meinst du?

KIRO Hast du Zeit? Oder mußt du gehen?

ASTEL Ich habe Zeit. Ich habe nichts vor. Es ist Mitternacht. Ich bin ganz ruhig. Nur du beunruhigst mich. Was meinst du mit küssen?

KIRO Es würde mich kränken: Wenn du es eilig hättest.

ASTEL Eigentlich kann es so einen Verdacht wie diesen zwischen uns nicht mehr geben.

KIRO Ich bin mir nicht sicher. Deshalb rede ich mit dir.

ASTEL Du willst die ganze Nacht darüber reden?

KIRO Darüber nicht. Aber mit dir.

ASTEL Ich bin ja da. Vielleicht mit meinen Gedanken mitunter woanders, aber –

KIRO Ja, das sehe ich ein.

ASTEL Du lächelst? Gibt es einen Grund für diese befremdliche Überlegenheit, den ich nicht kenne?
Wann verrätst du mir, worauf du hinaus willst?
Wann kippst du? Wann schlägst du endlich zu?
Willst du mich vor meinem Unglück schützen?

KIRO Erstens habe ich nicht das Gefühl, dir überlegen zu sein. Zweitens habe ich nicht die geringste Ahnung, ob du mit einem anderen Menschen jemals glücklich oder unglücklich sein könntest. Du bist doch jetzt sehr glücklich, oder? Drittens: ich lächle nicht.

ASTEL Und was wäre, wenn ich jetzt ginge, sofort, auf der Stelle?

KIRO Das wäre enttäuschend für mich. Ich würde mir sagen: es ist vorbei, es ist gewesen.

ASTEL Wir würden uns morgen wieder sehen. Es würde dich nichts kosten, mir den kleinen Fehltritt nachzusehen … Jetzt zu gehen.

KIRO Mir scheint, ich bin auf die Welt gekommen, um dich zu sehen. J e t z t zu sehen.
Wissen wir, was wir sagen, wenn wir sagen: das war's.
Unsere Zeit hat sich erfüllt.
Und gleichzeitig sagen: dies wird ein langer, langer Abend?

Schändung

Nach dem »Titus Andronicus«
von Shakespeare

Personen

Saturnin, ältester Sohn des verstorbenen Kaisers
Bassian, sein Bruder
Titus Andronicus, General
Lavinia, seine Tochter
Tamora, Königin der Goten
Aaron, ihr Liebhaber, ein Mohr
Alarbus, Demetrius, Chiron – Tamoras Söhne
Monica/Regisseurin/Probandin
Eine junge Mutter
Der Knabe Lukas/Mutius
Zuschauer, Versammelte, Soldaten, Ausrufer

I
Die Formen und die Plötzlichkeit

Vor einer podestartigen Spielebene eine Gesellschaft von Nachtvögeln, frühmorgens heimkehrenden Besuchern eines Balls oder Galadiners. In der Schar eine junge Frau, deren Hände auf dem Rücken mit weißem Kabel gefesselt sind, es ist Tamora, Königin der Goten. In ihrem Gefolge, kaum auffallend, ihre Söhne Demetrius, Chiron und Alarbus. Ebenso der Mohr Aaron.
Im Hintergrund zwei Schwingtüren, oberhalb des Podests die Empore oder Galerie der Shakespeare-Bühne.
Durch die Menge bewegen sich drei Ausrufer, die abwechselnd ihre Rede führen.

ERSTER AUSRUFER Terra secura! Exclusives Wohnen in absolut geschützter Lage! Ihre Frau traut keinem Bediensteten mehr? Ihre Frau ist unzufrieden mit dem Wachpersonal? Ihre Frau wagt sich nicht mehr auf den Markt?

ZWEITER AUSRUFER Sie fordern besseren Schutz, mehr Sicherheit für Ihre Kinder?

DRITTER AUSRUFER Erwerben Sie Anteile an der Stillen Stadt.

ZWEITER AUSRUFER Terra secura! Exclusives Wohnen in absolut geschützer Lage!

DRITTER AUSRUFER Sie gehen nach Sonnenuntergang nicht mehr aus dem Haus?
Sie hören aus der Nachbarschaft von Diebstahl, Notzucht und Entführung?

ERSTER AUSRUFER Sichern Sie sich hochwertiges Wohneigentum in sorgloser Abgeschiedenheit!

Während die Ausrufer zwischen den Versammelten umhergehen und Prospekte verteilen, kommt Eine junge Mutter mit ihrem Sohn Lukas auf die Bühne. Sie stellt einen kleinen Faltstuhl in die Nähe der vordersten Bühnengasse in Blickrichtung des Podests.

EINE JUNGE MUTTER Setz dich hier hin und warte, bis ich zurückkomme. Oder stell dich hin und sieh zu, was passiert.

Warte in Ruhe, bis ich vom Einkauf zurück bin.
Laß dich von niemandem ansprechen. Misch dich nicht ein.
Rede mit niemand. Hast du mich verstanden? Gut.

Eine junge Mutter ab.

ZWEITER AUSRUFER Terra secura: vierzehntausend Hektar Sicherheit vor den Toren Roms!
Eingezäunt und abgeschirmt. Bewacht von eigner Garde. Unbestechlicher Kohorte.

DRITTER AUSRUFER Kostenloses Probewohnen! Jede Woche neu verlost.

ERSTER AUSRUFER Terra secura: ein Ort des Lichtes und der Stille.
Der Schönheit und der Sicherheit.

DRITTER AUSRUFER Terra secura: das ist die andere Stadt. Wo alle Türen offen stehen, wo die Zeit sich Zeit läßt.

ZWEITER AUSRUFER Geheim verborgen unzugänglich. Ausnahmslos bewohnt von gesunden, schöngewachsenen Menschen.

ERSTER AUSRUFER Menschen, die man gerne sieht in Bädern und auf Promenaden.

DRITTER AUSRUFER Keine Krüppel.
Keine Übergewichte.
Keine ansteckenden Krankheiten.
Keine unterdurchschnittliche Intelligenz.

ZWEITER AUSRUFER Stattdessen Künste Kuren Kurse ohne Zahl.
Kinderpflege, Liebesdienste, Gartenbau.
Sowie die siedlungseigne Mumifizierwerkstatt.

Der Knabe Lukas auf seinem Stuhl lacht laut.

ERSTER AUSRUFER Ja, da lachst du, mein Junge.
Da gab's schon mal einen heiteren Knaben wie dich im Publikum. Der lachte über alles, was wir ihm erzählten, der lachte, weil er nur zu gut verstand, wovon die Rede war: vom wunderbaren Kindertraum, der Wirklichkeit geworden ist! Draußen vor der Stadt …

DER KNABE LUKAS *springt von seinem Stuhl auf* Ich verfluche dich!

SATURNIN *kommt durch eine der hinteren Türen nach vorn auf das Podest* Römer, Landsleute, verehrte Gefolgschaft!
Schlagt euch für meine Wahl. Ich sage: schlagt zu,
wenn einer mir das Recht abspricht, der nächste Kaiser Roms zu sein.
Haut ihm die Ohren ab mit eurer Klinge. Wütet und verödet und verbrennt.
Verdammt die Schrecken, die ihr stiftet, dann mit scharfer Zunge.
Damit ganz Rom nach einem Herrscher schreit, der endlich Ordnung bringt.
Nach mir. Dem Erstgeborenen unseres letzten Kaisers. Der von seinem Vater, wie es Brauch, die Krone übernimmt.

Bassian, jüngerer Bruder des Saturnin, drängt durch den Zuschauerhaufen.

BASSIAN Schont euren Ehrgeiz, Prinz. Spart euch die Hetze, den Parteienstreit. Auch ich, Bassian, bin ja ein Sohn unseres verstorbenen Herrschers. Und wenn ich je bei euch ein wenig Gunst genoß, dann, Römer, tut mir den Gefallen, bewacht den Weg zum Kaiserthron, den Aufstieg zum Kapitol, auf daß kein Unwürdiger ihm naht, kein werteloser Mensch, der jeden Sinn für Recht und Maß und Gnade längst verloren hat. Denn diese Tugenden sind unentbehrlich für das höchste Herrscheramt.
Das Volk von Rom, das die Tribunen rechtmäßig vertreten,
ruft ohnehin nur einen aus zum Fürsten dieses Reichs.
Einmütig gibt es seine Stimme dem Aeneas unserer Zeit,
den wir von heute an mit Beinamen Pius nennen, in Anerkennung seiner heiligen Verdienste um das Vaterland.
Lebt denn ein würdigerer Mann, ein tapferer Krieger in unseren Mauern? Eben erst, bevor ihn der Senat nach Hause rief, schlug er unseren Schreckensfeind, die widerlichen Goten, wahrhaftig eine kriegserfahrene wilde Meute und kein leichter Gegner. Fünfmal kehrte er als Held zurück,

zehn schwere Jahre liegen hinter uns, fünfmal brachte er Triumph. Und heute kündigen ihn aufs neue die Ruhmtrophäen an. Ich bitte euch, guter Prinz, mein Bruder: Wo so ein Mensch erscheint, schickt eure treuen Freunde heim, gebt euer Wahlgeplänkel auf. Stellt die Bewerbung ein um unseren Kaiserthron.

Titus Andronicus kommt aus dem Hintergrund über das Podest, im Trauergeleit zwei gefallene Söhne.

TITUS Es lebe Rom. Der Sieg trägt schwarz.
Mit Tränen unterm Lorbeer grüßt der alte Krieger die geliebte Heimat. Und du, mein oberster Gebieter, Schutzherr dieses Kapitols, du großer Jupiter, nimm gütig hin mein demutsvolles Opfer.
Von fünfundzwanzig Söhnen, die in bitteren Schlachten
an meiner Seite kämpften, bestatte ich hier den armen Rest.
O heilige Erde meines Vaterlands, nimm sie in Liebe auf.
Titus Andronicus: Unhold der Familie! Schlecht sorgst du
für dein eigen Fleisch und Blut, Söhneverschleißer. Was läßt du
ihre Schatten wandern unerlöst am düsteren Strand des Styx?
Schafft Platz im Grab und legt sie zu den Brüdern.

Die Männer im Trauergeleit senken die Bahren nieder in eine Vertiefung des Podests.

Begrüßt euch, Kinder, still, wie Tote eben grüßen.
Schlaft nun in Frieden und im Ruhm, mein allerliebstes Blut,
für euer großes Land seid ihr gefallen.
Er kniet nieder.
O Lager mir entrissener Freuden, heilige Ruhestätte meines Glücks. Wie viele sind's auf einen Stapel von meinen heißgeliebten Söhnen? Willst du mir keinen wiedergeben?

Nach einem Augenblick der Stille erhebt sich Titus und fährt in nüchternem Ton fort.

Die Manen der Erschlagenen zu versöhnen, fordert unsere Religion ein Menschenopfer. Einen trifft es aus der Schar der

Feinde, die in Gefangenschaft uns folgten. Ausersehen für die Göttergabe, verehrte Fürstin, ist euer Sohn Alarbus. Er war der Tapferste im Feld und muß jetzt sterben.

TAMORA *in der Menge* Du gnadenreicher Sieger, sieh mich an! Ihr edlen römischen Brüder, haltet ein: eine Mutter weint für ihren Sohn. Dir, Titus, waren alle deine Söhne lieb. Denk nur, wie lieb dann einer Mutter ist der Erstgeborene.
Du hast uns im Triumph nach Rom geführt, gefangen und im Joch. Das war für dich sehr schön. Wozu willst du mit einer Greueltat die frohe Siegesfeier schänden? Nur für den Pöbel, nur zu eitler Schau, diese edlen Glieder auseinanderreißen?

TITUS Einen Augenblick, Madame. Verzeiht.
Unsere Frommheit ist es, die das Opfer fordert.

TAMORA Titus Andronicus! Fühlst du dich nicht den Göttern gleich in vielen deiner Gaben? Dann übernimm von ihnen auch Barmherzigkeit. Denn Gnade zeugt von allerhöchster Macht.
Sie kniet.
Titus, mein Herr und mein Eroberer: laß meinen liebsten Sohn bei mir.

TITUS Nehmt ihr den Alarbus.
Zerstückt ihn erst, dann werft ihn in die Flammen.
Teil für Teil. Haut ihn so klein, daß ihn das Feuer restlos frißt.
Kein Mißgeschick störe die heilige Zeremonie.

TAMORA Nicht meinen Sohn! ...Das nennt ihr Frömmigkeit? Blutdurstige Barbarei! Nicht meinen Sohn für
euer Schaugemetzel auf dem Markt. Der edle Römer
wandelt sich zur Bestie und nur das Grausamste macht ihm Vergnügen.

TITUS Schmäht unsere heilige Sitte nicht, Fürstin.
Ihr Goten kennt den tiefen Sinn der römischen Riten nicht.
Der Stärkung unserer Volksgemeinschaft dient dies Opfer eines Starken. Nehmt ihr den Alarbus.

Die Männer aus Titus' Begleitung reißen den Alarbus von der Seite seiner Mutter.
Ihre beiden anderen Söhne, Demetrius und Chiron stellen sich schützend vor sie.

TAMORA Laßt meinen Sohn bei mir ... Meinen Sohn! Gebt mir den Sohn zurück!

CHIRON Ganz Asiens fürchterlichste Schlächter, die Skythen, waren niemals so barbarisch.

DEMETRIUS Was Skythen! Römer über alle fürchterlich!
Alarbus, du Lieber. Du stirbst nicht ungesühnt. Wir bleiben bei dir, Mutter, ums Leben bangend unter Titus.
Majestät! Bewahrt die Haltung. Mutter, üb dich in Hoffnung.
Solange Goten Goten sind, bist du die Königin.
Und rächst das blutige Unrecht an den Feinden. Dieselben Götter helfen dir, die einst der Königin von Troja halfen, Hekuba, als sie dem Mörder ihres Sohns, dem thrakischen Tyrannen, in seinem Zelt die Augen ausstach.

Lavinia, eine junge Frau mit blondem Lockenhaar und in kurzem schwarzem Rock löst sich aus der Schar und geht zu dem Knaben Lukas am Bühnenrand. Sie übergibt ihm ein langes weißes Gewand und dazu die nötigen Instruktionen für seinen Eintritt in die Handlung.

TITUS Riecht ihr den würzigen Duft im Abendwind?
Ein Atemschmaus für jeden echten Römer.
Madame, ihr Sohn wird jetzt verbrannt. Dem Ritus wollen wir genügen. Form um Form erfüllen, heißt den Göttern dienen und Ordnung stiften unter den Sterblichen.

LAVINIA *betritt das Podest; in Sprache und Gebärde zeremoniell*
In Frieden und im Ruhm lebe du, mein lieber Herr und Vater.
D i e Tränen hier vergebe ich ins Grab zum Gedenken meiner Brüder. Doch diese anderen, zu deinen Füßen kniend, sind helle Freudentränen, weil du zurückgekehrt nach Rom. Leg deine Siegerhand auf mich und segne dein bedürftig Kind.

TITUS Dank, Rom, daß du mir freundlich aufbewahrtest die Herzensstärkung für mein Alter. Lavinia, Inbild einer reinen, edelmütigen Seele. Dein Ruf – Liebreiz Anstand Sittengröße – überlebe immerdar den Nachruhm deines kriegerischen Vaters.

Lavinia gibt dem Knaben Lukas einen Wink, daß er neben sie trete.

Lavinia General Pius, das Volk von Rom, dessen Freund du immer warst, sendet dir durch mich, im Auftrag der Tribunen, dies weiße Kleid von unbeflecktem Glanz. Es beruft den Helden und den Schlachtensieger in die engste Kaiserwahl gemeinsam mit dem Sohn des letzten Herrschers.
Titus, mein Herr und lieber Vater, Triumphator in den Herzen aller Römer, sei Kandidat, laß uns nicht harren, leg an das weiße Kleid, das Mutius, dein Jüngster, demutsvoll dir anträgt.

Der Knabe kniet vor Titus und hält, wie ihm gewiesen, das Kandidaten-Gewand auf ausgestreckten Armen.

Titus Mein kleiner Mutius, lieber Sohn, du übst dich früh in unseren alten Formen. Dankbar und gerührt erkenne ich die feierliche Gebärde.
Der Anfang jedes tapferen Mannes muß stets das Knien sein, das Scheitelsenken.

Lavinia Hilf uns, dem führerlosen Rom ein neues Haupt zu finden.

Titus *Rhetor vor seiner Tochter, als spräche er vor der Versammlung der Tribunen* Nun, verdient nicht der berühmte Leib ein besseres Haupt als dieses hier, das schon vor Alter wackelt?
Soll ich das Kleid anziehen und euch Ärger bringen?
Vielleicht würde ich sogar gewählt und wäre Kaiser.
Doch morgen tret ich wieder ab, verzichte und entsignie mich.
Denn draußen irgendwo gibt's neuen Streit und ich muß für euch fechten.
Mein liebes Rom, vierzig Jahre war ich dein Soldat.
Und trug mein Scherflein bei zur Stärkung meines Vaterlands:
Gebt diesem alten Krieger einen Ehrenplatz, doch keinen Thron, von dem er eine Welt regieren muß. Der es zuletzt gekonnt, der konnt' es gut. Der Kaiser.

Lavinia Titus, weshalb zögerst du? Woher so plötzlich die Bedenken? Du allein erhältst dem Reich das Leben. Du allein besitzt die innere Festigkeit, das Land vom Grunde aufzurichten. So daß es Freiheit in der Ordnung findet, Freude hat am Spiel der Regeln. Nun fordere auch die Macht für dich.

Saturnin *jetzt von der Galerie* Was hetzt die steife Jungfrau da den müden Vater auf?! Entscheidet sich die römische Kaiserwahl zu Haus,
am warmen Herd, ganz familiär? Sprechen Volkstribunen neuerdings mit Mädchenstimmen? Wird, was alle Welt angeht,
nun zwischen Vater und Tochter ausgerichtet?
Ihr gebt ein schlechtes Beispiel für das offene Rom,
ein öffentliches, das ihr fordert. Nichts wäre dem wohl
mehr verhaßt als geheime Absprachen und Intrigen.

Titus Einen Augenblick gedulde dich, Prinz Saturnin.

Saturnin Römer! Werdet wach! Achtet auf mein Recht!
Patrizier! Alle Edelleute, steht an meiner Seite!
Zieht euer Schwert und steckt's nicht wieder ein,
bevor Saturn zum Kaiser Roms gewählt.
General Pius, Pius! Zur Hölle fährst du eher, als daß du
mich vertreibst aus dem Herzen meines Volks.

Lavinia Saturnin, von Stolz gespreizter Prinz, du trampelst
auf der guten Meinung rum, die unser künftiger Kaiser
für dich hegt.

Titus Faßt Euch, Prinz. Ich werde dieses Herz,
von dem Ihr sprecht, für Euch bereit machen.
Das Herz aller Römer, und sie davon abbringen,
dem eigenen Herzen zu gehorchen.
Zum Publikum unterhalb des Podests Euch alle bitte ich nun,
wählt eures Kaisers ältesten Sohn, wählt Lord Saturnin.
Im Glanze seiner Tugenden möge Rom
erstrahlen wie im Sonnenschein die Erde.
Recht und Sitte, Kult und Brauch, des alten Roms
gewichtige Säulen, sie mögen nun, erneuert aufgerichtet,
das Schutzdach seiner Herrschaft tragen.
So wählt nach meinem Rat, krönt ihn und jubelt: Lang lebe unser Kaiser!

Lavinia *am Rand des Podests, zu den Versammelten* Mit allen Stimmen ruft, der Beifall brause auf, Patrizier und Plebejer, wir wählen Lord Saturnin zum Kaiser. Jetzt jubelt, klatscht und tobt, und alle ...!

Die Versammelten *matt* Lang lebe unser Kaiser Saturnin.

Saturnin *an der Brüstung der Galerie* Titus Andronicus! General Pius! Du hast mir deine Gunst erwiesen.

Die Wahl am heutigen Tag hat den getroffen, der sie wohl verdient.
Den Dank, der dir gebührt, bleib ich nicht schuldig.
Ich werde nach und nach mit Taten statt mit Worten ihn erstatten. Um gleich mit einer zu beginnen, erhebe ich den Namen deiner Familie in den höchsten Rang. Lavinia, deine Tochter, erwähle ich zur Kaiserin.
Ein unwillkürliches Kopfschütteln der Lavinia
Roms kaiserliche Herrin, erlauchte Herrin meines Herzens, im heiligen Pantheon lad ich euch zur Vermählung mit mir ein ...
Nun, Titus, wie gefielen dir die ersten Worte eines Kaisers?
Was hältst du von meiner plötzlichen Eingebung?

TITUS Ich bin sehr einverstanden, edler Lord.
Ich fühle mich geehrt.

Von der Galerie kommt Saturnin hinunter auf das Podest. Titus legt kniend sein Schwert vor Saturnin auf den Boden. Die Gefangenen Tamora, Demetrius, Chiron, Aaron werden aus der Schar der Versammelten geführt und dem Kaiser übergeben.

TITUS *zu Tamora* Madame, Ihr seid jetzt die Gefangene des Kaisers. Für Eure Ehre, standesgemäß, verbürgt er sich. Wie auch für Euer Gefolge.

SATURNIN *betrachtet Tamora; für sich*
Ein Frauenwunder. Unverschämte Schönheit.
Die würde ich wählen, dürfte ich nochmal wählen.
Zu Tamora
Hoheit, die düstren Wolken treibt von Eurem Antlitz.
Ich weiß, der Krieg hat Euch die Freude vom Gesicht gestohlen. Niemand aber wird Euch hier belästigen oder gar verachten. Glaubt mir, laßt Euren Mut nicht sinken. Schwingt Eure Hüfte wie zuhaus.
Ich meine: geht frei und unbeschwert. Der Euch jetzt tröstet, kann Euch auf den höchsten Rang erheben. Höher als die Königin der Goten. *zu Lavinia* Oder mißfällt dir, was ich sagte, Fräulein?

LAVINIA Durchaus nicht, mein Herr. Es klang nach wahrem Edelmut. Der gibt den höfischen Höflichkeiten inneres Mark.

SATURNIN Dank, teuerste Lavinia. Das hast du gut gesagt. Im Reden kennst du jeden Kniff. Doch ehe ich den Thron besteige, werde ich mit treffenden Worten dich übertreffen.

Saturnin führt die Gefangenen, voran Tamora, zu der linken hinteren Tür und verschwindet mit ihnen. Gleichzeitig stürmt Bassian mit zwei Männern aus der Schar der Versammelten auf das Podest und ergreift Lavinia.

BASSIAN Titus, gnädiger Herr, wenn Ihr erlaubt, die Jungfrau ist seit einiger Zeit schon mir versprochen.

TITUS Was sagt Ihr da, mein Herr? Meint Ihr das ernst?

BASSIAN Sehr ernst, mein edler General. Ich bin entschlossen, meinen Anspruch vor aller Augen durchzusetzen.

EINER DER VERSAMMELTEN Suum cuique heißt es in Rom. Rechtmäßig fordert der Prinz, was ihm gehört.

MUTIUS/LUKAS Und soll es tun, solang es mich an seiner Seite gibt.

TITUS *brüllt* Verräter Wüstling Sittenschänder! Verfluchte Störer, Ordnungsbrecher ihr! Wo ist die Wache unseres Kaisers? Verrat, Majestät! Lavinia wird entführt. Die Kaiserin erstürmt geraubt entweiht!

SATURNIN *schaut hinter der Tür hervor* Geraubt? Entführt? Vom wem?

BASSIN *hält Lavinia den Mund zu* Von dem, der ein Recht hat, seine Braut zu entführen, wohin er will. Und gelte es, sie von dieser Erde fortzutragen.

MUTIUS/LUKAS Beeilt euch, bringt sie in Sicherheit. Mit meinem Schwert verteidige ich den Ausgang.

TITUS Folgt mir, Majestät. Ich hole sie sofort zurück ...

Saturnin folgt nicht, schließt die Tür und steigt mit Tamora und den anderen im Hintergrund zur Galerie.

MUTIUS/LUKAS Mein Herr und Vater, hier kommt Ihr nicht vorbei! Bleibt, wo Ihr steht.

TITUS Wie, mein zarter Knabe, du sperrst, in Rom, mir meinen

Weg? Mein Kind erhebt zum ersten Mal ein Schwert und richtet's gleich auf seinen Vater? In dir wurmt was wider die Natur ... Die giftige Milbe schneide ich dir aus deinem Herzen.
Er stürzt voran und ersticht den Mutius.

MUTIUS/LUKAS Bassian, zu Hilfe! Hilfe! ... Ich kann die Tür nicht halten! Mein Vater sticht mich nieder!

BASSIAN *kommt zurück* O großer Himmel! Welch ein Ungeheuer seid Ihr? In nichtigem Streit erschlugt Ihr Euren Sohn!

TITUS Du nicht, er nicht: Sohn? Niemand ist mein Sohn.
Keiner meiner Söhne würde mich so tief entehren.
Bassian, du Hund, gib die Lavinia meinem Kaiser wieder!

BASSIAN Tot, wenn du willst. Doch nicht als seine Braut.

Auf der Galerie erscheint Kaiser Saturnin mit Tamora an seiner Seite. Im Hintergrund Demetrius, Chiron, Aaron.

SATURNIN Nein, General, nein: das war nicht nötig.
Umsonst hast du den Jüngsten deinem Trotz geopfert.
Der Kaiser braucht keine Lavinia mehr.
Weder sie noch dich noch irgendwen von deinem Stamm.
Ich sollte Leuten trauen, die mich frech verhöhnen?
Dir? Niemals. Noch deinen hochnäsigen Kindern.
Ihr alle habt euch nur verbündet, um mich lächerlich
zu machen vor dem Volk. Der Schnarz heiße ich bei euch.
Wachtelkönig schimpft man mich. Crex crex statt rex.
Gibt's irgendwen im großen Rom, über den man bessere Späße macht, als Saturnin? Aus jeder Gasse schallt das Echo auf dein eitles Schwafeln, daß nur von deinen Gnaden mir die Kaiserwürde zugefallen sei.

TITUS Wie unbegreiflich redest du? Woher kommen dir die plötzlich grauenhaften Worte? Die sagst du nur, mein gütiger Fürst, damit ich alter Krieger ein zweites Mal erschüttert und verzweifelt bin. Ich soll mich mehr erhärten, daß ich Worte auszuhalten lerne wie den Hagel Speere in der Schlacht.

SATURNIN Und nun zu dir, Tamora, Königin der Goten.
Verwegene Schönheit, Diana unter ihren Nymphen,
so glänzt dein Frauenbild, verglichen mit dem erschöpften
Glanz der Römerinnen. Wenn dir die Plötzlichkeit der Wahl
Vergnügen macht – und mein Vergnügen an ihr ist schamlos

groß – dann wahrhaftig wähl ich dich und mache dich zur Kaiserin von Rom.

Königin der Goten, Königin des – weiblichen Geschlechts, gefallen dir meine Worte? Was sagst du zu besagter Plötzlichkeit der Wahl? Verzeihe mir, wenn ich nicht jedes meiner Worte so trefflich wählte wie dich, du Pracht – du Pracht.

TAMORA Mein Herr, mein Kaiser und Eroberer, hier unter römischem Himmel gelobe ich: wenn Saturnin zu sich erhebt die Königin der Goten, dann wird sie ihm zu Dienst und Nutzen sein, wie es ein Mann verlangt. Dort bin ich Amme, liebevolle Mutter, wo unser Kaiser noch sehr jung. Und wo er sich am Weib erfreut, füttere ich seine Begierden. Ich nähre ihn mit Lust und Rat.

Festliche Musik. Alle verschwinden mit Ausnahme von Titus.

TITUS Und ich? Die Braut ließ mich nicht bitten.

An meinem Ehrentag vollzieht man heilige Riten ohne mich. Titus, Titus, so kalt verdrängt? Ein Held kehrt heim, er wird mit Schmach und Schmutz empfangen. Von Falschheit Frechheit Feigheit vor den Kopf gestoßen.

Und dafür opferte ich den jüngsten Sohn? Erstach das liebe Kind, das mir im Weg stand, als ich rannte, um dies edle Bild zu retten, das mir die Welt zusammenhielt, die Hochzeit der Lavinia mit meinem Kaiser!

Der sie verstieß. Der sie nicht wollte. Oder wollte nur für einen Augenblick. Oder nur aus Politik und flüchtiger Laune. Was sind Launen? Launen sind wie grelle Blitze, die aus der Wolke unseres Hirns in unsere Hände stürzen. Wir handeln nicht mehr, wie wir sollten. Wir handeln ohne Not, wie wir in Not nur schlimmstenfalls gehandelt hätten.

Und so, ganz unversehens, geschieht das Schlimmste. Mein kleiner Mutius wird von einem Biest erstochen.

Bassian betritt durch eine Tür das Podest.

BASSIAN Komm, Titus, laß uns den toten Knaben
zu seinen Brüdern in die Erde legen. So wie es
Brauch und Sitte ist bei allen Menschen.

Titus Bei allen Menschen? Du Narr! Die römische Sitte will ihn n i c h t in dieses Grab. Hier ruhen Krieger. Ruhmreiche Söhne Roms. Nicht zugänglich für einen kleinen Ungücksvogel, der im Familienstreit erschlagen wurde.

Bassian Unbarmherziger Soldat. Der Knabe, der seine Schwester vor dem jähzornigen Vater schützen wollte, hat mehr Mut bewiesen als mancher Kämpfer im Gefecht.

Titus Schurke Schänder Scheusal! Tastest du die heilige Ruhe gefallener Krieger an? Begrabt ihn, wo ihr wollt. Nicht hier.

Bassian Du bist nur noch das Zucken einer rohen Wunde. Titus, höre mich: die Seele und das Wesen deines Kinds –

Titus *in plötzlichem Stimmungswechsel* Komm mir nicht näher! Das ist der trübste Tag in meinem Leben. Mein Kaiser hat mir wehgetan. Legt den Mutius, meinen Jüngsten, in das Grab. Und mich dazu als nächsten.

Bassian *legt den toten Mutius in die Versenkung.*
Nun fand auch diese tapfere Seele ihre Ruhestätte.
Die fromm erfüllte Ordnung, so den Göttern sie gefällt,
verheißt uns ihren Schutz. Doch um von zuviel Schwermut
abzulenken, erkläre mir: wie konnte es geschehen,
daß eine Hergelaufene, deine Kriegsbeute,
die fremdländische Tamora, gefesselt und erniedrigt,
ihren Fall so unversehens in einen Aufstieg wendete?

Titus Ich weiß es nicht, Bassian. Weiß nur, daß es mich traf – unverhofft wie aus dem Hinterhalt.
Ob Plan, ob Willkür, verbirgt uns noch der Himmel.
Habt ihr – hat einer denn von euch vorausgewußt,
daß ich das weiße Kleid des Kandidaten verschmähen würde?
Daß ich dem Sproß des letzten Kaisers ohne Wahl den Vortritt ließe?
Ich wußte es selber nicht, ich tat's. Und daß er gleich darauf meine Gunst mit Füßen trat und diese kalte Königin zu seiner Herrin wählte?
Das tat er nicht mit vorgefaßter Absicht. Woher trifft uns soviel Plötzlichkeit?
Kommt sie vom Himmel oder aus der Hölle?
Was wir uns abgewonnen haben, das gebändigte Leben, nach

dem Vorbild uralter Römer, herrscht weitherum in unserer Alltagswelt: Rechte Riten Regeln.

Bei uns erlangt die kleinste Geste würdige Bedeutung. Ordnungslust ist fast ein fleischliches Begehren. Doch diese neuen Völker außerhalb, kaum gebändigt, kaum geformt, sind noch Verbündete des Augenblicks, der schnell sich wendet. Zu allem Unverhofften sind sie sehr begabt, und ihre Seele ist ein Teil davon. Was uns überrascht und lähmt, ist ihnen Elixier und Element. Was glaubst du, Bassian, muß nicht die Fürstin mir, der sie hierher geschleppt zu ihrem Glück, ein wenig mehr Erkenntlichkeit erweisen?

BASSIAN Sie wird es tun, verlaß dich drauf.
Sie wird's dir reichlich lohnen. *Wechselt den Ton.*
O Titus, reib dir Treu und Glauben aus den Augen!

SATURNIN *erscheint wieder auf der Galerie*
Bassian, mein ungezogenes Brüderchen: auch Ihr gewannt in diesem raschen Wechselspiel eine Runde. Gott schenk Euch Freude an Eurer Braut.

Lavinia tritt festlich gekleidet durch die Tür und begibt sich zu Bassian.

BASSIAN Und Euch an Eurer. Mehr sage ich nicht.
Noch wünsche ich weniger. Darf ich gehen?

SATURNIN Gut gesagt. Kurzangebunden.
Wenn ich bei Laune bin, will ich dir kontern.

Tamora ist hinter ihn getreten, legt die Hand auf seine Schulter.

TAMORA Tut, was ich sage, Prinz. Gebt etwas nach, laßt jetzt die Zügel locker. Alles weitere erkläre ich später, unter uns.

SATURNIN Ihr hört es, meine Herren. Die Kaiserin führt heute das Regiment. Vor allem über mich.

TAMORA Titus, ich bin nun Leib vom Leibe Roms.
Bin anerkannte Römerin. Zu seinem Besten stets werde ich dem Kaiser raten. Doch heute ersterbe aller Streit, Andronicus. Denn meine höchste Ehre soll es sein, Euch Freunde wieder zu versöhnen.
Für Euch, Bassian, gebe ich mein Wort dem Kaiser,

daß Ihr in Zukunft sanfter seid und umgänglicher.
Auf denn, ihr Herren – auch du, Lavinia, folgt meinem Rat und kniet vor seiner Majestät. Bittet um Vergebung.

BASSIAN *kniet* Wir bitten um Vergebung. Und schwören hier vor Eurer Hoheit, daß wir so liebevoll gehandelt haben, wie wir konnten. Mit Rücksicht auf Lavinia. Und ihre Ehre.

TITUS Ich selbst beteure jedes Wort des Schwiegersohns.

SATURNIN Redet nicht so salbungsvoll. Mich ekeln eure Schwüre.
Will abgehen.

TAMORA Mein Herz, du bleibst. Dein Schlußwort bitte.

SATURNIN Ich vergebe diesen Männern ihre Schuld.
Tamora tu ich es zuliebe. Ein Tag der Liebe soll es werden. Steht nun auf.
Lavinia, du siehst ja blendend aus. Als Braut von meinem Bruder.
Ich will vergessen, daß du mir den Laufpaß gabst. Ich bin nun auch kein Junggeselle mehr. Kommt mit, mein Palast hat Platz für zwei Bräute.
Tamora weist Saturnin auf den noch knienden Titus.
Steh auf, Titus. Komm auf deine Füße.
Die Kaiserin hat sich durchgesetzt.

TITUS *erhebt sich* Dank, edler Fürst. Dank auch ihr, der Herrin.
Dein Wort, mein Fürst, und deine Gnaden-Blicke, die heilsame Zeremonie geben mir den Hauch von neuem Leben ein.

SATURNIN Dann auf ein neues, alter Recke.

Alle ab. Tamora allein an der Brüstung der Galerie.

TAMORA Ich will sie alle morden mit der Zeit.
Ausrotten den Stamm und die Familie.
Eines Tages sollen sie erfahren, wie es ist,
wenn eine Königin im Staube liegt,
um Gnade fleht für ihren Sohn: vergebens.

II
Making-of

Tamora, Titus, Lavinia, Aaron, Saturnin und die Regisseurin auf dem zur Rampe vorgeschobenen Podest, jeder auf einem Stuhl, Licht auf die jeweils sprechende Person.

LAVINIA Vor kurzem traf ich eine alte Schulfreundin im Kaufhaus. Sie sagte, ich habe dich neulich in diesem verrückten Shakespeare gesehen. Im Fernsehen. Ich spreche von dieser abartigen Produktion, in der du das Mädchen spielst, das vergewaltigt wird. Und dem man die Zunge rausschneidet, mein Gott. Und später kommt dann noch sowas Grausames. Ich dachte zuerst, die senden ein Kannibalenvideo oder sowas zur besten Sendezeit, meine Kinder waren noch nicht zu Bett. Es war ja wirklich eine fiese Nummer. So brutal sind wir normalen Menschen gottseidank noch nicht. Noch nicht! Aber es ist eben eine Tragödie, sagte sie, die Leute leiden.

DIE REGISSEURIN Wir wollten nicht die übliche sex-and-crime-show. Wir wollten einfach nicht alles zeigen auf der Bühne. Wozu mit abgeschnittenen Kinderköpfen kegeln? Die Rache läuft leer in dem Stück, wir sind zu müde, viel zu abgestumpft gegen Gewalt. Das Blut schwappt über jede Schwelle, es spritzt über Tische, Pflaster, Mauern, Hände, na und? Es gibt Regisseurinnen, die schalten gleich so einen Filter davor, wodurch dann alles wie comedy aussieht. Die lassen das Unterirdische, das so ein Stück enthält, gar nicht erst an sich ran. Ich wollte aber nicht auf dem coolen Weg durch den Titus. Ich wollte rausfinden, was an diesen extremen Figuren letztlich doch menschlich ist. Was sie haben, im Extremen, das man auch bei sich selber findet. Natürlich weiß ich, daß wir auf diesem Weg nicht so weit gekommen sind, wie es mir vorschwebte.

TAMORA Ich spiele Tamora, die ja noch eine attraktive junge Frau ist, obwohl sie schon mehrere halbwüchsige Kinder hat. Für mich war aber viel wichtiger, daß sie, die eigentlich die Barbarin ist, auf lauter Römer trifft, die tatsächlich viel barbarischer sind als sie. Ich hatte ursprünglich gedacht, sie ist eine Fürstin, und sie sollte eine besonders schöne, gepflegte, altmodische Sprache sprechen, während die Römer letztlich nur eine Art Killerjargon von sich geben. Sie sollte eine reine Sprache sprechen. Ich meine, Rom ist ganz durch sich allein barbarisch geworden. Daran waren nicht die Völker schuld, die von außen eingedrungen sind. Rom war stolz darauf, daß es den Scheiterhaufen und das Menschenopfer abgeschafft hatte. Aber als ich hinkam, hatte es sich rebarbarisiert. Für mich war das Verführerischste an der Rolle, daß Tamora immer attraktiver wird, je mehr sie der Rachsucht verfällt. Immer mehr Leben, auch Sex, braucht sie, um diese Leidenschaft anzuheizen, und gleichzeitig verjüngt sie sich, die Rachsucht macht sie immer schöner.

AARON Es scheint so, als wäre ich ein Ausbund an Niedertracht und Intrigantentum. Dabei bin ich vor allem ein Freigeist, ein Ketzer oder besser gesagt: ein Kyniker, also ein Philosoph. Jemand, der von seiner Bosheit manchmal genug hat. Die Blutspäße genügen nicht mehr. Die Gewalt ist ein Naschwerk für müde Zuschauer. Das Böse ist schal und flach. Ich hatte ausgelernt, mich abgestrampelt an der Welt, bevor ich sie betrat.

Ich bin jemand, der sich auflehnt gegen den Bombast an religiösen Verrichtungen, Symbolen, Kulten, gegen diesen Bedeutungsplunder, ja, diese Gangräne von Bedeutungen, die den wachen Geist des Römers im zweiten, dritten nachchristlichen Jahrhundert schwächte und langsam zerfraß. Diese enge, reizbare, fanatische, launische Welt, die für einen freien Geist schier unerträglich ist.

TITUS Töten ist, als töte man gar nicht. Als schritte man durch sein Opfer wie durch ein offenes Tor. Das Opfer ist nur ein Phantom, mit dem man nie zuendekommt. So mag ich nicht töten. Ich habe nichts erledigt, wenn ich's hinter mir habe.

TAMORA Warum tust du's dann? Laß es sein.

TITUS Mir fehlt die Schlacht. Ich bleib zuhaus und koche gern. Ich habe da was Kleines für euch vorbereitet… Wachteln auf Wirsingpüree, hmm! …

Ordnung! Regeln! Formationen! Gefechte, keine Finten, keine Coups und keine Hinterhalte.

Keine Anschläge. Ich ertrage nicht das Unplanmäßige. In mir, Titus, fallen alle Meßgeräte aus, wenn niemand sich an feste Regeln hält. Es macht mich wild.

Lavinia gehört ins Herrscherhaus. So ist das in der Ordnung. Anders ist – die Ordnung abgeschafft. Und ich begreife nicht mehr, was ich tue. Ertrag es nicht und werde wild.

SATURNIN Das Unerträgliche ertragen, macht Witzfiguren aus uns allen. Jeden Abend Krieg begaffen, Schrecken schlecken, macht uns zu Hampelmännern vor der Weltgeschichte. Nicht mal mehr zu Amokläufern oder wenigstens Irrsinnigen. Der Wahnsinn verschont uns nur, weil in uns kein Sinn mehr zu verwirren ist. Weil uns ein Erregungspotential, wie es zum Beispiel der arme General Titus noch besitzt, vollkommen abhanden kam.

Als Rex fehlt mir der sichere Instinkt. Saturnin ist ja nicht dumm. Er ist nicht weibisch. Nicht mal intrigant. Er will provozieren, gehorcht seinen Launen, hintergeht die alten Formen. Das ist aber auch der Grund, weshalb er den Stil der öffentlichen Rede nicht beherrscht.

Er ist ein neuer Geist und er ist ein Stümper. Ich werde versuchen, ihn nicht lächerlich zu machen.

DIE REGISSEURIN Ich dachte auf den Proben oft: das schaffst du nie, du packst es nicht.

Ich stand von einem Tag zum anderen – leer und totenbleich vor diesem Stück.

Ich hätte mich darüber hinwegsetzen können, mit ein paar sicheren Tricks, wie ich das früher manchmal getan habe, wenn ich in der Klemme steckte oder mir die Puste ausging. Aber jetzt war es auf einmal, als stünde ich gelähmt in einem Dom, einer mittelalterlichen Kathedrale, und jeder einzelne Baustein verwirrte mich mit seiner Schönheit, aber ich hatte den Sinn für die Macht des ganzen Bauwerks verloren. Das Werk sprach zu mir in einer Sprache, die ich nicht verstand, und ich konnte keine Antwort geben, indem ich's inszenierte.

LAVINIA Eines Tages kam Monica, unsere Regisseurin, nicht zur Probe. Stattdessen ging sie zum Frisör. Bis dahin war sie ein gekreppter Wuschelkopf. Als sie wiederkam, war alles ab, die Mähne kurzgeschoren, Schnittlauchschnitt. Sie trug ein Samtband um den Schädel, mit Straßbrosche vorn, und an beiden Seiten, auf den Schläfen, steckten lange Eselsohren. Uns war klar: wir fangen noch mal ganz von vorne an. Wir schmissen alles weg, was wir bis dahin probiert hatten.

TAMORA *springt auf vom Stuhl; indem sie mit dem Text »trainiert«, sich wieder für die Rolle in Stimmung bringt.*
Glück gehabt, Tamora! Ich hab's geschafft! Ich stehe da, wo Tausende an meiner Stelle stehen möchten. Jetzt steh ich aber da und laß niemanden an meinen Platz. Ich habe genug mit mir machen lassen. Ich bin auf Platz eins. Ich bin noch jung. Ich sehe gut aus. Ich habe was in den Beinen. Ich habe was im Kopf. Ich habe die Kraft. Ich habe die Ausdauer. Ich habe das Polster. Was noch? Ja, ich habe das Polster, Stoßdämfer, irre Reserven. Ich bin wer. Ich kann's mir leisten. Ich steh noch lange da. Was noch? *leise* Glück gehabt!

III
Schändung

Gleitender Übergang. Aaron folgt Tamora, die mit ihrer »Einstimmung« das Podest verläßt und sich einem angedeuteten Eiben-Gebüsch nähert.

AARON Nun, Aaron, rüste dein Herz, schärf dein Denken.
Daß du die Stufen nicht versäumst, die schnell die Kaiserin ersteigt zu neuen Gipfeln. Dir hilft: sie ist 'ne Frau und ohne Rücksicht auf ihr Amt nur Frau. Du selbst hast sie einst im Triumph erobert und sie zur Sklavin ihres Lasters abgerichtet. Herrscherin, die doch in Ketten liegt. Gefangene der Liebe oder mindestens der Liebesspiele. An meine schwarze Haut fester geschmiedet als Prometheus an den Kaukasus.

TAMORA Was murmelst du, mein Herzensbrecher?
Warum so lustlos heute? Du rührst dich nicht, du starrst
und läßt mich warten.

AARON Fürstin: gibt Euch denn Venus keine Stunde frei?
Mich fesselt heute Saturn mit finsteren Gedanken.
Was wäre nicht bedeutungslos? Die Sterne und die Siege sind's, die Frauen und die Schurken, das Reich, der Himmel und das ganze Leben: eine Woge von Bedeutungslosigkeit begräbt den weiten Erdkreis unter sich.
Alles ist uninteressant.

TAMORA Mein lieber Wüstling, versinke nicht in Traurigkeit.
Die Vögel singen hell im Busch. Das Laub wirft zitternd seinen Schatten auf den Boden. Sogar die Schlange sonnt sich auf dem Stein. Wie kann ein Mensch, von soviel Lust umgeben, selber keine haben?

AARON Ich verspüre heute einen betrüblichen Mangel an Bosheit. Bei mangelnder Bosheit mangelt's mir an Einfallskraft, die ich für eine anständige Begattung benötige.

TAMORA Vergißt du, was uns treibt, seit wir in Rom regieren?
Hat nicht der Rachedurst uns stärker angespornt als jeder Liebestrank?
Den Titus auszurotten und sein elendes Geschlecht,

hat uns berauscht und unsere Lust erfrischt. Komm, dunkler Mann, hier unterm Eiben-Busch sind wir geheim und verschwören uns aufs neue. Komm schnell, der Furor steigt, die Adern brennen, ich bin bedürftig nach deiner schwarzen Zärtlichkeit.

Beide hinter den Busch.

AARON Nur zu, vorwärts, altes Kampfgespann! Hier kommt dein Wagenlenker, Fürstin, der hinterm Rad des Titus' Leiche schleift.

TAMORA Gönn dir Geduld, Geliebter! Er soll noch lange grausam leiden.

Von der Seite kommen Bassian und Lavinia.

LAVINIA Sahst du den Sänftenträger, der mich hergebracht, den goldbraunen Muskelmann? Ich fand in seinen Augen etwas Schlierig-Liederliches, wenn er mir half beim Einsteigen.

BASSIAN Wenn er dir half? Was tat er?

LAVINIA Er berührte mich am Ellenbogen, bevor ich ihn darum bitten mußte.

BASSIAN Und du? Hast du ihm ein Entgegenkommen gezeigt?

LAVINIA Nein. Er war mir ja zuvorgekommen. Beim Einsteigen: schlierige Zuvorkommenheit.

BASSIAN Wenn du das Kleid anhobst.

LAVINIA Ich zog es eher straff, bevor ich auf das Polster sank.

BASSIAN So daß er deinen festen Umriß sah.

LAVINIA Und gar nicht anders denken konnte als:
Jetzt setzt sie sich auf ihre prallen Hinterbacken!
Obgleich er nicht davon zu flüstern wagte.

BASSIAN Geschweige denn zu hoffen, daß er die Hügel
je bewandern dürfte. Der arme Sänftenträger.
Wieviel näher bin ich ihnen!

LAVINIA Aufschub bei der Reise erfindet neuen Zeitvertreib.

BASSIAN So eine Hochzeit ist ein Werk von anspruchsvollen Formen. Die Nacht vor allem verlangt Geschick. Wir sollten sie am Tage einmal üben.

LAVINIA Was für ein Bündel schmutziger Wäsche hängt da im Gebüsch?

BASSIAN *erblickt hinter dem Busch Tamora und Aaron*

Mir schwimmen Fische vor den Augen! Der Mohr bockt unsere Kaiserin.
Was tut ihr da? Zur brünstigen Erschöpfung jagt der Treiber seine Beute, jedoch sehr abgesondert von der Jagdgesellschaft.
Er wirft das Bündel Kleider hinter den Busch.

TAMORA Du, Schwager, siehst mir zu und räusperst dich nicht mal?
Beschaust dir heimlich deines Brudes Frau, wenn
sie unschuldig schläfrig in der Sonne badet?

AARON Die Schwägerin war's wohl nicht. Diana hat er aufgelauert. Ihre wilden Hunden sollten ihn zu Tode hetzen.

LAVINIA Diana seid Ihr? So weiß wie Schnee?
Doch hat der schwarze Mann ein wenig abgefärbt
auf Eure Haut.

TAMORA Du scheele Gafferin und neidverklemmtes Aas!

LAVINIA *zerfahren und heftig* Man kann alles kaputtmachen, hörst du? Alles.
Das große römische Reich ein Trümmerhaufen.
'ne liebestolle Streunerin klettert auf den Thron.
Und oben angekommen, klettert sie auf einen geilen Mohr.
Die treibt's hinauf zu schwindelnden Höhen.
Die schafft das. Die saugt sich fest. Wie ein Blutegel. Die gibt es also, die verschlagene Hure, die gibt's. Da steht sie. Und regiert die Welt.
Moment ...! Ich bin da sehr empfindlich. Irgend etwas stört hier meinen Ordnungssinn.
Ich muß es ganz behutsam buchstabieren, Scheußlichkeit für Scheußlichkeit, damit ich's auch begreife. Und noch einmal das Ganze, umgekehrt: der geile Mohr bespringt im Wald die Fürstin. Du hattest schon mal einen. Oder ist's derselbe? Ich bin da sehr empfindlich.

BASSIAN Dem Kaiser, meinem Bruder, muß ich den Betrug berichten. Ein Herrscher darf in seiner Ehre keiner Täuschung unterliegen.

LAVINIA Ich habe dir, Barbarenschlampe, den Weg nach oben freigegeben! Du wärst von selbst, die staubige Beute meines Vaters, niemals so schwindelnd hoch gekommen.

TAMORA Dich hat der Kaiser nur zum Schein gewählt.

Und wider seinen Willen aus Vernunft. Die reichte nicht, er wollte ja ein Weib. Und keine heuchlerische Streberin.

LAVINIA Streberin?

TAMORA Er hat dich fallen lassen.

LAVINIA *schreit* Fallen lassen? ... Fallen lassen? Du fielst eben tief und klatschend fiel auf dich der schwarze Kot!

BASSIAN Ich muß es meinem Kaiser melden ...

Chiron und Demetrius treten auf.

DEMETRIUS Verehrte Kaiserin, geliebte Mutter – Droht jemand Euch? Wer hat geschrien?

TAMORA Ich schreie nicht. Die schrille Jungfrau lärmt im Wald. Wir liegen hier, der treue Aaron auf dem Fels, ich geziemend weit von ihm im Moos vor diesem Busch. Wir sonnen uns, erschöpft nach stundenlanger Jagd, wir ruhen unbekleidet aus. Da kommen diese zwei und suchen gierig ein Versteck, wo sie vor ihrer Hochzeit, stößig, rauschig wie die Tiere, sich wälzen können.
Ich wache auf von ihrem Seufzen, ich blinzle in die Sonne und erkenne meinen Schwager Bassian, der tüchtig nachhilft seinem Liebesdrang, indem er heimlich schielt nach meiner unbedeckten Haut.
Der Anblick schien ihm mehr zu bieten als sein eckiges Mädchen.

BASSIAN Metze! Ekelmaul und Lügenkröte! ... Du blubbernde Kloake, schweig!

TAMORA Ihr hört, wie sich ein römischer Prinz vergessen kann. Laßt ihr noch länger eure Mutter so widerlich beschimpfen?

DEMETRIUS Ich weiß ein sicheres Mittel, Prinz, Euch Erleichterung zu verschaffen von Eurer peinlichen Mannesstarre. Die ewige Ruhe wird erholsam sein für deine Röhre.
Er ersticht den Bassian. Chiron sticht nach.

LAVINIA Himmel! Was tut ihr? ... Nein! Hilfe! Bassian! Steh wieder auf.
So geht es nicht. So schnell kann's nicht vorüber sein.
Mein Liebster, steh wieder auf, komm auf die Beine!
Sie läßt den Leichnam zur Erde sinken. Zu Chiron

Stich weiter, Kleiner! ... Bassian, warte noch einen Augenblick! Ich komme gleich.
Stich zu, du Hosennässer. Verdrecktes Wickelkind. Du läßt mich doch nicht übrig, wie? Tu's schnell. Mein Herz verblutet schon. Gib mir den Gnadenstoß, Daumenlutscher.

TAMORA Ich habe die ruhigere Hand.
Gib mir den Dolch, mein Sohn.

AARON Nein, wartet, Kaiserin, nicht so umstandslos und hastig. Die jungen Männer wollen erst ihr gutes Vorrecht nutzen. Chiron und Demetrius haben Anspruch auf eine lustvolle Verzögerung. Einer nach dem anderen. Es möge ihnen ein Vergnügen sein, die Braut einige Male von ihrem Treueschwur zu entbinden.

DEMETRIUS Stammt aus deinem Wortschatz nicht der Spruch:
Erst drescht das Korn und dann verbrennt das Stroh?

LAVINIA Genügt es nicht, wenn ich mein Leben biete,
um meine Treue zu Bassian zu retten?

TAMORA Schont sie nicht, ihr Knaben.
Macht, was ihr wollt, mit ihr.
Je schlimmer, um so besser.

LAVINIA War's nicht mein Vater, der d i c h schonte?
Er gab dich frei, bewahrte dich vorm sicheren Tod.

TAMORA Dein Vater? Den nennst du mir?
Den tiefsten Grund, den Ursprung römischer Grausamkeit?
Um seinetwillen kann ich ich keine Gnade kennen.
Hast du vergessen, wie elend ich auf Knien lag
und flehte um das Leben des Alarbus?
Meine Söhne! Rächt euren Bruder. Verwüstet sie nach Männerlust.

LAVINIA O gütiger Himmel, Tamora, befiehl, daß sie mich
ohne Schmach erledigen. Du bist doch eine Frau,
laß es nicht zu, daß sie mörderischer mit mir sind
als Mörder.

TAMORA Ich will sie nicht mehr hören!

DEMETRIUS He, Chiron, nicht so tapsig, junger Spunt!
Eine Frau ist keine Knetmasse. Sie wünscht sich
eine formvollendete Behandlung. Wie wär's, wenn du
beginnst, ihr sanft den Nacken zu kitzeln mit der Messerspitze?
So tut's gut, nicht wahr?

Lavinia Tamora: läßt du das zu?
Keine Frau mehr bist du, nur noch Vieh!
Ein Schandmal für die Frauen aller Zeiten!
Tamora *brüllt* Stopft ihr doch endlich das gemeine Maul!

Lavinia wird von Demetrius an den Händen gefesselt und geknebelt.

Demetrius So, mein kleiner Bruder, setz nun das Messer unter ihre Achsel und an den Weichen abwärts trenn ihr Kleid bis an die Knie. Paß auf. Tu ihr nicht weh.
Aaron Laßt euch Zeit und steigert den Genuß.
Legt eure Beute auf den toten Bräutigam.
Auf seinem Rücken streckt sie aus, wenn ihr sie fleddert.
Der Leichnam soll ihr Ruhekissen sein.
So wird's ein hochverfeinertes Vergnügen.
Tamora Komm, Aaron, der Akt der Rache, der nun folgt,
dient uns zu neuer Lust. Nie wird die Freude mit dir
größer sein als zu dem selben Zeitpunkt,
da meine Söhne die Lavinia schänden.

IV
Bildbeschreibung

Ermittler/Saturnin und Probandin/Die Regisseurin sitzend. Er reicht ihr einen Umschlag mit großformatigen Fotos, die sie hervorholt.

ERMITTLER Was sehen Sie?
PROBANDIN Stellungen. Mann und Frau. Küsse.
ERMITTLER Und weiter?
PROBANDIN Beide auf den Knien voreinander. Sie nimmt seinen Schniedelwutz in den –
ERMITTLER Benutzen Sie andere Worte.
PROBANDIN Brutale Ausdrücke benutze ich nicht.
ERMITTLER Gut. Erkennen Sie die Frau?
PROBANDIN Ja. Ich bin es.
ERMITTLER Und den Mann?
PROBANDIN Den kenne ich nicht.
ERMITTLER Gut. Vielleicht können Sie sein Gesicht nicht erkennen. Oder haben es vergessen.
PROBANDIN Ich habe so etwas noch nie mit einem Fremden gemacht.
ERMITTLER Weiter. Was sehen Sie noch?
PROBANDIN Wie du mir so ich dir. Drunter und drüber.
ERMITTLER Benutzen Sie die passenden Worte.
Ich nehme an, bestimmte Formen werden eingehalten.
PROBANDIN Vorbereitende Handlung.
ERMITTLER Und was sehen Sie auf diesem Bild?
PROBANDIN Zwei Männer gehen mit mir durch eine Einkaufspassage. Ich bin nackt.
ERMITTLER Was noch?
PROBANDIN Mir hängt etwas um den Hals. Sieht aus wie eine Blumenkette.
ERMITTLER Sehen Sie genauer hin.
PROBANDIN Nein. Es ist eine Kette von rohen Fischen. Die hängt mir um den Hals.
ERMITTLER Können Sie sich vorstellen, daß das seinen Sinn hat?

PROBANDIN Ich kann es mir vorstellen. Aber welchen?

ERMITTLER Was sehen Sie hier?

PROBANDIN Darüber möchte ich nicht reden.

ERMITTLER Versuchen Sie es. Sie sollten es versuchen.

PROBANDIN Der eine Mann hat. Schwer zu sagen. Sieht aus wie ein Dosendeckel.
Aufgerissene Dose. Katzennahrung.

ERMITTLER Was tut er?

PROBANDIN Er schneidet. *Schluckt.* Er schneidet mir. Mit dem Dosendeckel. Die Zunge aus dem Hals.

ERMITTLER Das nächste Bild. Beschreiben Sie.

PROBANDIN Ich bin auf den Rücken eines Mannes festgebunden. O Gott, nein.

ERMITTLER Die Männer – was tun sie?

PROBANDIN Sie machen mir meine Tulpe kaputt.

ERMITTLER Sprechen Sie eine andere Sprache.

PROBANDIN Sie verstümmeln meine Vagina.

ERMITTLER Alle Fotos stammen aus der vergangenen Nacht.
Die beiden Männer haben Sie offenbar nur einmal flüchtig gesehen. Möglicherweise am Vormittag.
Sie kamen Ihnen aus der Apotheke entgegen.

PROBANDIN Ich erinnere mich nicht.

ERMITTLER Ich überlasse Ihnen die Fotos. Die Originale befinden sich ohnehin in Ihrem Besitz.
Sie lagern in den grauen Zellen Ihrer Großhirnrinde. Jemand hat Sie angezapft. Offensichtlich hat er Zugriff auf Ihre neuronalen Speicherplätze. Ich will Sie nicht erpressen. Ich habe keines dieser Bilder selbst gesehen. Sie haben sie mir beschrieben. Das genügt mir. Sie halten nun einige Bilder der letzten Nacht in Ihren Händen. Was fühlen Sie?

PROBANDIN Nichts. Ich empfinde nichts dabei. Es sind abstruse Phantasien. Albträume. So etwas kann jedem passieren. In jeder Nacht. Auf jedem Kissen.

ERMITTLER Machen Sie damit, was Sie wollen. Ich empfehle Ihnen, die Fotos nicht zu zerreißen.

PROBANDIN Es sind Bilder … einer bestialischen Entartung. Wie soll ich damit leben?

V
Lavinia, Torso

Demetrius und Chiron führen die verstümmelte Lavinia.

DEMETRIUS Junge Frau (das bist du jetzt), erzähl uns doch einmal, was heute nacht dir Unerhörtes-Niegeahntes zugestoßen ist?
Wie sagst du? Ich versteh dich nicht.
Quak, quak, quak.

CHIRON Hier hast du deine Zunge wieder!
Ich stecke sie zwischen deine Zähne. Beiß nur.
Beiß dir auf die Zunge.

DEMETRIUS Wenn du nicht sprechen kannst, dann schreib uns auf, wer mit dir Hochzeit feierte? Wie? Du kannst den Stift nicht halten?
Ach, ach. Die Arme nur zwei stumpfe Stummel.
Auch fehlen dir die süßen kleinen Hände.
Nicht mal mit den Fingern kann sie sprechen.

CHIRON Noch kann sie zucken zeigen zischen.

DEMETRIUS Du blutverschmiertes Gör! Blutiges Haar und blutige Hose. Nun ab nach Haus, und wasch dich gründlich – ohne Hände.

CHIRON Hätte jemand mich so zugerichtet, ich nähme
lieber diesen Strick und hing mich auf am nächsten Baum.
Er wirft ihr ihre Fessel zu.

DEMETRIUS Laß sie nur gehen. Sie richtet keinen Schaden an.
Sie ist ganz lieb und still.

Die beiden verschwinden. Lavinia nähert sich schleppend dem Knaben Lukas, der in der Nähe des Bühnenportals auf seinem Stühlchen sitzt.

DER KNABE Wer bist du? Bist du nicht Lavinia?
Lavinia nickt mit dem Kopf.

DER KNABE Wie siehst du aus? Willst du mit mir spielen?
Hast du dich als Gespenst verkleidet?

Willst du mich erschrecken?
Lavinia schüttelt den Kopf.

Von der Seite tritt Titus auf und beobachtet die beiden.

DER KNABE Komm her. Ich habe einen Kamm in der Tasche. Soll ich dich frisieren?
Lavinia geht näher auf den Knaben zu.

TITUS Bleib stehen, Lavinia.

DER KNABE Lavinia. War das nicht deine Tochter?

TITUS Schwachsinniger Knabe. Sie steht doch vor dir.
Was senkst du deinen Blick? Schau sie doch an!

DER KNABE Ich trau mich nicht.

TITUS Dreh dich zu deinem Vater um. Laß dich anschauen.
So. Jetzt seh ich dich. So, so. Etwas fehlt in meinem Blick.
Mir ist, als ob du keine Hände hättest. Eine Augenschwäche muß es sein.

DER KNABE Nein, Onkel Titus: sie hat ja keine Hände an den Armen! Und sprechen kann sie auch nicht mehr.

TITUS Du vorlauter Fratz! Hör auf zu plappern.
Was soll sie denn auch sprechen?
Sie braucht in meinen Armen keine Worte.
Lavinia, Kind! Was streifst du auch allein durch diese Öde?
Versteckst du dich vor deinem Vater im Gebüsch?
Lavinia schmiegt sich dem Titus in die Arme.

TITUS Lebtest du nicht heil und unversehrt im Dunkeln meiner Seele, dein äußerer Anblick, Kind, müßte mich zum Wahnsinn treiben.
Flüstert aus tiefem Grimm
Wer war's, Lavinia? Sag mir: wer war's?
Da weinst du nun. Hast keine Hände, um die Tränen abzuwischen.
Und kannst es auch nicht sagen. Weine nicht auf meine Füße.
Sie setzen sich beide auf einen Felsbrocken.
Nun stell dir vor, wir beide sitzen hoch auf einer schroffen Klippe.
Vielleicht auch auf dem Gipfel unserer Schmerzen.
Da unten tobt ein gütiges und wildes Meer. Die Woge brandet an den Fels, die Flut hebt sie empor, die nächste Welle

reißt uns mit, begräbt uns in der rohen See. Was soll ich tun, mein Kind?
Mit dir fallen und dich halten, bis uns das Meer verschlingt?
Wie? Du schüttelst den Kopf? Du willst noch leben – so?
Vielleicht möchtest du, daß ich mir meine Arme auch begradige.
Und sie verkürze um zwei unhandliche Hände. Damit wir gleich zu gleich uns stupsend trösten können. Gut, gut.
Schluß mit dem Handhaben. Gehandhabt wird nichts mehr.
Wozu halte ich noch mein Schwert? Ich habe genug gefochten für das verdammte Rom. Es war umsonst. Zu viele tückische Tiger schleichen jetzt in dieser Wüstenei: Rom! Ich geh und hol die Axt ...
Wie? Du schüttelst den Kopf? Ganz allein kann ich's nicht tun. Und du kannst ja das Beil nicht halten. *Flüstert wieder*
Wer war's? Sag mir: wer war's, Lavinia?
Nun schweigst du immerzu, mein Kind.
Wenn du keuchen kannst, dann keuch den Namen.
Und schluchz und ächz und gurgle ihn. Ich verstehe meine Tochter. Mach nur den Mund ein wenig auf! *Er brüllt* Mach den Mund auf!
Wer war's?! *Leise* Mein stolzes Reh, wer war's, so grausam wundgeschlagen, wer war's?
Halt an dich, alter Grobian, und brüll nicht so. Hast du statt dessen keine Tränen? Ausgequetscht, der trockene Schädel, bis auf den letzten Tropfen.
Hab alles ausgegeben. Wann endet dieser fürchterliche Schlaf?
Ich weiß genau, wann er begann. Den Zeitpunkt, da ich einschlief, kenne ich. Es war, als ich den weißen Mantel weitergab und meinte, ein kluger Einfall sei's, die Kaiserwürde abzulehnen.
O die verfluchte Plötzlichkeit, mit der ich falsch entschied!
Hätte i c h den Thron bestiegen, dann herrschte jetzt
in Rom die alte Ehrlichkeit. *Leise* Sitten Riten Formen Bräuche.
Alles wäre festgefügt an seinem Platz und jedes einzelne Leben sicher und beschützt. Das Lose, wenn es immer loser wird, entbindet jeden Menschen bald vom anderen, es nährt das Mißtrauen und die Niedertracht.

Was willst du, mein Kind? Willst du knien mit mir? Wir sollen beten!
Was beten wir? Rache Rache Rache. Nicht sehr fromm gebetet.
Der Himmel über uns, er weiß, wer's war. Er wird wohl Mitleid mit uns haben und es irgendwann verraten.
Die Sonne geht im Blutschwall auf und blutig unter. Was soll man Besseres von ihr erflehen als blutige Rache?
Lavinia schüttelt den Kopf.
Du schüttelst den Kopf? Was denn sonst?

VI
Der kleine Bruder

CHIRON Aaron, wo ist mein Bruder?
AARON Niemand sah ihn in der Stadt seit eurem Abenteuer.
Nicht im Palast, nicht auf den Festgeländen Roms.
Mag sein, die grause Angst hat ihn gepackt und er entfloh.
CHIRON Er wollte sie zerstören. Ich nicht. Er hat mich ausgenutzt. Ich weiß nicht mehr, wie es geschah. Weiß nur, daß Demetrius jedesmal der erste war. Ich weiß nichts mehr. Ich hab's nur nachgemacht, wie es der kleine Bruder immer tut, dem älteren hinterher. Er hat sich abgesetzt. Aus Angst vor Titus' Rache. Er hat mich feig allein gelassen.
AARON Lavinias Laube aufgebrochen und geplündert.
Ihr Zunge und Hände abgeschnitten. Das war ein Akt
wahrhaftig von einschneidender Wirkung.
CHIRON Unversehens um jede Ecke kann der Häscher kommen, der an mir Vergeltung übt. Wenn ich im Spiegel
meine Augen sehe, sind sie voll Blut.
Was ich höre, wenn irgendwo ein Mädchen spricht,
ist ihr – ihr Schreien. Meine Angst käut ihr Entsetzen wider,
alles Grauen floh aus ihren Augen in die meinen.
AARON Du könntest dich bei ihr entschuldigen.
CHIRON Entschuldigen? Wie sollte eine solche Tat Vergebung finden?
AARON Sei klug, mein Junge. Geh zu Lavinia, sink auf deine Knie.
Was von ihr übrigblieb, ist immer noch ein Frauenleib,
der wünscht und träumt und schmachtet. Welcher Mann würde sich jetzt noch an ihrem Rumpf erfreuen? Dich aber könnte es retten. Derselbe Männerdrang, der sie zerstörte, muß jetzt zu deiner Sühne dienen.
CHIRON Wo ist mein Bruder? Ich bin ein Nichts. Ohne Demetrius. Allein kann ich nichts denken. Ich habe ja nur mitgemacht.
Er will bestimmt nicht büßen. Er ist von Grund auf schlecht.
AARON Du büßt am allerbekömmlichsten für dich allein –
wenn du in sie, wie sie jetzt ist, noch einmal dringst.

CHIRON Wo ist sie? Was tut sie? Wie lebt sie?

AARON Oh, sie ist ein wenig putzig geworden. Sehr häuslich und bescheiden. Pflegt den Familiensinn und deckt den Mittagstisch. Übt sich geschickt mit beiden Armprothesen. Der Vater kocht, sie gießt die Zimmerpflanzen. Manchmal wäscht sie seine Hose oder spielt mit ihrem kleinen Vetter. Jedoch ein prächtiger Bursche, einer wie du, könnte sie bestimmt erlösen, sie wachküssen aus ihrem Hausfrauenschlaf.

CHIRON Ich werfe mich zu ihren Füßen. Ich kann ihr Arbeit abnehmen.
Ihr Strafe will ich demütig empfangen. Sie mag mich quälen, foltern, schikanieren –
Aber ich kann sie doch nicht küssen!

AARON Du kannst sie lieben, ohne sie zu lieben.
Kannst ihr gefällig sein, ohne daß sie dir gefällt.
Das ist der Weg, den hier der Büßer geht –
nur so vermeidest du den Anschlag auf dich selbst
und alles weitere Blutvergießen.

VII
Häusliche Szene (1)

Lavinia mit silberglänzenden Prothesen an beiden Armen, die wie lange Handschuhe aussehen. Neben ihr Monica, ihre Dolmetscherin. Der Knabe Lukas am Tisch, in einem dicken Folianten lesend.
Lavinia liest röchelnd unverständlich aus den Ovidschen »Metamorphosen«.

TITUS Du liest zu schnell, Lavinia. Die Hast verdirbt die einzelnen Laute, die du langsam formen mußt. Du hast nur Kehle und den leeren Rachen.
Nun sei nicht gleich gekränkt, mein Kind. Du hörst ja deine eigene Stimme nicht.
Du liest zu schnell. Lies einmal Wort für Wort. Forme jeden Laut.
Lavinia reißt Seiten aus dem Buch und läßt sie zu Boden schweben.
Was tust du da? Zerreißt meine kostbaren alten Bücher?
Hör auf damit! Jetzt wird sie wieder toll und unverschämt.
DER KNABE Du sollst nicht dauernd mit ihr schimpfen, Onkel. Sie meint vielleicht etwas damit. Die Seiten reißt sie aus dem Buch, wie man ihr Kleider riß vom Leib.
TITUS Rede nicht, du Wicht! Frühreifes Früchtchen!
Zu Lavinia
Lies doch nicht alle Tage die gleiche Stelle im Ovid.
Laß dich erheitern von Komödiendichtern.
Du lachst zu wenig, Kind. Zum Lachen braucht man keine Zunge.
Und jedermann versteht dein Lachen. Oder gar ein Lächeln mit geschlossenen Lippen, es macht dich allen anderen hübschen Mädchen gleich. Und wirkt verführerisch.
Nein, halt, ich habe mich versprochen. Ich meine, klug
und wissend kann man lächeln, vielversprechend auch im Geist.

Lavinia keucht und stammelt rasch.
Monica übersetzt ungerührt wie eine Simultandolmetscherin.

MONICA Soll ich lächeln über meine starren Hände aus Metall?
Soll ich lächeln über mein kaputtes Maul?
Oder möchtest du vielleicht, daß ich dich selbst,
den einzigen Mann in meiner Welt, verführerisch belächle?
TITUS Die böse Zunge hat sie erst, seitdem sie keine hat.
MONICA Du tust mir weh.
TITUS Dir selber tust du weh.
Sie ist besessen nur von Schändung und Gewalt.
Dieselbe Greueltat sucht sie in den Büchern.
Lukretia, Philomele, wie sie alle heißen, abgebildet
und im Vers geschildert, eingelegt in Kunst.
MONICA Die Kunst versteht mich besser als mein Vater.
Sie kräftigt mich und tröstet. Du alter Haudegen
knurrst nur düster vor dich hin.
TITUS *zu Monica*
Sagst du auch wirklich, was meine Tochter sagt?
MONICA Du siehst doch, daß ich einverstanden bin.
Ich nicke. Ich lächle sogar liebevoll, mein Vater,
wie du mir befohlen hast.
TITUS Ihr rätselhaften Zwei! Heillose Doppelsphinx!
Ich leide. Nach all der Furchtbarkeit der Schmach
nun noch dies hirnzerspaltende Gespann:
Lavinia und ihr Schatten. Die Tochter und
ihr Tragemund.
MONICA Klag nicht so zufrieden. Du könntest ruhig
ein wenig liebevoller mit mir sprechen.
TITUS Da! Sie hat doch gar nichts gesagt!
Dein Dolmetsch spricht, bevor du den Mund aufmachst!
Kann sie Gedanken lesen?

Monica nimmt ihre Mappe, kreuzt auf einem Formular einige Felder an und steht dann auf.

MONICA Es ist spät. Ich muß gehen. Zwei Märtyrer, mit halb durchtrennter Kehle, von Römern massakriert, warten noch auf meine Stimme. Leb wohl, Lavinia, allerliebste. Nein, nicht traurig sein. Ich komme morgen wieder. Ja, ja. Zur gleichen Stunde.

Zu Titus

Seid ein wenig rücksichtsvoll. Und nicht zu streng. Lest ihr was vor aus dem Äsop.

TITUS Sag, Monica: du kannst die Stumme hören?

MONICA Ich spreche für Lavinia.

Sie geht ab.

TITUS *zu Lavinia* War alles richtig, was sie sagte?
Wort für Wort nach deinem Sinn?

Lavinia nickt.

TITUS So, so. Das hast du alles ganz genau so sagen wollen.
Dann hast du mich sehr schlecht behandelt, Kind.
Fang nur nicht an zu wimmern. Jetzt bist du wieder
klein und jämmerlich, wie? Die Stimme ist gegangen.
Du hast mich bös herabgesetzt vor ihr. Ich könnte dich bestrafen, Kind. Wär ich nicht selbst so grauenvoll bestraft mit dir. Haudegen nennst du mich nie wieder!

VIII
Briefe an den Himmel

Tamora im Bett. Chiron neben ihr. Eventuell Die Mutter des Lukas als Amme verkleidet.

TAMORA Die Kaiserin liegt in den Wehen,
doch zittern sehe ich neben mir den jüngsten Sohn,
der schön gebaut und kräftig ist.
Ich bringe ein Kind zur Welt, ich hätte ein Recht zu zittern.
Und richtig wäre, du hieltest meine Hand und ich nicht deine.
CHIRON Ein böser Dämon zwingt mich zu ihr.
Ich muß mein Opfer wiedersehen und Buße tun,
indem ich's liebe. Wäre nur Demetrius hier, er hielte mich zurück. Denn er ist stärker als der Dämon.
TAMORA Dein Bruder hielt die Zeit für reif, in fremden Ländern
für das neue Kaiserreich zu werben, die Gesinnung
unserer Feinde zu beschwichtigen.
CHIRON Nein, Mutter, Rachegeister peitschen ihn
von Ort zu Ort. Ruhlos schweift er durch die Länder.
Unterdessen lernt Lavinia die Zeichen und die Laute wieder,
sie wird uns bald verraten können.
TAMORA Was hat es mit der kleinen Hure auf sich,
daß du unablässig an sie denkst?
Geh endlich hin, zerstör das Püppchen ganz,
damit von ihm nichts übrig bleibt als stumme Scherben.
CHIRON Ich zittre nicht, weil ich mich fürchte, sie zu töten.
Ich zittre nur, weil ich mich fürchte, sie zu lieben.
TAMORA Sie lieben? Hat sich in dir das Unterste ins Oberste verkehrt?
Willst du ein Krüppelweib bespringen? 'ne Zungenlose küssen?
Bist du kein Mann?!

Saturnin tritt auf. Eine Handvoll Pfeile hoch haltend. Chiron verzieht sich.

SATURNIN Pfeile fallen in den Garten des Palasts.
Vor dem Tor schießt Titus kleine Briefe in den Himmel.
Den römischen Kaiser anzuschwärzen, fällt dem Alten
immer etwas Neues ein. Belästigt mich und schmäht
und höhnt: Briefe an die Götter! An Jupiter, an Merkur,
an Apoll. Ist das nicht Lästerung? Dafür gibt es Paragraphen.
Hier steht: und flehe ich zu deiner Allmacht, Zeus, mir Recht, Gerechtigkeit und Rache, Wörter eines Stamms, herabzusenden! Als wollte er sagen: in Rom herrscht kein Gesetz. Nur Willkür.
Und ein schwacher Kaiser.

TAMORA Fürst und Gatte, Herr meines Lebens,
Freude meiner Sinne und Begierden: in dieser Stunde,
da ich für dich, für Rom gebären soll, vergib, daß ich
nur Mitleid habe für den wirren Greis. Zittre nicht auch du!
Ein Mückenschwarm verdunkelt keine Sonne.
Steh kaiserlich mir bei und steh vor allem still.
Beachte diese lächerliche Botschaft nicht.
Geh jetzt hinaus. Ich muß gleich schreien.

SATURNIN Ich selber hörte Klagen unterm Volk,
als ich verkleidet durch die Straßen ging.
Held Titus wäre der bessere Herrscher
über Rom gewesen!

TAMORA Den Titus Andronicus, beruhige dich, mein Herr,
will ich bezaubern nach meinen Riten, die nicht römisch sind.
Sobald ich kann und wieder gehen kann, versuche ich's, mit Worten erst, die süßer und gefährlicher sind als Honigklee fürs Rind, ich bewispere sein Ohr mit giftiger Hoffnung. Obgleich fast Eisen schon sein Herz, ich öffne es und dringe tief hinein. Geh nun, Geliebter.
Jetzt – jetzt muß ich schreien!

IX
Lust als Buße

Lavinia und Monica.

MONICA Was soll der Streit? Hab ich was falsch gemacht?
Ich übersetze dich, so gut ich kann. Doch was du da sagst, verstehe ich nicht.
Warum so bissig und so böse? Du hunzt mich aus wie eine dumme Sklavin.
Soll ich gehen? Ich bin dein Mund. Brauchst du mich nicht mehr?

Lavinia abwechselnd nickend und den Kopf schüttelnd. Einzelne Laute krächzend.

MONICA Was soll das heißen: Blütenfackel? Ich kenne das Wort nicht.
Stoß nicht die Laute einzeln aus, sondern bilde ganze Sätze.
Lavinia bemüht sich langsam und flüsternd zu sprechen.
MONICA Ja, schon gut. Du trägst die Blütenfackel nachts – wohin? – in deinen Liebesgarten. Und?
Wenn du poetisch sprichst, laß mich es vorher wissen.

Chiron tritt den beiden in den Weg mit einer Rose in der Hand. Lavinia gurgelt und zuckt zurück. Monica stellt sich schützend vor sie und preßt ihre Hand auf Lavinias Mund.

MONICA Ganz still, Lavinia. Beruhige dich.
Wir sind zu zweit. Der Bursche kommt allein.
Monica dreht sich zu Chiron um, Lavinia wendet sich ab, so daß beide Frauen beinahe Rücken an Rücken stehen. Fast gleichzeitig röchelt die eine und übersetzt die andere.

MONICA/LAVINIA Ihr Teufelsbrüder, nein! Nicht noch einmal!
Hilf, Himmel, schaff sie aus dem Weg!
CHIRON Ich bin doch ganz allein.

MONICA *zur abgewandten Lavinia*
Er will dir eine Blume geben.
Lavinia dreht sich vorsichtig um.
MONICA/LAVINIA Wo ist der andere?
CHIRON Nimm diese Rose erst. Dann laß mich sprechen.
MONICA/LAVINIA Danke.
CHIRON *ein wenig angelernt* Auf Knien lieg ich reuevoll vor dir, dem Inbild meiner Sehnsucht:
Wie anders als gebeugt von schwerster Schuld
darf ich mich unter deine Augen wagen?
Ich war ein Ungeheuer nur
aus unbezähmter Liebe.
Und niemals kann Vergebung mich von meinem Fluch erlösen.
Doch büßen will ich nun, solang ich lebe. Ich lieg zu Euren Füßen demütig und ohne Flehen. Ich warte, bis der Rächer kommt und mich zerfleischt. So sollst du sehen, wie ich sterbe.
MONICA/LAVINIA Wo ist dein Bruder?
CHIRON *steht auf*
Ich weiß es nicht. Er floh ins Ausland.
Keine Angst, er ist weit fort.
In Wahrheit war nur ich verliebt in dich.
Demetrius war es nicht.
MONICA/LAVINIA Du warst der grausamere von beiden.
Elender Köter. Schinder. Bestie, die mich schlug und würgte.
CHIRON Ich nicht! Demetrius!
MONICA/LAVINIA Und du? Hättst nur ein bißchen nachgeholfen bei der Schändung? Durftest mit der Puppe spielen, bevor du sie zerschlagen hast?
CHIRON Ich bin es nicht gewohnt gefragt zu werden.
Stets gab mein Bruder unsere Antwort.
MONICA/LAVINIA Es scheint, du bist ein sehr beschränktes Ungeheuer.
CHIRON Zusammen waren wir recht klug, Demetrius und ich.
MONICA/LAVINIA Zwei halbe Hirne ergänzten sich zum Teufelsgeist.
CHIRON Jetzt bin ich einsam abgetrennt und suche
eine liebende Ergänzung.

MONICA/LAVINIA Siehst du, wie ich aussehe?
Was denkst du, wenn du mit einem hübschen Mädchen sprichst, das du zum Krüppel schlugst?
CHIRON Ich denke an dich.
MONICA/LAVINIA Nein, sehen, sehen sollst du mich!
Das Trümmerstück von einem Weib,
das Rumpfgerüst. Das hohle Maul.
CHIRON Daran trage ich mein Bündel Schuld.
Ich habe keine andere Wahl, Lavinia,
als dich anzubeten. Ich würde rasend
bis zur Selbstvernichtung, wenn ich nicht
büßen dürfte, so wie ein Kind die zerschlagene
Puppe heißer liebt als zuvor die heile.
MONICA/LAVINIA Liebe büßt doch nicht, sie fordert.
CHIRON Dann fordere ich dich! Damit endlich
Friede einkehrt zwischen deinem Haus und meinem.
Jetzt herrscht die Angst in Rom, und jeder fürchtet
sich vor seinem eigenen Schatten. Rachegeister schwirren
durch die Nacht, Vergeltung lauert hinter jeder Säule.
Die Kaiserin, meine liebe Mutter, sieht sich verfolgt vom
würdigsten Kriegsherrn Roms, Titus, deinem Vater.
Ich will der erste sein, der diesen düsteren Argwohn
aus den Mauern scheucht und Frieden stiftet
zwischen den verfeindeten Familien.
LAVINIA/MONICA Ist Liebe: Frieden stiften?
CHIRON Ich meine, Frieden wächst zuerst aus einer einzigen Lebenszelle, worin ein Mann und eine Frau vereinigt sind.
Ich kann allein nicht besser sprechen.
MONICA/LAVINIA Auch ich kann nicht alleine sprechen.
CHIRON Glaube mir, Lavinia, du bist mit allem,
was dir fehlt, vollendet schön.
MONICA/LAVINIA So? Die silbernen Arme, die ich von mir strecke, findest du sie schön?
CHIRON O wenn ich sie jetzt küssen dürfte!
Und welches Glück, wenn diese sanften Fingerspitzen
das eiserne Band der Schuld von meiner Stirn lösten!
MONICA/LAVINIA Die Teile sind sehr kalt, wenn sie die Schultern eines Manns umschlingen.
Mund und Laube ausgeplündert, die Hände abgeschlagen.

Herz und Tugend ausgelöscht, nur eines habt ihr qualvoll ausgelassen, nur eines habt ihr nicht zerstört: meine Lust.

CHIRON Ich bin nur noch am Leben, um so viel Übel, das ich zu zweit an dir begangen, nun sehr alleine wiedergutzumachen. Aus vollem Herzen strömt mein Wille, dich zu lieben und Verzeihung zu erlangen.

MONICA/LAVINIA Dein Herz ist mir so hundsegal, du Schurke.
Verzeihung gewähren nur die Nächte voller Freude.
Nur Lust vertilgt das Leid. Du liebst mich nicht.
Doch ich erwarte dich. Besuch mich, ohne daß
dich jemand sieht.

MONICA Lavinia! Getreu übersetze ich deine Laute,
doch diese letzten Worte hätte ich gern verschwiegen.
Unser Nachmittag ist allerdings vorüber. Ich muß gehen.

MONICA/LAVINIA O meine liebe Monica! Laß mich mit dieser Bestie nicht allein, er ist mein Schänder!

X
Häusliche Szene (2)

Gedeckte Speisetafel. Titus, Lavinia, Der Knabe Lukas. Lavinia mit einem Löffel zwischen den Prothesenfingern schöpft aus einer Schüssel.

TITUS Iß nicht soviel, Lavinia.
Sieh her. Ich kreuze die Arme über meiner Brust.
Ich drücke droßle und verdräng mein Herz,
das ich in Jammer tunke. Und wenn's nach oben
steigen will, dann stoß ich es hinunter, ersaufen
soll es in meinem Unglück.
Laß etwas stehen, Lavinia. Schling nicht alles runter.
Darbe schmachte faste, bis dir der Atem stillsteht.
Essen ist für unser Leid die unschicklichste Gebärde.
Die Götter sehen uns zu und fragen sich:
Wieviel Schutt und Schrecken gossen wir auf diese Kreaturen!
Und ihnen fällt nichts Besseres ein, als sich die Wänste vollzuschlagen.
Mein Töchterchen, du Atlas schwerer Schmerzen.
Du Auserwählte allen Leids – iß nicht soviel.
Dein Schmausen macht mich wild.
Ich hege von dir ein Bild der bitteren Qual, mein Kind.
Ich höre sogar, wenn du die Suppe löffelst, dein Ächzen, Seufzen, Weinen. Ich sehe statt des Löffels jetzt ein spitzes Messer,
den Griff führst du im Mund und wie die Krähe, die sich selbst
zerhacken will, stößt du die Klinge in die eigne Brust.
Denk nur an Philomele bei Ovid, die, obschon verwandelt
in die Nachtigall, nie ihre Schmach vergessen kann,
und selbstvernichtend noch als Vogel ihre Brust an einem Dorn zerfetzt.
DER KNABE Titus, lieber Onkel, die Cousine hat genug geweint.
Sie möchte endlich wieder lustig sein und tafeln
wie ein gesundes Weib. Doch du verwehrst ihr Heiterkeit und Lebensfreude. Eher soll sie Hand an sich legen, als nicht mehr traurig sein.

TITUS Hand an sich legen? Wer spricht von Händen?
Wie kamst du auf den Namen Hand?
Mimst du den Narren, Knabe? Mach mich nicht nach, du Affe.
Hier bin ich ganz allein verrückt. Benutze keine Worte, die mich an die Hände meiner Tochter erinnern.
Ich wünschte wahrhaftig, ich könnte mit ihr sprechen.
Ich wünschte, ich verstünde sie wie Monica, ihr Tragemund.
Ihr Röcheln entzifferte ich wie Portugiesisch. Mein ganzes Kind mit Mienen, Lauten, Gesten erlernte ich wie eine Fremdsprache, wäre ich nur nicht zu alt für dieses neue Alphabet.

Der Knabe schlägt auf dem Tisch eine Fliege tot.

TITUS Was trommelst du auf meinen Schädel?
DER KNABE Ich schlug 'ne Fliege tot.
TITUS Beherrsch dich, du Unmensch.
Du erschlugst mir einen zärtlichen Gedanken.
Ein Totschlag außerdem, begangen an dem
gebrechlichsten Geschöpf in diesem Zimmer.
Ich habe genug von deiner Tyrannei. In Rom
überall tötet man nach Lust und Laune,
doch nicht an meinem Mittagstisch. Es reicht.
Steh auf und geh. Du taugst nicht mehr für meinen Umgang.
DER KNABE Lieber Onkel! Eine Fliege erschlug ich nur!
TITUS Nur? Und wenn die Fliege Vater hat und Mutter?
Die lassen jetzt die schimmernden Flügel hängen.
Sie schwirren klagend durch die Luft.
Zur Fliege
Du zartes, gutes Wesen. Du kamst mit deinem Brummgesang,
um eine traurige Gesellschaft aufzuheitern.
Und dieser bitterböse Knabe meuchelte dich n u r !
DER KNABE Verzeih mir, Onkel. Es war so ein giftig schillernd Ding, eine eklige Schmeißfliege, so grünlich schwarz wie Aaron, unser Mohr, der Lustmann unserer Kaiserin.
TITUS Oh oh oh!
Es tut mir leid, es tut mir leid.
Ich hätte dich nicht tadeln sollen, mein Neffe.
Der Mohr, der zweifelhafte Mohr –
Er sinnt einen Augenblick.

So tief sind wir noch nicht geschwächt, daß
wir den schmierigen Lüstling nicht so glatt und leicht
erschlagen könnten wie 'ne Fliege.
Aaron, den Ihre Majestät, die Hure, wegen Unpäßlichkeit
einstweilen nicht empfing. Er suchte sich für seine Geilheit
anderen Unterschlupf. Streifte nächtlich durch den Wald und
griff, was er sich greifen konnte, ein wehrloses Mädchen so
wie meins.
Das er mißbrauchte und verstümmelte, damit's ihn nicht verraten konnte.
Aaron! So einer war's.

Titus begibt sich zu Lavinia und nimmt ihr den Löffel aus den Prothesenfingern.

Hier bück dich mit mir über den Staub.
Ich schreibe meinen Namen mit dem Mund und diesem Löffelstiel.
Titus. Ja, so heiße ich. Gut, gut.
Du siehst, es geht auch ohne Hände.
Nun du, schreib säuberlich wie ich.
Schreib den Namen des Verbrechers in den Staub ...
Aaron ... damit ich Anspruch habe auf seinen Totschlag.
Ein gültiges Zertifikat, gezeichnet von dir selbst,
ohne Dolmetsch, ohne Zwischenträger.
Lavinia schreibt gewandt mit dem Mund auf den Boden.
Lenkt, Götter, diesen Stiel in ihrem Mund und helft,
daß sie den richtigen Namen schreibt! Gütiger Himmel,
gib uns den Frevler kund!

Der Knabe Sieh, Onkel, wie geschickt sie mit dem Stiel die Wörter reiht.
Jetzt lies, was sie geschrieben hat.

Titus *liest* Lavinia quält die Lust.
Lavinia möchte leben.
Beiseite Das soll sie nicht.
Zuviel Gram und Schmerz hat sie verdorben.
Ein Dämon hat sie von unten her gefaßt
und umgestülpt. Das Grauen umgedreht in
Lüsternheit. Ihr gerades keusches Wesen

nahm die Abart ihres Schinders an.
Sie ist nicht mehr bei Sinnen, wenn sie
jetzt noch Sinnlichkeit verlangt.
Zu Lavinia
Zu viele Worte schriebst du in den Staub.
Ein Name hätte mir genügt.

XI
Das schwarze Kind

Tamora mit ihrem Baby in Tüchern gehüllt; Aaron.

TAMORA Wo ist Aaron? Aaron! Verfluchter schwarzer
 Fleck auf meiner weißen Haut!
AARON Aaron ist hier. Aaron ist hier.
 Was hat denn Aaron ausgefressen,
 daß er verflucht wird statt geküßt?
TAMORA O Liebling, wir sind verraten. Uns
 ist was schief gegangen.
AARON Stand's zwischen uns nicht immer schief
 und war recht standfest und stand auch
 gerade recht im schiefen Winkel?
 Doch was verhüllst du da in einem Tuch,
 als wolltest du's erdrücken?
TAMORA Ich hab ein schwarzes Biest geboren.
AARON Du bringst mir also ein Geschenk.
TAMORA Den Teufel, ja.
AARON Und deshalb blasen die Trompeten im Palast?
TAMORA Dem Kaiser ward es gleich gemeldet,
 daß ich von einem Sohn entbunden bin.
 Ich ließ ihn vorerst nicht in meine Kammer,
 ich floh, sobald ich konnte, heimlich aus dem Wochenbett.
 Niemand sah das Balg als nur die Amme,
 die diesen Blick nicht überleben durfte.
 Nimm du das Kind und mit der Spitze
 deines Dolches liebkos den glitschigen Lurch.
AARON Liebkos dich selber so.
 Ist schwarz denn eine böse Farbe?
 Er betrachtet das Baby.
 Du süßes kleines Rundgesicht, du reizendes Gewächs.
TAMORA Es darf nicht leben.
AARON Doch sterben darf es nicht.
TAMORA Aaron, es muß verschwinden.
 Ich, die eigene Mutter, will's.

Gib her das Bündel. Wenn du's nicht kannst,
erschlag ich es an einem Stein.
AARON Eher zerschlägt mein Schwert
dein krummes Eingeweide, als daß du
meinem Erstgeborenen auch nur
ein Härchen krümmst.
Schwarz, kohlrabenschwarz – ist doch
die unverwüstlichste der Farben. Sie duldet
keinen weiteren Anstrich. Und alles Wasser
aus dem weiten Ozean wäscht niemals weiß
die schwarzen Füße eines Schwans.
TAMORA Du willst den Fehltritt deiner Herrin
dem Kaiser und dem ganzen Reich verkünden?
Geliebter, sieh mich an. Hab ich an Schönheit
denn verloren, jetzt, nur weil die Röte und die Blässe
schneller wechseln auf den Wangen als
Angst und Lust in meinen Gliedern?
Hilf mir zurück zu einem sicheren Aussehen!
AARON Die Privilegien deiner weißen Haut!
Wie gefährlich, wie verräterisch ist diese Hülle!
Verkündet aller Welt die heimlichsten Beschlüsse
deines lasterhaften Herzens.
Doch dieses Bürschlein hier, das guckt aus
anderer Tönung anders in die Welt.
Das grinst den Vater an, als wollte es sagen:
Hej, Alter, ein Stück von dir bin ich,
und nur von dir, ein schwarzes.
TAMORA Verlieb dich nicht in diese Mißgeburt.
Oder meinethalben: tu's. Nenn es dein Kind
und rette es. Doch sinn auf Rettung jetzt für mich.
AARON Ein gotischer Landsmann wohnt nicht weit von hier,
sein Weib kam gestern in die Wochen. Gib ihr
'nen Batzen Gold und nimm ihr weißes Balg,
den frischgeborenen Knaben. Erklär den Handel
für gesetzliches Geheimnis. Das Kindchen käm
zu großen Ehren, des Kaisers Erbe sollt' es werden.
TAMORA Du rätst und bleibst zuinnerst unbeteiligt.
Wie zu einer dutzendfach erprobten Irreführung.
Behext von deinem eignen Fleisch und Blut,

rührt dich mein Schicksal längst nicht mehr.
Zuviel Liebe habe ich dir geschenkt.
Ich wünschte, du hättest mir was Besseres
dafür gegeben.

Tamora und Aaron gehen auseinander.
Titus kommt mit zwei Soldaten und hält Aaron auf.

XII
Vaterherzen

Titus und Aaron. Zwei Soldaten.

Titus Aaron! Bleib stehen. Halt!
Was trägst du so zart behütet fort in deinen Armen?
Laß mich sehen. Ach, ach. Was für ein süßer Fratz.
Ein entzückendes Gebilde. Und wie es niedlich
lächelt und so kräftig strampelt!
Aaron Jawohl. Das ist mein Sohn. Und wie mir scheint:
Ein properes Erzeugnis.
Titus Bestimmt. Ein Prachtkerl. Rundherum.
Und ganz der Vater. Wie aus dem Gesicht geschnitten.
Nein, wie allerliebst, der kleine Racker.
Aaron Verzärtelt wird er nicht. Zum Krieger, mehr noch,
zum ersten Feldherrn erziehe ich meinen Erben.
Titus Zum Krieger? Wie? Den?
Die Miniatur von deiner eignen Mißgestalt?
Aaron Was?
Titus Steh, Aaron. Keinen Schritt weiter.
Für dich ist alles aus. Soldaten, bringt den Strick.
Erst hängt den Säugling. Der Vater soll ihn
strampeln sehen ein letztes Mal.
Aaron Nicht das Kind! Es ist von königlichem Blut.
Rührt nicht den Jungen an.
Titus Danach den klebrigen Erzeuger.
Den eingefleischten Teufel, den eklen Schurken, der der Perle meines Lebens ihren Lüster raubte. Die Bestie, die das Liebste schändete, das mir auf Erden blieb. Hängt beide an den Baum.
Seite an Seite, den stinkenden Mohr und seinen Bastard.
Aaron Tut meinem Kind nicht weh. Versprichst du's mir,
so spreche ich. Du ahnst nicht, was ich weiß.
Ich kann es auch für mich behalten. Hängst du mich,
dann wird der süße Schauder wahrer Rache,
der Trost der gültigen Vergeltung dir entgehen.

Titus Was redest du? Nur um den Kopf zu retten aus der Schlinge. Was gibt es, das ich noch nicht weiß? Dann rede doch.
Wenn's mir zusagt, was du sagst, überlebt dein Kind.
Aaron Zusagt, was ich sage?! Pah, Titus, glaube mir,
dein Vaterherz zerspringt in Stücke, wenn du die Wahrheit hörst von mir.
Ich spreche nämlich, wenn ich spreche, von Mord
und Notzucht und Massaker, von Akten einer Finsternis,
in die ein Mensch bisher nie vordrang.
Titus Du bietest das Geständnis deiner eignen Untat an?
Das brauche ich nicht. Der Fall liegt auf der Hand.
Aaron Dann trage deinen Irrtum mit ins Grab.
Häng mich auf und stirb in deiner himmelschreienden Verkennung.
Titus In dir, du selbst ein Irrtum der Natur,
kann sich ein Mensch nicht irren.
Von welchem Irrtum also sprichst du?
Klär mich endlich auf.
Aaron Erst schwöre, du verschonst mein Kind.
Titus Du glaubst an keine Himmelsmacht.
Wie glaubst du einem Schwur?
Aaron Ich weiß ja, was dir heilig ist.
Sitte Ehrfurcht Formen Bräuche.
Die Losung brüllst du seit langem
in die leere Welt. Gelobe mir bei
deinen Heiligtümern: du schonst mein Kind.
Titus Ich schwöre es bei unseren alten Römertugenden.
Aaron Übrigens, ganz nebenbei, ich hab's gemacht
mit unserer Kaiserin.
Titus Der unersättlichsten der römischen Huren.
Aaron Das bißchen Unzucht, das ich mit ihr trieb,
war ein Akt staatsmännscher Würde, verglichen
mit den Taten ihrer geilen, wilden Söhne.
Erst brachten sie den Bruder unseres Kaisers um,
Bassian, erdolcht. Dann streckten sie dein Töchterchen
auf seine Leiche und putzten sie und stutzten sie,
wie es die wüste Lust ihnen eingab.
Titus Wie? Was taten sie? Zügle deine Worte,
du giftiger Halunke.

Aaron Wie soll ich's anders nennen?
Sie schrubbten und sie kämmten,
sie trimmten und sie striegelten ihr Zirkuspferd.
Titus Halt dein Maul! Ich will nichts mehr hören!
Aaron Nun ja, sie ließen wenig aus bei ihrer Schönheitspflege.
Doch nach dem Ritt, dem allzu kühnen, verfielen sie
in bittres Zagen, große Angst. Der eine floh schnell außer Landes, der kleine Bruder blieb zurück, er zittert jetzt noch wie ein Kind. Doch um der Rache zu entgehen, benutzt er einen Trick.
Liebend wirbt er neuerdings um deine Tochter.
Sein Verbrechen sucht er wiedergutzumachen,
indem er diesmal sanfter in sie dringt.
Titus Du schwarzer Hund, du ekelst mich.
Dich treibt die Sucht nach ungehemmter Bosheit in diese Lügenphantasien!
Aaron Geh doch nach Haus, du schlichter Greis,
und lausche eine Weile an Lavinias Tür.
Hör, wie sie krächzt, denn flüstern kann sie nicht
in Chirons rote Ohren. Komm wieder her und sage mir,
bevor du mich ermorden läßt, ob ich ein Lügner bin.
Titus *zu den Soldaten*
Dies Ungetüm darf nicht zu kurze Qualen leiden.
Sein Tod soll sich ergiebig in die Länge ziehen.
Ich gehe einstweilen in mein Haus. Fesselt ihn zusammen mit dem Kind.
Aaron Du schonst das Kind! Du gabst dein Wort.
Titus ab.
Erster Soldat Es würde mich interessieren,
was steckt denn für ein Geist in einem Menschen,
wenn der so lüstern sich in Grausamkeiten wälzt?
Aaron Wollt ihr noch mehr von meiner Bosheit kosten?
Wollt ihr den Teufel prahlen hören?
Zweiter Soldat Wär ich nicht so treu und vaterländisch,
so möchte ich auch so hundsgemein und
böse sein wie du. Das wirft 'ne Haltung ab
und es hat Schliff. Da zeigt sich wer, wo
andere nur palavern.
Erster Soldat Es fragt sich doch, da fragt man sich

und das ist doch 'ne ernste Frage:
Ob so ein hundsgemeiner Mensch
nicht seine menschliche Berechtigung hat
in einer hundsgemeinen Welt.
Doch unser Auftrag lautet: dich einzugraben bis zum Kinn.

XIII
Das Bett

Ein sehr breites Bett. Auf der einen Seite Lavinia und Chiron. Auf der anderen Monica, mit dem Rücken an das Kopfende gelehnt, in einem Buch blätternd, während sie ungerührt übersetzt.

MONICA/LAVINIA Du liegst nicht gut, mein Liebling.
Nimm eine Stütze für den Nacken und streck
die Beine locker aus. So. Nun bleibe ruhig.
Rühr dich nicht. Ich mache nur, was dir gefällt.
Ganz langsam streichle ich dich. Nicht zucken!
Bleib still. Laß deine Glieder los. Löse dich von
schwierigen Gedanken. Nicht zucken!
CHIRON Es ist alles noch sehr ungewohnt für mich.
Ich muß mich erst an dich gewöhnen.
Ich bin viel scheuer, als du glaubst.
Warten wir einen Augenblick.
MONICA/LAVINIA Ich weiß, die steifen kalten Finger sind's,
die dich erschrecken. Was machen wir?
Was haben wir noch nicht versucht?
Darf ich dich küssen, Chiron?
CHIRON Versuch es.
Sie küßt ihn vorsichtig, dann leidenschaftlich, er stößt sie von sich.
Furchtbar. Es graust mich nur.
Was in jener Nacht geschah, kommt wieder:
Dämonen, Totenvögel sitzen auf meiner Brust.
Dein Mund ist leer wie eine Muschelgrotte.
MONICA/LAVINIA Ich küsse dich nicht mehr.
Lieg ruhig, mein Gast.
Wir werden uns auch ohne Küsse lieben.
CHIRON Ich will und will und will,
doch mein starker Wille macht mich schwach.
Wie fangen wir es an? Es muß doch eine Lösung geben.
MONICA/LAVINIA Wie wär's, wenn wir uns umgekehrt –
Vielleicht, wenn du – oder so herum –

nein, das ist zu unbequem. Und wenn ich –
warte, es fällt mir gleich was Richtiges ein.
CHIRON Es geht so nicht und nicht andersrum.
Ich bin zu frisch verliebt in dich.
Und der Gedanke, daß du es bist,
Lavinia, zu der ich plötzlich zärtlich bin,
nach allem, was meine Wut an dir beging,
der Gedanke schnürt mir die Sinne ein.
MONICA/LAVINIA Ich habe dich so nah und brauche dich.
Alles brennt in mir und wartet. Der Aufschub
wird zur Qual.
CHIRON Hier und jetzt, ich bin bereit, die Untat wiedergutzumachen und mit der gleichen Leidenschaft,
ich verspreche es, mit der ich sie verübte.
MONICA/LAVINIA Nicht heftig, Chiron, es nützt ja nichts.
Wir sollten uns mit einem äußeren Mittel helfen.
Ich habe kürzlich erst gelesen, ein Tuch, getränkt von
abgestimmtem Kräuersud, legt man erschöpften
Männern auf den Schoß, die Wirkung ist
unzweifelhaft und sicher. Das will ich uns besorgen.
Hier in der Nachbarschaft weiß ich den Händler,
bei dem ich die Extrakte hole.

Sie steigt aus dem Bett, zieht einen Morgenmantel über.
Und bis ich wiederkomme, Herz, versuch zu träumen,
dahinzugleiten in verführerischen Harmonien.

Lavinia ab. Nach einer Weile …

CHIRON *zu Monica* Was liest du immerzu?
MONICA Es ist Lavinias Buch. Ovid.
CHIRON Steht da vielleicht was Ansteckendes drin:
Vom Liebesspiel und einer Paarung?
Oft findet sich ein gutes Vorbild in den alten Büchern.
Lies mir vor.
MONICA Es gehört nicht zu meinem Auftrag.
Ich spreche für Lavinia.
CHIRON Lies als du selbst.

MONICA Meine Person ist nicht beteiligt.
CHIRON Zieh dich aus.
MONICA Weshalb?
CHIRON Ich will deiner Person begegnen.
MONICA Wozu?
CHIRON Gehorche. Zieh dich aus.
MONICA Faß mich nicht an. Laß mich in Ruhe.
CHIRON Tu, was ich sage.
Mach mich nicht wild, ich warne dich.
Wenn du schreist, zerdrücke ich dir die Kehle.
Er reißt ihr die Kleider vom Leib.
MONICA Hilfe ... Hilfe!
CHIRON Du willst mich, du willst mich doch!
Dolmetscherin, flüstre mir ein Liebeswort ins Ohr.
Flüstere oder fauch in mein Ohr, du Katze!
Mach mich bereit für meinen Krüppel.
Ich muß Lavinia Freude bringen, das muß ich.
Mach mich bereit für sie.
Sieh mich nicht an. Gib mir den Rücken.
MONICA Du krankes Ungeheuer, bist du nur Mann,
wenn du ein Mädchen zwingen kannst?
CHIRON Du Sprecherin ... du süßer Mund,
du wunderbare Stimme ...
Sprich zu mir, je böser um so besser.

Von der Seite nähert sich Titus im Morgenmantel der Lavinia.

CHIRON Lavinia, bist du's? Schon zurück?
Gleich bin ich bereit für dich. Gleich!
Komm her und öffne deine Arme!

Titus tritt hinter den Chiron, läßt den Mantel fallen und ersticht ihn.

CHIRON Titus! ... Nicht! ... Nicht!
O Titus, du hast den Falschen umgebracht!
Ich liebte deine Tochter.

Chiron umarmt den Titus im Tod. Titus trennt den Arm mit dem Messer ab, er bleibt mit verkrampfter Hand um seine Schulter geschlungen.

TITUS Du bist nicht mehr, abartiger Knabe.
Es ist vorbei. Die Vergeltung hatte
ich mir allerdings erhabener ausgedacht.
Ich mußte dir zur Hilfe kommen.
Er wirft Monica den Morgenmantel zu.
MONICA Danke, edler Titus.
Danke, lieber Vater.
TITUS Du sprichst nicht mit Lavinias Stimme.
Ich höre eine andere sprechen.
MONICA *spricht zu Chirons Leiche* Du hast mich angefaßt, Kanaille.
Ich rieche noch nach dir, du Vieh.
Sie tritt ihm in die Seite.
Ich dachte, mir passiert so etwas nicht.
Mir kann das nie passieren, dachte ich.
Niemand wird es wagen ... du Batzen Kot.
Ich spucke dir nach auf deinem Weg ins Nichts.
Du hast mich angefaßt. Ich riech nach deinem Dreck!
TITUS Spar dir die Totenrede. Verschwende deine Flüche nicht an eine Leiche. Das Zimmer liegt in unerhörter Dunkelheit. Lavinia buhlte hier mit ihrem Schänder. Gibt's das auch anderswo? Oder wurde es eigens ausgebrütet von dem abgefeimten Rom?
MONICA Komm, Titus, wühl nicht mit Blicken in dem Bett.
Du hast den Drachen abgestochen, der mich vergiften wollte.
Du hast ein Kind befreit. Froh führt es den Vater aus der Dunkelheit.

Indem beide abgehen, sticht Titus sein Schwert durch das Türblatt, so daß es ins Zimmer hinein steht.

TITUS Hier ist der Dorn für dich, du süße Philomele.
Er steckt nun spitz in deinem Liebesnest.
Du kannst ihn nicht vermeiden.

Monica Pricks do make bird sing/
But pricks in ladies' bosom often sting.

Beide ab. Kurz darauf tritt Lavinia von der anderen Seite auf. Über den angewinkelten Silberarmen trägt sie ein weißes dampfendes Tuch. Sie geht zum Bett, entdeckt den toten Chiron, kniet nieder und legt ihm das Tuch über den Schoß. Anschließend geht sie wie angezogen auf das in der Tür steckende Schwert zu.

XIV
Aarons Kopf

Chiron (Puppe), auf eine Stange gespießt, wird ausgeweidet von Titus und Monica.
Lavinia mit der Vorderseite an der Tür hängend, vom Schwert durchbohrt.

Im Vordergrund Aaron, bis zum Kinn in der Erde. Neben ihm auf seinem Faltstühlchen Der Knabe Lukas, eine Wiege mit Aarons Kind schaukelnd.

Aaron Nein, mein Junge, auch Bosheit ist eine Göttergabe
und wirkt verpflichtend für ein ganzes Leben.
Deshalb verfluche ich jeden Tag, an dem ich
nicht so scheußlich war, wie ich es konnte.
An dem ich nicht einen lästigen Zeitgenossen
beseitigte oder mindestens den Plan dazu entwarf.
An dem ich nicht ein zartes Mädchen schändete
oder andere unterwies, es tüchtig zu mißbrauchen.
Einen Unschuldigen anschwärzte und ihn auf Eid verklagte,
Todfeindschaft säte zwischen guten Freunden.
Mein Ehrgeiz war: ich wollte in einer gnadenlosen Zeit
viel gnadenloser sein als sie. Hast du bemerkt, mit welch
treuen Bluthundaugen ich meine Zeit betrachtete?
Doch schwupps, da war sie's schon nicht mehr.
Das Übeltun verlor im Lichte neueren Verstehens sein düsteres Ansehen. Verstehen und Verständnis entdecken im gemeinsten Schurken die erbarmungswürdige Seele.
Verstehen und Verständnis schleifen sogar des Teufels Hörner stumpf. Die Hölle leuchtet rosenfarben.
Gleichwohl, ich schwör's, keine Untat, keine Scheußlichkeit, die ich nicht gerne noch beginge – wär mir der Spielraum nicht ein wenig eingeschränkt.
Du tröstest liebevoll mein Kind. Ich kann es selber nicht mehr auf den Armen wiegen.
Titus, sagt man, schickt dich mit geheimer Botschaft zu den

Goten. Die Feinde Roms ruft er zur Hilfe gegen das eigene Vaterland. Nur um den Thron von einem schlechten Kaiser leerzufegen.
Lukas: rette mir mein Kind. Nimm es als Unterpfand, nimm's mit ins Gotenland. Grüß meine Landsleute von einem Stammgenossen, von dem allein der Mund noch lebt; ein zugiges Loch, aus dem Orakel steigen: du, mein Junge, wirst der nächste Kaiser sein, wenn ihr die heimischen Heere niederrennt. Kind-Kaiser, dem das hündische Rom zu Füßen liegt. Und alle werden sich vor dir verbeugen.
Nur ich kann nicht mal nicken mit dem Kopf. Sag meinen Goten, in Rom sind selbst die Totengräber Stümper ihres Fachs. Nur bis zum Kinn bestatten sie den nackten Mann.

XV
Die Finger

Saturnin und Tamora.

SATURNIN Die Goten rüsten gegen Rom. Die Nachricht knickt den Kaiser.
TAMORA Unsere Mauern stehen gut bewehrt.
SATURNIN Deine Volksgenossen, rachewütig, sammeln ihre besten Heere. Niemand hält sie auf.
TAMORA Titus vielleicht…
SATURNIN Titus vielleicht…
TAMORA Spätzeit eines Kriegers. Söhneverschleißer wurde Tochterhüter, armes Kind.
SATURNIN Die Nacht bricht an, die Sorge beißt.
Ich spreche jetzt sehr gut, nicht wahr?
Ich kenne meinen Cicero. Jedoch wozu die hohe Schule,
für wen die reiche Rede?
Der Senat? Eine Versammlung von Hohlköpfen, die Ämter stehlen wie andere Leute Pferde oder Schmuck.
Bei ihnen scheint das Wort politisch von poliert zu kommen statt von Polis.
Ich kenne meinen Cicero. Sie sollten Strafarbeiten schreiben wie die Schüler: weshalb ich von innen hohl bin bis unter die geschminkte Haut!
Tamora: wie soll ich herrschen mit alle dem im Kopf, was ich vom Herrschen weiß? Ich habe tief in mich hineingehört: ich bin geknickt.
Wer hebt mein Haupt, geneigt auf eines Kaisers unentschlossene Hände?
TAMORA Titus vielleicht…
SATURNIN Meine Handschuhe, bitte.
TAMORA Ist das nötig?
SATURNIN Handschuhe sind immer nötig.
Sie gibt ihm ein Paar weiße kurze Handschuhe und geht ab.
Wie schmuckvoll verstecken wir Hals und Brust – nur diese fiesen Finger bleiben immer nackt.

Tamora? ... Die Kaiserin kennt mich zu gut. Wie ungeschützt lebt man vor seiner Frau und gibt sich seine Blößen ... Es ist alles falsch in ihrem Blick und macht mich selber falsch.

XVI
Das Friedensmahl

Lange Tafel. Tamora, Monica, Titus, einen Umhang über den Schultern.

TAMORA Tief in meiner gotschen Einfachheit fehlt mir der Sinn für eure übertriebenen Verfeinerungen.
Der Luxus und die Eitelkeit sind nicht von unserem Stamm.
Geboren als Barbarin, gewohnt auch Widerspenstiges zu sagen, halte ich daran fest, daß selbst die höchste Blütezeit der Kunst ein Nichts bedeutet im Vergleich zur Kunst, den Krieg zu meiden und den Frieden zu sichern. Nach innen wie nach außen.
Titus und Tamora trinken einander zu.

TITUS Für Frieden Liebe Bündnis Rom zum Heil.

TAMORA Für Frieden Liebe Bündnis Rom zum Heil!
In Ruhe muß nun unser Streit verhandelt werden.
Das Blutvergießen zehrt an unseren beiden Stämmen.
Die Rache frißt auf jeder Seite die mutigsten und besten Kinder. Bald stehen du und ich als Letzte der Familien voreinander, um uns gegenseitig auszurotten.

TITUS Der alte Feldherr und die Kaiserin. Ein letzter Waffenblitz. Dann stirbt das Licht.
Die Schläge abzuwenden, lud ich dich zu einem heiligen Mahl. Ich halte es ab im Stil der Ahnen. Denn unsere Fürstin, wie sie selbst beklagt, verrichtet noch immer ungeübt die alten römischen Bräuche. Die Feiern herrschaftlicher Römer sind stets erfüllt von würdigen Riten, um die erzürnten Götter zu versöhnen und über uns am Firmament das wiederkäuende Maul des Schreckens zu vertreiben.

MONICA *tritt neben Tamora* Ein wenig noch von unserer frischen Sülze?

TAMORA Ein köstliches Gericht. Sehr schmackhaft und sehr eigentümlich.
Du mußt mir später das Rezept verraten.
Zu Titus

Nur nebenbei, weil du von herrschaftlichen Sitten sprichst, es drang zu uns, dein Neffe Lucius als dein Abgesandter sei heimlich fortgereist ins Gotenlager, mit einer Botschaft von dir ausgestattet. Der Kaiser fürchtet nun, die Goten zögen bald erneut gen Rom.

TITUS Gesegnet lebe ich in der Enge meines Hauses.
Rang und Pflicht und Amt, sie kamen mir abhanden.
Draußen in Rom: das liegt so fern wie Marakanda.
Schön sind die zwei, die soviel Nähe miteinander
teilen und sich lieben: Vater und Tochter, fast aufgelöst
in Raum und Zeit, fast grenzenlos in dieser innigen Begrenzung: Zwei Menschen bloß an einem Tisch mit Stühlen.

TAMORA Das Mädchen neben dir – Lavinia?

TITUS Ich sehe nur, was ich verlor.
Wie gerne höre ich das Kind, das über meine Späße lacht.
Auch wenn ich sehr sehr albern bin, werde ich von ihr beklatscht.
Wenn sonst auch nichts, zum Lachen bring ich sie.
Zum Narren tauge ich noch. Selbst über meine düsteren Possen freut sie sich.

TAMORA Zurück zum Frieden, Titus. Von äußeren Feinden
hat das Reich nicht weniger zu fürchten als vom inneren Aufruhr.
Das Volk, die tapferen Männer, Söhne Roms, zerstieben
wie ein Vogelschwarm bei Sturm und Hagel. Es ist die Pflicht der Kaiserin, zu neuen Garben aufzubinden das zerstreute Korn.

TITUS Ganz recht. So ist's. Dasselbe gleichnishaft gesagt:
Zu einem einzigen Krieger wieder zu vereinigen die
zerstückten Glieder. Und deshalb lob ich mir den Frieden,
der im eigenen Haus beginnt. Seit einiger Zeit begrüße ich den Chiron, deinen Sohn, in unseren Mauern.
Auch wenn es das alte Vaterherz bedrückt, er scheint
verliebt in meine Tochter, die Lavinia. Unter uns:
Er dreht und wendet sich am Spieß der Lust
Wie ein gebratenes Ferkel.

TAMORA Chiron in deinem Haus? Mein jüngster Sohn und deine Tochter?
So weit ist es ohne mein Wissen gekommen …

Sie hebt das Weinglas und blinzelt durch den Schliff zu Monica.
TITUS Der Kaiserin Glas ist leer, mein Kind …
Monica kommt und schenkt nach
TAMORA Verzeihung. Meine Augen waren nie die besten.
Ich habe Lavinia nur ein einziges Mal gesehen.
Für uns beide war es nicht der günstigste Moment.
Als sie für zwei Minuten die Erwählte unseres Kaisers war …
Trug sie da nicht ein blondes Lockenhaar?
TITUS Ehrwürdige Majestät! Den Chiron kenne ich seinem feineren Geschmacke nach fast besser als die eigene Mutter.
Blonden kehrt er gleich den Rücken.
TAMORA Ist Chiron im Haus zur Stunde?
TITUS Doch, doch. Das ist er.
TAMORA Versteckt sich wohl vor seiner Mutter, der verliebte Täuberich?
Sie ruft nach rückwärts ins Haus.
Chiron!
TITUS Das mußt du mehr nach innen rufen.
Mehr in dich hinein.
TAMORA *leiser* Chiron?
TITUS Intus habes, quem poscis.

Der Umhang, den Titus trägt, verrutscht leicht.
Tamora entdeckt den festgekrampften Arm des Chiron auf Titus' Schulter.

TAMORA Mein Sohn umarmt dich noch, Andronicus.
TITUS Der Rest von ihm liegt aufgelöst in deinen Eingeweiden.
Dir mundete der Sohn. Du hast ihn mit Genuß verzehrt.
TAMORA So, so. Die Mahlzeit war mein Sohn.
Sie war nicht leicht, doch herzhaft abgeschmeckt.
Was starrt ihr stumpf gebannt auf mich?
Kann eine Mutter inniger sein mit ihrem Kind,
als wenn es wieder eingekehrt in ihren Leib?
Dorthin, wo es nur ihr gehört.
Und wo es sie ernährt, wie einst ihr Blut es nährte?
TITUS Jetzt hat die Wölfin ihre Menschenhülle abgelegt.
TAMORA Zurück zum Frieden, den Rom so dringend nun benötigt.

Du, Titus, stehst dich gut mit deinen alten Feinden, meinen Goten. Weshalb lädst du nicht die Stammesfürsten ein zu einem Friedensmahl wie diesem? Ich bin die Kaiserin von Rom: Eher ließe ich mich rädern, als daß ein Gote jemals über mich gebietet.
Sie erhebt sich, weicht rückwärts zur Wand.
Mein Kind liegt mir im Magen …
TITUS Lavinia, der Kaiserin ist unwohl.
TAMORA Die eine Bestie frißt ihr Junges,
die andere erkennt's nicht mehr.
Das ist die Bosheit der Natur.
Wir sind nur ihre Spießgesellen.
TITUS *nähert sich Tamora fast vertraulich.*
Wär's nicht ein günstiger Zeitpunkt, so gleich zu gleich,
wie wir jetzt sind, einander beizustehen und unseren
üblen Ruf zu tilgen?
TAMORA *zieht ihren Dolch* Ja, tilgen, tilgen, gegenseitig.
TITUS *ersticht sie* Vergib. Ich war zu früh.
Er betrachtet die zusammensinkende Tamora.
Alles umsonst. Ich bleibe zurück im Dunkeln. Einer, der sein Ende sucht und nach dem Ausgang tastet.
MONICA *nimmt ein leeres Kristallglas* Solange ich im Haus bin, möchte ich nie wieder aus solchen Gläsern trinken.
TITUS Bleibst du?
MONICA Ja. Ich bleibe. Räumen wir den Tisch ab.
Sie trägt ein gefülltes Tablett in den Hintergrund.
TITUS Lavinia?
MONICA *stampft mit dem Fuß auf* Monica!
Es ist genug, Alter. Komm zu dir.
Steh nicht so starr. Rühr dich und hilf mir abräumen.
TITUS *murmelt* Monica.

XVII
Der Kind-Kaiser

Der Knabe Lukas tritt auf das Podest vor die wie zu Anfang des Stücks versammelte Menge. Er trägt das weiße Kleid des Kaisers. Heil-Rufe der Menge: Es lebe Lucius! Lang lebe unser Kaiser! Heil dir, huldreicher Herrscher Roms. Heil dir, Kaiser Lucius!

DER KNABE LUKAS Ihr edlen Bürger Roms! Leidgeprüfte Männer!
Volk und Söhne unseres Lands! Nie wieder soll dies Heilige Rom durch inneren Aufruhr an sich zweifeln.
Nie wieder darf sein Zepter in die Hand ehrloser Herrscher gelangen. Euch allen nach wüsten Jahren schlimmster Leiden endlich Trost zu bringen, sei meiner Herrschaft frömmste Pflicht. Ich zog hinaus ins fremde Gotenland, doch nicht um Truppen warb ich, wie mir von meinem Oheim Titus aufgetragen, Truppen, die unser tief gebeugtes Rom erobern sollten, nein, ich suchte Mitleid bei den Feinden. Mit meinen Tränen löscht' ich ihren Haß. Rom verlassend, tat ich nichts zu seinem Nachteil. Mit meinem Jammer habe ich die Feinde uns versöhnt. Ihr alle wißt, ich bin kein Prahler …
Helft, Freunde, mir dies Land zu reinigen – von Hinterlist und –
jetzt habe ich den Faden verloren.

Die Mutter des Knaben kommt mit zwei vollgepackten Einkaufstüten.

EINE JUNGE MUTTER Lukas! Komm sofort da runter!
Hab ich dir nicht gesagt, du sollst hier sitzenbleiben?
Hab ich dir nicht gesagt: Misch dich nicht ein? Wie siehst du aus?

DER KNABE LUKAS Ich bin der Kaiser von Rom, Mutter.

EINE JUNGE MUTTER Ich werde dir zeigen, wer du bist!
Nicht zwei Stunden kann man dich alleine lassen.
Ich bin enttäuscht von dir.

Komm sofort da runter. Hab ich dir nicht gesagt:
Laß dich von niemandem ansprechen?!
DER KNABE LUKAS Aber ich bin doch der Kaiser von Rom!

Dunkel

Anhang

Ausgewählte Aufführungen

Die Hypochonder. Theaterstück

Band I, Seite 7

Uraufführung
Deutsches Schauspielhaus Hamburg, 22. November 1972
Regie: Claus Peymann. Bühne: Erich Wonder. Kostüme: Susanne Raschig.
Mit Fritz Lichtenhahn (*Vladimir/Jakob*), Andrea Jonasson (*Nelly*), Doris Schade (*Elisabeth*), Christa Berndl (*Vera*), Hermann Schomberg (*Spaak 1*), E.O. Fuhrmann (*Spaak 2*)

Schaubühne am Halleschen Ufer, Berlin, 14. März 1973
Regie und Bühne: Wilfried Minks. Kostüme: Moidele Bickel, Joachim Herzog.
Mit Peter Fitz (*Vladimir/Jakob*), Edith Clever (*Nelly*), Jutta Lampe (*Vera*), Otto Sander, Otto Mächtlinger (*Gebrüder Spaak*), Christine Oesterlein (*Elisabeth*)

Bekannte Gesichter, gemischte Gefühle. Komödie

Band I, Seite 67

Uraufführung
Württembergisches Staatstheater Stuttgart, 2. September 1975
Regie: Niels-Peter Rudolph. Bühne: Karl-Ernst Herrmann. Kostüme: Barbara Bilabel.
Mit Wolfgang Höper (*Stefan*), Susanne Barth/Libgart Schwarz (*Doris*), Manfred Zapatka (*Guenther*), Kirsten Dene (*Hedda*), Martin Schwab (*Dieter*), Regine Vergeen (*Margot*), Gerd Kunath (*Karl*)

Residenz Theater München, 17. Dezember 1983
Regie: Dieter Giesing. Bühne: Johannes Schütz. Kostüme: Frieda Parmeggiani.
Mit Hans-Michael Rehberg (*Stefan*), Rosel Zech (*Doris*), Gerd

Böckmann (*Guenther*), Christa Berndl (*Hedda*), Heinz Kraehkamp (*Dieter*), Kathrin Ackermann (*Margot*), Wolf-Dietrich Sprenger (*Karl*)

Eugène Labiche: Das Sparschwein. Übersetzung und Bearbeitung von Botho Strauß

Band I, Seite 111

Uraufführung
Schaubühne am Halleschen Ufer, Berlin, 1. September 1973
Regie: Peter Stein. Bühne: Karl-Ernst Herrmann. Kostüme: Susanne Raschig.
Mit Otto Sander (*Champbourcy*), Jutta Lampe (*Léonida*), Wolf R. Redl (*Colladan*), Werner Rehm (*Cordenbois*), Elke Petri (*Blanche*), Willem Menne (*Félix Renaudier*), Otto Mächtlinger (*Baucantin/ Joseph*), Roland Teubner (*Sylvain*), Michael König (*Benjamin*), Christine Oesterlein (*Miranda Mimose*), Ingo Lampe (*Ein Polizist*), Rüdiger Hacker (*Béchut*), Peter Fitz (*Cocarel*), Katharina Tüschen (*Chalamel*), Gerd David (*Tricoche*)

Sommergäste nach Maxim Gorkij. Fassung der Schaubühne am Halleschen Ufer von Peter Stein und Botho Strauß

Band I, Seite 221

Uraufführung
Schaubühne am Halleschen Ufer, Berlin, 22. Dezember 1974
Regie: Peter Stein. Bühne: Karl-Ernst Herrmann. Kostüme: Susanne Raschig.
Mit Wolf Redl (*Sergej Basow*), Edith Clever (*Warwara*), Ilse Ritter (*Kalerija*), Michael König (*Wlas Tschernow*), Otto Sander (*Pjotr Suslow*), Elke Petri (*Julija*), Werner Rehm (*Kirill Dudakow*), Sabine Andreas (*Olga*), Bruno Ganz (*Jakow Schalimow*), Rüdiger Hacker (*Pawel Rjumin*), Jutta Lampe (*Marja Lwowna*), Günter Lampe

(*Doppelpunkt*), Gerd Wameling (*Zamyslow*), Otto Mächtlinger (*Pustobajka*), Eberhard Feik (*Kropilkin*), Christine Oesterlein (*Sascha*)
Verfilmung der Inszenierung. Produktion: Regina Ziegler.
Regie: Peter Stein. Drehbuch: Botho Strauß. Kamera: Michael Ballhaus.
Erstaufführung 29. Januar 1976

Trilogie des Wiedersehens. Theaterstück

Band I, Seite 311

Uraufführung
Deutsches Schauspielhaus Hamburg, 18. Mai 1977
Regie: Dieter Giesing. Bühne: Hans Kleber. Kostüme: Joachim Herzog.
Mit Marlen Diekhoff (*Susanne*), Hans-Michael Rehberg (*Moritz*), Klaus Steiger (*Franz*), Harald Kuhlmann (*Answald*), Heide Grübl (*Elfriede*), Heino Karge/Frank Puttfarken (*Kläuschen*), Dietrich Mattausch (*Lothar*), Margit Carstensen (*Ruth*), Donata Höffer (*Marlies*), Wolf-Dietrich Berg (*Felix*), Anne-Marie Kuster (*Johanna*), E. O. Fuhrmann (*Richard*), Heinz-Gerhard Lück (*Martin*), Ilse Bally (*Viviane*), Klaus Pohl (*Peter*), Peter Lehmbrock (*Wärter*), Wolfgang Schröder (*Kiepert*)

Württembergisches Staatstheater Stuttgart, 11. Juni 1977
Regie: Niels-Peter Rudolph. Bühne: Susanne Raschig. Kostüme: Barbara Bilabel.
Mit Kirsten Dene (*Susanne*), Peter Brombacher (*Moritz*), Gerhard Just (*Franz*), Wolfgang Kraßnitzer (*Answald*), Rita Leska (*Elfriede*), Cristian Corell/Frank Sieber (*Kläuschen*), Gerd Kunath (*Lothar*), Barbara Nüsse (*Ruth*), Angela Schmid (*Marlies*), Volker Spahr (*Felix*), Maria Steyer (*Johanna*), Martin Schwab (*Richard*), Waldemar Schütz (*Martin*), Karin Schlemmer (*Viviane*), Peter Sattmann (*Peter*), Hans Mahnke (*Wärter*), Traugott Buhre (*Kiepert*)

Schaubühne am Halleschen Ufer, Berlin, 21. März 1978
Regie: Peter Stein. Bühne: Karl-Ernst Herrmann. Kostüme: Dagmar Niefind.

Mit Libgart Schwarz (*Susanne*), Peter Fitz (*Moritz*), Otto Mächtlinger (*Franz*), Gerd Wameling (*Answald*), Elke Petri (*Elfriede*), Ben Becker/Simone Sabato (*Kläuschen*), Werner Rehm (*Lothar*), Edith Clever (*Ruth*), Tina Engel (*Marlies*), Roland Schäfer (*Felix*), Sabine Andreas (*Johanna*), Otto Sander (*Richard*), Hans Madin (*Martin*), Christine Oesterlein (*Viviane*), Paul Burian (*Peter*), Günter Mayer (*Kiepert*)

Verfilmung der Inszenierung. Produktion: Regina Ziegler.
Regie: Peter Stein. Drehbuch: Botho Strauß. Kamera: Michael Ballhaus.
Erstaufführung 25. März 1978

Groß und klein. Szenen
Band I, Seite 403

Uraufführung
Schaubühne am Halleschen Ufer, Berlin, 8. Dezember 1978
Regie: Peter Stein, Bühne: Karl-Ernst Herrmann. Kostüme: Moidele Bickel.
Mit Edith Clever (*Lotte*) Willem Menne (*Der Mann/Paul/Bernd/Arzt*), Elke Petri (*Frau/Frau im hochgeschlossenen Kleid*), Ellen Esser (*Die dicke Frau/Frau des Türken*), Johanna Hofer (*Die Alte*), Gerhard Bienert (*Der Alte*), Udo Samel (*Gitarrenspieler/Der Junge/Albert/Alf*), Gunter Berger (*Wissenschaftlicher Assistent/Ein junger Mann/Mann im Parka*), Jutta Lampe (*Wissenschaftliche Assistentin*), Meray Ülgen (*Der Türke*), Tina Engel (*Meggys Stimme/Josefine*), Hans Madin (*Wilhelm*)

Verfilmung der Inszenierung. Produktion: Regina Ziegler.
Regie: Peter Stein. Drehbuch: Botho Strauß. Kamera: Michael Ballhaus.
Erstaufführung 20. Juni 1980

Münchner Kammerspiele, 15. Februar 1979
Regie: Dieter Dorn. Bühne und Kostüme: Jürgen Rose.
Mit Cornelia Froboess (*Lotte*), Charles Brauer (*Der Mann*), Daphne

Wagner (*Die Frau*), Ursula Reit (*Die dicke Frau*), Rosl Mayr (*Die Alte*), Clemens Scheitz (*Der Alte*), Siemen Rühaak (*Gitarrenspieler*), Edwin Noël (*Wissenschaftlicher Assistent*), Franziska Walser (*Wissenschaftliche Assistentin/Meggy*), Heide von Strombeck (*Frau im hochgeschlossenen Kleid*), Hans-Reinhard Müller (*Paul*), Arda Isimsiz (*Der Türke*), Djamchid Soheili (*Der Türke*), Jennifer Minetti (*Seine Frau*), Fred Klaus (*Ein junger Mann*), Werner Schulze-Erdel (*Der Junge*), Giulietta Odermatt (*Das Mädchen*), Heide von Strombeck (*Hausbewohner*), Jochen Striebeck (*Bernd*), Barbara Bendgens/Frauke Donath (*Hausbewohner*), Heinrich Klemp (*Hausbewohner*), Otto Kurth (*Wilhelm*), Gundi Ellert (*Josefine*), Markus Boysen (*Albert*), Peter Herzog (*Alf*), Edgar Selge (*Mann im Parka*), Hans-Günter Martens (*Arzt*)

Téâtre National Populaire, 5. Mai 1982
Grand et petit. Französisch von Claude Porcell
Regie: Claude Regy. Bühne und Kostüme: Roberto Plate.
Mit Bulle Ogier (*Lotte*), Xavier Marchand (*Schatten/Gitarrenspieler/Patient*), Gilbert Duprez (*Schatten/Paul*), Claude Degliame (*Die Frau/Josefine/Patient*), Andrzej Seweryn (*Der Mann/Alf/Patient*), Rita Maïden (*Die dicke Frau/Patientin*), Christine Boisson (*Das Zelt/Meggy/Das Mädchen/Der Arzt*), Muni (*Die Alte/Patientin*), Axel Bogousslavsky (*Der Alte/Paar/Patient*), Daniel Martin (*Wissenschaftlicher Assistent/Hausbewohner/Pfleger*) Yveline Ailhaud (*Frau im hochgeschlossenen Kleid/Paar/Die Frau des Türken/Patientin*), Maurice Teynac (*Hausbewohner/Wilhelm*), Jean-Claude Leguay (*Der Junge/Albert/Pfleger*), Yavuzer Çetinkaya (*Der Türke/Patient*), Miloud Khetib (*Ein junger Mann/Mann im Parka/Pfleger*)

Nationaltheatret Oslo, 9. Januar 1998
Stort og smått. Norwegisch von Kari und Kjell Risvik.
Regie: Katrin Telle. Bühne und Kostüme: Kathrine Hysing.
Mit Anne Krigsvoll (*Lotte*), Jan Hårstad (*Paul/Frieder*), Ole-Jörgen Nilsen (*Der Alte/Wilhelm/Arzt*), Liv Thorsen (*Die Alte*), Tone Schwarzott (*Frau im hochgeschlossenen Kleid/Meggy*), Liv Bernhoft Osa (*Die Frau/Frau des Türken*), Jan Saelid (*Gitarrenspieler/Der Junge/Albert*), Per Frisch (*Der Mann/Bernd/Mann in Parka*), Trine Wiggen (*Mädchen/Josefine*), Anders Mordal (*Nicht Frieder/Alf/Ein junger Mann*), Naci Akkök (*Der Türke*)

Kalldewey, Farce
Band II, Seite 7

Uraufführung
Deutsches Schauspielhaus Hamburg, 31. Januar 1982
Regie: Niels-Peter Rudolph. Bühne: Erich Wonder. Kostüme: Gisela Köster.
Mit Therese Affolter (*K*), Gerhard Garbers (*Zweiter Mann*), Michael Gempart (*Chef*), Hannelore Hoger (*Frau*), Gerd Kunath (*Mann*), Gabriela Nadolski (*Irene*), Barbara Nüsse (*M*), Timo Wüllner (*Kellner*)

Schaubühne am Lehniner Platz, Berlin, 19. Juni 1982
Regie: Luc Bondy. Bühne: Karl-Ernst Herrmann. Kostüme: Moidele Bickel, Andrea Schmidt-Futterer.
Mit Otto Sander (*Der Mann*), Edith Clever (*Die Frau*), Jutta Lampe (*K*), Miriam Goldschmidt (*M*), Udo Samel (*Zweiter Mann*), Ernst Stötzner (*Kellner/Chef*), Kristine Upesleja (*Ein Mädchen*)

Der Park. Schauspiel
Band II, Seite 73

Uraufführung
Freiburger Theater, 5. Oktober 1984
Regie: Dieter Bitterli. Bühne und Kostüme: Brigitte Friesz.
Mit Elenor Holder (*Helen*), Ullo von Peinen (*Georg*), Doris Wolters-Leichmann (*Helma*), Jochen Nix (*Wolf*), Hedwig Faßbender (*Titania*), Wolfram Grüsser (*Oberon*), Henning Heers (*Erstling*), Manfred Böll (*Höfling*), Werner Handrick (*Cyprian*), James Lammy (*Schwarzer Junge*), Barbara Englert (*Mädchen*), Stefan Karthaus (*1. Junge*), Klaus Lochthove (*2. Junge*), Germain Wagner (*3. Junge*), Ensemble

Münchner Kammerspiele, 13. Oktober 1984
Regie: Dieter Dorn. Bühne und Kostüme: Jürgen Rose.
Mit Maria Nicklisch (*Titania*), Peter Lühr (*Oberon*), Romuald Pekny (*Cyprian*), Tony Lawrence Moore (*Der schwarze Junge*), Cornelia Froboess (*Helen*), Edgar Selge (*Georg*), Jutta Hoffmann

(*Helma*), Manfred Zapatka (*Wolf*), Peter Herzog (*Erstling*), Jörg Hube (*Höfling*), Roswitha Soukup (*Das Mädchen*), Oliver Nitsche (*1. Junge*), Christoph Gareißen (*2. Junge*), Michael Seyfried (*3. Junge*), Arnulf Schumacher (*1. Mann*), Jochen Striebeck (*2. Mann*), Fred Klaus (*3. Mann*), Richard Beek (*Der Tod*), Wolfgang Pregler (*Der Sohn*), Karin Jungjohann (*Das Serviermädchen*), Günther Gerstner (*Der Kellner*), Felix Dieterich (*Das Kind*)

Schaubühne am Lehniner Platz, Berlin, 4. November 1984
Regie: Peter Stein. Bühne: Karl-Ernst Herrmann. Kostüme: Moidele Bickel, Andrea Schmidt-Futterer.
Mit Libgart Schwarz (*Helen*), Peter Simonischek (*Georg*), Martina Krauel (*Helma*), Roland Schäfer (*Wolf*), Jutta Lampe (*Titania*), Bruno Ganz (*Oberon*), Mathias Gnädinger (*Erstling*), Gerd Wameling (*Höfling*), Walter Schmidinger (*Cyprian/3. Mann*), Aziz N'Diaye (*Schwarzer Junge*), Corinna Kirchhoff (*Mädchen*), Max Wigger (*1. Junge*), Heikko Deutschmann (*2. Junge*), Stephan Samuel (*3. Junge*), Udo Samel (*Der Sohn*), Jochen Tovote (*Tod/2. Mann*), Greger Hansen (*1. Mann/ Kaffeehausmusikant*)

Burgtheater Wien, 2. Februar 1985
Regie: Horst Zankl. Bühne: Hans Kleber. Kostüme: Ilse Träbing.
Mit Sylvia Lukan (*Helen*), Joachim Bißmeier (*Georg*), Maresa Hörbiger (*Helma*), Wolfgang Hübsch (*Wolf*), Sonja Sutter (*Titania*), Walther Reyer (*Oberon*), Oswald Fuchs (*Erstling*), Hannes Siegl (*Höfling*), Kurt Meisel (*Cyprian*), Allan Browne (*Der schwarze Junge*), Mareile Geisler (*Mädchen/Dienstmädchen*), Ruben Albrecht (*1. Junge/Kellner*), Boris Koneczny (*2. Junge*), Thomas Wittmann (*3. Junge*), Tom Krinzinger (*Tod*), Rudolf Bissegger (*Der Sohn*)

Die Fremdenführerin. Stück in zwei Akten

Band II, Seite 171

Uraufführung
Schaubühne am Lehniner Platz, Berlin, 15. Februar 1986
Regie: Luc Bondy. Bühne: Dieter Hacker, Karl-Ernst Herrmann. Kostüme: Susanne Raschig.

Mit Corinna Kirchhoff (*Die Fremdenführerin*), Bruno Ganz (*Der Lehrer*), Stephan Maeder (*Ein junger Mann*)

Molières Misanthrop. Fassung von Botho Strauß

Band II, Seite 213

Uraufführung
Schaubühne am Lehniner Platz im Hebbel-Theater, Berlin, 20. November 1987
Regie: Luc Bondy. Bühne: Karl-Ernst Herrmann. Kostüme: Jorge Jara.
Mit Bruno Ganz (*Alceste*), Werner Rehm (*Philinte*), Renate Krössner (*Célimène*), Helga Pedross (*Éliante*), Udo Samel (*Oronte*), Elke Petri (*Arsinoé*), Stephan Bissmeier (*Acaste*), Sylvester Groth (*Clitandre*), Günter Fischer, Mathias Gnädinger, Bernhard Schütz (*Gäste*), Rolf Mautz (*Du Bois*), Peter Kremer (*Ein Offizier*)

Deutsches Schauspielhaus Hamburg, 20. September 2002
Regie: Jan Bosse. Bühne: Stéphane Laimé. Kostüme: Kathrin Plath.
Mit Edgar Selge (*Alceste*), Christiane von Peolnitz (*Célimène*), Jörg Ratjen (*Philinte*), Samuel Weiss (*Oronte*), Lena Stolze (*Arsinoé*), Mira Bartuschek (*Éliante*), Ben Daniel Jöhnk (*Acaste/Clitandre*), Frank Kienitz (*Ein Diener*)

Besucher. Komödie

Band II, Seite 261

Uraufführung
Münchner Kammerspiele, 6. Oktober 1988
Regie: Dieter Dorn. Bühne und Kostüme: Jürgen Rose.
Mit Axel Milberg (*Maximilian Steinberg*), Heinz Bennent (*Karl Joseph/Fotograf*), Cornelia Froboess (*Edna Gruber*), Sibylle Canonica (*Lena*), Wolfgang Pregler (*Volker*), Jochen Striebeck (*Pförtner/Mann mit Lautsprecherstab*), Irene Clarin (*Redakteurin/Garderobenfrau*), Katja Riemann (*Die Blinde/Fotomodell*), Peter Herzog (*Barmann/*

Wurfbudenmann), Michael von Au (*Junger Mann/Max-Double*), Jens Daniel Herzog (*Mann im Foyer*), Daniela Lukas (*Frau im Foyer*), Ulrike Willenbacher, Martin Flörchinger, Heinrich Klemp (*Stimmen*)

Teatro Eliseo, Rom/Produzione Teatro Stabile di Torino, 10. Oktober 1989
Visitatore Spettatori. Italienisch von Roberto Menin
Regie: Luca Ronconi. Bühne: Margherita Palli. Kostüme: Ambra Danon.
Mit Franco Branciaroli (*Maximilian Steinberg*), Umberto Orsini (*Karl Joseph/Fotograf*), Lidia Koslovich (*Edna Gruber*), Valentina Sperli (*Lena*), Antonello Fassari (*Volker*), Lorenzo Milanesio (*Pförtner/Mann mit Lautsprecherstab*), Renata Palminiello (*Redakteurin/Fotomodell/Garderobenfrau*), Gabriella Zamparini (*Die Blinde*), Antonio Juorio (*Barmann/Wurfbudenmann*), Filippo Gili (*Ein junger Mann/Mann im Foyer*), Irene Noce (*Frau im Foyer*)

Thalia Theater Hamburg, 18. November 1989
Regie und Bühne: Wilfried Minks. Kostüme: Margit Koppendorfer.
Mit Christian Grashof (*Maximilian Steinberg*), Will Quadflieg (*Karl Joseph/Fotograf*), Elisabeth Schwarz (*Edna Gruber/Stimme im Lautsprecherstab*), Charlotte Schwab (*Lena/Frau im Foyer*), Christoph Bantzer (*Volker*), Lothar Rehfeldt (*Pförtner*), Marina Wandruszka (*Redakteurin*), Claudia Kaske (*Die Blinde*), Fritz Lichtenhahn (*Barmann/Wurfbudenmann*), Rhoda Tretow (*Fotomodell*), Christian Gau (*Junger Mann*), Katharina Matz (*Garderobenfrau*), Alexander Wagner (*Mann im Foyer*), Michael Heicks (*Max-Double*), Alexander Wagner (*Mann mit Lautsprecherstab*), Ingrid Andree, Jürgen Flimm, Elisabeth Gabriel (*Stimmen*)

Die Zeit und das Zimmer

Band II, Seite 319

Uraufführung
Schaubühne am Lehniner Platz, Berlin, 8. Februar 1989
Regie: Luc Bondy. Bühne: Richard Peduzzi. Kostüme: Susanne Raschig, Dorothée Uhrmacher.

Mit Peter Simonischek (*Julius*), Udo Samel (*Olaf*), Libgart Schwarz (*Marie Steuber*), Michael König (*Der Mann ohne Uhr*), Tina Engel (*Die Ungeduldige*), Gerd Wameling (*Frank Arnold*), Sabine Wegner (*Die Schlaffrau*), Werner Rehm (*Der Mann im Wintermantel*), Ernst Stötzner (*Der völlig Unbekannte*), Uwe Hacker (*Der Mann am Fenster*), Jutta Lampe (*Eine Stimme*)

L'Odéon-Théâtre de l'Europe, Paris, 4. Oktober 1991
Le temps et la chambre. Französisch von Michel Vinaver
Regie: Patrice Chéreau. Bühne: Richard Peduzzi. Kostüme: Moidele Bickel.
Mit Bernard Verley (*Julius*), Pascal Greggory (*Olaf*), Anouk Grinberg (*Marie Steuber*), Marc Betton (*Der Mann ohne Uhr*), Bulle Ogier (*Die Ungeduldige*), Roland Blanche (*Frank Arnold*), Laurence Côte (*Die Schlaffrau*), Jean-Pierre Moulin (*Der Mann im Wintermantel*), Marc Citti (*Der völlig Unbekannte*), Pedro Pablo Naranjo (*Der Mann am Fenster*), Jeanne Moreau (*Eine Stimme*)

Kungliga Dramatiska Teatern, Stockholm, 20. März 1993
Rummet och Tiden. Schwedisch von Per Erik Wahlund
Regie: Ingmar Bergman. Bühne und Kostüme: Mette Möller.
Mit Lena Endre (*Marie Steuber*), Erland Josephson (*Julius*), Per Mattsson (*Olaf*), Mats Bergman (*Der Mann ohne Uhr*), Gerthi Kulle (*Die Ungeduldige*), Hans Klinga (*Frank Arnold*), Marie Richardson (*Die Schlaffrau*), Björn Granath (*Der Mann im Wintermantel*), Carl-Magnus Dellow (*Der völlig Unbekannte*)

Sieben Türen. Bagatellen

Band II, Seite 359

Uraufführung
Stadsteater Stockholm, 20. November 1988
Sju Dörrar. Schwedisch von Monica Ohlsson
Regie: Jan Maagaard. Bühne: Johannes Leiacker. Kostüme: Jutta-Imelda Kanneberger.
Torsten Wahlund (*Erster Mann/Zweiter Mann/Der Strafgefangene/Leibwächter/Bruder Johann*), Anders Ahlbom (*Zweiter*

Mann/Der Mann), Johan H:son Kjellgren (*Der Bote/Der Regisseur/Verkäufer/Er/Bruder Ferdy*), Lasse Petterson (*Der Mann/Erster Mann/Das Nichts/Parkwächter/Der Leise*), Lilian Johansson (*Mieter/Zweite Polizistin/Colombine*), Anders Nyström (*Vorstandsvorsitzender/Der Mahner und Warner/Selbstmörder/Kaiser Julian*), Anita Ekström (*Die Frau/Erste Kundin*), Gun Arvidsson (*Die Dame mit dem Mikrofon/Zweite Kundin/Die Interviewerin*), Lena T Hansson (*Erste Polizistin/Sie/Die Zufriedene*), Eva Stenson (*Dritte Kundin/Das Mädchen/Flickan*), Johan Hellström (*Der junge Mann*)

Deutschsprachige Erstaufführung
Wiener Burgtheater, 12. Dezember 1988
Regie: Alexander Seer. Bühne und Kostüme: Katrin Brack.
Mit Johann Adam Oest (*Der Mieter/Der Mahner und Warner/Parkwächter/Der Leise/Das Nichts*), Günter Einbrodt (*Der Vorstandsvorsitzende/Verkäufer/Der Strafgefangene/Der Selbstmörder/Kaiser Julian*), Karl Menrad (*Der Regisseur/Zweiter Mann/Der Bote/Bruder Ferdy*), Elisabeth Augustin (*Die Frau*), Florentin Groll (*Der Mann*), Ulli Fessl (*Die Dame mit dem Mikrofon/Die Interviewerin*), Oliver Stern (*Erster Mann/Leibwächter/Er/Bruder Johann*), Therese Affolter (*Sie/Colombine*), Oda Thormeyer/Ulrike Beimpold (*Das Mädchen*), Michaela Galli (*Die Zufriedene*)

Deutsche Erstaufführung
Münchner Kammerspiele, 16. Dezember 1988
Regie: Dieter Dorn. Bühne und Kostüme: Jürgen Rose.
Mit Maria Nicklisch (*Vorspruch*), Manfred Zapatka (*Der Vorstandsvorsitzende/Der Mann/Leibwächter/Er*), Peter Herzog (*Der Mieter/Der Strafgefangene/Der Leise*), Wolfgang Pregler (*Der Regisseur/Erster Mann/Der Bote*), Cornelia Froboess (*Die Frau/Sie*), Irene Clarin (*Die Dame mit dem Mikrofon/Die Interviewerin*), Heinz Bennent (*Herr Gorschinski/Parkwächter/Selbstmörder/Bruder Ferdy*), Axel Milberg (*Zweiter Mann/Bruder Johann*), Michael von Au (*Junger Verkäufer/Das Nichts/Colombine*), Jochen Striebeck (*Der Mann/Kaiser Julian*), Katja Riemann (*Das Mädchen*), Heli-Maria Lickint (*Die Zufriedene*)

Schlußchor. Drei Akte

Band II, Seite 411

Uraufführung

Münchner Kammerspiele, 1. Februar 1991

Regie: Dieter Dorn. Bühne und Kostüme: Jürgen Rose.

Mit Hans-Joachim Mann (*Der Fotograf*), Anna Steffens (*Die Frau*), Manfred Zapatka (*Chor/Lorenz*), Sunnyi Melles (*Delia*), Petra Einhoff (*Chor/Die Frau in Schilfgrün*), Stefan Hunstein (*Chor/Der bittere Mann*), Bettina Hauenschild (*Chor/Die Unbedachte*), Fred Klaus (*Chor/Der Mann mit Zigarre*), Daphne Wagner (*Chor/Die Frau mit Hut*), Alois Maria Giani (*Der Versprochene*), Ellen Frank (*Chor/Die Versprochene*), Michael Seyfried (*Chor/Der gewandte Mann*), Rudolf Wessely (*Chor/Der Rufer*), Heide von Strombeck (*Chor/Die Beleibte*), Michael von Au (*Chor/Der unerhört Häßliche*), Franziska Walser (*Chor/Henriette*), Hans Drahn (*Chor/Der hagere Mann*), Gisela Stein (*Chor/Anita von Schastorf*), Elfriede Kuzmany (*Chor/Ihre Mutter*), Otto Kurth (*Chor/Der Leser*), Ulrich Matthes (*Chor/Patrick*), Irene Clarin (*Chor/Ursula*), Michael Tregor (*Chor/Der Wirt*), Stefani Jarke (*Chor/Solveig*), Helmut Pick (*Chor/Rudolf*), Jochen Striebeck (*Chor/Der Blouson-Mann*), Ulrike Willenbacher (*Chor/Die Blouson-Frau*)

Schaubühne am Lehniner Platz, Berlin, 4. Februar 1992

Regie: Luc Bondy. Bühne: Erich Wonder. Kostüme: Susanne Raschig, Dorothée Uhrmacher.

Mit Otto Sander (*Fotograf/Lorenz*), Corinna Kirchhoff (*Die Frau/Delia*), Christoph Marti (*Chor/Die Frau in Schilfgrün*), Dörte Lyssewski (*Chor/Die Unbedachte/Solveig*), Ernst Stötzner (*Chor/Der bittere Mann/Patrick*), Werner Rehm (*Chor/Mann mit Zigarre/Rudolf*), Elke Petri (*Die Frau mit Hut*), Hans Diehl (*Chor/Der Versprochene/Der Leser*), Carola Regnier (*Chor/Die Versprochene*), Uwe Kockisch (*Chor/Der gewandte Mann/Der Blouson-Mann*), Rainer Philippi (*Chor/Der Rufer*), Swetlana Schönfeld (*Chor/Die Beleibte/Die Blouson-Frau*), Günter Zschäckel (*Chor/Der Häßliche/Der Wirt*), Birgit Apostel/Anna-Maria Gadebusch (*Freundin des Häßlichen*), Joanne Gläsel (*Chor/Henriette*), Ulrich Haß (*Chor/Der Hagere*), Jutta Lampe (*Chor/Anita von Schastorf*), Joana Maria Gorvin (*Chor/Die Mutter*)

Angelas Kleider. Nachtstück in zwei Teilen

Band II, Seite 465

Uraufführung
Schauspielhaus Graz/Steirischer Herbst, 4. Oktober 1991
Regie: Leander Haußmann. Bühne: Bernhard Kleber. Kostüme: Wally Lindner-Badstübner.
Mit Anja Klein (*Angela/III. Weltfremde*), Sabine Werner (*Melanie*), Ute Radkohl (*Angelas Mutter/II. Weltfremde*), Otto David (*Der Vater*), Olaf Weißenberg (*Der Kahlschädel/V. Weltfremder*), Andreas Sindermann (*Ulrich*), Franz Friedrich (*Der Schließer*), Marianne Kopatz (*Frau Behrend*), Götz Argus (*Der Strandaufseher/IV. Weltfremder*), Dietrich Schlederer (*Peregrinus/II. Weltfremder*), Martin Tessen (*I. Weltfremder*), Clemens Richert (*III. Weltfremder*), André Buderek (*I. Weltfremde*), Florian Erker (*IV. Weltfremde*), Jens Schäfer (*Der Kauernde*), Renate Jett (*Nackte Frau*), Ensemble

Das Gleichgewicht. Stück in drei Akten

Band III, Seite 7

Uraufführung
Landestheater, Salzburger Festspiele, 26. Juli 1993
Regie: Luc Bondy. Bühne: Karl-Ernst Herrmann. Kostüme: Eva Dessecker.
Mit Martin Benrath (*Christoph Groth*), Jutta Lampe (*Lilly Groth*), Michael Maertens (*Markus Groth*), Martin Schwab (*Gregor Neuhaus*), Kirsten Dene (*Marianne Abel*), Hans Peter Hallwachs (*Jacques Le Cœur*), Fritz Lichtenhahn (*Der Mann vom Grünstreifen*), Jörg Holm (*Burckhard*), Gerd Wameling (*Carsten*), Michael Gempart (*Mickey Mouse*), Luise Poustka (*Mädchen mit Trapperfellmütze*), Miriam Maertens (*Zeitungsmädchen*), Henriette Cejpek (*Abfallpflückerin*), Ariane Payer (*Fensterputzerin*)

Deutsche Erstaufführung
Deutsches Theater, Berlin, 19. Februar 1994
Regie: Thomas Langhoff. Bühne und Kostüme: Peter Schubert.

Mit Jürgen Hentsch (*Christoph Groth*), Dagmar Manzel (*Lilly Groth*), Guntram Brattia (*Markus Groth*), Christian Grashof (*Gregor Neuhaus*), Jutta Wachowiak (*Marianne Abel*), Jörg Gudzuhn (*Jacques Le Cœur*), Reimar Johannes Baur (*Der Mann vom Grünstreifen*), Thomas Neumann (*Carsten*), Karl Kranzkowski (*Burckhard*), Cathlen Gawlich (*Mädchen mit Trapperfellmütze*), Grit Mehnert (*Fensterputzerin*), Stefanie Stappenbeck (*Zeitungsmädchen*), Heidrun Perdelwitz (*Abfallpflückerin*), Lutz Schneider (*Mickey Mouse*)

Ithaka. Schauspiel nach den Heimkehr-Gesängen der Odyssee

Band III, Seite 73

Uraufführung
Münchner Kammerspiele, 19. Juli 1996
Regie: Dieter Dorn. Bühne und Kostüme: Jürgen Rose.
Mit Sibylle Canonica (*Pallas Athene*), Bruno Ganz (*Odysseus*), Gisela Stein (*Penelope*), Jens Harzer (*Telemach*), Martin Flörchinger (*Laertes*), Heide von Strombeck (*Eurykleia*), Oliver Nägele (*Eumaios*), Joe Darouiche (*Phemios*), Christian Lerch (*Medon*), Peter Bachmayer (*Iros*), Michael von Au (*Antinoos*), Stephan Kampwirth (*Eurymachos*), Stefan Hunstein (*Amphinomos*), Matthias Eberth (*Ktesippos*), Michael Tregor (*Elatos*), Robert Dölle (*Leiodes*), Arnulf Schumacher (*Leiokritos*), Olaf Danner (*Amphimedon*), Christian Doll (*Demoptolemos*), Heiko Dietz (*Agelaos*), Horst Kotterba (*Euryades*), Barbara Bauer, Ines Buchmann, Beatrix Doderer, Gabi Geist, Jessica Higgins, Nicole Kersten, Eva Mende, Birgit von Rönn, Anke Schwiekowski, Ursula Simon (*Mägde*), Annika Pages (*Knie*), Bettina Hauenschild (*Schlüsselbein*), Stefani Jarke (*Handgelenk*), Rolf Boysen (*Stimme des Zeus*)

Deutsches Theater, Berlin, 5. April 1997
Regie: Thomas Langhoff. Bühne: Karl-Ernst Herrmann. Kostüme: Andrea Schmidt-Futterer.
Mit Ulrike Krumbiegel (*Pallas Athene*), Dieter Mann (*Odysseus*), Dagmar Manzel (*Penelope*), Guntram Brattia (*Telemach*), Rolf

Ludwig (*Laertes*), Carla Hagen (*Eurykleia*), Udo Kroschwald (*Eumaios*), Uwe Hilprecht (*Phemios*), Kay Schulze (*Medon*), Dietmar Lahaine (*Iros*), Götz Schubert (*Antinoos*), Thomas Dannemann (*Eurymachos*), Bernd Stempel (*Amphinomos*), Thomas Bading (*Ktesippos*), Michael Walke (*Elatos*), Stephan Grossmann (*Leiodes*), Falk Rockstroh (*Leiokritos*), Michael Gerber (*Amphimedon*), Rudolf Trommer (*Demoptolemos*), Pascal André Lalo (*Agelaos*), Michael Schweighöfer (*Euryades*), Heidrun Perdelwitz (*Melantho*), Franziska Hayner (*Autonoe*), Ines Schweighöfer (*Hippodameia*), Barbara Schnitzler (*Psyria*), Daphne Moore (*Eriphyle*), Lenja Brosch, Rita Engelmann, Brunhild Mielke, Verena Paul, Silvia Sadowski, Mithra Zahedi (*weitere Mägde*), Gabriele Heinz (*Knie*), Eva Weißenborn (*Schlüsselbein*), Simone von Zglinicki (*Handgelenk*), Kurt Böwe (*Stimme des Zeus*)

Jeffers-Akt I und II

Band III, Seite 153

Uraufführung
Hebbel-Theater, Berlin, 21. April 1998
Regie: Edith Clever. Bühne: Michael Simon. Kostüme: Susanne Raschig.
Jeffers-Akt I: Mit Bruno Ganz (*Robinson Jeffers*), Edith Clever (*Una Jeffers*)
Jeffers-Akt II: Mit Inge Keller (*Sarah Ferguson*), Werner Dissel (*Andrew Ferguson*), Bruno Ganz (*Bruce Ferguson*), Roland Schäfer (*Allen Ferguson*), Karoline Eichhorn (*Fawn*), Frank Riede (*Red O'Neil*), Claus Stahnke (*Sam Barret*), Martina Krauel (*Mary Monahan*), Anna Kita (*Brenna Morgan*), Corinna Kirchhoff (*Mara*), Andreas Borucki (*Howard*), Daniel Friedrichs (*Johnny Garcia*), Heinrich Heimpel, Michael Jaksch (*Vargas-Brüder*)

Die Ähnlichen. Moral Interludes

Band III, Seite 207

Uraufführung

Theater in der Josefstadt, Wien/Wiener Festwochen, 6. Juni 1998

Regie: Peter Stein. Bühne: Ferdinand Wögerbauer. Kostüme: Moidele Bickel.

Mit Jutta Lampe (*Agathe*), Mirjam Ploteny (*Vilma/Else Seegast/Ost*), Dörte Lyssewski (*Magda/Odile*), Robert Hunger-Bühler (*Rüdiger/Randfigur*), August Zirner (*Christian Seegast/West/Herr Jelke*), Daniel Friedrich (*Christoph Seegast/Ost/Arzt*), Alfred Reiterer (*Bankier Heinz*), Gudrun Velisek (*Bankiersgattin*), Johann Adam Oest (*Stiftungsratsvorsitzender/Randfigur/Er/Der Gast*), Roswitha Soukup (*Gattin des Stiftungsratsvorsitzenden/Annkatrin*), Stefan Puntigam (*Randfigur/Björn*), Marianne Curn/Raphaela Wirth (*Mia Unstern*), Maria Köstlinger (*Frau mit Baby*)

Der Kuß des Vergessens. Vivarium Rot

Band III, Seite 285

Uraufführung

Schauspielhaus Zürich, 28. November 1998

Regie: Matthias Hartmann. Bühne: Karl-Ernst Herrmann. Kostüme: Su Bühler.

Mit Anne Tismer (*Ricarda*), Otto Sander (*Herr Jelke*), Barbara Melzl (*Annkattrin*), Burghart Klaussner (*Lukas*), Alfred Herms (*männlich: C*), Marcus Bluhm (*männlich: D*), Peter Niklaus Steiner (*männlich: E*), Kathrin Brenk (*weiblich: 3*), Susanne Gärtner (*weiblich: 4*), Sibylle Courvoisier (*weiblich: 5*), Karsten Rühl (*Wechsler: FM6*), Barbara Klimo, Ludmilla Stucki (*Zwei junge Mädchen*), Alexandra Camilla Schär (*Die Stimme des jungen Mädchens*), Erna Brünell (*Die Stimme der Greisin*)

Lot*phantasie*
Band III, Seite 341

Uraufführung
Rabenhof, Theater in der Josefstadt/Wiener Festwochen, 30. Mai 1999
Regie: Luc Bondy. Bühne: Gilles Aillaud, Claudia Jenatsch. Kostüme: Marianne Glittenberg.
Mit Katharina Schubert (*Abbia*), Marianne Hamre Scheicher (*Zibbia*), Hans Diehl (*Lot*), Wolfgang Michalek (*Der Fremde*), Gert Voss (*Stimme Die Röhre*)

Der Narr und seine Frau heute abend in *Pancomedia*
Band IV, Seite 7

Uraufführung
Schauspielhaus Bochum, 7. April 2001
Regie: Matthias Hartmann. Bühne: Erich Wonder. Kostüme: Su Bühler.
Mit Dörte Lyssewski (*Sylvia Kessel*), Tobias Moretti (*Zacharias Werner*), Felix Vörtler (*Empfangschef/Angestellter/Elmar Kitz/Greis/Ein später Gast*), Matthias Leja (*Herr Schill/Schwager Oswald/Der Liebhaber*), Annelore Sarbach (*Frau Schill/Bewerberin 9/Papierfabrikantin/Beate/Die Ehefrau/Kritische Leserin*), Alfred Herms (*Leser/Gregor/Onkel Bernd*), Thomas Limpinsel (*Verkaufsleiter/Angestellter/Hotelgast/Lothar/Er/Pulk*), Volker Weidlich (*Ein Gast/Nachtportier/Ein Holger/Busfahrer/Pulk*), Tana Schanzara (*Ein älterer Mann/Eine alte Frau*), Margit Carstensen (*Seine Frau/Bewerberin 4/Phintys/Fröstelnde Leserin*), Peter Raffalt (*Ein anderer Besucher/Angestellter/Greis/Er 1/Pulk*), Martina Eitner-Acheampong (*Seine Begleiterin/Bewerberin 3/Greis/Jodie/Seine Mutter/Auflachende Leserin II*), André Meyer (*Bunter Junge/Angestellter/Zweiter Kellner/Greis/Engel*), Franz Xaver Zach (*Ein Skeptiker/Erster Kellner/Hausdetektiv/Der Ehemann*), Angelika Richter (*Die Begleiterin/Bewerberin 8/Liftboy/Seine Begleiterin*), Friederike Wagner (*Die Unruhige/Bewerberin 6/Anja/Einschlafende Leserin*), Patrick Heyn (*Der Bruder/Angestellter/Greis/Zwei-*

ter später Gast/Er 2/Er/Pulk), Jele Brückner (*Brünette/Bewerberin 2/Greis/Frau am Nebentisch/Sie/Pulk*), Alexander Maria Schmidt (*Ein Besucher/Ihr Kompagnon/Greis/Felix/Ein Mann*), Lena Schwarz (*Heike/Saaltochter/Auflachende Leserin*), Jost Grix (*Livrierter Junge/Greis/Der echte Liftboy*), Diana Maria Breuer (*Pulk/Bewerberin 1/Proserpina/Elke/Leserin in Trance*), Veronika Bayer (*Eine Angstellte/Agrypnia/Kurzsichtige Leserin*), Susanne Gärtner (*Bewerberin 5/Ina Schmölling-Knecht/Wütende Leserin*), Chris Hohenester (*Bewerberin 7/Jennifer/Sie 2/Sie*), Sophie Engert (*Bewerberin 10/Greis/Emilie/Kerstin/Die Buchfee/Sie*), Fritz Schediwy (*Alfredo*), Ernst Stötzner (*Vittorio*), Jakob Fedler/Mario von Grumbkow (*Konstantin*), Matthias Leja (*Schwager Oswald/Der Liebhaber*), Alexandra Liedtke (*Essende Leserin*)

Residenz Theater München, 24. April 2002
Regie: Dieter Dorn. Bühne und Kostüme: Stefan Hageneier.
Mit Anna Schudt (*Sylvia Kessel*), Jens Harzer (*Zacharias Werner*), Uli Diehl (*Chauffeur/Kellner*), Stefan Hunstein (*Empfangschef/Greis/Schwager Oswald/Er III*), Alfred Kleinheinz (*Herr Schill/Greis/Ein Hotelgast/Der Mann*), Barbara Melzl (*Frau Schill/Die sechste Bewerberin/Die Papierfabrikantin/Anja/Die Frau/Die Mutter/Die wütende Leserin*), Richard Beek (*Der Leser/Die Buchfee*), Stefan Wilkening (*Der Verkaufsleiter/Angestellter III/Ein Holger*), Peter Herzog (*Der Gast/Der Hausdetektiv/Er I/Der Mann/Greis*), Ulrike Willenbacher (*Jennifer/Die erste Bewerberin/Ein Angestellte/Phintys/Sie II/Die Leserin in Trance*), Sibylle Canonica (*Jodie/Die siebte Bewerberin/Agrypnia/Emilie/Sie III/Die kritische Leserin*), Helmut Pick (*Ein älterer Mann/Der Nachtportier/Onkel Bernd*), Eva Schuckardt (*Seine Frau/Die vierte Bewerberin/Proserpina/Eine alte Frau/Die Frau vom Nebentisch/Sie I/Die Frau/Greisin/Die einschlafende Leserin*), Gerd Anthoff (*Ein anderer Besucher/Erster Kellner/Greis/Gregor/Ein Lothar*), Juliane Köhler (*Seine Begleiterin/Die fünfte Bewerberin/Ina Schmölling-Knecht/ Beate/Die essende Leserin*), Robert Joseph Bartl (*Bunter Junge/Greis/Elmar Kitz/Engel*), Peter Albers (*Ein Skeptiker/Greis/Felix/Der Busfahrer*), Tanja Schleiff (*Die Begleiterin/Die dritte Bewerberin/Blondine/Liftboy/Begleiterin des Holger/Die sehr kurzsichtige Leserin*), Annika Pages (*Die Unruhige/Die neunte Bewerberin/Elke/Eine mit Handy*), Heiko Ruprecht (*Der Bruder/Angestellter II/Greis/Ha-*

rald/Ein Mann), Anna Riedl (*Die Brünette/Die achte Bewerberin/Kattrin/Die auflachende Leserin*), Arnulf Schumacher (*Ein Besucher/Greis/Ein zweiter später Gast/Er II*), Thomas Loibl (*Sein Freund/Angestellter I/Zweiter Kellner/Greis/Ein später Gast/Der Liebhaber*), Oliver Möller (*Ein livrierter Junge/Greis/Konstantin/Der echte Liftboy*), Eva Gosciejewicz (*Heike/Die zweite Bewerberin/Saaltochter*), Lisa Wagner (*Die zehnte Bewerberin/Kerstin/Die fröstelnde Leserin*), Rainer Bock (*Sylvias Kompagnon/Greis/Albert Brigg*), Fred Stillkrauth (*Greis/Vittorio*), Rudolf Wessely (*Greis/Vittorio*)

Unerwartete Rückkehr

Band IV, Seite 137
Uraufführung
Berliner Ensemble, 9. März 2002
Regie: Luc Bondy. Bühne: Wilfried Minks. Kostüme: Moidele Bickel. Mit Peter Fitz (*Der Mann*), Dagmar Manzel (*Die Frau*), Nina Hoss (*Seine Freundin*), Robert Hunger-Bühler (*Der andere Mann*)

Die eine und die andere. Stück in zwei Akten

Band IV, Seite 187

Uraufführung
Residenz Theater, München, 27. Januar 2005
Regie: Dieter Dorn. Bühne und Kostüme: Jürgen Rose.
Mit Cornelia Froboess (*Insa Breydenbach*), Gisela Stein (*Elisabeth Kelch*), Juliane Köhler (*Elaine Breydenbach*), Jens Harzer (*Timm Kelch*), Stefan Wilkening (*Ein Verkäufer/Nagel*), Lukas Eichhammer/Raphael Gehrmann (*Ein Kapuzenjunge*), Katharina Gebauer (*Schwamm*), Burchard Dabinnus (*Ein dürrer Mann*), Thomas Holtzmann (*Henrik*), Berivan Kaya (*Eine junge Frau*)

Berliner Ensemble, 24. März 2005
Regie: Luc Bondy. Bühne: Karl-Ernst Herrmann. Kostüme: Rudy Sabounghi.

Mit Edith Clever (*Insa Breydenbach*), Jutta Lampe (*Elisabeth Kelch*), Dörte Lyssewski (*Elaine Breydenbach*), Sebastian Rudolph (*Timm Kelch*), Rainer Philippi (*Ein Verkäufer*), Ronny Tomiska (*Ein Kapuzenjunge*), Sonja Grüntzig (*Schwamm*), Oliver Urbanski (*Nagel*), Gerold Ströher (*Marc Pulczynski*), Axel Werner (*Ein dürrer Mann*), Gerd Kunath (*Henrik*), Mareile Blendl (*Eine junge Frau*)

Nach der Liebe beginnt ihre Geschichte

Band IV, Seite 239

Uraufführung
Schauspielhaus Zürich, 16. September 2005
Regie: Matthias Hartmann. Bühne: Karl-Ernst Herrmann. Kostüme: Su Bühler.
Mit: Robert Hunger-Bühler (*Astel*), Corinna Kirchhoff (*Kiro*), Karin Pfammatter (*Celia*), Marcus Burkhard (*Der Elektriker/Der Wächter*), Jörg Pohl (*Der Azubi/Toni*), Franziska Walser (*Der eitle Gelehrte/Besitzerin/Anonyme Frau/Die Chinchillafrau*), Jean-Pierre Cornu (*Der Kosmiker/Der Ingenieur*), Tomas Flachs Nóbrega (*Der Affektmensch/Ein Bewerber/Der kleine Stanley*), Nele Rosetz (*Undula*), Katja Hensel (*Tini/Verkäuferin/Anonyme Frau/Warzen-Parze*), Miriam Maertens (*Elke/Anonyme Frau/Warzen-Parze*), Lina Beckmann (*Petra/Anonyme Frau/Warzen-Parze/Felicitas*), Christian Heller (*Hans/Kiros Double*), André Meyer (*Dirk/ Liebespaar*), Marcus Kiepe (*Sören/Der Gescholtene*), Gottfried Breitfuss (*Lambert/Der Kahlkopf/Der Wärter*), Cathérine Seifert (*Anonyme Frau/Liebespaar/Nesrin*)

Schändung. Nach dem »Titus Andronicus« von Shakespeare

Band IV, Seite 301

Uraufführung
Viol. Französisch von Michel Vinaver und Barbara Grinberg
L'Odéon – Théâtre de l'Europe, Paris, 6. Oktober 2005
Regie: Luc Bondy. Bühne: Lucio Fanti. Kostüme: Rudy Sabounghi.
Mit Marcial Di Fonzo Bo (*Saturnin*), Reanud Bécard (*Bassian*), Gérard Desarthe (*Titus Andronicus*), Dörte Lyssewski (*Lavinia*), Christine Boisson (*Tamora*), William Nadylam (*Aaron*), Joseph Menant (*Demetrius*), Louis Garrel (*Chiron*), Xavier Clion (*Ausrufer/Soldat*), Laurence Cordier (*Eine junge Mutter*), Marina Foïs (*Monica/Regisseurin*), Marie-Laure Crochant (*Der Knabe Lukas*), Roch Leibovici (*Ausrufer/Soldat*), Jérôme Nicolin (*Ausrufer*), Ensemble

Deutsche Erstaufführung
Berliner Ensemble, 28. Januar 2006
Regie: Thomas Langhoff. Bühne und Kostüme: Andrea Schmidt-Futterer.
Mit Veit Schubert (*Saturnin*), Tillbert Strahl-Schäfer (*Bassian*), Jürgen Holtz (*Titus Andronicus*), Christina Drechsler (*Lavinia*), Sylvie Rohrer (*Tamora*), Markus John (*Aaron*), Marko Schmidt (*Alarbus*), Alexander Doering (*Demetrius*), Thomas Niehaus (*Chiron*), Sonja Grüntzig (*Monika/Regisseurin/Probandin*), Anke Engelsmann (*Eine junge Mutter*), Edin Hasanovic/Markus Roland/Gustaf Willnauer (*Der Knabe Lukas/Mutius*), Ruth Glöss, Charlotte Müller, Heinrich Buttchereit, Karsten Gaul, Michael Kinkel, Peter Luppa, Detlef Lutz, Ronny Tomiska, Georgios Tsivanoglou (*Gesellschaft von Nachtschwärmern*), Andreas Christ, Denis Desiré Geyersbach, Mirco Kreibich, Ilja Niederkirchner (*Ausrufer und Soldaten*), Alexander Nardini, Mario May/Florian Anders (*Soldaten*)

Bochumer Schauspielhaus, 12. April 2006
Regie: Elmar Goerden. Bühne: Silvia Merlo, Ulf Stengl. Kostüme: Lydia Kirchleitner.
Mit Peter Kremer (*Saturnin*), Mark Oliver Bögel (*Bassian*), Bruno Ganz (*Titus Andronicus*), Louisa Stroux (*Lavinia*), Ulli Maier (*Tamora*), Martin Rentzsch (*Aaron*), Thorsten-Kai Botenbender (*Alar-*

bus), Alexander Maria Schmidt (*Demetrius*), Henning Hartmann (*Chiron*), Christine Schönfeld (*Monica/Regisseurin/Probandin/Eine junge Mutter*), Christoph Pütthoff (*Der Knabe Lukas/Mutius/Lucius*), Claude De Demo, Lena Schwarz, Michael Lippold, Klaus Weiss (*Ausrufer*), Clemens Becker, Peter Dieling, Hendrik Goldhammer, Thomas Koppenschläger, Chrstian Paul (*Soldaten*)

Botho Strauß im dtv

»Botho Strauß ist und bleibt der große Zeitgenosse unter den deutschen Gegenwartsautoren.«
Volker Hage

Beginnlosigkeit
Reflexionen über Fleck und Linie

ISBN 3-423-**12358**-3

Ithaka
Schauspiel nach den Heimkehr-Gesängen der Odyssee

ISBN 3-423-**12595**-0

Die Fehler des Kopisten

ISBN 3-423-**12656**-6

So viel Vorgeschmack auf die Hölle. So wenig Nachgeschmack vom Paradies. Die Geschichte einer stummen, »vorsprachlichen« Liebe.

Die Ähnlichen
Der Kuß des Vergessens
Zwei Theaterstücke

ISBN 3-423-**12834**-8

Das Partikular

ISBN 3-423-**13031**-8

»Das Dilemma, dem Strauß immer aufs Neue nachspürt, ist die Frage, wie nah man einander kommen kann, ohne sich aus den Augen zu verlieren.« (U. Greiner in der ›Zeit‹)

Der Narr und seine Frau heute abend in *Pancomedia*

ISBN 3-423-**13274**-4

»Das gibt es also doch noch: große, wachrüttelnde, ja ergreifende Kunst im deutschen Gegenwartstheater.« (Focus) Ein entlarvender Blick auf unsere Gesellschaft.

Die Nacht mit Alice, als Julia ums Haus schlich

ISBN 3-423-**13399**-6

»Botho Strauß ist der große Dichter der Anarchie der Gefühle.« (Ijoma Mangold in der ›Süddeutschen Zeitung‹).

Diese Erinnerung an einen, der nur einen Tag zu Gast war
Gedicht

ISBN 3-423-**19007**-8

Botho Strauß im dtv

»Ein Erzähler, der für Empfindungen der Liebe Bilder von einer Eindringlichkeit findet, wie sie in der zeitgenössischen Literatur ungewöhnlich sind.«
Rolf Michaelis

Die Widmung
Eine Erzählung
ISBN 3-423-**10248**-9
»Die Geschichte einer Trennung überrascht nicht nur durch sprachlichen und gedanklichen Reichtum, sondern auch durch Humor.« (Rolf Michaelis)

Paare, Passanten
ISBN 3-423-**10250**-0
Ein Mosaik unserer Medien- und Konsumgesellschaft.

Kalldewey
Farce
ISBN 3-423-**10346**-9
Abbild unserer Wirklichkeit, Seelendrama und Psychofarce.

Rumor
Roman
ISBN 3-423-**10488**-0
Die Lebenskrise eines Intellektuellen.

Die Hypochonder
Bekannte Gesichter, gemischte Gefühle
Zwei Theaterstücke
ISBN 3-423-**10549**-6

Der junge Mann
Roman
ISBN 3-423-**10774**-X
Ein modernes Märchen, die Beschreibung eines utopischen Volkes und eine erotische Spukgeschichte.

Die Fremdenführerin
Stück in zwei Akten
ISBN 3-423-**10943**-2

Kongreß
Die Kette der Demütigungen
ISBN 3-423-**11634**-X

Angelas Kleider
Nachtstück in zwei Teilen
ISBN 3-423-**12437**-7

Theaterstücke I
1972–1978
ISBN 3-423-**11747**-8

Theaterstücke II
1981–1991
ISBN 3-423-**11748**-6

Theaterstücke III
1993–1999
ISBN 3-423-**12853**-4

Schlußchor
ISBN 3-423-**12279**-X